MICHEL MORPHY

LA DAME AUX VIOLETTES

LES MAITRES DU ROMAN POPULAIRE

ARTHÈME FAYARD et Cⁱᵉ

Editeurs

18-20, Rue du Saint-Gothard. PARIS

LA DAME AUX VIOLETTES

PREMIÈRE PARTIE

I

A VILLA DES FLEURS

C'est la Côte d'Azur, le pays du soleil, de l'amour et des roses !

Cannes, la plage des rois de l'or et des heureux du monde, ne connaît point d'hiver... Son climat plus tempéré, plus doux, défie le beau ciel d'Italie... Sur ses cimes radieuses et azurées, des oliviers, des mimosas, des orangers en fleurs; à ses pieds, noyés d'émeraude, la féerie de son golfe aux îles verdoyantes...

C'est la terre promise des extases et des enivrements, l'idéale patrie du rêve et des baisers, le voluptueux paradis des amours et des saintes caresses... le plus pur joyau de France !

Cannes, la royale et la divine, — miracle béni de nature ! — s'éveille lumineuse et triomphante dans les gloires du ciel bleu...

Salut, aube dorée, jour trois fois heureux !... car dans cette fête des yeux, dans cet enchantement des sens, nul ne peut redouter l'infortune ou la peine. Parmi tant de richesses et de merveilles, la vie doit être tout bonheur, tout parfum, tout ivresse !...

Hélas, non !... Les millions ont aussi leurs secrètes misères... même au joyeux pays du soleil, — et pour la femme, surtout... éternelle et sublime blessée !

Voyez plutôt, à travers la brume irisée, cette adorable maison toute blanche, ce château finement dentelé, — véritable rêve d'artiste réalisé, — qui émerge des flots berceurs de la Méditerranée...

Ne dirait-on pas un temple de Vénus, élevé par la toute-puissante magie de la fée des Mers, pour abriter ses mystérieuses amours ?

Eh bien ! ce palais des *Mille et une Nuits* s'appelle

LA VILLA DES FLEURS !

Pourtant, sur le marbre de la façade, on lit encore, ô dérision :

VILLA DES ROSES

Quelle est cette énigme ou cette tragédie ?

C'est ce que nous allons dire, d'après la légende de la Côte d'Azur, en toute vérité, en toute simplicité.

A vingt années d'intervalle, le mignon et léger manoir des Roses avait été le théâtre d'un double et poignant drame d'amour...

Au lendemain de la guerre de 1870-71, c'était une résidence plutôt bourgeoise d'aspect, n'ayant de remarquable que la beauté du site, un parc magnifique et la vue sur la mer, absolument merveilleuse...

De marbre, de bronze et d'or, point !

La future villa aux millions était alors la tranquille demeure de Mme de Bordère, veuve du lieutenant-colonel de ce nom tué sous les murs de Paris.

L'héroïsme n'enrichit point, souvent, hélas ! non plus que le travail ; — et la gloire du colonel, mort pour la patrie, au champ d'honneur, n'empêcha point la gêne de pénétrer dans la famille de Bordère, privée à tout jamais de son chef vénéré.

Le vaillant officier laissait encore deux filles à élever... et, en ce siècle d'argent, à doter ; des spéculations malheureuses qui furent la conséquence de l'invasion allemande, — si fertile en désastres et en ruines de toute sorte, — achevèrent de compromettre la situation des trois femmes, réduites à la pension du gouvernement ; leurs biens furent hypothéqués et criblés d'inscriptions menaçantes.

Il fallut vendre, le plus discrètement possible, d'abord les meubles de prix, puis les objets d'art et jusqu'aux souvenirs de famille.

Cruelle et inexorable nécessité qui allait pourtant faire surgir un sauveur en la personne d'un richissime Écossais, sir Henry Stuart, jeune encore et fils du célèbre « roi des chemins de fer », décédé depuis peu et quasiment milliardaire.

Henry Stuart, quoique né dans la fièvre dévorante de l'industrie au nouveau monde, était plus épris d'art que de lucre. Et surtout, il avait au cœur un immense besoin d'amour sincère, véritable, très doux, ce qui est le tourment des plus riches, des plus enviés et des plus adulés... car l'or corrompt tout ce qu'il touche... même le cœur si tendre, si vibrant de la femme.

Le « manager » de sir Henry lui parla, comme d'une bonne affaire à réaliser, des dépouilles artistiques de la famille de Bordère. Il y avait là une collection Empire très rare et d'une authenticité indiscutable.

Sir Henry était à Nice... Il fit le court voyage

de Cannes et fut présenté par son agent d'affaires à Mme de Bordère.

Il visita la maison, toute délabrée, et jeta un coup d'œil plutôt distrait sur les précieux bibelots...

La présence de la veuve entourée de ses filles, Eva et Andrée, l'impressionnait péniblement... et la vue de la première, une sensitive aux blonds cheveux vénitiens, l'avait frappé comme d'un coup de foudre : sa vie désormais avait un but !

— Brusquons le départ — dit sir Henry à son manager. — Nous faisons à ces pauvres femmes l'effet d'usuriers. Voyez plutôt cette jeune miss qui semble verser une larme sur le piano que nous venons d'examiner, comme si nous allions lui enlever ce dernier et fidèle ami de ses peines.

— Les affaires sont les affaires, — émit sentencieusement le cicérone.

Sir Henry haussa les épaules et continua d'épier, à la dérobée, la toute mignonne Eva, dont la musique était, en effet, la seule distraction, la suprême consolation dans son infortune.

Au fond d'elle-même, elle disait déjà un éternel adieu à son compagnon préféré, et, à son insu, elle suppliait presque l'étranger de son doux regard éploré...

Pourquoi ne lui laisserait-il pas cette dernière épave de leur ancienne opulence ? Ce serait si beau, si bon, si généreux à lui qui était riche... qui devait être heureux... et n'avait en tout cas rien à leur envier !

A moins que cet infortuné milliardaire ne fût, comme elle, infiniment pauvre de cette inouïe et sublime richesse : l'amour !

Il la comprit dans une subite et profonde intuition d'âme qui le bouleversa.

La brune et hautaine Andrée, la sœur aînée d'Eva, dévisageait, elle aussi, sir Henry.

— Il ne m'a même pas remarquée, — se dit-elle.

— Il n'a d'yeux que pour elle... le stupide Yankee !

Un dépit violent aigrit son cœur... Il lui préférait donc sa sœur, quoique moins belle, assurément.

Ah ! si elle avait pu faire la conquête du jeune milliardaire... quel rêve pour son ambition toujours déçue !

Et comme elle écraserait le monde à son tour !

Mme de Bordère était loin de se douter de ce qui se passait dans l'esprit d'Andrée, — sa benjamine ! — car son ardente bonté ignorait l'envie basse, couveuse de crimes louches et de desseins perfides...

Elle chérissait ardemment ses deux enfants, regrettant peut-être que l'aînée fût moins affectueuse, moins démonstrative que sa sœur ; mais elle était si malheureuse !

Elle attendait donc, très simple et résignée, l'offre d'un prix, ou le coup de grâce d'un refus, quand sir Henry, de plus en plus gêné et embarrassé, prononça :

— Madame, veuillez m'excuser... J'ai besoin de réfléchir... très sérieusement... Mais je reviendrai : je vous le promets.

C'était sans nul doute une fin de non-recevoir poliment déguisée.

La veuve n'insista pas et reconduisit tristement son visiteur.

Tout ce que son mari et ses grands-parents avaient aimé et collectionné s'en irait donc au hasard des enchères chez les revendeurs de la bande noire ; c'en était fait.

Eh bien ! non.

Le jeune Américain reparut et offrit un chiffre fantastique de la maison et de tout ce qu'elle renfermait...

Naturellement, sa proposition fut acceptée avec joie, avec reconnaissance... et la famille de Bordère loua une coquette villa voisine.

Une armée d'ouvriers, d'artistes, de sculpteurs prit alors possession de l'ancienne demeure ; on travailla jour et nuit et, bientôt, s'éleva le ravissant palais des Roses, pur bijou de pierre et de marbre.

Sir Henry surveillait lui-même les travaux et invitait Mme de Bordère et ses filles à suivre, jour par jour, la prestigieuse transformation en véritable Éden de leur vieux domaine...

Il était particulièrement empressé auprès de la gentille Eva dont il consultait le goût délicat en matière d'art, obéissant toujours jalousement à ses moindres indications.

Ce qui, désormais, était à prévoir pour le ravissement d'Eva et de sa mère se réalisa : Henry Stuart demanda et obtint la main de la jeune fille qui l'aimait, qui l'adorait !...

Andrée en éprouva une haine, un désespoir farouches qu'elle garda au fond de son cœur ulcéré...

Mais, le jour béni de l'hymen des amoureux, elle se fit à elle-même un serment de vengeance atroce : oui, ce serait terrible, comme sa désillusion même et ses noires rancœurs.

Avait-elle un instant aimé Henry Stuart ? Peut-être... mais moins pour lui-même, que pour sa fabuleuse fortune ; tandis qu'Eva s'était donnée dans la profonde sincérité de son âme vierge, sans calcul ni arrière-pensée au sauveur et à l'amant divinisé.

Tout à son bonheur fou, inespéré, elle ne songeait guère à l'argent.

L'argent, ô dieux ! elle ne vivait que pour l'amour... l'amour, ciel radieux de la vie...

Bientôt, elle eut la suprême et douloureuse ivresse de sentir tressaillir dans ses entrailles un doux fruit de son idéale tendresse :

Elle allait être mère !

Rien, sinon le souvenir de vos propres extases, — ô chères mamans qui me lisez ! — ne saurait rendre l'immense félicité des jeunes époux énamourés.

La fiancée rêvée, l'épouse que l'on chérit, l'enfant qui naît et sourit... mais c'est l'infini... c'est Dieu... c'est la nature, le doux soleil de mai, c'est tout !

Lady Stuart mit au monde une frêle et joliette créature, Germaine, — sa ressemblance, ou plutôt sa survivance, hélas ! — car la pauvre Eva ne devait point résister à ses couches... *Mater dolorosa !*

Très délicate de santé, réduite à une faiblesse extrême par une grossesse difficile et un accouchement avant terme, une *imprudence* grave de sa sœur acheva de la conduire au tombeau.

Une imprudence ou un crime ?

Andrée, qui la veillait seule, lui laissa... on lui fit absorber, d'un seul coup, une potion de chlorhydrate de morphine, qui, administrée à petite dose, devait assurer le repos de la malade...

Le repos d'Eva fut éternel !

La coupable n'avoua jamais sa maladresse... ou son épouvantable et monstrueux fratricide ; elle se déchargea de sa faute, sur l'innocente et chère disparue qui ne pouvait plus et n'eût même jamais voulu de son vivant, — âme angélique ! — la contredire.

Mais les mourants ont d'étranges lueurs de divination, et le dernier regard d'Eva, en expirant, se reporta, fixe, horrifié et accusateur, sur Andrée qui tremblait convulsivement...

Ces morts-là portent malheur !

Ce fut un coup affreux pour Mme veuve de Bordère, dont la raison s'ébranla et finit par sombrer définitivement...

Après la mort, la folie : tous les spectres vengeurs du néant !

Sir Henry Stuart, lui, avait vieilli de dix années en quelques jours.

Sa taille élégante et droite s'était courbée ; ses cheveux grisonnaient, son teint devenait blême, ses yeux semblaient le foyer d'une fièvre ardente.

Il fuyait toute société... ne connaissait plus personne et ne prononçait jamais un mot...

Ses journées, il les passait à cueillir des fleurs pour la morte, ou bien il s'abîmait des heures entières dans la contemplation de sa fille, de sa petite Germaine ; la nuit, il rôdait sur les côtes désertes, cherchant une étoile scintillante et amie dans la profondeur des cieux...

Un jour, on le retrouva couché sur la tombe d'Eva, un poignard dans le cœur !

La position du cadavre, comme aussi la direction du coup de stylet, était quelque peu étrange, en vérité...

N'importe !... Il fallut bien se rendre à l'hypothèse d'un suicide que tout rendait vraisemblable, et, pourtant, la noire Andrée sembla en proie, pendant cette période, à une sorte de surexcitation maladive, presque d'affolement...

Regrets, remords ou cauchemars ?

Qui sait si elle n'avait point caressé le rêve d'épouser son beau-frère devenu veuf.

Sa mort détruisait à tout jamais ses espérances.

Désormais, la fortune fantastique de sir Henry revenait à Germaine Stuart, confiée à la tutelle de sa tante et de sa grand'mère, — cette dernière protection vraiment illusoire.

En principe, les millions de l'Américain — de pure race écossaise — reposaient sur la tête d'une enfant...

En réalité, ils étaient aux mains d'Andrée : cette fois encore, en y réfléchissant, le hasard, la destinée si l'on veut, avait bien fait les choses pour l'ambitieuse déçue.

Déçue ? L'était-elle réellement ?

Il y eut de singulières rumeurs à ce sujet et, quoi qu'il en fût, Andrée de Bordère fut marquée dans l'esprit public comme une femme fatale, traînant avec elle, ou déchaînant le malheur sur ses pas...

L'on plaignit la pauvre petite orpheline aux millions et l'on appela sa jolie maison : la « Villa des Pleurs ! »

Vox populi... vox Dei ?... Nous verrons !...

II

LA DAME AUX VIOLETTES

Les années s'écoulèrent...

La veuve du lieutenant-colonel s'éteignit doucement, sans secousse ni souffrance, n'ayant plus conscience de rien.

Andrée restait seule maîtresse de la place ; la petite Germaine était donc à sa merci...

Que l'orpheline vînt à disparaître à son tour... *par hasard*, et la fortune revenait à sa tante.

C'est si fragile, la vie d'une fillette...

Mais celle-ci venait à ravir et la suspicion légitime dont était entourée sa tutrice la protégeait plus que tout le reste, à son insu !

Andrée jouait, naturellement, auprès de sa nièce et pupille, la comédie d'un amour, d'un dévouement sans bornes ; mais, juste retour des choses d'ici-bas, Germaine, quoique respectueuse, manifestait pour son unique parente une sorte d'éloignement irraisonné, presque d'involontaire répulsion ; ce dont Andrée de Bordère affectait de beaucoup souffrir...

Est-il besoin de dire qu'elle exécra l'enfant dès le premier jour, et que, plus tard, sa suave beauté, son exquise douceur, — sa ressemblance avec la blonde Eva, — la lui rendirent odieuse jusqu'à la rage, jusqu'à la frénésie !

Germaine Stuart, l'orpheline, devint une admirable jeune fille, infiniment séduisante et désirable... Mais, d'une intelligence vive et précoce,

elle s'aperçut bientôt que l'on faisait aussi la cour à ses millions !...

Oh ! comme elle en eut bien vite l'horreur !

A seize ans, l'âge charmant des naïves illusions, elle en arrivait à douter de la sincérité de l'amour.

Mariage... mariage !... on ne lui parlait que de cela... sa tante surtout, qui lui destinait un personnage déjà mûr, et, par surcroît, son propre amant, disaient les mauvaises langues.

C'était, en ce cas, un sûr moyen de détourner à son profit le Pactole aux flots dorés, objet de ses longues et affolantes convoitises.

Andrée devait redouter, en effet, qu'un premier amour sincère et partagé ne vînt ruiner tous ses projets.

Ah ! comme elle cherchait à étouffer dans son germe la petite fleur bleue toujours prête à éclore dans le cœur des jeunes vierges !

Elle n'y put parvenir ; car l'amour est plus fort que tout au monde... plus fort même que la mort, puisqu'il y survit !...

Par un beau soir d'automne, Germaine, qui se promenait seule en mer, dans une gracieuse embarcation fleurie, ce qui était son plus grand plaisir, coula tout à coup à pic en jetant un grand cri.

La cloison étanche de son canot avait cédé...

La pauvre enfant semblait vouée aux accidents...

Elle avait déjà failli être précipitée du haut d'une falaise par son cheval qui s'était subitement emporté ; une autre fois, l'aile du château qu'elle habitait avait été la proie des flammes et elle n'avait échappé au sinistre que grâce au dévouement d'un vieux serviteur...

Hélas ! maintenant, elle était loin de tout secours !

Par bonheur, le yacht de plaisance du baron des Charmettes, — jeune et intrépide viveur qui achevait de se ruiner à Monte-Carlo, — tirait des bordées dans ces parages.

Brave comme tous les fous, Rodolphe des Charmettes vit le danger et se jeta à la mer ; il fut assez heureux pour arracher Germaine à une mort certaine...

Et, à dater de ce jour, le beau joueur, le clubman fin de race cessa de gaspiller sa vie en plaisirs ruineux pour s'isoler dans un sentiment profond et nouveau pour lui : l'*Amour !...*

Il était, lui aussi, follement épris de la gentille perle de la côte d'azur ; mais, du moins, il l'adorait pour ses beaux yeux... ses purs yeux d'ange qu'il avait conservés à la lumière sereine des cieux.

Que se passa-t-il ?...

C'est ici que l'idylle redevient drame et mystère.

La jeune fille quitta bientôt la ville, voyagea et, après un long séjour à l'étranger, reparut avec sa tante et un baby qui passa pour sa petite nièce.

On l'appelait Eva, le doux nom de la chère maman disparue !...

Germaine portait à présent des costumes très simples et de couleur sombre ; sa vie s'écoulait tristement dans l'accomplissement d'actes de bienfaisance ; à son corsage, en toute saison, elle portait un frais bouquet de violettes ; c'était désormais, sa seule coquetterie, comme son seul amour, était la mystérieuse Eva...

Et, maintenant, pénétrons avec le lecteur dans la demeure de la « Dame aux Violettes », dans la Villa des Pleurs...

III

VISION D'ENFER

Germaine Stuart, enveloppée dans un léger peignoir mauve, vient d'entrouvrir la porte-fenêtre de sa chambre à coucher qui communique de

...pied avec une gracieuse terrasse à l'italienne, [ornée] de plantes vertes et de fleurs...

Et, pensive, l'esprit perdu sans doute dans la mélancolie d'un rêve lointain, elle laisse ses yeux [errer] dans les gloires naissantes de l'aurore qui se [lève] toute rose et dorée dans le bleu du ciel et des [flots]...

L'heure s'écoule et, soudain, un léger bruit comme un gazouillis d'oiseau qui s'éveille, la ramène vivement dans sa chambre...

Auprès de son lit, — lit de vierge ou d'amante? — est un berceau d'enfant, joli nid de dentelles et de satin.

La toute petite Eva... l'ange inconnue... vient de s'éveiller dans un sourire.

— Ma fille! — prononce avec âme, avec ivresse, avec passion la jeune femme...

Nous allons dire la jeune mère!...

Et l'enfant est déjà dans ses bras, couverte de caresses et de baisers.

C'est Germaine seule qui procède chaque jour à la toilette de la mignonne.

Une noire apparition vint, ce matin-là, gâter cette pure joie.

Mlle Andrée de Bordère entrait dans la chambre de sa nièce sans se faire annoncer.

— Eh bien! — dit-elle, sans autre préambule. — Avez-vous réfléchi, Germaine?

— Oui, ma tante... et ce soir... avec vous, où vous voudrez, j'irai... là-bas... dans cet enfer, où les journaux disent qu'il est reparti.

Et elle ajouta amèrement, comme se parlant à elle-même:

— Mes deux dépêches restées sans réponse ne me laissent point d'illusion... N'importe, je veux le revoir, une dernière fois... lui dire... Oh! mon Dieu! mon Dieu!...

Des sanglots jaillirent de sa gorge oppressée... des larmes montèrent à ses yeux...

Et elle se reprit à embrasser éperdument la gentille mignonnette, qui, sans savoir, pleurait aussi à chaudes larmes et l'interrogeait naïvement:

— Pourquoi tu as du chagrin, p'tite m'ma?

Andrée de Bordère eut un geste d'humeur et frappa du pied le tapis de fourrure.

— Ne vous laissez donc point appeler ainsi par cette enfant, — dit-elle avec impatience. — C'est déjà trop de lui avoir donné le nom d'Eva... de votre mère!

Germaine murmura, résignée:

— Demain vous appartient, faites-moi encore grâce pour aujourd'hui.

Sa tante s'empressa de noter cette promesse, un éclair de satisfaction brilla dans ses yeux sombres:

— Ainsi, vous allez devenir raisonnable, après cette nouvelle folie?

— Je ferai ce que vous voudrez: tout pour moi ne sera plus rien!

Et elle balbutia comme dans une prière:

— A moins que Dieu ne fasse un miracle... et ne rende... un père à... cette chère petite... innocente!

Andrée eut à la dérobée un mauvais sourire et prononça lentement:

— Oui, s'il plaît à Dieu, le père et l'enfant seront... bientôt... réunis!

Et elle sortit sur ce souhait... ou cette menace!...

Suivons-la dans sa matinale promenade à travers le parc, car elle a un but, à n'en point douter...

Sa démarche est hésitante et elle regarde autour d'elle comme si elle craignait d'être surprise dans quelque louche machination.

La voici devant une porte dérobée... de la villa... Elle l'ouvre sans bruit et se dirige à grands pas vers l'un des points les plus sauvages de la côte.

Elle s'arrête bientôt à un bouquet d'arbres sous lequel se tient tapie une vieille et sordide créature, à la face ravagée par le vice ou la misère.

Un grand chien noir, d'une effrayante maigreur, est couché à ses pieds et il gronde à l'approche de l'étrange promeneuse.

D'un coup de pied, la vieille le fait taire, puis se lève servilement devant Andrée...

Celle-ci la regarde fixement dans les yeux:

— Tu es toujours décidée à te venger, dis, Saula?

— Plus que jamais, signora...

— C'est bien; voilà ce que je t'ai promis... mille louis d'or! Tu as toutes les indications. Le reste te regarde seule.

— Merci!... N'ayez crainte! Et alors... ce sera?...

— Pour ce soir!...

La sorcière eut un cri de joie rauque:

— Enfin... Ce sera donc mon tour!

Ce soir-là, le mécanicien dirigeant l'express du littoral pour Nice, Menton et Monaco, eut subitement, à quelques kilomètres de Cannes, au moment de tourner la côte, une vision d'enfer...

Sous la locomotive, à dix tours de roues, il venait d'apercevoir, en travers de la voie, la tête sur le rail de droite, une pauvre petite fillette, atrocement ligotée et bâillonnée, qui se débattait en jetant des regards affolés sur le monstre de fer et de feu... qui accourait pour la broyer!...

C'eût été folie de songer à arrêter le train lancé sur une pente raide à une vitesse vertigineuse...

L'infortunée mignonnette était vouée à une mort certaine... horrible... inéluctable...

IV

LE TRAIN DE MONTE-CARLO

L'express passa comme un éclair...

Instinctivement, le mécanicien avait fermé les yeux...

Cet homme était père et une épouvante l'avait saisi...

— Oh! si c'est Dieu possible! — balbutia-t-il. — Pauvre petite!

— Hein! compagnon? — interrogea le chauffeur debout à ses côtés sur la plate-forme de la locomotive. — Vous dites?

— Tu n'as pas vu... là... tout de suite?...

— Non... rien...

— Stop, mille tonnerres!

Et il serra vigoureusement le frein, donna l'alarme...

Le train ralentit, s'arrêta... puis fit machine en arrière. Les voyageurs inquiets se penchaient aux portières.

Le chef accourut:

— Qu'est-ce qu'il y a?

— Nous venons d'écraser une fillette... jetée sur les rails... un crime, sûr!

— Tant pis! Rien à faire... Il y a du retard: en route!

— On pourrait tout de même voir, chef... Peut-être que le chasse-pierre... Un miracle!... C'est près de ce gros arbre... tenez... là-bas!

L'employé, qui ne connaissait que son horaire et aurait, du reste, assumé une lourde responsabilité en cas d'accident, fit cependant une centaine de pas, en balançant sa lanterne entre les rails...

Puis il rebroussa chemin, en maugréant:

— Je ne vois rien... Partons!... On télégraphiera à la station!

Et il lança le coup de sifflet du départ, escaladant en même temps le marchepied à la hauteur d'un coupé de première dans lequel se trouvaient deux dames qui paraissaient fort agitées.

— Mais que se passe-t-il donc? — demanda avec

meté la plus jeune au chef de train. — Il est arrivé un malheur, n'est-ce pas ?

— C'est à craindre, madame... Une petite fille sous les rails... un crime, à ce qu'il paraîtrait... Oh! elle n'a pas dû souffrir longtemps !

Et il disparut, filant sur la rampe...

La jeune femme eut un cri déchirant :

— Mais c'est horrible... il faut aller à son secours... Qui sait...

Et elle voulut se suspendre au signal d'alarme, car le chef de train avait regagné son poste et l'express filait de nouveau à toute vapeur.

Sa compagne lui saisit le bras :

— Y songez-vous, Germaine !... Ces gens ont leur consigne... Et vous ne pouvez rien contre... la mort !

Andrée de Bordère, — c'était elle, — prononça ce dernier mot avec une sorte de joie sinistre, en grinçant des dents, comme une bête fauve affamée de carnage.

— La mort ! — répéta Germaine accablée. — Oh ! oui... je la sens partout, elle nous enveloppe, elle plane sur nous...

« Tenez !... quelques instants à peine avant cette horrible catastrophe... j'ai cru voir, fuyant à travers le sillon lumineux du train, j'ai cru reconnaître... vous savez... cette femme odieuse, ce bourreau d'enfant...

— Qui cela ? — fit Andrée blêmissante.

— Sania-la-Maudite... cette infernale créature qui martyrisait un pauvre petit être que j'ai pu arracher à ses griffes tandis que la justice s'emparait de l'affreuse mégère...

— Vous avez semé de la haine, Germaine, — prononça sourdement Andrée de Bordère. — Cette Sania a juré de se venger quand elle serait libre... elle vous a menacée de la peine sauvage du talion... œil pour œil, dent pour dent... la loi des bohémiens, ses pareils...

« Elle a dit que vos beaux yeux verseraient des larmes de sang... Souvenez-vous !

— Par pitié, ma tante, taisez-vous... il me semble entendre la voix gémissante d'Eva, dans la nuit... O mon ange, ma chérie... ma fille, que ne t'ai-je emmenée avec moi !...

— C'eût été insensé... ridicule... impossible !

— Oh ! quels pressentiments !... Mes entrailles se déchirent... Mon Dieu, prenez pitié de l'innocente victime... et... faites grâce à mon enfant !

La malheureuse râlait, se tordait les bras...

Andrée de Bordère, impassible et cruelle, contemplait d'un regard sec, presque narquois, la pauvre Germaine, se débattant contre les cauchemars de sa pensée torturée, affolée, perdue.

Quand elle eut savouré l'intime et atroce désespoir de la « Dame aux Violettes », la méchante femme reprit traîtreusement, affectant un intérêt quasi maternel :

— Voyons, Germaine, rassurez-vous... Votre Eva dort paisiblement dans son berceau... et cette misérable bohémienne doit toujours être en prison.

« Quant au malheureux accident qui vient de se produire, nous n'y pouvons rien, hélas ! et, en tout cas, il ne vous touche point.

— J'ai peur ! — balbutia la jeune femme dont les yeux étaient encore agrandis par l'effroi. — Il me semble que nous roulons sur du sang... et que ma fille m'appelle, qu'elle crie, qu'elle me tend ses petits bras... mais les spectres de l'enfer l'entraînent au loin dans leur tourbillon maudit !

— Chère folle... chasser toutes ces hallucinations: songez que vous allez avoir tout à l'heure une explication décisive avec le père d'Eva... celui qui vous a séduite... abandonnée !

Germaine étouffa un long soupir et se redressant :

— Non, ma tante, nous nous sommes librement unis devant Dieu... C'était le seul moyen de vaincre votre répugnance pour ce mariage, de vous forcer la main, pour dire toute la vérité.

« Le baron Rodolphe des Charmettes ne m'a point séduite... Je me suis donnée à lui !

— Et il vous a prise... en attendant mieux : c'est-à-dire votre dot pour redorer son blason !... Mais quand, vous rendant à mes conseils, vous lui avez écrit qu'il eût à renoncer à votre fortune, vous avez pu alors juger de ce que valaient ses beaux serments d'amour...

— Oui, il a disparu... et avec lui toutes mes illusions, tous mes rêves !

Elle ajouta, comprimant les battements précipités de son cœur :

— Ma tante, vous avez fait mon malheur !

— Ingrate enfant ! — protesta la fausse Andrée. — Crois-moi donc enfin !...

« Au lieu de te lier à tout jamais avec un coureur de dot et de filles, un débauché, un joueur perdu de dettes et de réputation, tu épouseras cet homme honnête et loyal, qui respecte ton malheur et t'a toujours gardé une foi inaltérable, le comte de Montbrun... qui donnera un nom à ton enfant...

« A ta bâtarde !

La pauvre Germaine répondit, ses doux yeux emplis de larmes :

— L'infortunée !... C'est pour elle seule que j'accepterai cette union sans amour... car n'était ce cher petit trésor qui me rattache encore à la vie...

— Sans elle, dis-tu ?

— Oh ! il y a bien longtemps que je serais morte!

Un sourire de triomphe passa sur les lèvres minces d'Andrée de Bordère et elle dut fermer ses yeux noirs pour en cacher l'expression violente, haineuse et tragique :

— Meurs donc, — grondait-elle, au tréfond d'elle-même, tandis que le train roulait dans la nuit. Oui, meurs, puisque tu n'as plus rien à faire ici bas !...

V

A MONACO

Le baron des Charmettes était, en effet, à Nice, après cinq années d'absence inexplicable et les échos mondains de la côte d'azur saluaient son heureux retour au pays du soleil.

Il était toujours le même, grand seigneur, d'esprit chevaleresque, dépensant et jouant sans compter, cœur excellent et quelque peu mauvaise tête.

Plus réfléchi et moins casse-cou cependant qu'en sa prime et folle jeunesse !

La haute société qui hiverne en ces contrées privilégiées reçut à bras ouverts le beau Rodolphe, l'enfant prodigue revenu au bercail doré de Monte-Carlo.

On avait parlé de sa ruine ; il n'en était rien...

Il avait su s'arrêter à temps sur la pente fatale et avait refait sa situation en Australie, auprès d'une vieille parente qui venait de mourir en lui laissant toute sa fortune.

C'était un nabab, comme par le passé, sinon plus encore que par le passé, et il redevint tout de suite le « roi » de la plage.

Il fut de toutes les parties, de toutes les fêtes et le plus assidu à la dévorante et fascinatrice roulette qui a déjà fait tant de victimes :

Monaco !

C'est là, dans le gouffre infernal, que Germaine Stuart, dominant son horreur mortelle, allait plonger toute vive pour retrouver l'infidèle Rodolphe, le père de sa gentille Eva !

Le voile qui recouvrait le lamentable et poignant mystère de ces cinq dernières années allait enfin se déchirer...

La vérité se ferait jour... Une suprême explication aurait lieu... et, d'avance, Germaine, — en dou-
tez-vous, ô femmes ! — était prête à tout oublier,
à tout pardonner... pour l'amour de son enfant !...

Au bras de sa tante, la jeune femme, à peine descendue de l'express, fit son entrée dans les salons
du Casino...

Elle était violemment émue, éblouie et presque
défaillante.

— Du calme ! — lui recommanda Mlle de Bordère, — et surtout du courage ! Il faut vous attendre à tout de la part d'un homme assez lâche pour...

— Ma tante, je vous en supplie : vous m'arrachez
le cœur avec ma dernière espérance !... Attendez
encore !

— Soit, nous verrons bien... Il est ici, je vais
m'informer.

Et s'adressant à un garçon du cercle :

— Le baron des Charmettes est-il arrivé ?

— Pas encore, madame. Mais il ne tardera pas ;
des amis l'attendent à la salle de jeu où il leur a
donné rendez-vous !

Germaine eut un douloureux frisson :

— Oh ! le jeu ! murmura-t-elle. — C'est cela qui
l'a perdu, qui lui a desséché le cœur !

Sa tante eut un énigmatique sourire et l'entraîna
vers la roulette d'où partait un bruit argentin... la
cascade des louis d'or que les pontes ne reverraient
plus !

Public mêlé et cosmopolite s'il en fut : gentlemen
et rastaquouères, grand monde et demi-monde.

Et traversant cela, un personnel nombreux et
stylé, — oh combien !

Tout scandale était aussitôt étouffé et quand, parfois, un coup de revolver troublait la partie, on
pouvait chercher le cadavre...

Saisi, enlevé, escamoté : une porte dérobée se refermait sur lui, et c'était fini... jusqu'au prochain !

Jamais les journaux n'en parlaient et pour cause,
car là-bas « le silence est d'or ».

Vainement, Andrée de Bordère et Germaine atten-
dirent le baron des Charmettes...

Il ne parut pas de la nuit...

Le casino se vidait lentement... Elles durent se
retirer.

Mais la jeune femme eut, à son tour, le courage
de questionner un employé, malgré son inexprima-
ble angoisse :

— M. des Charmettes ne viendra plus maintenant, sans doute ?

— C'est peu probable, madame, mais vous le verrez sûrement demain soir ici... à moins que vous ne
préfériez aller directement au Pavillon Doré...

— Au Pavillon Doré ?

— C'est là qu'il demeure, madame.

Germaine remercia et dit à sa tante avec une
brusquerie soudaine :

— Nous resterons à Nice ; il faut en finir à tout
prix. D'ailleurs, il est préférable que notre entrevue
ait lieu à l'hôtel plutôt qu'à ce casino maudit.

— Alors vous voulez absolument descendre au
Pavillon Doré ?

— Oui, ma tante — fit Germaine d'un ton décidé.
Je le veux !

— C'est bien — acquiesça Andrée.

Ce désir de sa nièce semblait rentrer même dans
ses ténébreux projets, car l'on partit aussitôt.

Le retour à Nice se fit dans un morne silence.

Les deux femmes étaient diversement occupées
par leurs pensées et comme aucun lien de sympathie ne les unissait, elles n'échangèrent pas une
seule parole pendant leur court voyage...

Au Pavillon Doré, elles s'enquirent du baron des
Charmettes...

Il était sorti dans la soirée pour se rendre au
casino de Monte-Carlo, et il allait probablement
rentrer d'un moment à l'autre.

Telle fut la réponse.

Une vive agitation s'était emparée de la sensitive
Germaine :

— Mon Dieu ! que signifie encore cela ? — murmura-t-elle.

Sa tante eut un haussement d'épaules et un ricanement :

— Il a été à Monaco... ou ailleurs... et, il ren-
trera... à son heure ! Vous seriez bien bonne de
l'attendre, ma pauvre enfant !

Mais, soudain, des lumières apparurent sous le
porche...

On apportait une civière... et dessus, un corps
inanimé, rigide, ensanglanté...

— Rodolphe ! — cria Germaine affolée. — Mon
Rodolphe, ils l'ont assassiné !...

Elle avait reconnu son sauveur, son amant, le
père de sa petite Eva !

Et d'un irrésistible élan, elle s'élança vers la civière... devant laquelle elle retomba à genoux...
sanglotant...

— Rodolphe, ô mon Rodolphe adoré !

VI

ENTRE LA VIE ET LA MORT

Germaine sentait son cerveau craquer sous ces
affolantes secousses...

Elle perdait pied, voyait tout tourner, tourbillon-
ner autour d'elle dans un brouillard gris...

Il lui semblait qu'elle roulait dans un abîme sans
fond, comme en rêve...

Oh ! oui, un mauvais rêve, un cauchemar hideux
et sanglant qu'elle chassait de ses mains angois-
sées, détournant sa vue terrifiée, suffoquant, râlant...

Elle allait se réveiller, revenir à elle sans doute :
il ne resterait rien de cette désespérante vision !

Non, c'était la réalité...

L'homme qui avait généreusement risqué sa vie
pour sauver la sienne, celui qu'elle avait si follement aimé, idolâtré et qui, hélas ! avait trahi la foi
jurée... Rodolphe des Charmettes était là, devant
elle, couché comme un cadavre !

Était-ce donc la fin de son roman d'amour, la fin
de tout ?

Il lui sembla percevoir un faible battement de
paupières, tandis qu'elle buvait son âme sur ses
lèvres exsangues, dans un suprême baiser, lui parlant tout bas comme à un tout petit enfant, lui su-
surant les tendresses passées !...

— Venez, Germaine, — fit Andrée de Bordère,
très pâle, en cherchant à l'entraîner.

Mais en présence du danger que courait son
amant, — l'ingrat toujours aimé ! — la jeune
femme surmonta son infinie douleur, lutta contre
sa faiblesse et vainquit l'évanouissement qui la gagnait par degré, envahissant tout son être !...

Elle se redressa avec un rugissement de lionne
blessée :

— Mon devoir est ici... Je resterai !...

La noire Andrée reporta sa pensée sur l'effroyable drame qui avait marqué leur départ, — le train
passant sur l'enfant couchée sur le rail, — et elle
murmura dans un doute sinistre :

— Peut-être !

Un médecin de Paris, une célébrité de nos hôpitaux, résidait au Pavillon Doré.

Entendant un bruit inaccoutumé, il s'était informé de ce qui se passait et venait heureusement
d'accourir.

On s'écarta avec empressement et respect devant
le maître illustre.

— Oh ! docteur ! — supplia ardemment l'infortunée, — vous le sauverez, n'est-ce pas ?... Ce serait

beau, si grand... si bien... oui, vous ferez cela...
sur... sa pauvre petite fille... pour moi... Une mère
vous bénira !

— C'est votre mari, madame ? — demanda le
médecin avec un sympathique intérêt.

Germaine eut un éloquent et douloureux regard...

Le docteur, habitué aux choses de la vie, comprit
cette muette réponse et, gravement s'inclina :

— Tout ce qu'il est humainement possible de faire sera fait, — promit-il.

Il examinait le blessé, plaçait son oreille contre
son cœur.

La jeune femme attendait, haletante, un faible
mot d'espoir.

— Il vit ! — dit-il enfin.

Un cri de bonheur s'échappa de la gorge serrée
de Germaine Stuart... tandis qu'un violent tressaillement secouait jusqu'aux moelles Andrée de Bordère :

— En êtes-vous sûr, docteur ? — laissa-t-elle
échapper. — Il vivra ?

— Il vit, — répéta le praticien. — C'est tout ce
que je puis dire en ce moment.

Et il commanda aux gens qui avaient apporté le
blessé :

— Montez-le dans son appartement avec les plus
grandes précautions.

Horreur !...

Le baron Rodolphe avait sous l'aisselle gauche,
planté jusqu'au manche, un fin stylet auquel on
n'avait point touché encore, sage précaution pour
éviter une hémorragie qui pouvait tuer net le
blessé.

On obéit au docteur.

Tout en gravissant l'escalier, il interrogeait les
porteurs...

Ceux-ci ne savaient rien de bien précis au sujet
de cette tragédie.

On avait retrouvé le corps du jeune baron en travers d'une rue avoisinant la gare : il avait été sûrement victime d'une agression de la part de mal-
faiteurs, car on lui avait arraché sa montre et retourné quelques-unes de ses poches.

« La justice informait » en la personne d'un agent
secret, délégué par le commissaire de Nice...

Et ce policier, perdu parmi les curieux, ouvrait
les yeux à tous les détails et tendait les oreilles
aux moindres propos.

Déjà, il avait remarqué, à de certains indices
presque certains, que le vol n'était point le réel
motif du crime ou qu'il était, tout au moins, le fait
de purs novices dans l'art de l'attaque nocturne.

— Non, — se disait-il, — ce coup-là, c'est du chiquet, c'est pas vrai !... Un poignard de nacre... La
moitié de la chaîne restée au gilet... de l'or dans les
poches...

« Ça n'est pas du travail, mais de la frime... Histoire de cacher son jeu et de nous fourrer dedans...
Mais Auguste veille... mes petites dames !... On
verra !

Et son regard perçant, enfoncé sous des sourcils
embroussaillés, fouillait tour à tour les physionomies inquiètes de Germaine et d'Andrée...

C'est ainsi, bien souvent, que sur un faux départ,
sur une simple hypothèse ou un rapport de policier, trop zélé ou dévoyé, la justice commet d'irréparables erreurs...

Celui-ci serait-il plus heureux que tant d'autres ?

Le limier fixait maintenant de ses yeux aigus la
pauvre Germaine Stuart comme une proie...

La jeune femme, avec une énergie incroyable en
ce corps frêle et gracile, — disons le mot, avec un
sublime héroïsme ! — s'était mise tout entière,
cœur et âme, à son rôle de garde-malade, se cons-
tituant la sœur de charité, l'ange gardien de son
aimant !

Sous l'égide du bon et savant docteur, avec lui,
plus et mieux que lui peut-être, elle allait disputer
son bien-aimé à l'implacable mort, à la hideuse
camarde aux ailes de vampire !

Qui donc aurait le dernier mot dans ce duel
émouvant et terrible engagé entre le ciel et l'enfer... entre l'amour et le sombre inconnu, le néant ?

C'est ce que, prostrée dans la chambre de Rodolphe, la sinistre Andrée de Bordère se demandait.

VII

BANDITS !

Transportons notre récit cette même nuit dans
une villa isolée, située dans la campagne de Nice :
c'est le pied-à-terre du comte Arthur de Montbrun,
le banquier de la côte... qui passe à tort ou à raison pour être le banquier des gens « à la côte »...

Nous verrons bien !

Physionomie inquiétante et concentrée, presque
farouche ; roux, moustaches épaisses, yeux ronds
et rapprochés, très vifs, aux lueurs d'acier, diffici-
les à saisir ; le nez se recourbe en bec de vautour
sur des lèvres minces... front bas, mâchoires proé-
minentes, teint mat... l'air faux et louche.

Type de rastaquouère parvenu, d'aventurier de
haut vol, gentilhomme plus que douteux, sans race
et capable de tout pour satisfaire ses passions qu'il
cache sous une morgue insolente et glaciale.

Un couveur de crimes, suivant la science de
Gall et de Lavater.

L'homme est de stature élevée ; ses mains sont
énormes et velues.

Tel est le singulier époux que mademoiselle de
Bordère destine à sa nièce Germaine... ou du moins
qu'elle lui destinait avant comme après sa faute ;
car le personnage ne s'est point démenti dans ses
sentiments... Quels sentiments ?

En ce moment, il se promène à grands pas dans
le rez-de-chaussée de son habitation, en proie à
une violente exaspération.

Et il répand sa colère, sa fureur, en lambeaux
de phrases étranges...

Ecoutons plutôt :

— Le diable m'étrangle !... Ce coquin d'Alfiéro
est décidément un porte-guigne : c'est l'homme de
tous les fiascos... Je parie qu'il va encore rentrer
bredouille... Enfer et damnation, cette fois, ce serait notre ruine, *per Bacco !*

On le voit, c'était tout au plus un comte romain,
disons italien, affublé d'un grand nom français,
volé comme le reste, sans doute.

Mais un bruit de pas assourdi frappa son oreille.

Il courut à la fenêtre et regarda avidement au
dehors.

— C'est lui !... a-t-il réussi cette fois ?

Et il courut ouvrir à son domestique, car le personnage qui fit tout à coup irruption, un petit homme tordu, rabougri et contrefait n'était autre
qu'Alfiéro, le serviteur dévoué, pardon, damné ! du
comte de Montbrun.

— Patron ! glapit l'affreux nain ; — c'est fait !

Son maître lui saisit les mains et plongeant son
regard inquisiteur dans les yeux torves de l'Italien :

— Hein !... tu en es certain... bien certain ?

Le monstre eut un épouvantable rictus de joie !

— Oui, — répondit-il orgueilleusement. — C'est
entré jusque-là ! Et je n'ai pas emporté... le morceau, allez !... Tout est en place... comme c'était
convenu !

— Bravo, bravissimo, mon cher... On croira à
une vengeance de femme...

— A propos de femme... — émit Alfiéro, tendant
la main.

— La prime !... Sois tranquille, tu l'as gagnée ; tu l'auras !

Et déjà, il mettait la main à son portefeuille, quand se ravisant :

— Il faut être prudent et ne pas changer des billets de banque en ce moment... Cela attirerait l'attention sur toi...

Il prit une poignée de monnaie dans sa poche.

— Tiens, — fit-il, — va t'amuser avec cela... sagement ! C'est assez pour aujourd'hui. Surtout, pas d'imprudence...

« Il est minuit, je te donne campo et tu en profiteras pour aller voir tes belles... rien de plus simple !... Et en cas d'avatar, c'est un alibi, n'en démords pas surtout !

Le nain s'esquiva en narguant entre ses crocs jaunis et rongés :

— Va, j'en ai trouvé sur ma route... de l'argent... dans le carnet du pantre... et je te fais crédit, patron !...

Le comte de Montbrun le vit partir en sautillant et philosopha :

— A quelque chose, malheur est bon... S'il était beau comme Apollon, il n'aurait pas besoin de commettre des crimes pour satisfaire son vice : la femme !

« Mais il lui faut de l'argent, toujours de l'argent !... Dame, avec un physique comme ça, c'est de rigueur... Et sa laideur me sert !

Puis, contractant ses épais sourcils, il conclut :

— Allons, le principal est fait... l'obstacle est supprimé. A peine reparu... disparu... et... pour toujours !

Comme il prononçait ces derniers mots, la porte s'ouvrit brusquement, et une femme, enveloppée dans une mantille, parut :

— Andrée ! — exclama-t-il, s'élançant vers elle.

— Ah !... enfin !... Nous triomphons, ma sauvage amie !... Sauvés... nous sommes sauvés... A nous les millions !...

Et il lui ouvrait ses bras, transporté, radieux.

Mais un cri de rage fut la seule réponse à son chant de victoire :

— Nous n'aurons rien... rien peut-être que l'échafaud, vous dis-je... — hurla-t-elle. — Nous sommes perdus !...

Le comte de Montbrun la contemplait avec effarement.

Enfin, il balbutia :

— Mais c'est impossible... Vous ne savez pas... vous ne pouvez pas encore savoir...

— Quoi ? — interrompit-elle.

— Mais le résultat... que je viens seulement d'apprendre à l'instant...

« Jusqu'ici, Alféro n'avait pu approcher... notre homme et se trouver avec lui, dans un coin propice, seul à seul...

— Mais vous, Montbrun... vous ?

— Moi... il pouvait me reconnaître, si bien grimé que je fusse... c'était compromettre le succès de notre entreprise...

— Et puis, vous êtes bien trop lâche !

— Lâche !... Oh ! Andrée, si ce n'était pas vous...

— Oui, lâche !... Qu'avez-vous donc fait de si héroïque depuis que je vous connais... et, d'ailleurs, comment nous sommes-nous connus... et où ?

Montbrun ainsi apostrophé se rebiffa :

— Mais je vous ai vue pour la première fois au cimetière de Cannes, — répliqua-t-il d'une voix sourde... La scène est encore devant mes yeux...

« Un homme était agenouillé au pied d'une tombe de marbre ciselé et d'or, recouverte de fleurs fraîchement cueillies.

« Il tenait dans ses mains sa tête déjà toute blanchie quoiqu'il fût encore bien jeune...

« Il pleurait !

— Le malheureux ! railla Andrée de Bordère. — Vraiment, il pleurait ?... Vous me fendez le cœur !

Son complice poursuivit :

« Une femme, vêtue de noir, s'approcha doucement de lui... une femme sans pitié, comme vous... une buveuse de larmes qui semblait se délecter de sa douleur...

« — Sir Henry, — lui dit-elle, — il est tard ; il faut rentrer. On ne peut toujours vivre avec les morts... Songez à ceux qui vous aiment et qui sont encore de ce monde !... »

« L'homme prostré devant la tombe la chassa du geste en lui disant :

« — Laissez-moi ; vos paroles n'ont aucun sens pour moi et votre présence m'est trop pénible depuis l'affreux malheur qui m'a frappé : mon cœur, vous le savez, est mort à tout jamais avec Elle !...

« — Eh bien ! s'il en est ainsi, va donc la rejoindre !... »

« Et la femme en noir, se baissant traîtreusement, lui enfonça un poignard... là... en pleine poitrine !... »

— Eh bien ?

Le comte de Montbrun acheva avec un frisson rétrospectif :

— Cette femme-là... c'était vous !

Andrée de Bordère, le regard mauvais, le geste saccadé, interrogea en grinçant des dents :

— Et après... après ?

— Rien ! voilà comment je vous ai connue ; et je vous trouve mal venue aujourd'hui de me reprocher ma lâcheté...

L'odieuse créature ricana :

— Finissez donc l'histoire... ou plutôt non, je vais le faire pour vous !

« Au moment où sir Henry Stuart expirait, un individu... quelque malfaiteur de bas étage à en juger par sa mise et son allure, — se dressa dans l'ombre, et me lança ce coup de chantage :

« — Part à deux... ou je mange le morceau !... »

— Dame, mettez-vous à ma place ! — émit le gredin cyniquement.

Andrée riposta, méprisante :

— Non, j'aime mieux encore rester à la mienne. J'ai frappé mon ennemi en face...

« Mais vous... vous étiez embusqué là, attendant la nuit, pour ouvrir une tombe, fracturer un cercueil, et voler des bijoux sur un cadavre, ô sinistre cambrioleur de la mort !

Et elle ajouta avec un rire insultant, véritable ricanement de hyène :

— Bel exploit, en vérité, monsieur le comte de Nommea !... Voilà votre seul titre de gloire, car, depuis lors, vous n'avez fait que vivre à mes crochets !

Montbrun ainsi flagellé grommela :

— Si cette Germaine de malheur est encore en vanté, ce n'est pourtant point ma faute.

— Allons donc, c'est Alféro qui a toujours tout exécuté... et manqué, du reste, tandis que vous étiez dans la coulisse...

Et comptant sur ses doigts osseux, elle fit cette froide énumération :

— La jument droguée dans l'écurie qui devait en s'emballant, tuer raide ma chère nièce... qui manqué !...

« L'incendie du pavillon de Germaine, si bien combiné par vous... manqué également...

« Le canot de promenade défoncé avec tant d'art...

— Ah ! parbleu, en voilà assez et trop ! — coupa le bandit. — Pouvais-je prévoir qu'une chute de cheval, dans ces conditions, ne sera point mortelle ?...

« Pouvais-je empêcher les gens de se jeter à l'eau ou dans le feu pour sauver Mlle Stuart...

— Et la séduire ensuite, rendre un mariage nécessaire, car c'est ce qu'un autre a fait à votre nez, à votre belle moustache, mon cher !

— Celui-là est mort à cette heure, — fit le misérable se redressant. — Voilà ce que vous paraissez ignorer !

A ces derniers mots, la fureur contenue d'Andrée de Bordère fit violemment explosion.

Elle foudroya son complice... son amant... de cette réplique exaspérée :

— Encore un coup manqué, double brute et triple lâche que vous êtes... Le baron Rodolphe des Charmettes n'est que blessé...

« On l'a ramené au Pavillon Doré, où il reçoit les soins du plus célèbre chirurgien de Paris... et de sa maîtresse.

— Malédiction ! — fit de Montbrun. — Alfiéro m'avait pourtant juré... Ah ! vous aviez raison... C'est notre perte, Andrée... Il faut fuir, disparaître...

— Lâche ! — répéta Andrée. — A quel homme me suis-je donc liée ?

— Mais que faire ?... Je n'ai pas envie d'aller tendre stupidement le cou à la guillotine ou de retourner... là-bas... à la Nouvelle ! On n'en réchappe pas deux fois !

Andrée de Bordère acheva de l'épouvanter par cette dernière révélation :

— D'autant plus que la petite Eva a été victime d'un guet-apens horrible. Pieds et poings liés, bâillonnée, on l'a jetée sur la voie ferrée près de Cannes...

— Et... alors ? — questionna Montbrun en roulant des yeux effarés.

Le monstre femelle prononça avec un calme plus terrible que sa colère même :

— Et... Et le train qui emportait sa mère, ce soir, pour Monte-Carlo lui a passé sur le corps... C'est fini d'elle !

Le bandit sursauta :

— Mais c'est tenter l'enfer... Il n'y a plus une seconde à perdre... Il faut fuir !

Andrée riposta avec une énergie, une résolution farouches :

— Non... Montbrun, il faut rester !

L'audace effrayante d'Andrée de Bordère, au lieu de gagner Montbrun et de l'exalter semblait plutôt le paralyser, le confondre, l'atterrer.

Il protesta encore avec un vague regard de terreur autour de lui, l'oreille tendue aux moindres bruits de la nuit.

— Andrée, c'est pure folie !... Rappelez-vous le passé ! Pour réussir il nous fallait la disparition du baron Rodolphe...

« Aussitôt que vous avez appris son retour... si près de nous... si près d'Elle... vous avez décidé la mort de ce dangereux revenant.

« J'ai accepté d'exécuter cette besogne terrible par amour pour vous...

— Ou par intérêt... et vous avez encore manqué votre coup, au moment où nous allions toucher au but.

Et le misérable eut un rauque gémissement :

— Mon rêve de vingt années... toute ma vie, mon ambition réalisée !

Elle ajouta, se parlant à elle-même, en coulant un regard chargé de rancune sur son complice :

— J'avais si bien calculé la fin de cette longue tragédie... de cette affaire d'or... la revanche de tout pour moi !...

« Germaine retrouvait à Nice son amant assassiné... et les morts ne parlent point !...

« De retour à Cannes, elle apprenait la catastrophe où son enfant vient de périr...

« Et elle ne survivait point à ce double malheur... et j'étais seule héritière !...

« Je n'avais même plus besoin de ce stupide Montbrun comme épouseur in extremis de Germaine.

« J'avais mené la partie, joué mes atouts et je gagnais, seule !

Un cri de rage lui échappa encore :

— Oh ! échouer au port... et par votre faute à vous !

Ceci était à l'adresse de Montbrun et avec quelle rancœur !

Devant le danger qu'il prévoyait et s'exagérait même, celui-ci était absolument désarmé et s'avouait vaincu.

— Inutile de récriminer, — fit-il enfin. — Les heures sont précieuses en ce moment.

« Restez si vous le voulez et tenez tête à l'orage ; moi, je vous avoue que je ne m'en sens pas l'envie... Je vais prendre le large...

— Malheureux !... c'est vous dénoncer vous-même... et me compromettre par ricochet !

— Je le regrette ; mais puisque ce maudit baron a pu digérer le poignard d'Alfiéro et que sa maîtresse lui sert de garde-malade, je n'ai pas envie d'attendre ici le résultat de leurs confidences.

« Merci bien !... Toute explication entre eux, vous l'avez compris... vous me l'avez dit en entrant, c'est notre perte... Le pot aux roses sera bientôt découvert... et le las est gros !... Je pars !

— Vous resterez, Montbrun, et cela dans votre propre intérêt.

— Moi... jamais !

Elle le regarda bien en face, ses yeux dans ses yeux, insinuante, captieuse et autoritaire tout à la fois.

Et elle lui parla bas, le ramenant à elle et par la toute-puissance mystérieuse de son diabolique sourire, le courbant de nouveau, esclave soumis, sous sa despotique volonté.

— Allons, adieu et courage, Montbrun ! — lui dit l'ensorceleuse quand il fut dompté. — Suivez mes indications à la lettre et surtout ne bougez pas...

« Je reviendrai vous voir aussitôt que ma présence ne sera plus nécessaire auprès du cher blessé... que je vais soigner comme un frère !...

Et elle s'en fut sur cette atroce dérision que sa lèvre souligna d'un pli cruel... comme une promesse de mort.

VIII

MAUDITE !

Revenons au Pavillon Doré où nous retrouvons le jeune baron des Charmettes étendu sur son lit de souffrance.

Le chirurgien n'a pu encore le tirer de son état comateux, si voisin de la mort.

Germaine, son amante éplorée, lui baise ardemment les mains et prie Dieu de faire un miracle.

Dans un angle obscur, le policier reste tapi... Il guette !...

Le jour commençait à poindre quand Mlle Andrée de Bordère qui s'était retirée pour prendre un peu de repos — avait-elle dit en s'en allant, — reparut les traits plus fatigués, le regard plus fiévreux...

— Ma chère enfant, — dit-elle en touchant sa filleule à l'épaule, — il faut aller vous reposer à votre tour...

« Je vais vous remplacer de mon mieux et vous préviendrai s'il se produit quelque chose... d'heureux !

Germaine ne répondit rien, ne fit pas un geste... L'avait-elle entendue seulement ?...

« Elle demeurait à genoux, toute blanche et immobile, comme une statue de marbre...

« Oui, on eût dit que l'effroi, la douleur, le désespoir l'avaient pétrifiée et que jamais elle ne dût recouvrer ses sens...

Pourtant, de ses lèvres pâles, un léger murmure vagissait :

— O mon Rodolphe ! — gémissait-elle, — Ne t'aurais-je retrouvé que pour te reperdre aussi tôt ?... Quelle sombre fatalité nous poursuit après de si beaux rêves !...

« C'en sera donc fini de notre amour !... Car tu m'as aimée... tu m'as juré que tu m'aimerais toujours... toujours !... Moi aussi, j'ai juré que je te serais fidèle... et j'ai tenu... je tiendrai mon serment... Telle tu m'as laissée, ô mon Rodolphe... oublieux et ingrat, telle aujourd'hui tu me retrouves...

« Je t'aime, je t'aime et je t'adore !

Et son souffle se fit caressant comme la brise pour lui susurrer :

— Cher amant, je t'ai pardonné ton inconstance, du fond de mon pauvre cœur brisé... quand on me disait, pourtant, de t'oublier et de te maudire...

« Je t'ai pardonné, oui, mon Rodolphe, car tu ne connaissais point ton enfant, ta fille, le doux fruit de notre amour... Eva !

« Elle est si gentille et si douce, la tendre mignonnette, le petit trésor de Jésus... Elle est si bien à toi... elle te ressemble tant, la pure et jolie miniature... l'ange descendue du ciel de nos félicités, du paradis perdu de nos baisers... et de nos rêves !...

« Oh ! oui, tu la verras... et tu l'adoreras avec une telle idolâtrie que, par sa grâce infinie, — laisse-moi cette suprême illusion ; — tu te reprendras à aimer... un peu... sa mère... qui pleure... et... te supplie... à genoux !

Un sanglot convulsif brisa la pure et délicate harmonie de sa plainte, tandis que ses doigts angoissés caressaient la main glacée du blessé qui pendait lourdement hors du lit.

— Germaine, il faut prendre une heure de repos, — insista Mlle de Bordère. — Vous êtes à bout de forces !

L'infortunée, ainsi rappelée à la réalité, eut un douloureux frisson... On ne pouvait donc la laisser souffrir en paix ?

— Ma tante, — supplia-t-elle avec un accent intraduisible. — Ma tante... je vous en prie... vous voyez bien que je suis avec lui... avec mon Dieu !

Andrée de Bordère ne pouvait violenter sa nièce ouvertement...

Elle dissimula sa déconvenue et son anxiété sous un masque affectueux...

— Pauvre... chère enfant ! — fit-elle en joignant les mains. — Quelle épouvantable... et dernière épreuve ! Ce sera sa fin !...

Le chirurgien avait depuis longtemps pansé la plaie... et la faible respiration du blessé soulevait l'appareil sur lequel on veillait avec un soin qui ne devait pas échapper à la noire Andrée...

— Question de vie ou de mort ! — se dit-elle. — C'est bien !

Et elle grinça, l'ambitieuse et infâme créature :

— Ah ! si j'étais seule un instant !... Rien qu'une minute !

Mais on veillait... Tout à l'heure, les magistrats viendraient...

La fièvre ne montait pas, car le blessé avait perdu trop de sang...

Il allait revenir à lui... il parlerait...

Une sueur glacée marbrait les tempes d'Andrée... Elle sentait que son sort allait se décider d'un moment à l'autre...

La mort en fermant la bouche de sa dernière victime assurerait-elle enfin son triomphe... ou bien serait-ce l'écroulement irrémédiable de son œuvre de larmes et de sang... avec le châtiment au bout pour elle et ses complices ?

Elle se débattait dans ce doute horrible, regardant la pendule à la dérobée et songeant :

— Mais ils ne se sont donc encore aperçus de rien, là-bas ? On sait pourtant que nous sommes à Nice et, à la gare, j'ai dit que nous allions au Pavillon Doré...

Un bruit de pas se fit entendre dans le couloir...

Elle était haletante... suant le crime et la terreur !

On frappa... C'étaient les gens de justice, le parquet de Nice.

Magistrats et médecins ne sont pas toujours amis, il s'en faut... Toujours est-il que le vieux chirurgien fronça le sourcil à cette brusque intrusion, prêt déjà à défendre son malade...

— Messieurs, — dit-il, dès l'abord, — le blessé est trop faible pour parler... Voyez, il n'a pas encore repris connaissance... Toute émotion, toute fatigue serait presque aussitôt mortelle.

C'était catégorique... Andrée de Bordère respira plus librement.

— En somme, docteur, — conclut le procureur de la République, — vous vous opposez à tout interrogatoire ?

— Absolument.

— Nous n'avons qu'à nous incliner, acquiesça le magistrat qui prit un air pincé.

Et il se rattrapa en questionnant tout le monde, et faisant main basse sur tout...

Le policier embusqué dans la chambre s'était approché du chef du parquet et l'entretenait à voix basse...

Le procureur avait pris l'arme qui avait servi à perpétrer le crime et il retournait entre ses doigts cette pièce à conviction, la seule. —

— Étrange, en vérité, — fit-il. — Venez donc, messieurs !

Les gens de justice et de police avaient rebroussé chemin et formaient un groupe sombre dans un coin du palier.

— Auguste Petiot, — dit le procureur à l'agent lancé sur la piste dès la première heure ; — vous certifiez que cette jeune femme qui est au chevet de M. des Charmettes... serait...

— Sa maîtresse... sûrement !... Elle en a même eu un enfant.

— Et il l'aurait abandonnée ?

— Oui, monsieur le procureur ; cela résulte de toutes ses paroles.

— Ces dames sont arrivées à Nice hier... À quelle heure ?

— Dans la soirée !

Le procureur examinait en ce moment les papiers saisis chez la victime de ce mystérieux guet-apens.

Deux dépêches attirèrent son attention...

Elles étaient datées de Cannes et la première ainsi conçue :

« *M. Rodolphe des Charmettes,*
à Nice.

J'apprends votre retour ; ma fille et moi vous attendons.

GERMAINE.

Le second télégramme renfermait ces seuls mots :

Je vous en prie, venez !

— Qu'en pensez-vous, monsieur le juge d'instruction ? — demanda le chef du parquet au magistrat qui l'accompagnait.

Et il lui remit, intentionnellement, le stylet à manche de nacre avec les deux missives.

Le magistrat instructeur répondit à mi-voix :

— Mais je pense qu'il faut éclaircir cette affaire tout de suite ; nous allons interroger ces deux dames.

Ils rentrèrent dans la chambre du baron des Charmettes sur la pointe des pieds, juste à temps pour assister à un coup de théâtre aussi effrayant qu'inattendu.

Le blessé, ranimé par les révulsifs énergiques que lui prodiguait le dévoué docteur, venait de rouvrir les yeux faiblement...

Et Germaine avait eu un cri de suprême bonheur :

— Mon Rodolphe, tu vivras !

Mais celui-ci, apercevant sa maîtresse, s'était redressé avec un mouvement de colère, de reproche sanglant, d'horreur même :

— *Vous ici, malheureuse !!!*

Et il retomba inanimé sur l'oreiller, tandis que Germaine Stuart foudroyée poussait une clameur de folie :

— MAUDITE ! JE SUIS MAUDITE !

IX

LE PÈRE ANTOINE

N'eût été la situation privilégiée de Germaine, la malheureuse orpheline, martyre de ses millions, son arrestation n'eût point traîné.

On la consignait à la disposition de la justice : c'était chose faite !

Il y avait, il faut bien l'avouer, de graves présomptions contre elle, quoique le vol ou le simulacre de vol dont le baron Rodolphe avait été également la victime eût dû détourner d'elle les soupçons des magistrats.

Une femme qui se venge n'a point de ces hypocrisies ni de ces lâchetés...

Il est vrai, se disaient-ils, qu'elle pouvait avoir armé le bras de quelque misérable : Nice est si près de l'Italie, cette terre classique du « coup de couteau » !

Mais l'arrivée inopinée d'un nouveau personnage vint faire diversion...

C'était un homme d'une cinquantaine d'années, déjà voûté et très grisonnant, physionomie ouverte et sympathique, du reste...

C'était le père Antoine, l'intendant de la villa des Roses... ou des Fleurs, un brave serviteur vieilli au service de la famille de Bordère...

Il avait, et à juste titre, toute la confiance de Germaine ; c'était lui qui, au péril de sa propre vie, avait sauvé la jeune femme de cet incendie, criminellement allumé par l'affreux Alfiéro, à l'instigation de son abominable maître... et d'Andrée !

Celle-ci subissait, malgré elle, le digne homme qui était protégé par le notaire de la famille, dont elle s'efforçait depuis longtemps de gagner les bonnes grâces... et pour cause !...

Mais, disons-le à sa louange, le tabellion était réfractaire ; déjà, à plusieurs reprises, il avait même engagé Germaine à se faire rendre par sa tante ses comptes de tutelle arriérés.

La jeune femme méprisait trop cet argent, cause initiale de tous ses malheurs, et elle avait, hélas ! d'autres soucis.

La vue du père Antoine avait subitement galvanisé Germaine qui, s'accrochant à une draperie pour ne point tomber, bégaya :

— Ah ! mon Dieu... il y a du nouveau chez nous... n'est-ce pas ?

Le père Antoine très inquiet et embarrassé répondit :

— C'est-à-dire que... ces dames avaient recommandé de veiller sur mademoiselle Eva... pendant leur absence...

Andrée de Bordère l'interrompit :

— Eh bien ! ne l'a-t-on pas fait ? — demanda-t-elle sévèrement.

L'intendant de la villa des Roses roulait des yeux effarés, perdait tout à fait la tête...

— Voyons, parlerez-vous, Antoine ? — fit à son tour Germaine, d'une voix éteinte par l'angoisse.

— Mais... mais... je croyais... nous pensions tous... que ces dames s'étaient ravisées... qu'elles avaient emmené mademoiselle Eva avec elles... et alors, je venais voir...

La jeune femme jeta un cri de folle terreur :

— Ma fille... ma fille n'est plus... là-bas ?

Le pauvre Antoine courba la tête, n'osant rien répondre.

Mais son silence avait une éloquence poignante.

C'en était donc fait !...

— Oh ! mes pressentiments ! — râla Germaine.

Elle venait d'avoir encore la vision du drame nocturne : le train qui l'emportait écrasait une enfant... sa fille !...

Oui, à n'en plus douter, c'était son Eva, la petite victime de cette nuit maudite...

Et elle l'avait oubliée à travers les cauchemars successifs de cette effrayante tragédie, véritable cycle infernal !

— Il faut que je sache... je veux savoir ! — hurla-t-elle en proie à une crise de désespoir affreuse. Oh ! mon Dieu, mon Dieu, vous êtes sans pitié !

Et elle allait s'élancer au dehors comme une folle furieuse, les yeux en feu, les traits retournés, tout échevelée, quand elle eut subitement une dernière inspiration de bonté... de salut, peut-être, pour son cruel amant :

— Antoine, — dit-elle, — je vous confie tout ce que j'ai de plus cher au monde... après ma pauvre petite Eva...

« Vous allez rester ici... et jusqu'à mon retour... nuit et jour, s'il le faut... vous veillerez Rodolphe, n'est-ce pas... vous me le jurez ?

Le brave homme, les yeux rougis de larmes, étendit solennellement la main...

Il n'aurait pu articuler un son, tant l'émotion le tenaillait.

Andrée de Bordère avait eu un instant d'espoir...

Elle pourrait donc se trouver seule avec le blessé... comme jadis avec sa malheureuse sœur... qui en était morte !

Mais son horrible espérance était encore déçue !...

Son regard, chargé de haine, se reporta sur le vieux serviteur fidèle ; entre eux ce serait une lutte à mort !

— Venez avec moi, ma tante ! — fit en ce moment Germaine.

La misérable secoua la tête et larmoya douloureusement :

— Ma pauvre enfant... non... je n'aurai pas ce courage !

Le juge d'instruction s'interposa à son tour :

— Il est indispensable avant toute chose, que vous répondiez à la justice... Les faits sont d'une telle gravité...

Cela s'adressait aux deux femmes.

Mlle de Bordère s'inclina avec une soumission qui devait faire bonne impression sur les magistrats, tandis que sa nièce, véritable lionne déchaînée, protestait violemment...

— Je vous dis qu'on m'a volé... qu'on m'a tué mon enfant ! — rugit-elle à travers ses sanglots. — Oh ! je me vengerai... ce sera terrible... vous verrez !

Les magistrats s'entre-regardèrent indécis sur la ligne de conduite à tenir...

L'affaire se compliquait.

— Petiot, — dit le procureur de la République à l'agent de la sûreté, — vous allez accompagner madame ! Mes ordres suivront...

Et il désignait Germaine Stuart... Pour un peu il aurait dit l'accusée !

Puis s'adressant à Andrée de Bordère :

— Mademoiselle, — fit-il avec plus de politesse ; — nous avons quelques questions à vous poser. Veuillez y répondre avec franchise...

— Je me permettrai au moins de vous demander le secret, — répondit l'astucieuse créature, en désignant les spectateurs de cette scène...

Les magistrats acquiescèrent aussitôt et sortirent de la pièce avec Andrée de Bordère.

L'instruction commença dans une salle voisine...

Germaine venait de disparaître suivie d'un policier.

Le chirurgien et l'intendant de la villa des Roches restèrent seuls...

Le docteur songeait en *a parte* :

— Je parie que cette bande de chats-fourrés soupçonne déjà cette malheureuse et va se lancer sur sa piste, la déchiqueter et la broyer sans souci ni respect pour son malheur...

En effet, le juge d'instruction vint bientôt lui demander :

— Pourriez-vous, d'après l'état dans lequel se trouvait le blessé, indiquer à peu près l'heure du crime ?

Le chirurgien allait formuler son opinion, livrer peut-être une arme à la justice, quand le magistrat ajouta :

— C'est très important !

— Ah !... Eh bien... alors...

— Eh bien ! docteur ?..

— Je ne sais pas ! — dit le praticien se ravisant. Ce serait imprudent de me prononcer.

Le juge instructeur ne put en tirer davantage et s'en retourna poursuivre l'interrogatoire d'Andrée de Bordère.

Elle ne reparut dans la chambre du blessé qu'au bout d'une heure...

La conférence avait été longue... Que de venin distillé, sans doute !

— Allons ! — dit-elle en s'asseyant au pied du lit. — *Cela va mieux !*

Et son pâle et fugitif sourire erra de nouveau sur ses lèvres crispées...

Que s'était-il donc passé ?...

X

COUP DE GRACE

Germaine, toujours filée, escortée par l'agent Petiot, courait vers la gare.

En route, elle avait eu un brusque sursaut.

Des travailleurs balayaient, nettoyaient une flaque de sang, dans une petite rue : c'était là qu'était tombé le baron des Charmettes !

Le policier nota ce détail pour servir à son enquête, si bien commencée, la veille !

La pauvre Germaine était persuadée qu'à la gare même de Nice, elle apprendrait dans tous ses affolants détails la catastrophe qui avait eu lieu durant la nuit sur la voie du littoral.

Il n'en fut rien ; personne ne put même la renseigner.

O suprême bonheur dans son infortune, si tout cela n'était qu'un rêve odieux !

Elle prit le train pour Cannes avec une hâte fébrile et elle refit avec des affres d'agonie ce mortel trajet...

Quel calvaire !

Arrivée à l'avant-dernière station, elle osa recommencer ses questions, d'une voix tremblante, brisée :

— Pardon, monsieur le chef de gare, est-ce qu'il n'y a pas eu hier... un grave accident... sur la ligne ?..

— Non, madame, point que je sache...

— Mais si... une petite fille...

— Une petite fille... ah ! oui, je me souviens !

Germaine sentit son sang se glacer dans ses veines. Elle essayait de lire la vérité sur le visage souriant du chef de gare.

Celui-ci, plutôt amusé de son émoi, reprit gaiement :

— Eh oui ! ce brave Bertrand, le mécanicien du 609 qui a eu la berlue. N'a-t-il pas vu, de ses yeux vu, une petite ombre ligotée sous la roue de sa machine. On a télégraphié, cherché, exploré la voie...

— Alors ?..

— Mon Dieu ! c'est tout... On n'a point retrouvé la moindre trace de ce terrible drame qui, heureusement, n'a jamais existé qu'en rêve... et dans l'esprit de ce pauvre Bertrand... à qui cela a valu une forte réprimande, car on suppose qu'il n'était pas à jeun, contre son habitude...

— Et il a reconnu son erreur ?

— Oh ! pas du tout... il n'en démord pas, au contraire !

Le train filait maintenant sur Cannes...

Germaine espérait vaguement qu'à la villa, on lui dirait que le bon Antoine s'était trompé lui aussi, que tout cela n'était qu'une fausse alerte, une panique, un coup de fièvre absurde...

Hélas ! c'était la vérité ; la cruelle vérité !

La petite Eva avait disparu...

Et aucune trace d'effraction, rien qui pût mettre sur la piste des ravisseurs... rien que la vision de Sania la bohémienne, entrevue dans la nuit par la jeune femme !...

D'instinct, elle se rendit à la prison où la mégère avait été enfermée pour sévices graves sur un pauvre petit garçon de six ou sept ans, qu'elle avait dû voler et dont on lui avait enlevé la tutelle pour la confier à Germaine Stuart.

A la maison d'arrêt, on apprit à la pauvre mère que Sania, sa peine achevée, avait été remise en liberté quelques jours auparavant.

Elle interrogea, suppliante :

— Et qu'est-elle devenue, par pitié... où est-elle allée ?...

— Elle a déclaré qu'elle se rendait en Algérie.

— Oh ! je vais partir tout de suite... la rejoindre...

Mais une main brutale s'était posée sur son épaule :

— Ah ! pardon... pas de ça !...

Tandis qu'avait lieu cette démarche de Germaine auprès du directeur de la prison, le policier Auguste Petiot venait de recevoir un mandat du procureur de Nice...

— Au nom de la loi, je vous arrête !

— Moi ! — s'écria la jeune femme qui, cette fois, se sentit défaillir. Moi !

— Vous-même !

— Mais pourquoi... qu'ai-je fait mon Dieu !

— Vous êtes accusée d'avoir assassiné... ou fait assassiner le baron Rodolphe des Charmettes. Allons, avouez votre crime !

Germaine Stuart roula comme une masse sur les dalles de pierre de la prison ; la syncope venait de l'achever.

C'était le coup de grâce !

XI

FOLLE !

Ce qu'avait pu être la déposition d'Andrée, on le devine que trop : au lieu de justifier sa nièce devant les magistrats, elle l'avait, au contraire, irrémédiablement compromise, en feignant, — suprême habileté ! — de la défendre contre la justice.

Seule en présence des magistrats, la fourbe créature s'était écriée :

— Messieurs, je vous en prie, ayez pitié de ma pauvre Germaine... Je vous jure... qu'elle est innocente !

Le procureur de la République, voyant son trouble, lui posa brièvement cette question qui pouvait confondre Andrée de Bordère :

— Innocente, dites-vous... mais de quoi ?

... comme l'odieuse comédienne restait sans voix :

— Répondez ! — insista-t-il. — Ou je vous croirai complice... Allons, la vérité : il nous faut la vérité...

Elle balbutiait...

Le juge d'instruction ajouta en la dévisageant :

— Je crois qu'il serait plus simple de signer tout... un double mandat d'amener...

— M'arrêter... avec ma nièce ! — exclama alors la misérable. — Mais je n'ai rien fait, moi !

— Vous, non... Peut-être... Mais elle...

— O Dieu du ciel, la malheureuse !

— Parlerez-vous, mademoiselle, enfin ?

Les magistrats, bernés par une femme, se croyaient comme toujours des gens très forts et infiniment supérieurs.

Leurs clignements d'yeux signifiaient :

« Hein ! nous la tenons. Il faudra bien qu'elle parle. »

Et elle parla, en effet...

Elle dit que sa nièce avait été séduite et abandonnée par le baron des Charmettes ; que celui-ci, ayant sans doute des motifs de jalousie, avait disparu sans attendre la naissance d'un enfant qu'il ne voulait pas reconnaître...

Germaine avait appris son retour à Nice et son indignation n'avait plus connu de bornes...

Malgré toutes les objurgations de sa tante, elle avait écrit à son ancien amant dépêche sur dépêche.

Et ne recevant de lui aucune réponse, exaspérée par ce silence outrageant, elle avait pris le train pour Monaco...

— Je l'ai accompagnée, — acheva Andrée, — car je pressentais le malheur qui est arrivé. J'aurais voulu l'empêcher... prévenir M. des Charmettes... Hélas ! il n'était pas au Casino...

« Ma nièce est partie pour Nice comme une folle... Je l'ai alors perdue de vue dans le mouvement de la gare... Je ne sais plus ce qui s'est passé...

— Et où l'avez-vous retrouvée ? — demanda le juge d'instruction.

— Devant le Pavillon Doré... Oh ! mon Dieu, mon Dieu !

L'opinion des magistrats était faite...

— Connaissez-vous cette arme ? — fit brusquement le procureur en lui mettant sous les yeux le stylet fin et élégant que le docteur avait retiré de la plaie.

Andrée de Bordère se voila la face et gémit :

— C'est à elle !... Oh ! la folle, la folle !

Et tombant à genoux, elle supplia avec de vraies larmes dans les yeux, l'infâme :

— Épargnez-la, messieurs... Je vous assure qu'elle n'a jamais eu toute sa raison... Et depuis son malheur, elle ne rêvait que mort et suicide... Je l'ai désarmée dix fois...

« Oh ! tout cela est affreux !

— Si votre nièce est folle, — dit sèchement le procureur, — sa folie est dangereuse ; et il est regrettable qu'on ne l'ait pas enfermée plus tôt !

Il signait en ce moment une pièce : c'était sûrement l'ordre d'arrêter Germaine Stuart.

En dépit de son audace et de son cynisme, Andrée de Bordère eut un tressaillement de tout son être...

N'avait-elle pas été trop loin ?

Et qu'allait-il advenir de cela ?

Elle réfléchit rapidement : rien ne pouvait sauver sa victime, à moins que le baron des Charmettes ne parlât en sa faveur...

Et encore, c'était bien improbable...

Il n'avait dit que quelques mots... et pour l'accuser, la flétrir, la condamner...

— Vous ! toi, malheureuse ! »

Non, il ne dirait plus rien, songeait la criminelle, car la tombe est muette !

Mais elle éprouvait une autre crainte qui la bouleversait : si on l'arrêtait, elle aussi, comme complice...

Que ferait-elle entre quatre murs, paralysée ! Montbrun perdrait la tête, ferait des bêtises, qui sait !

Le procureur de la République conservait son masque sévère et menaçant...

Il résuma ainsi l'affaire :

— Germaine Stuart n'a cessé de poursuivre de ses obsessions le baron des Charmettes qui y a mis fin par un long exil...

« Revenu dans son pays et croyant votre nièce guérie de... sa folie, comme vous dites, il a été victime d'un nouveau chantage moral, avec menace sous condition... Ces deux dépêches en sont la preuve...

« Il a encore résisté... C'est alors que Germaine Stuart est partie, s'est mise à sa recherche... l'a manqué au Casino... mais l'a enfin relancé à Nice, près de la gare... où on l'a retrouvé poignardé, assassiné de la main de votre nièce et peut-être sous vos yeux !

La noire Andrée protesta :

— Non, messieurs les juges ; oh ! non, je n'étais pas là... Sans quoi ce crime n'aurait pas eu lieu...

— Vous voyez bien ! — conclut le procureur.

Et il recommença ses questions, fit transcrire les réponses de Mlle de Bordère et lui dit du même ton d'intimidation :

— Signez cela... Vous restez à la disposition de la justice, en liberté provisoire !

La misérable joignit les mains :

— Oh ! merci, monsieur... Je vais pouvoir soigner... et sauver peut-être cet infortuné !

Le juge d'instruction observa, sceptique :

— Et surtout le supplier de ne point porter plainte, s'il en réchappe ; n'est-ce pas, mademoiselle ?

— Hélas ! ce serait mon devoir ! Puis-je oublier que Germaine Stuart est la fille de ma sœur adorée et que c'est moi qui l'ai élevée... qui ait été sa seconde mère ?...

— Soit !... Allez donc ; vous êtes libre !

Andrée de Bordère sortit et regagna la chambre du blessé.

Elle pouvait se dire, — comme certains bandits italiens qui prient la Madone avant de perpétrer un crime — qu'il y a, décidément, un Dieu pour les coquins !...

— Cela va mieux ! — pensait-elle...

Dans une heure, Germaine serait sous les verrous !...

Elle restait donc maîtresse de la situation à la condition d'en profiter bien vite...

L'obstacle, à présent, c'était le père Antoine...

Il fallait l'éloigner à tout prix et ce ne serait point chose facile, car le bonhomme était entêté et même assez méfiant depuis quelque temps.

N'importe, elle commanderait au besoin et s'il refusait de lui obéir, elle poursuivrait cette espèce d'Allemand jusqu'au bout et le congédierait...

Sa nièce en prison, nul ne pourrait intervenir.

— Antoine, — dit-elle en entrant, — il se passe des choses graves... très graves... Il faut que vous retourniez à Cannes... Vous seul pouvez diriger la maison...

Et elle ajouta très bas, comme oppressée :

— Ma nièce est accusée de ce crime... et il faut la prévenir... Son arrestation est décidée...

— Les misérables ! — exclama le digne serviteur.

— Vous croyez que...

— Je vous dis que j'en suis sûre... Partez... courez bien vite !

Antoine, après un instant de réflexion poignante, répondit :

— Non... J'ai un ordre de ma maîtresse ; je reste ici !... Si ces gens l'arrêtent, ils en seront quittes pour la remettre en liberté... Leur erreur va leur sauter aux yeux...

« Mais elle ne tuerait pas une mouche, notre bonne dame Germaine !

Le chirurgien, entendant cela, eut un ressaut :

— Comment ! les choses en sont là ?

Mlle de Bordère, gênée, répondit évasivement.

— Quels imbéciles ! — fit le docteur.

Et il s'empressa de nouveau auprès du blessé, s'efforçant de le ranimer :

— Pourvu qu'il puisse parler ! — songeait-il.

Andrée s'était tournée vers Antoine et avec plus d'autorité :

— Je vous ordonne de partir, — fit-elle. — M'avez-vous entendu ?

— Oui, mademoiselle, mais pour la première fois, je ne puis vous obéir ; je suis lié par un serment !...

Et l'intendant ne bougea pas, très ferme dans son attitude de révolte, qu'il s'efforçait de rendre respectueuse...

— Vous refusez ?

Antoine s'inclina...

— C'est bien ; j'ai la direction du personnel à la villa... et je vous chasse !

— Soit, mademoiselle ; je m'en irai !

— J'y compte bien... Assez raisonné... Sortez !

— Non ; je suis chez M. le baron Rodolphe ; lui seul a le droit de commander ici... ainsi que M. le docteur.

Et le regard d'Antoine semblait supplier le médecin.

Celui-ci, étonné et agacé de la brutale insistance d'Andrée de Bordère, laissa échapper ces simples mots qui firent trembler la coupable :

— En vérité, mademoiselle ; on dirait que ce brave homme vous gêne !

— Mon Dieu, non, monsieur... et même je lui laisse la place !

Elle venait de s'apercevoir tout à coup que la fièvre agitait le blessé...

Le délire viendrait... la mort peut-être...

En tout cas, il ne parlerait point de sitôt, ce qui était sa terreur !

Donc elle avait le temps d'aller au télégraphe et de prendre des nouvelles de Cannes.

Elle quitta le Pavillon Doré, sans affectation et se rendit à la grande poste...

Dans le bureau, elle croisa Montbrun qui sortait...

— Eh bien ! — lui glissa-t-il. — Est-ce que ça va ?

— A merveille, — fit-elle rapidement ; — Germaine, convaincue du crime de cette nuit, doit être arrêtée à cette heure...

— Du crime... quel crime ?

— Mais celui d'Alfiéro... le vôtre !

— Bon... car l'autre... la petite écrasée sous le train, je me suis informé... Alfiéro aussi...

— Et ?

— Il n'y a rien de fait : c'est faux !

— Allons donc !... L'enfant a disparu...

— Oui, mais il n'y a pas trace de sa mort !

— C'est impossible, — murmura Andrée blêmissante.

— N'empêche que c'est comme ça ! — affirma Montbrun cyniquement. — Coup manqué, chère amie !

— Voyons, ce serait à croire aux miracles !

Mais il sembla à Andrée qu'on les observait...

— Séparons-nous ! — dit-elle. — On nous regarde.

— A cette nuit ?

— Peut-être.

Le bandit s'esquiva tandis qu'Andrée de Bordère, confondue, télégraphiait à la villa des Roses...

La réponse se fit longtemps attendre...

Enfin, un mince rouleau bleu se déroulant sous ses yeux lui apprit ce qu'elle désirait... et même plus qu'elle n'aurait osé espérer.

« Ayez du courage, mademoiselle. Votre nièce a été arrêtée et le choc a été si terrible qu'elle est devenue folle... Aucune nouvelle de la petite Eva disparue. »

Un rictus contracta la face de la noire Andrée.

— Allons, le diable est pour moi. — grinça-t-elle.

XII

EN PRISON !

Nous avons laissé la malheureuse Germaine, gisant inanimée sur les pierres de la prison, dans le couloir d'entrée...

Pendant que la surveillante, préposée à la garde des femmes, appelait une aide de la maison d'arrêt, l'agent Petiot pénétrait dans le cabinet du gardien-chef.

L'auxiliaire accourait déjà, traînant un brancard sur lequel, rapidement, après avoir placé Germaine Stuart évanouie, les deux femmes l'emportèrent...

Dans la courte traversée du préau, où trois détenues seulement tuaient la tristesse de leur récréation, — ô ironie des mots ! — quelques murmures saluèrent le passage de la victime d'Andrée.

— Une voleuse de la haute, bien sûr, — murmura une grosse commère sur le retour. — Ça n'est pas une truqueuse comme nous !

— Elle aura « refait » un « type » de Monaco, et elle ne l'a pas aidé à s'empoisonner peut-être, — renchérit une maigriotte, à l'œil mauvais.

— Et ça fait des manières... Mademoiselle se trouve mal !...

Bientôt les deux femmes arrivèrent à la porte d'une cellule libre et déposèrent Germaine sur une couchette sordide où quelques instants après, elle revenait péniblement de son évanouissement.

Toutefois, redoutant une réaction morbide, pendant que l'aide regagnait le préau, la surveillante courait au bureau du chef.

En ce moment, Petiot y rédigeait une dépêche à l'adresse du procureur pour lui annoncer sa belle prouesse.

Soudain, se tournant vers le gardien-chef, un large sourire de triomphe illuminant sa chafouine physionomie, le limier exulta :

— Hein ! vous ne vous en seriez pas douté, mon bon, que cette particulière, avec ses airs de sainte Nitouche avait poignardé un homme ?

— Ma foi !... — fit le chef, ébahi, cherchant une réponse flatteuse, qui s'obstinait à ne pas venir.

— Et moi non plus ! — ajouta la surveillante qui entrait en coup de vent. — Vrai ! ça joue si bien la comédie... Cependant je la crois très malade.

— Ah ! nargua Petiot ; — c'est une roublarde, mais elle n'a pas affaire à un manchot, ni à un aveugle !

— Il paraît, monsieur ! — dit la geôlière émerveillée.

— Et notez que ce n'est pas la première que j'arrête dans ces conditions !

— Je m'en doute ! — opina à son tour le chef. — Avec vous on ne manque pas de clients, au moins !

— Et ce n'est pas fini, — renchérit le policier, dans un ricanement. — En tout cas, ouvrez l'œil sur ma particulière. Vous l'avez vue, c'est une coquine, avec ses petits airs de madone.

« Oh ! elle entortillerait carrément des novices. Comme nous disons, nous autres, à la « Boîte », tout ça c'est du chiquet...

— Soyez sans crainte, monsieur l'inspecteur, — promit la gardienne, se rengorgeant, — c'est moi qui lui porterai la pâture. Rien à craindre.

« Elle pourra gémir, pleurer, crier, supplier, rien n'y fera, n'ayez pas peur, ça ne prendra pas ! Pas de danger que je lui ouvre la porte de sa cage !

— J'y compte bien ! Et le procureur aussi.

Le policier s'était levé. Il avait plié le brouillon de sa dépêche, lorsque, se ravisant :

— A propos, — demanda-t-il ; — que venait-elle faire ici, cette femme ?

Alors prolixe, se perdant en détails, le gardien-chef expliqua :

— Figurez-vous que nous avons eu une espèce

de vieille bohémienne qui d'ordinaire vit dans une roulotte avec un gitano de son espèce, un gaillard qui ne doit pas valoir bien cher, un bandit, à coup sûr...

— Au fait ? — hâta Petiot, pressé.

— L'homme fabriquait des paniers d'osier, la vieille, Sania, allait les vendre et se faisait accompagner par un bambin, un pauvre petit être, minable, loqueteux, chétif, pitoyable avec son intelligente trimousse.

« Elle le forçait à mendier et pour lui donner l'air plus miséreux, elle le rouait de coups, du matin au soir. Lorsque la recette n'était pas assez forte, elle redoublait de cruauté, naturellement.

— Quel rapport avec notre prévenue ?

— J'y arrive ; mais il faut tout vous narrer en détail. Un jour, une dame charitable fit une plainte, relativement aux mauvais traitements du gosse, lequel lui fut confié, puis mis en pension par elle, pendant qu'on coffrait la vieille.

— Où est-elle, cette vieille ? — interrogea le policier intéressé.

— Elle a fini sa peine ces jours-ci ; elle a dû filer sur l'Algérie ; c'est, du moins, ce qu'elle disait, et, pour en finir, la petite dame que vous avez arrêtée ici même était venue se renseigner sur son compte.

« Paraît qu'on lui aurait enlevé sa fillette. Elle avait l'air de soupçonner la bohémienne ! Comédie, bien sûr ? Hé ! qu'en pensez-vous ?

Petiot semblait rêveur... Cela compliquait... aggravait l'affaire...

Enhardi, le galonné de la prison se croyant sans doute l'étoffe d'un fin policier, lui aussi, ajouta :

— Peut-être que la vieille est sa complice et que c'est un truc pour faire perdre la piste...

— Tout est possible ! — fit l'agent d'un ton sentencieux ; — en tout cas, ça ne lui aura pas réussi ! Ni ça... ni le reste !

— On le dirait ! — ricana la geôlière ; — on l'a même placée dans la cellule où la vieille a moisi, et sur les murs de laquelle, comme la plupart des prisonnières, elle a même inscrit son nom.

— Ça c'est drôle ! — fit Petiot. — Voilà la vie !... Chacun son tour.

Et coiffant son gibus graisseux, le policier, sur un : « Au revoir ! » protecteur, quitta le sinistre bâtiment.

Presque sur ses pas, la gardienne, sur l'ordre du chef, allait prévenir le médecin de la prison, conformément aux règlements.

Oh ! elle ne se pressait point !

Hélas ! nulle pitié pour la victime, dans cet enfer de la répression !

Pendant la première heure de sa détention, Germaine était restée farouche et silencieuse, comme abîmée dans une douleur surhumaine.

Puis, comme si la réaction de ses terribles émotions était décidément trop forte, elle s'assoupit sur le grabat, où six mois durant, l'immonde Sania avait étendu sa criminelle carcasse.

Et elle dormit d'un sommeil pesant, peuplé de lourds cauchemars, qui la secouaient convulsivement et la faisaient se redresser les yeux hagards, pleins d'effroi.

La surveillante vint apporter une soupe grossière à la prisonnière qui, éveillée par le bruit, bondit sur son séant.

La geôlière était déjà repartie.

Un mince filet de lumière filtrait à travers le tambour grillé, éclairant d'un jour cru la détresse de la cellule.

Quelques instants, Germaine contempla la gamelle visqueuse dans laquelle, au milieu d'un liquide écœurant, flottaient quelques haricots mal cuits, puis, comme si ses pensées déviaient brusquement, elle murmura d'une voix plaintive et douce :

— Ma chère petite Eva !... Elle dort à la villa des Roses, dans son petit berceau ! Fais dodo, mignonne, fais un joli dodo !

« Mémère veille sur toi ; n'aie pas peur... la méchante bohémienne ne t'emportera pas ! Je te dis que je suis là, mon ange adorée !

Sa voix se faisait caressante, prenait des inflexions câlines, se mourait, enveloppante de tendresse, en ces modulations harmonieuses, que seule, peut engendrer la sainte maternité, doux et sublime miracle de nature !...

Et, comme si elle avait devant elle la vision de la gentille bercelonnette où sommeillait Eva, la pauvre Germaine, les traits épanouis par un bonheur sans limites, contemplait le vide.

— Tu fais risette à la petite mère chérie ! C'est ton ange gardien, vois-tu, ta mère ! Si tu savais comme elle t'aime !

Tout à coup, sous une nouvelle et brusque déviation de ses pensées, la victime de l'odieuse Andrée de Bordère se dressa sur sa couche, et, avec ce regard perdu que donne le sommeil hypnotique, elle murmura, en phrases hachées, sifflantes :

— Le train part... il roule... Je vais revoir mon Rodolphe... Il vient. O Rodolphe, comme tu as été long, comme tu as été cruel !...

« Tu regardes Eva ; je te l'apporte... Embrasse-la... Encore plus fort... N'est-ce pas qu'elle te ressemble ?... Oh ! comme je l'ai aimée en pensant à toi !...

Mais, soudain, la prisonnière poussa un lugubre cri.

Ses paupières se dilatèrent, ses traits se convulsèrent, tout son corps se raidit, et son regard épouvanté se fixa sur la muraille où, en caractères malhabiles, la voleuse d'enfants, à l'aide d'un clou, avait écrit son nom :

SANIA LA BOHÉMIENNE

— Sania ! — répéta Germaine Stuart ; — la misérable !... Elle pénètre dans ma chambre, elle vole notre enfant !... La vois-tu, Rodolphe, dis-moi, la vois-tu ?... Courons... Oh ! trop tard !

Et le bras tendu, le doigt allongé dans la direction de la muraille, avec un brusque tressaut d'épouvante, Germaine se tassa, prête à s'élancer.

— Elle l'emporte, elle la dépose sur la voie... Le train gronde... Notre Eva est broyée sous les roues ! Oh ! mon Dieu !

Puis, comme si, en elle, quelque chose s'était brisé, comme si l'horreur de la terrifiante vision avait trop exacerbé ses nerfs, la malheureuse s'effondra, inerte, sur les dalles de sa cellule, jetant sourdement des appels de mort !

Un œil se colla derrière le judas...

C'était la gardienne qui, attirée par les cris de sa prisonnière, cherchait à deviner ce qui se passait dans le sinistre cachot.

— Tiens ! fit-elle, — la voilà sur le carreau ! Ça, ma petite dame, c'est de la frime ! On se paie une attaque de nerfs... Ça me connaît... J'en ai bien vu d'autres, et on n'en meurt pas !

Et, brusquement, elle referma le judas.

Mais dans le couloir, comme si elle avait été agitée par une crainte ou par un regret, la surveillante réfléchit :

— Je vais encore en référer au chef ! Tout à l'heure elle criait à faire écrouler la boîte, maintenant elle est raide comme une morte !... Enfin, c'est l'affaire du médecin.

Hâtant le pas, la gardienne se rendit au greffe pour prévenir son supérieur.

— Bah ! — fit celui-ci, — ruses de femme, ou chiquet comme disait l'inspecteur. Ouvrez l'œil, c'est une rouée commère, on vous a dit... Oh ! elles connaissent, dans la haute !...

Au même instant, comme pour donner un poignant démenti aux sans-cœur de cette géhenne, un

lamentent lugubre, déchira le silence des corri-
dors.

— L'entendez-vous, chef ?...

— C'est bizarre ! Allons voir ! Elle serait bien
capable de se faire périr... pour nous faire avoir des
désagréments.

Et les deux gardiens, — homme et femme, — se
dirigèrent vers le cachot de l'infortunée et s'embus-
quèrent derrière la traîtrise du judas.

Germaine avait ouvert les yeux...

Comme un automate, elle s'était levée et, de nouveau, son regard s'était porté sur le nom de l'infernale bohémienne qui, maintenant, semblait, pour
elle, gravé en lettres de feu, l'aveuglant, lui brûlant les paupières...

Un pli amer tordait ses lèvres fiévreuses ; un
grondement de houle s'en échappait, une lamenta-
tion dont les phrases s'entre-heurtaient comme des
galets saisis et roulés par la mer en fureur.

— Sania ! Misérable !... Regarde, Rodolphe, elle
la jette sous les roues du rapide... la locomotive...
les lanternes rouges... Arrêtez !... Ah !...

Elle se recroquevilla, se raidit en arrière. Maintenant, sa physionomie, si douce était livide de terreur.

Oh ! l'infâme ! Comme elle s'est vengée... Oui,
larmes et sang !... Elle a tenu parole... Mon Eva !...
ma fille !

Ses doigts tendus fouettaient le vide, stigmati-
saient le nom maudit, puis, parfois, se soudaient
dans l'horreur de la sanglante vision...

— C'est égal, — fit le gardien-chef, à voix basse,
je ne pense pas que ce soit du *chiqué* ! Faudrait
voir !

— Franchement, c'est aussi mon avis ! — fit la
surveillante. — La vieille bohémienne aura dû lui
jouer quelque vilain tour, et justement la prévenue
lit son nom, sur les murs !... Voyez-la donc !

— Il serait peut-être prudent de la changer de
cellule ?...

A ce moment, la malheureuse mère tourna la tête
du côté de la porte.

A la vue de ces deux visages à l'affût de sa détresse, son épouvante redoubla...

Elle se revit dans le rapide...

Il lui sembla que cet homme en uniforme c'était le
chef de train qui, devant la portière de son compartiment, lui criait :

« La locomotive a écrasé une enfant ! »

— De grâce, arrêtez ! — supplia-t-elle. — Pitié,
grâce, monsieur !

Et ses bras se tordirent, pendant qu'avec un
bruit sourd ses genoux, soudain repliés, frappaient
le sol.

Comme s'ils étaient confus de leur espionnage, les
deux gardiens refermèrent le judas.

Cette fois, Germaine rugit :

— Mais arrêtez donc ! misérables ! C'est mon
enfant !

Et frappant de sa fine bottine sur la porte en
chêne massif, se meurtrissant les pieds, la pauvrette clama :

— Les lâches ! les assassins ! les bourreaux !

— Oh ! oh ! Voilà qui n'est pas ordinaire ! — murmura le geôlier. — J'en ai bien vu dans ma carrière, des femmes arrêtées pour un crime, mais
jamais aucune n'a eu de crise pareille à celle-là !
Ça doit être le remords !...

— Ecoutez, chef, l'inspecteur a eu beau dire, vous
avez raison, ce n'est pas du *chiqué*, cette fois !...
Moi, ça m'émeut à la fin !...

Un violent coup de marteau retentit à la porte de
la rue, répercuté par les voûtes sonores.

Rapidement, le gardien-chef se précipita et ouvrit
la porte.

Devant lui était le médecin de la prison, un vieil
officier de santé, dont le poste, véritable sinécure,
lui tenait lieu de retraite, — ou « d'invalides ».

— Vous avez une malade ? Comment va-t-elle ?

— Mais, docteur ! êtes-vous sûr ?...

— Diantre.

— Arrêtée pour assassinat... elle a la fièvre, son
le tremblement ; du reste, vous en jugerez.

Le gardien-chef allait refermer la porte... Un
homme montait vivement les deux marches de
pierre.

C'était le chirurgien de Nice, qui avait été témoin
de l'altercation entre Andrée de Bordère et le père
Antoine et qui, sans doute, voulait en avoir le
cœur net...

— Mme Germaine Stuart est enfermée ici. Puis-
je la voir ? — demanda-t-il d'une voix brève.

— Avez-vous une autorisation ?

— La voici.

Et tirant son carnet, le maître en sortit un papier qu'il tendit au gardien.

Celui-ci lut :

*Autorisation au docteur Cherfils, chirurgien en
chef des hôpitaux de Paris, de visiter la nommée
Germaine Stuart, en prévention à la prison de
Cannes.*

« LE PROCUREUR DE LA RÉPUBLIQUE
« *Signé : illisible.* »

Le gardien s'inclina très bas, puis il présenta :

— Monsieur est le médecin de l'administration
que nous venions précisément de faire mander pour
cette détenue...

Le vieil officier de santé salua son illustre confrère.

Cordialement le docteur Cherfils lui tendit la
main.

— Le gardien-chef me dit que la malheureuse est
folle, — fit le médecin de la prison.

— On le serait à moins, — répondit le prince de
la science, à qui un cri déchirant fit subitement
dresser l'oreille.

— Tenez, l'entendez-vous ?

— C'est elle ! Cette pauvre femme !... Si jeune et
si belle !... O misère ! Vite, courons !

En quelques rapides enjambées, les trois hommes furent devant la porte de la cellule, où la surveillante, songeuse, montait toujours sa faction.

— Voulez-vous voir à travers le vasistas ? — fit
elle. — Il y a peut-être du danger !

— Non, ouvrez la porte, faites vite !...

La clef grinça dans la serrure ; la porte s'ouvrit
toute grande et les trois hommes s'avancèrent auprès de la détenue qui, sans les entendre, le dos
tourné, divaguait encore.

Telle était l'horreur de cette poignante détresse
morale que le brave chirurgien sentit battre sa pau-
pière. Et, cependant, par sa profession, le Dr Cherfils était cuirassé contre les douleurs humaines.

Silencieux, le médecin de la prison hochait la tête
tandis que Germaine râlait :

— Oh ! les roues ! Sa petite cervelle empoisse les
moyeux... son frêle corps est brisé... O Sania maudite, je t'ai vue, tu te sauves... Mais je te rejoin-
drai jusqu'en enfer... Tu me rendras ma fille, misérable !!!

Puis, dans un douloureux hoquet, elle ajouta :

— Non, ce n'est pas possible, le chef de gare me
l'a dit, il n'y a pas eu de crime, aucun enfant n'a
été écrasé !... Ça se verrait...

« Il y aurait du sang sur les rails !... Ma tête se
brise... Oh ! le monstre ! le monstre qui m'épouvante !!!

Un instant, la pauvre mère reprit haleine, puis
elle cria :

— Non, ma fille n'est pas morte... C'est un
piège... Mais alors, de qui ai-je peur ?... Que fais-je
ici, chez la bohémienne ?

« Mais si ; je les sens, Andrée, Sania, Montharm,
tous mes bourreaux sont ici !...

Se retournant brusquement, Germaine eut une
plainte suprême :

... les yeux !

Se recula jusqu'au mur, puis, comme si elle cherchait à parer une attaque imaginaire, avec des regards fous, elle esquissa des gestes fébriles qui firent craquer les jointures de ses poignets.

Le Dr Cherfils semblait atterré, et, à part lui, il songeait :

— Quelle effroyable fatalité !... Quelle révélation peut-être. Le père Antoine m'a parlé de pièges, d'embûches, de tentatives de meurtres !...

« Dans quelle trame de crimes et de monstruosités vivait-elle, la malheureuse ? Et c'est à cela qu'ils voulaient aboutir ! les bandits...

« Oh ! les connaître, les démasquer !

Mais, brusquement, par une question du gardien-chef, l'éminent praticien fut tiré de ses réflexions :

— Si on lui mettait la camisole de force ?... Je crois que ce serait prudent !

Alors des lèvres du docteur, tout à l'heure soulevées par l'épouvante du spectacle, sortit cet ordre ferme :

— La place de cette femme n'est pas ici. Il n'y a pas une seconde à perdre ; faites-la transporter immédiatement chez elle ou à la maison de santé la plus proche...

Et devançant une hésitation du fonctionnaire effaré :

— Hâtez-vous, je vous y précède !

— Et moi, je vous en donne l'ordre, — appuya le médecin de la prison.

XIII

UN DRAME DANS LA NUIT

Pendant que le Dr Cherfils fait conduire dans une maison de santé de Cannes, Germaine qui, en proie à une épouvantable crise cérébrale, demande à tous les échos sa douce et mignonne Eva, que tout le monde croit disparue, sinon écrasée sous les roues de la locomotive, essayons, par un rapide retour en arrière, de raconter une des plus émouvantes scènes de notre pénible récit.

On sait que nous glanons dans la réalité, toujours plus épouvantable en ses monstruosités que les évocations des imaginations les plus fertiles.

Nos lectrices se rappellent sans doute ce rauque cri de joie poussé par Sania la bohémienne à l'issue de sa conversation avec Andrée de Bordère, lorsque celle-ci lui remit un sac contenant mille écus d'or !

— *Pour ce soir ? Enfin ce sera mon tour !...*

Que s'était-il donc passé ?

C'est ce que nous allons expliquer, en peu de mots :

Après le départ d'Andrée, la gitane disparut à son tour, derrière un taillis, ses pieds nus mouillés par l'humide rosée du matin...

Bientôt Sania fut en face de la roulotte où Piétro, son digne compagnon, tressait une hotte d'osier.

Derrière la voiture, sordide assemblage de planches, de clous et de ferrailles, un cheval à l'échine maigre et pelée, mais à l'encolure vigoureuse et aux jarrets solides, broutait en liberté l'herbe rase des fossés.

D'un bond, le grand chien noir qui avait grondé à l'apparition d'Andrée de Bordère, un fort montagnard au pelage usé vers le poitrail par la bricole d'attelage, et dont, aux épaules et aux reins, les os crevaient la peau, fut auprès de son compagnon de misère, autour duquel il gambada en aboyant joyeusement.

Le cheval répondit à ces démonstrations d'amitié par un hennissement sonore, tandis que la vieille, s'approchant, glapissait :

— Silence, Black ! Te tairas-tu, sale bête !

Et une grosse pierre, adroitement lancée par la dextre de l'horrible créature, résonna sourdement au flanc du molosse, dont l'aboiement de joie se changea tout à coup en un hurlement.

— Y a-t-il du nouveau ? — demanda Piétro à sa compagne.

— Il y a que nous partons ce soir, à la nuit. L'express du littoral passe à 9 heures 58. Il faut qu'à dix heures, ce soir, je sois à deux cents mètres d'ici, derrière le bouquet de genêts que tu aperçois là-bas, au tournant de la ligne.

Et du doigt, la gitane montra la voie serpentant en un double fil d'acier qui miroitait sous les rayons du soleil levant.

— Et après ?

— Tu seras sur la route, à ce carrefour à droite. Tu m'attendras dans la roulotte. Attelle Black à côté du cheval. Ils ne seront pas de trop tous les deux pour tirer, car nous filerons et leste !

— La police se mêlerait-elle encore de nos affaires, Sania ?

A cette question, les yeux de la vieille lancèrent des éclairs de joie féroce :

— N'aie pas peur de la police, Piétro, mais ce soir à dix heures précises, tu m'entends bien, nous serons vengés de cette maudite Stuart !

— Ah ! tant mieux ! — fit le bandit, brandissant le large couteau à virole dont il se servait pour égaliser les tresses de son osier, — la misérable qui nous a dénoncés... et ruinés !

— Avait-elle besoin, cette grande dame, de se mêler de nos affaires avec le petit Émile, — ajouta la bohémienne.

« Oui ; ce mauvais garnement dont l'anatomie saignait le cœur aux bonnes âmes, et faisait pleuvoir les sous dans notre escarcelle !

— Elle t'avait vue le battre jusqu'à le laisser pour mort, ma vieille !...

— Comme si le dressage de ce *chien de Roumi* la regardait ! Elle !...

— Son corps était couvert de contusions atroces, une plaie quoi !

— Et après ? Pourquoi n'obéissait-il pas la dernière fois, lorsque je le forçais à partager l'écuelle de Black ? Comme si ce n'était pas bon pour lui !

— Et cet imbécile de chien qui lui laissait toute la pitance ! — nargua Piétro.

La vieille harpie menaça :

— Ah ! mais ! N'aie crainte, les six mois de prison qu'elle m'a fait tirer lui coûteront cher. Sans compter ce que j'ai là, — ricana la bohémienne, en tapant sur sa poche qui rendit un son métallique.

« Je vais me payer aujourd'hui même la plus belle vengeance que Belzébuth ait jamais permis à une enfant de gitanos de tirer d'une *fille de Roumis* !

— Fais voir l'argent, tout d'abord — ordonna Piétro, dont le front venait de se barrer d'un pli sinistre. — Tu t'expliqueras ensuite.

Mais la vieille avait fait un bond en arrière ; et, menaçante, elle rugissait :

— Tout doux ! *caro mio* ! C'est moi qui ai gagné le magot, c'est moi qui le garderai.

— Prends garde, Sania ! — gronda le misérable, brandissant son couteau. — Tu sais nos conditions !

L'ogresse eut peur. Un frisson zébra son épiderme. Elle balbutia :

— Écoute, Piétro... Part à deux !

— L'argent ! — commanda le bandit.

— Tu le garderas, alors ! — glapit la bohémienne. — Il ne faut pas le dépenser !

— Nous verrons ! Lance-moi le sac, si tu ne veux pas que je te plante mon couteau entre les deux épaules, vieille gueuse !

Lâchement, pensant peut-être à sa vengeance, qu'un coup de colère du gitano pourrait l'empêcher d'accomplir, les yeux brillant d'un reflet mauvais, l'horrible Sania jeta le sac d'or que Piétro happa à la volée et soupesa avec délices.

— Bon, maintenant, causons ! Que faisons-nous donc ce soir ? Quel crime as-tu encore promis d'accomplir, pour qu'on t'aie si grassement payée ?

La mégère refonça la colère que la traîtrise brutale de son compagnon faisait bouillonner sous son crâne.

Un grondement de menace sortit de sa bouche édentée.

Mais sa haine contre la douce Germaine était si violente que, cynique, elle l'épancha, en paroles de fiel :

— La fille de la louve maudite sera, ce soir, en ma possession, et, sur l'enfant, Sania se vengera de la mère !

« J'ai dit, mon homme !

— Qu'entends-tu faire ?

— Garde l'argent que tu m'as extorqué ; moi, je garde mon secret.

— À ton aise — ricana Piétro sur qui la sorcière lança un regard torve.

À la nuit tombante, pendant que l'infernale Andrée de Bordère accompagnait à la gare, — avec une demi-heure d'avance, — Germaine Stuart, courant sur les traces de Rodolphe, Sania, très exactement renseignée par sa complice se dirigeait vers la villa des Roses.

En l'absence des maîtres, les rares domestiques s'étaient empressés de déserter le logis ; seule dans l'aile du petit pavillon qu'il occupait, vers l'entrée du parc entourant l'ancienne demeure de Sir Henry, le père Antoine compulsait les mémoires des fournisseurs.

Par excès de prudence, la misérable Andrée avait ordonné au palfrenier de promener Fox, le chien de garde...

La bohémienne était arrivée à la porte dérobée, ordinairement fermée à clef.

Elle était ouverte cette nuit-là !

— Allons ! — se dit la gitane, — la dame noire ne m'a pas trompée !

Et Sania pénétra dans le parc, se faufila sous une allée couverte de hauts marronniers, et, avec une adresse d'apache, arriva au cœur de la place.

Elle atteignit la terrasse italienne et se trouva devant la porte-fenêtre communiquant avec la chambre de Germaine...

De là, elle put apercevoir la charmante tête aux cheveux bouclés de la mignonne, qui, enfouie dans les dentelles, dormait profondément.

Alors, l'ogresse entr'ouvrit la porte et pénétra dans la pièce.

Doucement, elle souleva l'enfant, l'habilla sommairement en profitant de son premier sommeil... et la serrant sur sa poitrine, l'emporta sous l'allée feuillue...

D'un bond, elle franchit la porte dérobée ; puis avec un rauque cri de joie, elle s'élança dans la campagne.

À ce moment, neuf heures sonnaient à l'horloge de la villa.

À cent mètres environ du parc, l'enfant s'éveilla, et, comme d'habitude, ouvrit les yeux dans un sourire.

Mais, soudain, à la vue de l'immonde sorcière, son petit visage se crispa ; l'arc menu de sa bouche se tordit, et, dans un sursaut d'épouvante, la mignonne s'écria :

— Laissez-moi ! Ne me touchez pas ! Je ne veux pas !... Petite mère, au secours ! Au secours !

— Te tairas-tu, vermine ! — ragea la gitane, qui appliquant solidement l'étau de ses doigts noueux sur la bouche de la fillette, lui serra férocement la face.

L'enfant eut un gémissement étouffé, ses yeux se tordirent son petit corps eut un douloureux frisson, puis se raidit dans un brusque évanouissement.

Oh ! la pauvre mignonne qui ne connaissait jusqu'ici que les baisers et les caresses...

Par une sente déserte, Sania courut jusqu'à la roulotte aux brancards de laquelle Piétro attelait déjà le cheval.

— Je comprends — fit le bandit qui ricana. Le petit est remplacé.

— Tu ne comprends rien — grinça la vieille. Vite une ficelle, un lien, une corde...

— Tiens, prends cela, c'est la bricole du chien. Et Piétro lui jeta une solide courroie de cuir.

— Où donc est encore cette sale bête ?... Black ! Black !...

— Cours après — fit le malandrin avec un geste d'insouciance. — Il n'aime pas non plus les coups de pied, faut croire !

— Dommage pour le quart d'heure, car il tirait bien à son harnais !

En un clin d'œil, la malheureuse fillette, toujours évanouie, fut garrottée par les deux misérables, et pendant que la roulotte démarrait pour gagner le point de rendez-vous qu'avait indiqué Sania, celle-ci, la frêle créature dans ses bras, courait vers la voie du chemin de fer.

La nuit était venue. Au ciel aucune étoile ne brillait. Au milieu d'un silence imposant montait la majesté d'une de ces belles soirées estivales dont est favorisée la campagne du littoral méditerranéen.

De loin en loin, une lueur indécise piquait une note de vie sur la plaine endormie, comme morte.

C'était, ou la lueur d'une voiture filant sur la route, ou celle d'une villa dont une croisée s'éclairait.

Sania était près de la voie, dont, seul, un talus la séparait.

L'enfant, revenue de son assoupissement, venait de pousser un long cri d'effroi aussitôt étouffé par le bâillon d'un mouchoir que la sorcière lui enfonçait rageusement dans la bouche...

Du côté de Cannes, un grondement sourd ébranla le sol, un sifflement aigu et prolongé déchira le silence de la campagne...

Sur la voie un disque s'éclaira, et, menaçante, terrible, monstre hideux aux prunelles sanglantes, la locomotive du rapide apparut dans le lointain...

Sania fit un bond !

Sans hâte, alors, l'horrible bohémienne déposa son gracieux fardeau sur le gravier du ballast, puis lui appuyant la tête sur le rail, elle marmonna, dans un ricanement d'enfer :

— Plains-toi, petite chienne, je te donne encore un oreiller !

Le train avançait, haletant.

Une seconde encore et la fillette serait réduite en une affreuse bouillie sanguinolente !...

La vieille sorcière avait déjà mis entre elle et l'enfant toute l'épaisseur du talus et du bouquet de genêts.

Le train passa avec la rapidité foudroyante de l'éclair.

Instinctivement, la bohémienne se retourna, et une joie sauvage illumina sa face...

— Vengée ! — murmura-t-elle. — Je suis vengée ! Tu as eu la première manche, Germaine ; à moi la seconde !...

« Je boirai tes larmes !

Puis, prenant sa course, la criminelle galopa du côté de la route où la roulotte l'attendait.

Tout à coup, elle étouffa un cri d'effroi.

À cinq cents mètres, là-bas, le train venait de stopper, et un homme, une lanterne à la main, sautait sur la voie.

Elle se terra...

Mais bientôt le chef de train, — car c'était lui, avait escaladé un marchepied et la locomotive, démarrant sur un strident coup de sifflet, disparaissait dans l'épaisseur de la nuit...

C'en était fait !

Quelques secondes, hypnotisée par le triangle vert des lanternes du dernier fourgon, la mégère con-

...mpla la fuite de l'énorme serpent noir, puis, de nouveau, reprit sa fuite vers la roulotte...

Soudain, elle dressa de nouveau la tête.

La plainte d'un aboiement venait de lui frapper l'oreille.

— Tiens ! on dirait que c'est Black. Il arrive à temps... Attends un peu.

Et d'une voix perçante :

— Par ici, Black ! — cria-t-elle.

Un aboiement plus long fut la réponse du chien de montagne.

— Il hurlait à la mort !...

Impatientée, Sania rebroussa chemin, et subitement, de sa poitrine desséchée, s'échappa un cri indéfinissable de rage et de frénésie...

Dans sa gueule, le brave animal traînait, par les courroies qui la garrottaient encore, la petite Eva qu'il venait de sauver miraculeusement d'une mort épouvantable...

Toute la soirée, Black avait rôdé à travers la campagne, cherchant autour des villas la pitance que ses maîtres ne lui donnaient presque jamais.

Et bien lesté par une solide pâtée, lappée en hâte dans le chenil déserté de Fox — le chien de la villa des Roses, — le bon et brave montagnard rentrait au campement, lorsque la vue d'Eva que la bohémienne conduisait à une mort épouvantable lui fit précipiter les bonds de son galop.

La petite, quelque jour, lui avait fait sans doute l'aumône de son gâteau !...

Et au moment précis où le train allait écraser la pauvrette, Black, d'un élan furieux, sautait sur la voie et happait dans ses crocs puissants l'enfant avec une telle force qu'il la rejetait du coup hors des rails.

Il était temps...

Chassé par le vent de la machine filant à toute vitesse, le chien venait de faire une triple culbute sur le revers du talus, pendant qu'à quelques pouces de la fillette, les lourds wagons roulaient avec fracas.

Black s'était relevé en poussant un hurlement de douleur, puis, obéissant à l'admirable instinct de sa race, remontait sur le talus, saisissait entre ses crocs les courroies dont était entourée l'enfant de Germaine, et la traînait du côté de la roulotte...

— Ah ! chien de malheur ! — glapit Sania, dont une rage intense décuplait la hideur diabolique...

Et s'élançant vers le sauveur de sa victime, la bohémienne essaya de le frapper.

Mais le molosse poussa un grognement tellement significatif que la misérable eut peur...

On eût dit que le chien venait de changer de maîtresse et avait adopté l'enfant...

XIV

SUR LA ROUTE

Sania s'était brusquement emparée de la fillette et, avec, dans les yeux, des reflets sanglants, elle glapissait :

— Soit ! le diable n'a pas voulu de toi, c'est la bohémienne qui te prendra. Ta mère m'a volé Emile, Sania gardera l'enfant de Germaine !

Puis avec un rictus féroce :

— Il vaut mieux qu'il en soit ainsi, tu souffriras davantage ! C'était écrit !

Rapidement, Sania remonta vers la roulotte...

Ne se rendant que vaguement compte de la mort effroyable à laquelle, par miracle, elle venait d'échapper, Eva, les yeux grands ouverts, dans une indéfinissable expression d'épouvante, cherchait par de brusques soubresauts, à se dégager de l'étreinte de la bohémienne.

Mais, à chaque mouvement de la pauvrette, la gitane resserrait plus fortement ses longs doigts osseux sur le frêle petit corps et, avec une grimace de haine indéfinissable, plantant ses yeux de chouette dans ceux de sa victime, elle grondait :

— As-tu bientôt fini, petite chienne ! Attends un peu, nous allons régler cela tout à l'heure !

Derrière la criminelle, Black suivait le museau levé, en arrêt.

De temps à autre, il faisait entendre un sourd grognement, et, dans l'ombre, sous ses babines entr'ouvertes, ses crocs luisaient, comme prêts à mordre dans les mollets décharnés de l'ogresse.

A mi-chemin, Sania s'arrêta.

Cent mètres encore la séparaient du carrefour où, embusqué derrière la guimbarde, Piétro attendait son retour.

— Je suis bien bonne de te porter, petite gale ! Tu peux marcher ! allons, oust !

Et en un tour de main, la misérable se mit en mesure de défaire les courroies dont l'enfant était ligotée.

Bientôt dégagée de toute entrave, Eva fut debout, mais soudain un son rauque s'échappa de sa gorge, et se raidissant, elle tomba sur la route.

Déjà le fidèle chien de montagne était auprès d'elle, et, doucement, lui léchait son visage horriblement congestionné.

— Des simagrées ! — mâchonna la gitane féroce qui, cependant, se prit à l'examiner attentivement.

D'un violent coup de pied dans les côtes, elle chassa le chien qui grondait furieusement...

— Ah ! je vois ce qu'elle a — fit la sorcière, c'est le chiffon que je lui ai mis dans la bouche pour l'empêcher de piailer !

Et ricanant :

— Ce serait trop bête de la laisser crever quand elle peut si bien me servir !

Et superstitieuse comme toutes ces créatures d'enfer :

— D'abord, la « camarde » ne veut pas d'elle et il ne faut jamais aller contre le sort !

La bohémienne fit briller une allumette.

Les dents de la mignonne enfant s'étaient soudées. Sa petite face, rose d'ordinaire, était devenue violacée, tandis que ses yeux, révulsés sous l'orbite, ne laissaient plus voir, sous les paupières mal closes, qu'un rais blanchâtre, strié de sanguinolentes fibrilles.

Sania s'était accroupie.

Saisissant dans ses deux mains le tendre visage de la frêle créature, d'une brusque et douloureuse secousse, elle sépara les deux mâchoires, et pendant que la main gauche maintenait la bouche ouverte, elle enfonçait deux doigts de la droite jusqu'au fond du larynx de sa victime où déjà le chiffon avait glissé.

Déchirant le palais de la pauvrette, les ongles crochus de l'ogresse avaient happé et retiré le bâillon.

Telle est la puissance de la vitalité chez ces tout petits que, presque aussitôt, la douce Eva revint à elle.

Sa face se décongestionna, son corps rigide tout à l'heure, reprit sa souplesse première, pendant que ses yeux s'ouvraient et que son regard se fixait, chercheur, inquiet, mendiant la pitié !

Et ce cri instinctif, plainte navrante et délicieuse à la fois, troubla le lourd silence de la nuit, complice du crime :

— Petite mère ! ma p'te m'ma !

A quelques pas, comme s'il avait compris, Black, écho lamentable de sa détresse faisait retentir la plaine de ses aboiements lugubres.

Mais cet appel suprême de la petite martyre avait effrayé la bohémienne.

Si on allait la surprendre !

...lle changer de ton et de langage pour calmer la fillette !

D'une voix qu'elle s'efforça de rendre douce, Sania, essayant un sourire, mais ne réussissant qu'à rendre son masque de damnée plus hideux encore, murmura :

— C'est moi, mignonne, qui suis ta petite mère, à présent ; je vais te conduire vers ton père ! Tu verras comme il est gentil ! Il faudra bien l'embrasser, vois-tu ?

Mais Eva se reculait, apeurée, redoutant d'instinct, malgré son air mielleux, cette harpie qui, tout à l'heure, lui avait cruellement meurtri le corps dans ses bras desséchés.

Black s'était rapproché ; pendant que sur son soyeux pelage brun, l'enfant laissait ses petites mains s'égarer, confiantes, la bonne bête se frottait contre elle, caressante, heureuse d'avoir trouvé une petite camarade pour partager ses ébats et oublier les mauvais traitements que ses maîtres lui faisaient endurer.

— Tu vois bien que nous ne sommes pas méchants ! — fit la vieille, dont les yeux perçants sondaient à l'horizon le mystère inquiétant des ombres. — Oui, c'est moi qui suis ta mère maintenant.

— Non, vous n'êtes pas ma mère ! Maman est bien mignonne... vous êtes méchante, vous !

Se cachant alors le visage dans ses mains potelées, Eva implora :

— Petite maman ! viens vite ! j'ai peur !

Et la vieille de répéter :

— Puisque je te dis que c'est moi !

Ô saintes et dignes femmes, vous qui ne vivez que pour ces gracieux et jolis êtres dont les gentils sourires sont vos plus radieuses joies, votre cœur ne se soulève-t-il pas d'horreur et d'indignation en entendant cette mégère profaner et souiller de ses lèvres infâmes votre pur titre de gloire... cet adorable, ce doux nom de mère !

Voyant qu'elle ne convaincrait pas l'enfant, et reprenant déjà son masque d'habituelle férocité, Sania crocha le bras de sa victime, et, l'attirant brusquement à elle, lui siffla plutôt qu'elle ne lui dit :

— Ce n'est pas le moment de faire des momeries, tu m'entends bien, petite ! C'est moi, dès aujourd'hui qui suis ta mère ; non, la grand'mère, car ta mère est morte... et je la remplace ! Tâche d'être obéissante...

— Non, non ! petite mère n'est pas morte ! — protesta la pauvrette en fondant en larmes, — le bon Dieu ne voudrait pas ! Vous mentez, vilaine !

Et dans un sanglot déchirant, sa poitrine se brisa.

— Je te dis que ta mère est morte ! Allons, viens, et tais-toi ! Sans ça, gare le fouet ! En voilà assez à la fin des fins !...

A grandes enjambées, traînant la mignonnette, la gitane s'enfonça sous les taillis, et pendant que Black faisait entendre de continuels grondements de colère, elle arriva vers la roulotte.

A la vue de sa compagne, remorquant sa proie, Piétro ne put retenir un cri de sarcastique étonnement :

— Quoi, Sania ! c'est là ta vengeance ? Tu la ramènes ?

Et dans un rire silencieux sa bouche de gorille se fendit, mettant à nu une double rangée de crocs menaçants.

— Ce n'était pas la peine de la ligoter avec la bricole de Black — ajouta-t-il. — Ah ! les femelles, quelle engeance ! Ça ne sait jamais ce que ça veut.

Puis apercevant le montagnard :

— Ah ! te voilà, sale bête ! Tout à l'heure je te réglerai ton compte... Je t'apprendrai à piquer des balades pendant la nuit, comme ta patronne !

D'une voix sourde la gitane répondit, impérieuse :

— Assez, Piétro, attelle plutôt cette canaille de chien ! Tiens, voilà sa bricole !

Le bohémien s'approcha du grand Black qui, déjà auprès du cheval, son fidèle compagnon de route, se laissait docilement attacher, par vieille habitude.

— Je l'ai entendu aboyer là-bas — ronchonnait le gredin — et je me suis douté qu'il y avait du louche ; mais du diable si je croyais que ta petite fête était ratée !

— Monte dans la voiture, je te conterai ça en route — répliqua la vieille. — Il n'y a rien de perdu, mais filons !

Saisissant alors Eva par les bras, brutalement, Sania la lança dans la guimbarde, le misérable « entre-sort » de ces bandits.

Prestement elle monta derrière elle, et pendant que Piétro, déjà installé sur le brancard rassemblait ses guides, la bohémienne glapit :

— Il vaut mieux qu'il en soit ainsi... Elle remplacera celui que sa mère maudite nous a fait enlever !... Oui, elle mendiera son pain... et mettra du beurre sur le nôtre, dis ?

— Il a fallu que tu ailles, là-bas, regarder passer le train pour songer à ça ? — railla l'homme. — Pour moi, ça ne faisait pas un pli... C'était ça, vu, entendu et d'autor !

Et un coup de fouet cinglant s'abattit sur le dos de la rosse étique qui, dans un coup de reins, démarra la vieille roulante, avec l'aide fraternelle de Black.

La guimbarde partit au petit trot, dans un grand bruit de ferrailles.

— Hé hue, donc, le gaille et le cleb !

Pendant que Sania racontait à son digne acolyte la miraculeuse intervention de l'intelligente bête, — que, méchamment, le gredin, toujours ricanant dans son épaisse barbe, — cinglait de coups les pauvres animaux, — Eva, apeurée, s'était blottie dans le fond de la carriole cahotant sur la route.

Elle se faisait aussi petite que possible, la pauvrette, essayant, ô naïveté de la plus tendre enfance ! de faire oublier sa présence aux deux bandits.

Sania avait achevé son récit, et déjà, se tournant vers l'enfant volée, elle lui disait, redevenue doucereuse, comme pour lui seriner une leçon :

— Pauvre petite qui a perdu sa mère ! Heureusement, il te reste ta bonne grand'maman, n'est-ce pas mignonne ?

L'enfant regarda la sorcière sans plus oser répondre :

— Allons, Cécily, car, désormais, tu t'appelles Cécily, viens embrasser grand-papa !

Et comme Eva, épouvantée, secouait sa pauvre petite tête bouclée, Sania se leva :

— Arrive donc, Cécily. Faut m'obéir, à présent, tu sais ?

Ce disant, elle saisit avec une telle violence le frêle poignet de la mignonnette, que celle-ci poussa un grand cri et tomba à genoux sur le plancher de la guimbarde.

Mais déjà, d'une brusque secousse, la gitane l'avait relevée et, par une traîtreuse bourrade dans les reins, l'envoyait rouler sous Piétro.

Le misérable, féroce, la saisit par ses boucles blondes ; puis, l'élevant à hauteur de son visage, il lui cria, hideux :

— Embrasse grand-père, Cécily !

Les yeux livides de souffrance et d'effroi, la petite martyre approcha alors ses douces lèvres des joues barbues du misérable, mais la repoussant brusquement, celui-ci s'écria :

— Attends un peu que te voile et la trimousse vaut seulement un bécot de grand-papa.

— C'est cela, Piétro ! — ricana la vieille, — et allume la lanterne, d'autant plus que tu pourrais bien nous faire rouler dans quelque fossé ! Ça ne serait pas le moment.

Le bohémien lâcha sa victime pantelante et ...

dans les poches de son gilet, en retira une allumette qu'il frotta contre son pantalon.

La flamme brilla, et bientôt un infect lumignon
caché dans le creux d'un cornet de papier-huilé,
projeta une lueur blafarde sur la route sombre,
éclairant faiblement les carcasses décharnées du
cheval et du chien de montagne qui, tous deux, à
plein collier, remorquaient la roulotte...

XV

L'ALERTE

Vers un tournant, la silhouette de deux cavaliers
s'estompa, indécise, gigantesque, barrant l'horizon.

C'étaient des gendarmes en ronde de nuit.

— Oh ! oh ! — murmura la bohémienne, — les
pandores sur notre chemin ! Hein ! Quelle idée d'a-
voir allumé la camoufle !

— Chut ! — ordonna le bandit ; — occupe-toi de
la gamine ; fais-la taire surtout ! Déshabille-la vite,
fourre-la dans la paillasse ; cache ses effets...

Les gendarmes avaient aperçu l'entre-sort. Au
trot allongé, ils arrivaient sur les bohémiens...

— Vite, sacré tonnerre ! — cria le misérable,
pendant que Sania, pénétrant dans l'intérieur de
la maison roulante, où elle venait de repousser
l'enfant, refermait brusquement la porte sur ses
pas.

D'une main brutale, elle lui arracha sa jolie robe
qu'elle cacha en hâte sous une caisse remplie de
hardes, et, comme la malheureuse fillette pleurait,
Sania, avec son mauvais regard, glapit, effrayante :

— Si tu bouges, petite misérable, cette fois, je
t'étrangle sans rémission... Tu l'auras voulu !

Et joignant le geste à la parole, l'ogresse entoura
le cou de la mignonne enfant du collier de ses doigts
calleux.

Horrifiée, comme sous l'étreinte d'une araignée
monstrueuse, Eva baissa la tête, et silencieuses,
de grosses larmes roulèrent sur son cher petit corps
d'ange, déjà mis à nu.

Les gendarmes n'étaient plus qu'à quelques mètres de la roulotte.

— Halte ! — cria le brigadier.

Le bandit avait arrêté son cheval.

— Vos papiers ?

— Voilà ! fit Piétro.

En sortant de sa poche un portefeuille sordide, il
en retira un papier aux plis graisseux et coupés
qu'il tendit au soldat.

Il est à remarquer que les pires gredins ont toujours leur état-civil, — ou celui d'un autre — bien en
règle dans leur poche, tandis que sur ce point, les
honnêtes gens, forts d'eux-mêmes et de leur
conscience, sont toujours pris en défaut et « fourrés dedans ».

Aussi, les bons assassins font-ils tranquillement
leur tour de France sous l'œil paterne des autorités
et à l'abri des lois, jusqu'à ce qu'un fâcheux hasard
s'en mêle et leur fasse couper le cou...

C'était le cas, pour l'instant, de Piétro et de sa
digne compagne...

Pour la forme, car il ne fallait pas, par cette nuit
d'encre, penser à vérifier l'exactitude du passeport,
le brigadier ouvrit la feuille et fit un : — C'est bien !
— approbatif, autant qu'autoritaire.

Mais comme la face patibulaire du cheminean
ne lui revenait qu'à moitié, il demanda :

— D'où venez-vous ?

— D'Italie, monsieur l'officier, — fit le bohémien, mentant effrontément.

— Et où allez-vous ? — continua le gradé de la
maréchaussée, flatté.

— Sait-on jamais, pauvres gens que nous sommes ! — répondit, avec une mine pleurarde, le sinistre Piétro. — Notre vie est si dure, notre métier
si mauvais.

« Mon cheval et moi, nous allons droit devant
nous, l'un traînant l'autre ; au premier village, où
je trouve de l'ouvrage, je m'arrêterai, voilà.

— C'est bon ! — déclara le brigadier, important,
prêt à rendre la bride à son normand qui pi-
lait d'impatience.

— Car je ne suis pas un vagabond, je travaille,
je suis tresseur d'osier, — continua le gitano.

— Vous êtes seul ?

— Hélas ! — fit le bandit. — Et c'est bien ce qui
rend mon sort plus pénible ! Ah ! si j'avais encore
ma pauvre femme !...

A ce moment, un gémissement plaintif d'Eva, que
la sorcière avait enfouie dans son grabat, fit dresser l'oreille aux deux gendarmes.

— Tout beau ! — s'exclama le brigadier, reprenant les rênes de son cheval, auquel il allait rendre
la main.

Puis, s'adressant au bohémien qui avait deux
fouetté sa pauvre rosse :

— Hé ! l'homme ! Pas de blagues, s'il vous plaît !
Qu'est-ce que ce bruit que je viens d'entendre ?
Vous n'êtes donc pas seul, comme vous le disiez,
mon gaillard ?

De nouveau Piétro arrêta sa rossinante et paya
de ruse :

— C'est-à-dire, monsieur l'officier, que j'ai ma
sœur, ma pauvre sœur, bien vieille et bien cassée,
qui souffre et qui gémit.

« C'est pourquoi je ne la compte pas, et que je me
dis seul : car elle m'est plutôt à charge, la pouera,
— ajouta-t-il, papelard.

Du regard, le brigadier à qui les paroles du rou-
lottier semblaient de plus en plus louches, consulta son compagnon, brave et placide Pandore
à qui d'énormes moustaches donnaient un air terrible.

Habilement, Piétro, de sa main droite qu'il tenait
dissimulée sous sa vaste houppelande, bariolée de
mille rapiéçages, avait dégagé un revolver de sa
gaine ; mais prêt à toute éventualité, désireux cependant de ruser jusqu'au bout, il se faisait de plus
en plus humble et piteux.

Un nouveau gémissement, un sanglot d'enfant,
que Piétro essaya d'étouffer en faisant choir son
banc sur le plancher de la roulotte, fortifia le doute
du gendarme.

— C'est bien votre sœur qui pleure dans la « bagnole » ?

— Oh ! Mes bons messieurs ! Pouvez-vous en
douter ! — se lamenta le misérable, qui, faisant le
geste de redresser son banc, avait dégagé la ba-
guette de sûreté de son arme.

« Voulez-vous entrer ? Vous la verrez, la malheureuse ! Si ce n'est pas une pitié de souffrir
comme elle souffre ! Figurez-vous...

— Taisez-vous ! — ordonna le brigadier qui, se
penchant à l'oreille de son sous-ordre, lui dit à
voix basse :

— Tout ce boniment me semble bien louche !
qu'en pensez-vous ?

— Ma foi ! opina le gendarme sur le même
ton, — je pense que nous sommes en tournée de
correspondance, et que le plus simple serait de terminer notre ronde en rentrant à la caserne !

« Nous avons encore cinq kilomètres pour arriver
à Cannes et, si je ne me trompe, nous allons recevoir tout à l'heure une averse...

— Dans notre métier, camarade, on doit être
prêt à tout affronter, déclara le brigadier sentencieux. — Une petite ondée vous ferait-elle peur ?

— Si ce n'était qu'une ondée ! Mais je crains
bien que ce ne soit une de ces lances qui ne tien-
draient pas dans une musette, comme on disait
dans mon régiment !

Et sur cette vieille plaisanterie, le gros Pandore s'esclaffa.

— Même que ça ne tardera pas ! — ajouta-t-il.

Fidèle esclave du service, le brigadier avait froncé le sourcil.

Mais comme pour donner raison à son placide sous-ordre, une large goutte de pluie vint s'éclabousser sur le galon de sa main de bride.

— Vous n'avez peut-être pas tort, car je viens de recevoir une goutte qui sent l'orage, mais quant au particulier c'est une autre paire de manches !... Il m'a paru bien pressé de filer, le lascar... Tout cela sent la racaille !

Aussi bas qu'ils eussent parlé, Piétro qui, comme tous les Romanichels avait l'oreille extraordinairement bien percée, et n'avait pas perdu un mot de leur conversation, se faisait, *in petto* :

— Le premier des deux roussins qui a l'audace de mettre pied à terre, foi de Gitano, je lui loge deux balles dans la tête... et pour ne pas faire de jaloux, il y en aura autant pour son copain !

Maintenant la pluie tombait plus abondante, les gouttes crépitaient, larges, tièdes, pressées, faisant présager un de ces orages d'été si redoutables sur le littoral.

Soudain, un éclair fulgurant zébra les nues, un violent coup de tonnerre éclata dans l'espace, et comme si les cataractes du ciel s'étaient ouvertes, ce fut un véritable déluge qui s'abattit sur la plaine.

— Ma foi, je reste en selle ! — déclara le brigadier, dont le beau zèle avait soudain senti la douche ; — vous aviez raison, camarade, du moment que le bohémien a des papiers...

— Bien entendu ! Qu'ils s'arrangent entre eux...

— Sale vermine tout de même !

— Pour sûr, brigadier !

Assujettissant alors les jugulaires de leurs bicornes, les deux gardiens de l'ordre public, fuyant bravement l'orage, rendirent la main à leurs chevaux qui partirent en s'ébrouant à un galop allongé.

— Ils l'ont échappée belle — murmura Piétro, qui venait de rabattre sur sa tête le capuchon de sa houppelande. — Et nous aussi peut-être !

Puis, contemplant son arme, un revolver de fort calibre :

— Avec toi, mon vieux « rigolo » il n'y a pas d'erreur, je suis d'attaque et les *railles* n'auront toujours qu'à filer leur route !

Faisant alors claquer son fouet sur le dos des deux bêtes qui partirent au grand trot, le misérable se mit à chantonner un refrain d'argot.

L'eau tombait aveuglante, en véritables trombes.

Plus nombreux, plus fulgurants, les éclairs, zigzaguant, illuminaient la nuit épaisse en des clartés d'apothéose, tandis que le tonnerre avec des détonations éclatantes qui se fondaient en roulements sonores, grondait au-dessus des feuillées.

Coup sur coup à quelques mètres de la roulotte, deux gros chênes centenaires, atteints par la foudre, eurent leurs troncs fendus du haut en bas.

Puis, soudain, au tournant d'un carrefour à patte d'oie, ce fut un terrible craquement, comme la décharge simultanée de plusieurs batteries de montagne.

Un immense peuplier, frappé par le fluide au sommet de sa tête altière, s'abattit brusquement en travers de la route, barrant la fuite des bandits...

Apeuré, le cheval que les branchages du colosse avaient fouetté aux naseaux, essaya de se cabrer, tandis que, lugubrement, Black aboyait à la mort.

Rageur, Piétro frappa sur sa haridelle, mais celle-ci, butée, impuissante, du reste, refusa d'avancer.

— Qu'y a-t-il donc ? — interrogea Sania qui plus horrible encore dans sa tenue de nuit, la tête entortillée dans un madras rouge, venait d'entr'ouvrir le vasistas de sa porte vitrée.

Mais déjà Piétro avait sauté à terre, et, saisissant le cheval par la bride lui faisait faire demi-tour pour l'engager sur la gauche.

Ce fut long et difficile.

Tout trempé, le Gitano remonta enfin dans sa guimbarde, et, de plus belle, le cheval reprit son trot, aidé par le robuste Black.

— Nous avons eu de la chance, hein ! Piétro ! — fit Sania.

— Bah ! — répondit le bohémien — je leur aurais laissé voir la *bambine*, quitte s'ils n'avaient pas eu l'air contents à faire parler mon petit père *rigolo*.

— Je les ai aperçus à travers la persienne ; à un moment donné j'ai eu bien peur ! Figure-toi que cette petite peste s'était avisée de pleurnicher comme exprès.

« Je te le jure, je me suis tenue à quatre pour ne pas l'étouffer !

— Mauvaise affaire ! le coup du train aurait encore mieux valu, en ce cas... Quoique ça sentait déjà pas mal le roussi.

— Ah ! mais ! — grinça l'ogresse, dans un geste effrayant, — elle n'y coupait pas, la fille de *roumis*, je lui serrais le kiki et je la jetais dans le fossé !

— Mauvaise affaire, je te dis, on aurait pu retrouver notre piste.

Puis brusquement :

— C'est tout ce que tu as à me dire ?

— Oui, Piétro, rien plus !

— Eh bien, rentre dans la *piaule et boucle la lourde*. Ah ! au fait, qu'est-ce qu'elle avait à *chialer*, notre fille ?

— Paraît que c'est les éclairs et les coups de tonnerre qui font peur à mademoiselle !

— Bon, on va l'aguerrir... Une idée ! Si tu la mettais à la croisée pour mieux lui faire admirer le spectacle ?

— Tu es le diable en personne, — ricana Sania, enchantée de l'idée, — et je n'ai rien à te refuser. Tiens, la voici, je te la confie, grand-père !

Alors, comme un paquet, la vieille scélérate, passa l'enfant, toute nue, au bandit qui l'assit brutalement sur ses genoux.

Tremblante, effarée, à la vue de l'effrayant cataclysme, la petite Eva bondissait sous les coups précipités du tonnerre dont les grondements, peu à peu s'éloignaient... tandis que sur son petit corps déjà bleui, la pluie ruisselait, implacable.

Et les yeux vides de larmes, maintenant la pauvrette cherchait mais en vain, à cacher son visage de martyre...

XVI

BON TOUTOU

L'orage dura une heure.

Pendant une heure, la mignonne que le misérable tenait à califourchon sur son genou, dut rester immobile, la tête droite, terrorisée par le monstre qui prenait un sauvage plaisir à lui meurtrir les cuisses et la poitrine en lui enfonçant dans les chairs ses gros doigts spatulés, plus durs que l'acier.

La pluie avait enfin cessé.

— Tu as bien vu, ma petite Cécily ? — fit-il — N'est-ce pas que c'est joli le feu d'artifice ? Allons, maintenant que tu es débarbouillée, embrasse ce bon grand-papa !

Livide, muette, Eva n'osa plus désobéir à l'ordre infâme.

Après quoi Piétro ouvrit la fenêtre et saisissant la pauvre gosse sous les bras, il la lança en ricanant sur Sania endormie.

Surprise, hagarde, tel un spectre, l'ogresse se dressa sur son séant.

A la vue de sa victime qui avait roulé dans la ruelle, la colère de la gitane ne connut plus de bornes.

— C'est encore toi, chienne maudite ? En pénitence là, tout de suite !

Et brutalement, sans souci de sa nudité complète, la mégère agenouilla l'enfant sur le plancher, puis se rendormit en maugréant.

Depuis quelques instants, la voiture dont les roues s'enfonçaient dans le sol détrempé, couvert d'une boue épaisse et visqueuse, n'avançait que péniblement.

Sur le dos du vieux cheval, une sueur fumante avait remplacé la pluie qui, tout à l'heure, y ruisselait.

Et tandis que le pauvre canasson cornait douloureusement, Black épuisé, le poitrail ensanglanté par la bricole que l'eau avait rendue coupante, laissait pendre sa langue, lamentable.

Tout à coup, un violent cahot enlisa la voiture dans une profonde fondrière.

Depuis longtemps le lumignon était éteint...

La secousse réveilla la sorcière.

Elle aperçut alors Eva qui, inconsciente, vaincue par la fatigue, s'était assoupie sur le plancher raboteux de la roulotte.

— Tiens ! tiens ! La môme qui se permet de roupiller pendant qu'elle est en pénitence ! Attends petite gale, je vais te sonner un réveil dont tu me diras des nouvelles !

Alors, avec une férocité inouïe, Sania s'empara d'une longue aiguille à tricot qu'elle enfonça d'un coup brusque dans la cuisse de sa victime.

Dans un grand cri d'indicible souffrance, la mignonnette rouvrit les yeux.

— Ça t'apprendra ! — glapit l'ogresse.

Hélas, oui, il y a de tels monstres sur terre et tout ce que nous venons de raconter, ce martyrologe est, hélas ! « arrivé » trop souvent.

Pendant ce temps, malgré les efforts de Black et du vieux cheval, tendant leurs traits jusqu'à les rompre, sous les coups de lanière de Piétro qui sacrait en son idiome barbare, l'entre-sort restait en souffrance, à demi culbuté dans l'ornière, la roue de droite enfoncée jusqu'au moyeu.

On était à proximité d'un petit hameau dont les premières lueurs du jour naissant, éclairant la désolation de la plaine, dévastée par l'orage, permettaient de distinguer le clocher.

Devant l'impossibilité d'un démarrage, se rendant enfin à l'évidence, Piétro cessa de jouer du fouet et sauta dans la boue.

— Qu'y a-t-il encore ? — demanda Sania qui, abandonnant sa douce victime, était de nouveau apparue à la fenêtre.

— Il y a que le canasson n'en peut plus, et que nous sommes obligés, sinon de faire halte ici, du moins de donner une avoine à la bête et de décaler la roue !

— C'est le diable qui s'en mêle, — ragea l'ogresse, que la crainte du retour des gendarmes et de la découverte de son rapt affolait. — Si nous marchons de ce train nous ne serons hors d'affure avant six mois ! Tu sais pourtant bien...

— Trêve de lamentations ! Ton moment est mal choisi. Descends plutôt de la bagnole, — ordonna Piétro, jurant et sacrant.

En un tour de main, le bandit eut dételé.

D'un bond, Black s'était élancé dans la voiture où, la face bouffie par la fatigue et la souffrance, — sa petite amie, sa nouvelle compagne d'infortune, — sanglotait à chaudes larmes.

Et de toute sa tendresse de bête, — meilleure que bien des gens, — l'animal caressa, lécha l'enfant-martyre, la consolant à sa façon, se couchant près d'elle pour lui faire un lit bien doux, bien chaud.

Eva s'endormit enfin en balbutiant :

— P'tite m'ma... les méchants... Toutou... bon toutou... toi... bon... bon toutou !

XVII

LE DOCTEUR CHERFILS

Ce n'était pas sans de graves raisons, comme on a dû le penser, que l'éminent chirurgien qui soignait, avec un admirable dévouement, le jeune baron des Charmettes avait quitté inopinément son blessé, qui se débattait dans les fièvres de l'agonie, car son état, loin de s'améliorer, empirait à chaque seconde.

Le Dr Cherfils avait eu, en effet, pendant l'absence d'Andrée de Bordère, une édifiante conversation avec le père Antoine, le vieil intendant que la « dame Noire » venait de congédier si brutalement pour prix de ses bons et loyaux services.

Le brave homme qui suivait distraitement les mouvements du docteur, comme s'il était plongé dans de profondes méditations, avait le regard tout humide.

A plusieurs reprises déjà, il avait essuyé ses yeux rougis avec le revers de sa main.

Le chirurgien s'en aperçut et lui demanda avec cette brusquerie affectueuse qui était le fond de son originale nature :

— Ainsi, mon brave, vous voilà à la recherche d'une position sociale... Ce n'est pas toujours rose à votre âge.

Le digne intendant de la villa des Pleurs esquissa un geste de suprême indifférence, trop ému sans doute pour parler.

— A moins, — continua le docteur, l'observant de son œil fin et scrutateur, — que vous n'ayez, durant votre longue carrière, amassé un petit pécule pour vos vieux jours, ce qui ne serait que justice.

Le père Antoine retrouva la parole pour se défendre de cette chose si naturelle comme d'une mauvaise action :

— Non, monsieur le docteur, je n'ai rien... ou presque rien. J'ai toujours eu de grosses charges de famille... ma femme atteinte d'une maladie incurable... des enfants poitrinaires comme leur malheureuse mère ; c'est pourquoi j'étais venu chercher du service dans ces beaux pays, espérant les sauver tous... et ils sont tous morts, les uns après les autres...

« Tenez, je suis encore en deuil de ma dernière... elle avait l'âge de Mme Germaine... Oh ! c'est bien pour elle... pour elle seule que je suis resté à la maison des larmes... à la villa des Pleurs, comme on la nomme si bien sur la côte...

Et il acheva avec un gros soupir, comprimant un sanglot qui sourdait dans sa gorge :

— Maintenant, je suis tout seul comme un hibou... Vous voyez bien, monsieur le docteur, que je n'ai besoin de rien, sauf grand comme moi de terre pour me mettre dessous, quand ça sera fini !

L'accent de bonté, de sincérité du vieil intendant frappa le praticien qui l'avait écouté avec une attention singulière.

C'est que lui aussi, l'illustre maître, riche, couvert de gloire et envié de tous portait au cœur l'amertume cruelle de deuils inoubliables et d'affreux malheurs.

Et comme il le disait parfois avec une philosophie résignée :

« C'est triste de vieillir : on reste le fossoyeur de tous ceux que l'on a connus et aimés ! »

Il interrogea, tout en continuant ses soins au blessé et prenant sa température sous l'aisselle, pour la noter sur l'étiage de fièvre qui, hélas ! montait... montait toujours... vers les mortels degrés.

— Alors, mon brave ami, si je vous comprends bien, c'est plutôt par affection pour votre jeune maîtresse que vous restiez dans cette peu récréative villa des Pleurs... pourquoi des Pleurs, au fait ?

— Mon Dieu, monsieur le docteur, — répondit le père Antoine avec embarras, — c'est une bien vieille histoire et elle ne vous intéresserait pas.

— Je vous demande pardon... Racontez-moi tout ce que vous savez... Je serai curieux de connaître après cela la déposition de Mlle de Bordère, qui me paraît avoir singulièrement précipité l'arrestation, — si toutefois elle a eu lieu, — de sa nièce, Germaine Stuart.

— Quoi, vous la soupçonneriez aussi ! — exclama le père Antoine.

— Qui cela ? Mme Germaine ?

— Oh ! non, l'ange du ciel... la bonne fée... Mais l'autre !... Sa tante, la Noire !

— La Noire ! — répéta le chirurgien. — Allons, je crois bien que nous empêcherons une nouvelle bévue de la justice et que nous sauverons votre jeune maîtresse... Mais pour cela, il faut parler...

— Dites-moi la vérité, toute la vérité... comme à un juge, comme à un ami...

Et, ce disant, il serrait avec force la main de l'intendant de Germaine.

— Alors, celui-ci, profondément remué par cette sympathie soudaine et inespérée, lâcha l'écluse débordante et trop longtemps contenue des souvenirs et des révélations.

Il remonta le cours des années, retraça la misère de la famille de Bordère, l'arrivée de sir Henry, le sauveur, son amour pour la plus jeune des sœurs, Eva, la jalousie évidente d'Andrée... et la mort en couches, — par accident, de celle qui avait donné le jour à Germaine !

Puis il arriva au suicide mystérieux de sir Henry et aux affaires de succession ; il dit comment la clairvoyance d'un notaire honnête avait tenu en échec, jusque-là, Mlle de Bordère et son amant, le comte Arthur de Montbrun, qu'elle voulait dans ces derniers temps faire épouser à Germaine.

Quant au roman de celle-ci avec le baron des Charmettes, il ne comprenait rien à son dénouement.

— Les jeunes gens s'adoraient — acheva-t-il. — Ils avaient des rendez-vous secrets dans le parc. Je le savais ; mais motus... J'étais bien trop content de voir damer le pion au Montbrun...

« Oh ! celui-là et son valet Alfiéro, je les ai toujours eus à l'œil. Trois fois, ma jeune maîtresse a failli être tuée et trois fois j'ai observé des choses louches... bref, je les ai soupçonnés...

Et il raconta les dangereux accidents auxquels l'infortunée Germaine avait toujours pu échapper comme par miracle.

La conviction du docteur était faite, quoi qu'il n'y eût contre Andrée de Bordère aucune preuve historique et flagrante...

— Cette femme a une face de criminelle-née, se dit-il. Tout en elle, comme dans son passé, est noir et ténébreux... Allons, je crois bien que je ne me suis pas trompé... et puisque les juges s'occupent beaucoup de médecine, je vais, moi, docteur, faire, Dieu aidant, un peu de bonne justice... Ce sera une façon comme une autre de passer mes vacances au pays bleu.

Et il se frotta les mains avec une satisfaction qui n'était pas exempte de menace...

Sur ces entrefaites, Mlle de Bordère reparut, les traits décomposés, se soutenant à peine...

— Vous devriez aller vous reposer, mademoiselle, — lui conseilla le docteur en la dévisageant à la dérobée. — Votre présence n'est pas utile ici...

Et d'un ton tranchant :

— Puisque votre intendant n'est plus à votre service, je le prends au mien et le mets, à mon tour, à celui de M. le baron des Charmettes.

Andrée de Bordère répondit hypocritement :

— Hélas, monsieur, je ne sais plus ce que je fais... Tous les malheurs m'accablent à la fois... La disparition de cet enfant... l'arrestation de ma pauvre nièce, dont je viens de recevoir la nouvelle.

— Son arrestation ? — fit le docteur.

— Oui, c'est affreux... Et elle n'y a pas résisté... Elle est folle !

— Folle ! — répéta le médecin comme un écho. — Folle !

Et son regard aigu et perçant cherchait celui de la misérable qui baissait les yeux en pleurant...

Oui, en pleurant, car la sinistre comédienne savait encore trouver de vraies larmes !

— Antoine ! — dit brusquement le chirurgien. Je vais m'absenter.

Andrée de Bordère eut un involontaire tremblement de joie.

Le docteur Cherfils reprit :

— Un confrère va venir me remplacer... Vous ne quitterez pas le malade d'une seconde, vous m'entendez... d'une seule seconde ?

— Non, monsieur le docteur.

Celui-ci continua :

— Vous voyez cette potion... Elle est destinée à calmer les crises du malade. Vous l'administrerez par petites cuillerées, d'heure en heure, si besoin est... surtout n'allez pas lui faire avaler le flacon !... Ce serait la mort !...

— Oh ! — protesta le père Antoine.

— Cela s'est vu, — prononça le chirurgien, détachant ces trois dernières syllabes comme des coups de scalpel.

Mlle de Bordère eut comme un éblouissement et chancela :

— Ma tête... oh ! ma tête, — fit-elle en prenant son front dans ses mains.

Le terrible docteur lui dit avec son même accent incisif :

— Mais votre charmante tête est toujours sur vos épaules, mademoiselle.

Et, avec autorité, d'un ton sans réplique, il la cingla de cette dernière et sanglante apostrophe :

— Veuillez vous retirer, car, je le crains, vous feriez une mauvaise garde-malade !

Andrée de Bordère s'en fut en chancelant, foudroyée de terreur, comme si tout tournait et s'écroulait autour d'elle.

Et, machinalement, sans même se rendre compte de ce qu'elle faisait, elle prit le chemin de la villa isolée occupée par Montbrun près de Nice...

Le docteur Cherfils qui venait ainsi de flageller et de stigmatiser la coupable sautait, lui, dans l'express de Cannes, où nous l'avons vu débarquer dans un chapitre précédent.

Il comptait à présent, ainsi qu'il l'avait dit, s'occupant à la fois de science... et de justice !

A la vérité, celle-ci ayant toujours été boiteuse, avait, en effet, le plus grand besoin des talents du plus illustre des chirurgiens !

XVIII

LA MAISON DE SANTÉ

Revenons pour un instant à la prison de Cannes, d'où le docteur Cherfils, approuvé par le médecin local, venait d'ordonner le transfert de Germaine dans une maison de santé.

Avec la rapidité de décision qui faisait le fond

de son noble caractère, l'éminent praticien, ayant réfléchi, précisa :

— A la villa du docteur Bompard, route de Nice.

Et, comme le vieux médecin de la maison d'arrêt, étonné, avait respectueusement fait observer à son illustre confrère la cherté tout aristocratique de cette maison privée, cherté pour laquelle il redoutait la pénurie de l'allocation administrative, le docteur Cherfils calma ses craintes :

— Tous les frais seront à ma charge, s'il le faut, mon cher confrère ; il est des cas où les hésitations d'ordre pécuniaire sont criminelles !

L'officier de santé s'inclina, puis il pénétra dans le bureau du directeur où il rédigea un rapport, informant le procureur de la République de sa décision relative à la détenue.

Pendant ce temps, la gardienne arrêtait une voiture et, sur l'ordre du chef, accompagnait à la villa Bompard, avec le docteur Cherfils, la malheureuse Germaine.

Depuis une dizaine d'années, le docteur Bompard, ancien chef de clinique à la Salpêtrière, s'était fixé à Cannes, où la brillante réputation qu'il s'était acquise dans la capitale l'avait depuis longtemps précédé.

Une vieille camaraderie professionnelle le liait intimement au docteur Cherfils et c'était pour ces deux sommités de la science médicale une joie profonde lorsque, tous les ans à pareille époque, ils pouvaient passer de longues journées en compagnie.

L'asile du docteur Bompard, gracieuse villa entourée d'un parc immense, planté d'arbres séculaires, se composait de trois principaux corps de bâtiments affectés aux divers besoins du service et renfermait une vingtaine de pensionnaires.

La voiture venait de stopper devant la grille...

L'éminent praticien avait sauté à terre, puis la sonnette tinta dans l'immense cour où quelques pensionnaires, aux physionomies douces et rêveuses, se promenaient.

Au coup de sonnette, le Dr Bompard, terminant précisément sa visite s'avança lui-même jusqu'à la grille, déjà ouverte à deux battants.

C'était un homme de cinquante ans, dont la charpente, solide et maigre, décelait la vie toute de travail et d'activité.

Sa large figure osseuse, encadrée dans de blancs favoris soigneusement taillés, respirait cette douce placidité du philosophe et du savant, dont l'existence s'est passée au milieu des misères humaines et s'est vouée à leur soulagement.

Déjà, le Dr Cherfils lui tendait une main que, vigoureusement, l'ancien praticien de la Salpêtrière étreignait.

Tout de suite, sans phrases, le chirurgien présenta Germaine qui, affreusement pâle, descendait de voiture, soutenue par le gardienne :

— Une malade que je vous recommande spécialement, mon cher Bompard, et dont la guérison à bref délai s'impose...

— Une de vos amies, sans doute ?

— Vous l'avez dit, et une amie à qui je m'intéresse doublement, car elle est victime de la plus épouvantable des injustices. Vous seul pouvez la sauver, et c'est en toute confiance que je vous l'ai conduite.

Les deux savants s'étaient compris, et pendant que le spécialiste donnait des ordres à deux infirmiers auxquels il venait de faire signe, pendant que Germaine, par leurs soins, était installée dans une des plus jolies chambres de la luxueuse villa, le Dr Cherfils, entraînant son ami derrière un massif ombreux, lui contait, en peu de mots, ce que nos lecteurs savent déjà...

— Et vous, Cherfils, — demanda le Dr Bompard lorsque son confrère l'eut mis au courant des ténébreuses machinations que lui avait contées le père Antoine, — toujours triste, malgré vos succès, votre célébrité, qui vous êtes aujourd'hui notre plus pur, tre prince de la science...

Amèrement, le Dr Cherfils répondit :

— Vous savez bien, Bompard, que ma douleur est de celles qui ne se guérissent jamais !

— Vous n'avez donc pas eu de nouvelles, depuis l'année dernière ? Et, de fait, on vous voit si rarement ! C'est à peine si vous me faites l'honneur d'une visite, de temps en temps, et encore faut-que ce soit pendant votre séjour à Nice ! — fit, avec un ton d'amical reproche, le docteur de la villa.

— Et croyez bien que les quelques heures que je passe en votre compagnie sont un puissant dérivatif à mes anciens chagrins, toujours cuisants !

Se laissant alors aller à un profond abattement, à mi-voix le docteur Cherfils murmura :

— Non, rien, aucun indice ! Pas la plus petite piste ! Vraiment, c'est à désespérer !

— Pourquoi, cher ami, prononcer ces affreux mot ?...

Tristement, le docteur Cherfils fit, de sa noble et blanche tête, un geste de suprême dénégation, puis il continua :

— Le pauvre enfant ! Il aurait huit ans, aujourd'hui ! Vous rappelez-vous combien il était vif et enjoué, lorsque, pour la dernière fois, il y a de cela cinq ans, je le conduisis ici, à votre délicieuse villa...

« Ma fille, sa pauvre mère, était si heureuse en le voyant courir dans vos massifs, dévaster vos pelouses, décapiter vos fleurs et saccager vos plates-bandes !...

— Cependant, la police...

— Ah ! la police ! C'est tout au plus si elle fut capable, après la disparition du pauvre chérubin, de me dire qu'elle ouvrait une enquête, puis de m'apprendre que l'enquête n'avait pas abouti !

Le docteur Bompard hocha la tête.

Le chirurgien poursuivit avec animation :

— Vous rappelez-vous, c'était pendant une fête de nuit, à Nice, où je conduisis ma fille qui, veuve déjà d'un mari qu'elle adorait, souffrait, elle aussi, d'une maladie qui ne pardonne pas.

« Avec notre joli petit Robert, nous avions passé la soirée la plus délicieuse qui se pût rêver, surtout depuis son dernier accident qui, ayant failli lui coûter la vie, nous l'avait rendu doublement cher.

— Oui, je me souviens, une chute terrible dans le bassin de l'hôtel où il faisait courir ses minuscules bateaux. Il s'était presque fendu le front.

— Et pendant trois semaines, nous causant des transes épouvantables, il était resté entre la vie et la mort. C'était sa première sortie, aussi, comme sa joie était grande — ajouta le chirurgien, dont la voix mollissait, se voilait d'intonations où le proche afflux des larmes sourdait, impérieux.

— Je sais le reste, — interrompit le docteur Bompard, affectueux ; — vous rentriez à l'hôtel ; devant vous, dans les allées du grand parc, Robert jouait avec ses petits amis, sous vos yeux.

« Soudain, il disparut. Éplorée, folle de douleur, votre fille l'appela, mais en vain, hélas ; le petit ange s'était envolé !

— Comme vous le dites, envolé pour toujours ! Un enfant si joli, si intelligent, qui me donnait de si belles espérances !

Et à ces mots, les larmes du brave chirurgien trop longtemps comprimées jaillirent, abondantes, douloureuses.

L'émotion du docteur Cherfils gagnait son collègue, mais séchant ses paupières toutes rougies, le malheureux grand-père continua :

— Rien ne put nous indiquer une piste, tous nos efforts furent vains. La gendarmerie, la police, les agents particuliers, les plus fins limiers de la capitale se mirent en campagne, battirent l'estrade, fouillèrent les roulottes de bohémiens dont, à cette époque, la contrée était infestée.

Mais tous les efforts furent impuissants. S'il n'é-
tait pas mort, car on ne découvrit aucun cadavre
d'enfant, mon petit Robert était bien désormais perdu pour moi !

— Non, ami, ne désespérez pas ! Qui peut se vanter de savoir jamais ce que le sort lui réserve !

— Hélas ! je ne le sais que trop, moi ! ce que le
sort me réservait ! Ma fille, folle de douleur, s'alita
aussitôt pour ne plus se relever !

— C'est justement parce que vous avez été trop
cruellement frappé, Cherfils, que la justice imma-
nente des choses vous doit une brillante répara-
tion !

« Votre petit Robert ne peut être mort ; vous
venez de me le dire tout à l'heure, si les recherches
n'aboutirent pas, on ne découvrit du moins aucun
cadavre. Un espoir doit donc vous rester, vous consoler, vous fortifier.

« Les gens qui l'ont dérobé vous savent riche.
Quelque jour, ils vous enverront un de leurs émis-
saires pour traiter de sa rançon... Et puis le hasard
est un grand maître !

— Peut-être !..

— En tout cas, vous seriez coupable de désespérer !

— Non, je ne désespère pas absolument et vos
paroles viennent de me redonner du cœur. Mais, qui
me rendra mon Robert !

« Voyez-vous, Bompard, les grands-parents adorent si complètement leurs petits-enfants ! Les tout
petits bébés sont si près des vieillards, et leurs caresses nous sont si douces ! Peut-être les chéris-
sons-nous si complètement parce qu'ils sont l'em-
blème frappant du cycle de la vie...

« Au moment où notre existence va se terminer,
n'est-ce pas là leur qui commence ! Et nous sommes si heureux de voir renaître en eux notre jeune
âge, nos jeux si lointains, dans le recul du passé,
nos tendresses imprévues, nos affections soudaines.

« Nous revivons en eux ! leur robustesse insou-
ciante et joyeuse semble comme un fil ténu, un invisible lien qui nous rattache à la misérable vie.

« Puis, le chirurgien ajouta :

— Pour moi, Bompard, le fil s'est rompu, le lien
s'est cassé...

— Vous le renouerez, Cherfils, croyez-moi...

— Hélas ! Voilà cinq ans que je viens ici en vain,
cinq ans que je roule par toute la France, cinq ans
que je demande inutilement mon petit-fils à tous
les échos.

« Tous mes efforts ont été inutiles, et un nouvel
espoir, encore déçu, raviverait bien plus cruellement encore, la plaie toujours saignante de mon
cœur déchiré.

— Voyons, Cherfils !..

— Mais si je n'ai pu réussir pour moi, peut-être,
serai-je plus heureux pour les autres. A ma douleur, j'ai jugé celle de notre nouvelle et malheureuse pensionnaire, dont le cas offre une si frappante analogie avec le mien.

« Je n'ai pu retrouver mon petit-fils, peut-être,
Dieu aidant, redonnerai-je son enfant à Germaine
Stuart.

— Oui, cher ami, et cela vous portera bonheur :
un bienfait ne se perd pas !

— Vous êtes bon, ami, et de notre entrevue, de
notre conversation, me sera restée une bien douce
consolation ! Merci, Bompard ! Merci ! Soignez ma
petite malade, guérissez-la, c'est votre vieux camarade qui vous en supplie !

— Je vous en donne ma parole, Cherfils, l'impossible pour elle sera fait. Elle ne doit sortir d'ici que
guérie. Le contraire serait, après la constation flagrante de l'injustice des hommes, donner le plus
sanglant démenti à la justice de Dieu !

« Puis dans une cordiale étreinte les deux hommes
se séparèrent.

XIX

MAITRE RUDEAU

Venu pour trois mois à Nice, le docteur Cherfils
était absolument libre.

Sur sa route il venait de trouver une injustice à
réparer, des fourbes à démasquer, des innocents à
sauver, des malades à guérir, une fillette à retrouver ; c'était bien là la plus noble occupation qu'il
pût rêver pour ses longues vacances que, depuis son
départ de Paris, le découragement et l'ennui emplis-
saient.

L'activité dévorante mais pondérée de l'éminent
praticien venait de trouver un puissant dérivatif.

Il lui importait, maintenant, de se mettre immédiatement en campagne.

Mais, pour l'esprit calme et méthodique du docteur, se mettre en campagne ne signifiait pas partir sur des indices peut-être faux, étayer ses présomptions sur des semblants de preuves, échafau-
der ses accusations sur des malentendus.

Il savait trop, par expérience, ce que ce système,
adopté de tout temps par la police, cause de cruelles
déceptions et de ruines irréparables.

Dans la lucidité mathématique de ses déductions,
basées sur ce qu'il savait, ce qu'il avait vu et sur
ce qu'il avait entendu, il ressortait clairement, d'une
façon précise et irréfutable, que la justice, à coups
maladroits et brutaux, venait, non seulement de
laisser échapper les coupables, — ce qui n'aurait
été que demi-mal, — mais encore d'accuser d'un
crime atroce une innocente.

Et pendant que la malheureuse Germaine, doublement frappée, se débattait en proie à une épouvantable folie, causée par cette inepte et lâche ac-
cusation, des misérables, audacieusement, se paya-
naient au grand soleil de l'impunité.

Le docteur Cherfils venait d'arriver à la gare, où
le rapide de Nice était signalé par les disques de la
voie et la sonnerie du timbre électrique, lorsque
soudain, cette réflexion jaillit, lumineuse, éblouissante en son cerveau.

S'il allait consulter le notaire de feu sir Henry
et de Germaine ? S'il allait chez maître Rudeau ?

Le père Antoine lui avait dit :

— C'est un homme qui voyait clair dans les affaires de mademoiselle ! Souvent je suis allé dans
son étude, à la villa Montplaisir, à deux pas de la
gare, pour le mettre au courant de ce que j'obser-
vais !..

A coup sûr, c'était chez le notaire qu'il réussirait
à débrouiller l'écheveau de ces mystérieuses énig-
mes, dans lesquelles, volontairement, il s'était mis
en tiers.

Et sur le champ, après s'être fait indiquer le
chemin par un commissionnaire, le docteur Cherfils, quittant la gare se dirigeait vers la villa Montplaisir.

Un instant après, il sonnait à la grille de l'officier ministériel.

Un valet de chambre vint ouvrir.

Le docteur Cherfils fit passer sa carte.

Tout de suite, il fut introduit auprès de Me Rudeau.

Ce dernier était un homme de soixante ans, encore vert, à physionomie loyale, fine et intelligente.

Assis devant son bureau, il était absorbé par
l'étude minutieuse d'un volumineux dossier...

A l'entrée du docteur, il se leva et, correctement,
l'invita à prendre un siège.

En peu de mots, l'illustre chirurgien eut exposé
le motif de sa visite et mis le notaire, stupéfait,
au courant des terribles événements qui venaient
de bouleverser la villa des Roses.

Pour ces deux hommes, accoutumés, par profession, à envisager froidement les choses, une conclusion logique, inéluctable, s'imposait :

Les coupables ne pouvaient être que ceux à qui le crime devait profiter.

Or, qui pouvait avoir intérêt à la mort de Germaine, victime de plusieurs attentats, — heureusement manqués ! — qui pouvait désirer celle de Rodolphe des Charmettes, ainsi que celle de la petite Eva ?

— Ah ! si seulement nous pouvions retrouver cette misérable Sania ! — fit le notaire. — Car, voyez-vous, cette bohémienne est un monstre capable des pires forfaits.

« Elle se croyait le droit d'exercer sur Mlle Stuart les pires représailles, ce qu'elle n'a pas dû manquer de faire, lorsque les ennemis de ma cliente, après l'avoir lancée contre elle, lui ont sans nul doute assuré l'impunité.

— Que voulez-vous dire ? — demanda le chirurgien. — Quelle vengeance une bohémienne pouvait-elle avoir à exercer contre cette douce et malheureuse enfant ?

A son tour, Me Rudeau apprit au chirurgien, qui l'ignorait encore, l'histoire du petit Emile, puis il ajouta :

— Mlle Stuart l'a mis en garde chez une brave femme de Valréas; c'est moi qui, tous les mois, vais régler sa pension.

— Je comprends, — fit le docteur ; — l'enfant était le gagne-pain de la gitane ; lui disparu, la bohémienne châtiée de six mois de prison, il était logique que les ennemis de Mlle Stuart armassent son bras contre la pauvrette !

— Et l'horrible créature, au lieu de tuer la mignonne Eva, comme on le lui avait peut-être ordonné, — qui sait ? — se résolut à la garder pour remplacer son petit Emile.

« Quelle plus belle vengeance, pour cette gitane, altérée de haine et de férocité !

Le chirurgien hocha la tête. Me Rudeau continua :

— Chétif, pitoyable comme il l'était, le pauvret, âgé de huit ans à peine, garnissait l'escarcelle des bandits. Les bonnes âmes s'apitoyaient à la vue de sa misère navrante, et les gros sous pleuvaient.

— Un enfant de huit ans ! — soupira le docteur, l'âge de mon petit Robert ! Ah ! trouver cette Sania, lui ravir sa proie, lui arracher son secret !

— Peut-être, — fit le notaire — pourrait-on, à la prison, nous donner de précieux renseignements sur cette misérable comme sur l'arrestation de Mlle Stuart !

— C'est cela, courons-y ! répondit le chirurgien.

Dans la cour de la villa Montplaisir, un superbe trotteur alezan, un pur-sang arabe, attelé à un tilbury, attendait en piaffant.

Les deux hommes sautèrent en voiture et bientôt furent à la maison d'arrêt où, avec force détails, le gardien les renseigna.

— Quant à la bohémienne, — termina-t-il — si elle a fait comme elle le disait, elle doit aujourd'hui filer sur l'Algérie !

— Sur l'Algérie... ou ailleurs — fit Me Rudeau, défiant.

Songeurs, anxieux, guère plus avancés qu'avant, les deux hommes prirent congé du geôlier.

Dans la rue, le notaire demanda au chirurgien :

— Eh bien, docteur, que pensez-vous de tout cela ?

Posément, pesant ses mots, l'éminent praticien répondit :

— Je pense que Mlle Stuart est très riche... trop riche, peut-être...

— Et que sa fortune porte ombrage à des ambitieux qui l'approchent de très près, — compléta Me Rudeau. — Au fur et à mesure que le père Antoine venait me tenir au courant des mystérieux événements de la villa, je coordonnais les faits, je réfléchissais posément à tout ce qui se passait, et toujours je constatais que tous les attentats, tous les pseudo-accidents, commis depuis fort longtemps, ne pouvaient qu'être l'œuvre d'une seule et même personne...

— Celle que la mort de Mlle Stuart devait enrichir ?

— Vous l'avez dit. Mais hélas ! nous ne possédons que les présomptions, des convictions morales, insuffisantes, pour nous autoriser à confondre les assassins !

— Prenons patience, — fit le docteur Cherfils, — les honnêtes gens sont avec nous. Nous avons, dans le père Antoine, que j'ai placé auprès du lit de M. des Charmettes, un garde-malade vigilant, un infirmier consciencieux.

« Laissons faire les misérables, laissons-les s'endormir dans l'assurance de leur impunité, et, un beau matin, leur réveil sera terrible en voyant qu'ils sont venus tomber d'eux-mêmes dans le piège qu'ils n'auront pu supposer.

— C'est cela ! — approuva Me Rudeau — laissons-leur la première manche, c'est le plus sûr moyen de gagner la seconde. L'essentiel, maintenant, c'est de retrouver Sania, la voleuse de notre petite Eva, j'en jurerai !

Puis un lourd silence plana sur les deux hommes, rompu tout à coup par cette interrogation du chirurgien :

— Dites-moi, maître, le petit Emile n'était pas son enfant, à cette Sania ?

— Son enfant ! Mais ces gens-là sont comme les tigres, ils adorent jalousement leur progéniture ! Tandis qu'Emile, le pauvret, ils le brutalisaient d'une façon infâme !

— Pauvre petit ! — soupira le docteur Cherfils, — dont le front, à la pensée de son Robert, s'était barré d'un pli inquiet.

Mais le notaire continuait :

— Non certes, Emile n'est pas de la race des gitanos, c'est un bel enfant au teint pâle, aux yeux vifs et bleus, à la physionomie douce et éveillée, aux cheveux blonds et bouclés.

« Et quelle tendresse, quelle affection brille dans son franc regard, lorsque je lui parle de sa bienfaitrice !

« Un fils de bohémien serait brun de cheveux, olivâtre de teint ; il serait sournois, brutal et ingrat.

« Tenez, c'est précisément aujourd'hui, que je devais aller payer sa pension !

Et Me Rudeau acheva :

— Ignorant les tristes événements que vous venez de m'apprendre, je me disposais, lorsque vous êtes arrivé, à partir à Valréas. C'est pour cela que j'avais fait atteler le tilbury.

« Hélas ! aujourd'hui la partie est bien compromise et je vais la remettre !...

— Je vous en prie, n'en faites rien ! — interrompit le chirurgien.

— Non, docteur, nous avons, pour l'instant, autre chose à éclaircir !

— C'est vrai, il faut retrouver Sania, il faut, tout de suite, nous mettre en campagne !

Mais soudain, comme s'il prenait une grande résolution, le prince de la science murmura :

— Vous allez voir l'enfant, maître Rudeau, je vous en prie, ne changez pas d'idée aujourd'hui ; permettez-moi, au contraire de vous accompagner là-bas.

Etonné, Me Rudeau regarda le chirurgien.

Devinant son interrogation, le praticien ajouta :

— Mon petit-fils me fut volé, il y a quelques années. Il aurait l'âge du petit Emile...

« Il était blond... Il avait de grands yeux bleus... Partout je l'ai cherché en vain !... Jamais le moindre indice... Et pourtant !...

Alors, amèrement :

— Peut-être me leurré-je d'un espoir qui sera encore déçu !

... tout à coup.

— Cherchons tout d'abord Sania, maître, et, si vous le permettez, je vous accompagnerai... adresse !

Sans répondre, le notaire rendit la main à son cheval qui, au trot allongé, fila sur la grande route.

XX

À LA GENDARMERIE

Devant la gendarmerie, la voiture stoppa, et les deux hommes sautèrent à terre.

Un planton leur indiqua le bureau du capitaine.

Le notaire, bien connu de l'officier, lui présenta le docteur Cherfils.

Le capitaine salua, puis il offrit des sièges à ses deux visiteurs.

En peu de mots, Me Rudeau eut exposé l'objet de sa visite.

Une enfant, la fille d'une de mes clientes, a dû être volée hier par une bohémienne, répondant au nom de Sania. Il serait urgent de mettre vos soldats en campagne, de leur faire battre les routes, surveiller les carrefours, car, certainement la gitane a dû fuir dans la roulotte de son compagnon ?

— Je suis tout à votre disposition, messieurs, — dit l'officier, — mais avant de mettre mes gendarmes en chasse, permettez-moi d'interroger, devant vous, ceux qui étaient en tournée cette nuit. Peut-être pourront-ils nous donner de précieux renseignements, relatifs à leur exploration.

— C'est logique, — approuva le notaire.

Le capitaine appuya sur un timbre. Un planton accourut.

— Allez chercher le brigadier qui était de correspondance hier soir et qui n'a dû rentrer qu'à minuit.

Le gendarme porta la main à la visière de son képi, fit un demi-tour précis sur les talons, puis sortit.

Dans l'escalier, il prit le pas gymnastique.

Cinq minutes après, en tenue de ville, le brigadier arrivait.

Militairement, à six pas, la main sur la couture du pantalon, il attendit.

— Vous étiez de correspondance, cette nuit ?

— Oui, mon capitaine.

— Quelle route ?

— Route de Draguignan.

— N'avez-vous rien remarqué de particulier ?

— Non, mon capitaine. Du reste, l'orage nous a fait précipiter notre allure, au moment où nous interrogions un bohémien dans sa roulotte.

— Un bohémien ! — sursautèrent les auditeurs.

— Oui, — fit le gendarme, — même que je lui ai demandé ses papiers. Ils étaient en règle.

— Il était seul ?

— Il le disait. Mais j'ai entendu des gémissements dans sa roulotte et je l'ai interrogé...

— Que vous a-t-il répondu ? — demanda le docteur, anxieux.

— Il m'a répondu que c'était sa sœur, malade, qui agonisait.

— Naturellement ! — fit le notaire, amer ; — c'était notre malheureuse fillette ! Eh bien ! brigadier, — ajouta-t-il froidement, — sans vous en douter, vous avez laissé filer entre vos doigts une redoutable voleuse d'enfants.

— Serait-il possible ! — s'exclama le soldat, blêmissant. — En ce cas...

— Oh ! elle doit être loin, maintenant, si elle court encore ! — soupira le chirurgien.

— C'est-à-dire, — fit le brigadier, — qu'elle ne doit pas être si loin que ça, vu que le cheval at-

telé à sa bagnole, un vieux carcassonne... avait tout l'air d'un canard poussif qui avait bien du mal à se traîner lui-même !

Autant que son sous-ordre, le capitaine semblait gêné.

— Ah ! — continua le docteur, — si ces agissements avaient pu éveiller votre défiance, les misérables seraient arrêtés aujourd'hui ! La pauvre petite Eva serait à l'abri de ses bourreaux, la bonne mienne serait sous les verrous, et la vérité éclaterait, lumineuse, pour tout le monde !

— Oui, — appuya Me Rudeau, — avec un peu plus de perspicacité, les véritables coupables, ceux que nous recherchons, seraient confondus, tandis qu'aujourd'hui !...

Et sur ce mot un pli inquiet crispa ses lèvres.

— Que voulez-vous dire ? — demanda le capitaine de plus en plus intrigué.

Brièvement, à mi-voix, Me Rudeau mit l'officier au courant de la tragique arrestation de Mlle Stuart, et, après qu'il lui eut expliqué les circonstances du drame, celui-ci silencieusement, hocha la tête.

De son côté, depuis un instant, le brigadier avait compris son manque de flair; aussi, redoutant la punition de son chef, — que cette preuve flagrante de naïveté ennuyait considérablement, — prit-il courageusement les devants.

— Si mon capitaine veut me le permettre, — offrit-il, — je vais seller mon cheval et, en compagnie du gendarme que j'avais hier, je me mettrai en route, au galop, sur la piste des bandits ! Croyez-moi, ils ne doivent pas être si loin !

— Faites vite, — ordonna l'officier, sèchement. — Vous étiez proposé pour le grade de maréchal des logis, j'avais donné les meilleures notes sur votre compte, songez que, depuis un instant, votre deuxième galon est bien compromis !

Très rouge, honteux, furieux contre lui-même, le brigadier se disposait à partir.

— Attendez ! fit encore le capitaine ! — Il faut que je vous donne tous les moyens de vous rapprocher !

Rapidement l'officier libella un ordre.

— Voici une consigne que vous transmettrez au chef de la brigade voisine, lorsque vous aurez atteint la limite de notre zone d'arrondissement. Allez ; crevez votre cheval si c'est nécessaire.

— Je vous le rembourserai, — renchérit le docteur. — De grâce, faites vite !

— Pas besoin, merci bien ! — répondit le brigadier, résolu, mais vexé ; — ma jument est solide et j'ai à cœur de réparer cette gaffe.

« En deux heures de galop nous aurons rattrapé la roulotte qui doit, certainement, être embourbée quelque part.

« Le soleil ne sera pas encore couché que les misérables seront ici, les menottes aux mains.

Puis le soldat salua et, rapidement, descendit aux écuries.

Pendant qu'il sellait et que les deux amis, nous pourrons désormais leur donner ce nom, prenaient congé et remerciaient chaleureusement le capitaine, celui-ci les accompagnait jusqu'au bas de l'escalier.

— Ayez confiance, messieurs, — leur dit-il ; — nous avons un indice très sûr ; les chevaux de nos gendarmes sont rapides et vigoureux ; leurs cavaliers ont une bévue à faire oublier ; ils tiendront à cœur de le faire avec célérité !

Sur ces paroles d'encouragement, les deux hommes remontèrent dans le tilbury.

— Hélas ! n'est-il pas un peu tard ! — soupira le docteur Cherfils.

Mais avant que le notaire eût pu répondre, les deux gendarmes, jugulaire au menton, revolver en bandoulière et sabre à la selle, sortaient de la caserne, puis, comme l'éclair, filaient sur la route au galop de leurs robustes normands.

Rudeau :
— Avec des gaillards aussi crânement décidés,
montés sur des chevaux pareils, je crois que ce
serait bien le diable si la roulotte des gitanos leur
échappait !
Le docteur Cherfils acquiesça :
— Je l'espère ! Je le désire surtout !
Alors, avec une délicatesse de véritable homme
du monde, comprenant combien, à son tour, l'éminent chirurgien était pressé d'aller voir le petit
Emile, Me Rudeau, prenant les guides, enveloppa
son cheval dans un léger coup de fouet.
— Vous allez voir, docteur, — dit-il, — il n'y a
pas que les gendarmes qui possèdent de bonnes
bêtes ! Mon arabe abat ses vingt kilomètres à
l'heure sans quitter le trot.
« Pour les cas urgents, il comprend qu'il doit se
distinguer et, le plus naturellement du monde, il
se met à l'allure de vingt-cinq.
— Un beau record !
— Vous allez voir !
En effet, sous l'avertissement de la fine mèche,
bien tenu en mains par l'honnête tabellion, sports-
man émérite, expert en l'art de pousser un trotteur, sans trop le fatiguer, le gracieux arabe, dans
des foulées puissantes, fila sur la grand'route, bor-
dée d'immenses peupliers, avec une vertigineuse
rapidité.
Sur un chemin de traverse, on aperçut encore
les bicornes des deux gendarmes.
Les soldats galopaient toujours avec furie, et
bientôt leurs silhouettes s'estompèrent puis se fon-
dirent dans l'horizon.

XXI

UNE RUDE JOURNÉE

Sans souffler, en moins d'une heure, le pur sang
arabe, solidement enrêné par son maître, franchit
les vingt-cinq kilomètres qui séparent la ville du
hameau de Valréas.
Devant sa porte, tricotant un gilet, la brave
femme, à qui Germaine avait confié le petit Emile,
attendait son retour de la pension voisine.
A la vue du tilbury, dont l'arrivée était chaque
fois, pour elle, l'occasion d'une bonne aubaine, la
paysanne s'avança et salua avec cette aisance particulière aux femmes du littoral ; puis elle s'écria,
sur cet accent chantant de la campagne :
— Té ! *Moussieu* le notaire ! Et bonjour donc,
moussieu Rudeau ! *Pas moulin* que nous ne vous
attendions plus d'aujourd'hui ! C'est le *piquit* Emile
qui va être content de vous embrasser ! Lui qui
vous aime tant !
Les deux hommes étaient descendus de voiture.
Le cœur battant, le docteur suivit Me Rudeau,
et pendant que le cocher séchait le cheval, dont le
poil ruisselait, ils pénétrèrent dans le logis de la
villageoise.
— Mais asseyez-vous donc, mes bons messieurs !
Et vous allez bien vous rafraîchir ; un bon pichet
de bonne bière, dites, monsieur Rudeau ? Là, toute
fraîche ! Et qu'il fait si chaud d'aujourd'hui ! Vrai !
qu'on ne croirait pas qu'il a fait *une* si belle orage
cette nuit !
« Ah ! si vous saviez comme notre *piquit* Emile
a eu peur ! Un vrai cauchemar toute sa nuit ! Toujours sa bohémienne, cette Sania maudite, et son
brigand de Piétro, qui venaient le rouer de coups !
Une nuit horrible, que je vous dis !
« Ce matin, comme si de rien n'était, — car il y
a un concours de lecture à l'école, et pour tout l'or
du monde, il n'aurait pas voulu manquer sa classe,
— le voilà qui part frais comme une *piquite* rose !

Mais il va bientôt l'avenir, vous allez le voir, que...
Le notaire crut enfin bon d'interrompre le
incessant des paroles de la brave femme :
— Comment se porte-t-il, cet enfant ?
— Oh ! *moussieu* Rudeau, que c'est une vraie
bénédiction du bon Dieu ! On ne croirait jamais
le voir, au jour d'aujourd'hui qu'il était si chétif,
il y a six mois ! Heih ! Vous rappelez-vous ?
— Pauvre enfant ! — fit le docteur.
— Ah ! dam ! Il est bien soigné aussi, faut-il
dire, pas vrai, *moussieu* Rudeau ?
— C'est avec un très grand plaisir que je le
constate, — répondit le notaire, souriant, — vous
êtes, pour lui, aussi bonne que la meilleure des
mères !
— Mais c'est si doux, si prévenant ! Ah ! Mme
Germaine peut bien être assurée qu'elle n'aura
jamais que de la joie avec ce petiot-là ! Mais prenez un peu de patience ! Vous allez en juger dans
cinq minutes !
A ce moment, la porte s'ouvrit avec fracas, et,
brandissant une croix d'honneur au large ruban,
joyeux, le petit Emile pénétra dans la pièce en
criant :
— Premier, *mémère* ! Tiens, voilà ma médaille !
Il allait sauter au cou de la brave femme lorsque,
à la vue des deux graves visiteurs, il s'arrêta au
milieu de la salle...
Anxieux, le cœur battant à se rompre, le docteur Cherfils contemplait l'enfant.
Gracieusement, Emile alla présenter son front à
Me Rudeau, puis il salua poliment le chirurgien.
— Vous ne voulez pas que je vous embrasse, à
mon tour ? — fit ce dernier, très ému.
L'enfant sembla consulter du regard la brave
paysanne, mais déjà, celle-ci s'était écriée :
— Allons, *piquit*, va donc embrasser *Moussieu*,
puisque c'est l'ami de notre ami !
Timide, rougissant, Emile s'avança près du docteur, qui, affectueusement, l'examinait, s'efforçant,
à travers la douceur régulière de sa délicate physionomie, de discerner son identité.
Avec délicatesse, sur ses joues fermes et roses,
il déposa deux baisers attendris, puis, soudain, il
porta la main à son cœur, comme s'il voulait arrêter un cri qui l'étouffait.
Me Rudeau, de son côté, examinait avec une attention soutenue le docteur Cherfils, dont la subite
altération des traits l'avait fortement intrigué.
— Cette cicatrice, — demanda le chirurgien, examinant le front d'Emile, balafré dans toute sa lon-
gueur, — vous souvenez-vous dans quelles conditions elle vous est survenue ?
Etonné, l'enfant répondit :
— Sania, la méchante bohémienne, me battait
tous les jours. Tous les jours, elle et Piétro, son
mari, inventaient pour moi de nouvelles méchan-
cetés. Un jour, voyez-vous, ils me brûlaient les
jambes avec le tisonnier.
Et ce disant, le protégé de Germaine Stuart, re-
troussant son pantalon, montra son mollet, zébré
par des marques blanchâtres.
— D'autres fois, — continua-t-il, — ils me bri-
saient un bâton sur la tête, me jetaient à terre, me
piétinaient. Un jour, Sania alla jusqu'à me taillader
la poitrine avec un canif !
— Pauvre petit ! Pauvre petit martyr ! — soupi-
rèrent les deux hommes.
— C'est pour cela, monsieur, que je ne puis vous
dire si cette blessure provient d'une des brutalités
de ces méchants... ou d'autre chose !
— N'auriez-vous donc pas toujours été chez ces
horribles bourreaux ?
L'enfant passa la main sur son front, comme
s'il s'efforçait de se remémorer des souvenirs très
lointains :
— Il me semble que j'avais, au contraire, une
petite maman qui m'aimait bien, qui me caressait,
et qui pleurait souvent...

— Dites-moi, était-ce beau chez votre maman, plus grand et plus beau que dans la roulotte de Sania ?

— Oh ! ce n'était pas la même chose ! La roulotte était affreuse ; là-bas, chez petite mère c'était joli... de grandes chambres, dans une grande maison, dans une belle rue, dans une belle ville !...

Le cœur de l'éminent praticien sautait violemment dans sa poitrine.

Cependant, maîtrisant l'émotion qui l'étouffait, il demanda encore :

— N'aviez-vous pas un grand-père, qui, souvent, vous faisait sauter sur ses genoux ?

Secouant sa petite tête mutine, Emile répondit :

— Oui, il me semble ! Un monsieur comme vous, un bon et brave grand-papa à barbe grise, qui m'apportait de jolis joujoux !

— N'alliez-vous pas en voyage, en chemin de fer, quelquefois ?

— Je ne sais pas ! C'est possible, car je crois me rappeler que petite mère me parlait souvent de Nice.

— Nice ! m'avez-vous dit ! Nice !...

Et précipitant ses questions, devançant les réponses, le docteur continua :

— Vous souvenez-vous d'une grande fête dans cette ville ?

— Je ne saurais vous dire. Ma vie d'autrefois n'était qu'une fête perpétuelle, ma petite mère était si bonne... tandis que chez Sania...

— Votre petite mère vous appelait-elle Emile ?

A cette interrogation, résolument, l'ancien martyr de la bohémienne répondit :

— Non, non ! ma petite mère ne m'appelait pas ainsi. C'est Sania, qui, lorsqu'elle m'eut pris, me dit, avec son affreuse figure de sorcière :

« Tu t'appelleras Emile, et si tu ne réponds pas, le fouet te donnera de la mémoire ! »

Une sueur abondante inondait le visage du docteur Cherfils, pendant que la paysanne, inquiète, se penchant à l'oreille de Me Rudeau, lui demandait :

— Il ne va pas me l'enlever, au moins, le *piqui*, votre ami ?

Sans répondre, intéressé au plus haut point, le notaire vint à l'aide du chirurgien, dont l'émotion devenait insoutenable.

A son tour, Me Rudeau fit approcher Emile tout près de lui, puis, avec sa douceur habituelle lorsqu'il parlait au gracieux enfant, il lui dit :

— Prends cette chaise, mon ami, écoute-moi bien, tu me répondras ensuite : ce monsieur, le docteur Cherfils pleure un petit garçon qui aurait ton âge aujourd'hui ; il l'a perdu un soir à Nice, il y a longtemps !

Les grands yeux si fins et si mobiles de l'enfant se portèrent tour à tour sur les bonnes et anxieuses physionomies de ses deux interlocuteurs.

Dans le fond de ses prunelles, il sembla au notaire qu'un monde de souvenirs s'estompait, indécis, parmi le brouillard du passé.

Aussi, doucement, insista-t-il.

— Oui, monsieur Cherfils, qui est un grand médecin de Paris, était venu à Nice avec sa fille, la maman du petit garçon...

— Paris ! — fit Emile — Oh ! oui ! Une grande ville... beaucoup de voitures dans les rues, de beaux bazars où l'on m'achetait de jolis joujoux !

Et se frappant la tête :

— Je crois que je me souviens... Il venait beaucoup de monde chez petite mère, mon grand-papa était riche...

— Sais-tu comment on l'appelait ?

L'enfant sembla livrer son petit cerveau à une longue et difficile gymnastique, puis, soudain, il répondit :

— Je ne me rappelle plus son nom, mais comme je courais librement dans les grandes pièces de l'appartement, on me défendit un jour d'aller dans un salon où, pourtant, tout le monde pénétrait.

— Tu ne sais pas ce qu'il y avait dans ce salon ?

— Oh ! mais si ! Il y avait des outils, des couteaux, des canifs, de grands oiseaux ; il y avait des fauteuils, des dessins, des armoires vitrées, dans des armoires, de gros livres, beaucoup de gros livres.

— Un cabinet de médecin — fit le notaire, à voix basse, à l'oreille du chirurgien.

Le docteur Cherfils s'épongeait le front. A son tour, il questionna le petit Emile.

— Vous me disiez tout à l'heure, mon ami, que c'était l'horrible bohémienne qui vous avait donné ce nom d'Emile. Dites-moi, autrefois, avant d'être la victime de cette affreuse créature, comment votre mère vous appelait-elle ?

— Si vous vouliez m'aider, — répondit l'enfant, se grattant la tête, — peut-être pourrais-je...

— Essayons ! Adolphe ? — demanda le chirurgien.

— Non, pas Adolphe !

— Henri ?

— Non, encore moins !

— Pierre ? André ? Louis ?

Sans conviction, le protégé de Germaine Stuart répondit encore :

— Non monsieur, ce n'est ni Pierre, ni André, ni Louis !

— Charles, en ce cas ?

— Non, non, pas Charles !

La voix étranglée, le chirurgien risqua :

— Robert ?

— Ah oui ! Robert ! C'est bien cela ! Bébert, — s'écria l'enfant sautant joyeusement, — Robert ! C'est bien ainsi que petite mère et bon papa m'appelaient !

Et, battant des mains, il répéta dans un clair sourire :

— Robert ! Bébert !

Réfrénant le bonheur qui l'étouffait, le cœur gonflé à éclater, redoutant une analogie frappante puis une déception terrible, l'éminent praticien demanda encore :

— Ne vous souvenez-vous pas qu'un jour vous fîtes une chute dans un bassin ?

— Si, si ! fit l'enfant. — Ma petite mère pleura beaucoup et gronda papa ; un monsieur qui vous ressemblait, me soigna lui-même et passa plusieurs nuits auprès de mon petit lit !

Cette fois, aucun doute ne pouvait rester dans l'esprit des deux amis.

Silencieusement, Me Rudeau serra la main du docteur Cherfils, puis appelant Emile, il lui dit, la voix brisée par des hoquets :

— Emile, va embrasser monsieur ! C'est lui qui te soignait lorsque tu te blessas au front, en tombant dans le bassin ; va mon ami, embrasse ton grand-père ! C'est lui !...

Bondissant d'un élan enthousiaste, le petit garçon s'élança vers le chirurgien qui, ne retenant plus ses larmes, l'avait serré dans ses bras et tendrement, le tenant pressé sur sa poitrine, le dévorait de caresses.

La fièvre des regards qu'ils se transfusaient inondait leurs deux âmes d'un tourbillon de tendre affection.

— Mon Robert ! Mon petit Robert ! Tu me reconnais donc ! C'est moi qui suis ton grand-père ! Ton grand-père qui t'a si longtemps pleuré !

Une émotion avait gagné la villageoise et pendant que sur ses joues, hâlées par le soleil du littoral, de grosses larmes coulaient, Emile, lui aussi, les yeux rougis par l'afflux d'une joie subite, embrassait le vieux docteur.

— Grand papa ! serait-il possible ? Oh ! mon Dieu ! Oh ! mon Dieu ! Oui, c'est bien vous qui me caressiez, qui me guérissiez autrefois !... Comme je suis heureux !

— Mon cher enfant ! Si tu savais combien j'ai souffert loin de toi ! Combien je t'ai cherché ! Maintenant, va ! rien ne nous séparera plus ! Tu veux bien me suivre, dis ?

Pour toute réponse, de nouveau, Robert, — rendons-lui son nom, — entoura de ses deux bras le cou du vieillard et, tendrement, sur ses joues mouillées de pleurs, il colla ses lèvres...

La minute était d'une douceur infinie.

— Mais, ma bonne maman de Valréas, mais mademoiselle Germaine, que vont-elles dire ? — demanda enfin Robert dans un délicieux mouvement de reconnaissance.

— Elles seront heureuses de ta joie, mon ami, — répondit Mᵉ Rudeau. — Elles penseront que vous avez assez souffert tous deux pour mériter d'être enfin réunis.

— Et ma petite mère, dites, grand-papa? Comme elle va être contente, elle qui était si gentille et si douce !

À cette question, le front du chirurgien s'attrista soudain.

— Depuis ta disparition, mon chéri, ta maman a cessé de souffrir !

— Que voulez-vous dire ? Serait-elle morte, ma bonne petite mère ?

Sans mot dire, le docteur embrassa de nouveau son petit-fils, pendant que Mᵉ Rudeau lui répondait :

— C'est mademoiselle Germaine qui est ta mère aujourd'hui ! Tu ne l'aimes donc plus, Robert ?

— Oh ! si, je l'aime ; elle est si bonne ! Mais l'autre aussi, je l'aurais bien aimée !

Maintenant le docteur était pressé de partir. L'émotion l'étranglait...

— Veux-tu me suivre, dis, mon Robert ?

L'enfant sembla quêter sa réponse dans le visage de la villageoise.

— Vous allez me l'emmener ? Vous ne pensez donc pas que la maison va être bien triste sans lui ; mon pauvre *piquit*, à moi, dont il était la joie, la seule compagnie... car mon homme est mort « au péril de la mer. »

— Mais non ; Robert ne vous quittera pas, détrompez-vous !

— Puisque vous allez partir et qu'il part avec vous, *moussieu* !

— Ne voulez-vous donc pas le suivre ? Mon ami, Mᵉ Rudeau m'a déjà dit que vous viviez seule, sans parents, sans proches, sans enfants !

« En venant avec nous, vous soigneriez Robert, vous ne le quitteriez jamais, puisque vous le garderiez comme par le passé, vous habiteriez avec nous à Paris ; vous lui serviriez de mère, puisque l'autre, hélas, tuée par sa disparition, a quitté cette vallée de misères !

— S'il en est ainsi, — hésita la brave femme, dont la joie coupait les paroles.

— Acceptez, dit le notaire, — que pouvez-vous désirer de mieux ?

— Puisque c'est le seul moyen de ne pas quitter le *piquit*, j'accepte, je vendrai la petite maison, le jardinet...

— Non, non ! — interrompit le docteur Cherfils avec vivacité, — gardez votre gracieux cottage !

Souriant, le notaire approuva du regard.

— Vous n'allez pas emmener le *piquit* tout de suite, au moulin ? demanda la villageoise inquiète.

Le docteur Cherfils réfléchit longuement ; puis, tout à coup, s'adressant à son petit-enfant :

— Reste encore quelques jours avec la maman de Valréas, Robert... le temps de me préparer à ma nouvelle existence...

Puis, se tournant vers le notaire :

— Et de mener à bonne fin la mission que nous nous sommes assignée ! Il est si doux de retrouver ceux qu'on a perdus ! Est-ce donc une règle inéluctable de la vie, d'aimer les nôtres proportionnellement à ce qu'ils nous font souffrir ?

À mi-voix, Mᵉ Rudeau répondit :

— Mademoiselle Stuart serait si heureuse si on lui rendait son Eva !

La nuit qui descendait encapuchonnait les frondaisons, brunissait les pelouses du jardinet et brouillait les maisons du hameau.

L'arabe piaffait devant la porte...

Une dernière fois, l'heureux grand-père embrassa son petit-fils, puis, avec des larmes plein les yeux, il remonta dans le tilbury auprès de Mᵉ Rudeau.

Puis la voiture roula sur la grand'route et le cœur gonflé d'une joie débordante, le docteur Cherfils, dont le bonheur immense autant qu'imprévu avait doublé l'énergie, dit au notaire à qui, chaleureusement, il serrait la main :

— Mon ami ! Mon cher ami ! C'est maintenant entre nous à la vie, à la mort !

— Si vous saviez, docteur, comme je partage pleinement votre joie, combien je suis heureux de votre propre bonheur ! Il y a une justice, allez ! Si les hommes sont cruels et maladroits, tôt ou tard, malgré eux, la vérité éclate, aveuglante, triomphale !

Neuf heures du soir sonnaient aux horloges de Cannes lorsque le tilbury arriva en face de la gendarmerie.

Le notaire fit arrêter. Les deux hommes montèrent chez le capitaine qui, furieux, perplexe, attendait encore le retour de son brigadier.

Au même instant, le pas de deux chevaux martela en cadence les dalles de la voûte sonore et pendant que le gendarme dessellait les normands tout fumants, le poil collé par la sueur de la longue et rapide étape, le brigadier, l'uniforme tout poudreux, montait rendre compte de sa mission à son supérieur.

— Eh bien ! Ces misérables ? Qu'en avez-vous fait ? Où sont-ils ?

D'une voix mal assurée, le brigadier répondit :

— Nous avons galopé pendant plus de deux heures, puis nous avons pris le trot allongé, parce que nos chevaux commençaient à perdre le souffle et à battre du flanc.

— Au fait ! Les Bohémiens !

— Nous avons retrouvé la piste de leur roulotte...

Le docteur et le notaire eurent un soupir de joie.

— Et, à un carrefour où plusieurs routes se croisaient, nous avons suivi à droite.

— Pourquoi, à droite ? — demanda l'officier.

Le brigadier balbutia :

— Parce que nous nous sommes guidés sur les traces laissées par les fers du cheval des bandits et quelques gouttes de sang qui ont dû tomber de son poitrail.

— Le résultat, vite ! vous me faites bondir !

— Nous sommes arrivés à Saint-Auban, limite de l'arrondissement de Grasse, chef-lieu de brigade.

« Là, nous avons donné la consigne à nos collègues, avec ordre de la transmettre à la limite de leur territoire et nous avons attendu leur retour en laissant reposer nos chevaux.

« Ils sont partis ventre à terre, avec promesse, si leur route se prolongeait, de répondre télégraphiquement à votre bureau.

« Comme ils ne revenaient pas, nous sommes remontés en selle ! Peut-être ne sont-ils pas encore rentrés à cette heure !

Les deux amis étaient atterrés et pendant que le capitaine semblait plongé dans un monde de pénibles réflexions, le brigadier cherchant une atténuation à sa gaffe de la veille, continua :

— Mais il n'est pas possible que les bandits soient bien loin, hier soir leur cheval n'en pouvait déjà plus !

Le capitaine plongea son froid regard dans celui du sous-ordre.

— Enfin, vous revenez bredouille ! — Et il se [lève].

... Ne soyez donc pas étonné, brigadier, si le deuxième galon, pour lequel je vous avais proposé passe sur la manche d'un de vos collègues !

Anéanti, tête basse, le brigadier salua, fit demi-tour et sortit du bureau.

Dans l'escalier, il croisa un planton qui apportait une dépêche.

— Va vite ! lui dit-il.

Et il attendit le résultat à la porte.

Fébrilement, l'officier déchira le pointillé du petit bleu, puis il pâlit soudain.

— Vous avez du nouveau ? — demanda M. Rudeau, avec un accent de poignante anxiété.

— Hélas ! Tenez, monsieur, lisez vous-même, voici la dépêche que m'adresse la brigade de Puget-Thénière :

Roulotte vide et renversée, trouvée ce soir, deux heures, à deux kilomètres de la ville. Vieux cheval gris crevé entre les brancards. Aucune piste ni indice.

Les deux hommes sortirent atterrés.

— Ah ! cette Sania, c'est donc le diable en personne ! — s'écria M. Rudeau.

— Pauvre ! Pauvre petite Eva ! Malheureuse enfant ! murmura le chirurgien.

Et avec regret :

— Nous aurions dû courir nous-mêmes après les bohémiens, au lieu de partir à Valréas... Ah ! cela [fait] mon immense bonheur !

Le notaire lui serra la main avec force en murmurant ce simple mot :

— Grand cœur !...

XXII

FIN D'ÉTAPE

Nous avions laissé le hideux couple de bohémiens et leur petite victime dans la roulotte embourbée au milieu d'une fondrière.

Sommairement Sania avait enveloppé ses maigres tibias dans un jupon sordide, et jeté sur ses épaules un caraco percé de trous.

Elle avait sauté à terre, et, avec son compagnon, avisait aux moyens de sortir au plus vite de l'ornière.

Le cheval, dételé, laissé en liberté comme à l'ordinaire, broutait déjà l'herbe humide des fossés.

Mais malgré son avarice et contre son habitude, Piétro comprit devant l'urgence qu'il fallait réparer les forces de la bête.

Aller chercher de l'avoine au village, il ne fallait pas y songer, les premières maisons étaient encore trop éloignées.

— Bah ! — grinçait Sania — une bonne ration fera son affaire, et pendant que nous dépêtrerons la roulotte, le repos lui donnera des forces !

Piétro darda sur la gitane son regard mauvais et dur.

— Le cheval ne vaut pas cher — dit-il — mais tel qu'il est il peut encore nous rendre quelques services, et tu sais que nous avons besoin de détaler ! Le repas est insuffisant, l'herbe mouillée le ferait crever.

Remonte dans la voiture, ouvre le placard et prends toutes les croûtes de pain que nous y avons accumulées depuis trois jours. A défaut d'avoine, le pain donne encore du nerf aux rosses les plus éreintées.

Sans mot dire, Sania se mit en devoir d'obéir.

— Tu regarderas dans le petit bidon s'il reste encore de l'essence.

— Tu ne veux pas lui en faire boire ! C'est tout au plus bon pour la petite chienne ! — ricana la bohémienne.

— Apporte toujours, tu verras tout à l'heure. Garde quelques croûtes pour Black, il a besoin, lui aussi, de prendre des forces.

— Comme tu es bon, mon homme ! Jamais je ne t'ai vu aussi tendre pour ton équipage !

— Hum ! la bonté ne m'a jamais étouffé, tu le sais bien ! Mais je veux me caser.

— Panse donc leurs écorchures pendant que tu es en train !

— Les blessures les font souffrir mais ça ne les empêche pas de marcher ; inutile donc de m'en occuper.

Puis bref :

— Assez causé, aux croûtes !

Sania était sur la porte. Elle venait de pousser un cri de colère...

A côté d'Eva, Black s'était couché, et, tendrement, léchait son petit corps que la mégère n'avait pas encore recouvert de la plus petite loque.

Les caresses du brave montagnard réchauffaient la pauvrette, agitée déjà par des tremblements convulsifs, occasionnés par une fièvre naissante.

— La sale bête ! Attends un peu !

Et s'armant d'un bâton qui se trouvait à portée de sa main, la gitane bondit sur le chien.

Mais celui-ci, déjà d'aplomb sur ses quatre pattes, faisant de son corps un rempart à la fillette, attendait bravement l'attaque.

La mégère leva le bras.

Le molosse fit entendre un grognement de menace, puis il se tassa sur l'arrière-train, prêt à bondir.

La bohémienne eut peur. Elle fit un pas de retraite et lâcha son arme.

Piétro s'impatientait.

— Eh bien ! Sania ! Te dépêcheras-tu ? — lui disait-il.

Il faut croire que la frayeur inspirée par le bandit à sa digne compagne était plus redoutable encore que les crocs du montagnard car, résolument, l'ogresse avança.

Ne voyant plus le bâton, Black, du reste, s'était accroupi auprès de la fillette et la caressait à nouveau.

Ne perdant pas le chien de vue, prête à battre en retraite au premier mouvement de la bonne bête, Sania enfassa les croûtes dans son jupon.

— N'oublie pas d'en laisser pour la pâtée de Black ! — lui réitéra Piétro.

— C'est entendu ! — fit la vieille.

Et en aparté :

— Tu peux bien crever comme un maudit chien que tu es, sale bête !

Comme s'il eût compris, le montagnard gronda en montrant ses crocs.

Sania eut encore peur. Rapide, elle descendit.

Dans sa précipitation, elle oublia de refermer le placard, contenant, dans une casserole, au milieu d'une graisse jaunâtre et figée, deux ou trois roatons de viande froide, précieux reliquat du repas de la veille.

D'un bond, pendant que l'ogresse courait au cheval et lui donnait les croûtes à manger, Black s'était précipité sur la ratatouille.

En un clin d'œil, le robuste chien eut englouti le contenu de la casserole, après quoi il retourna vers la fillette.

Eva, les traits tirés, lamentables, les yeux rougis par les pleurs, et le corps entièrement tuméfié par les noirs que, cruellement, Piétro lui avait faits pendant l'orage, contemplait son sauveur, dans le franc regard duquel elle semblait lire une amitié et un dévouement à toute épreuve.

toute..., les Bohémiens ne voyagent jamais sans un attirail de terrassier. — Adroitement, Piétro, qui redoutait une brisure de l'essieu ou de la roue, dégageait les jantes, allongeait le trou, faisait une pente pour faciliter le démarrage.

La rosse avait terminé ses croûtes, et Sania, maintenant aidait le bandit à creuser sa tranchée.

Le gitano s'essuyait le front, ruisselant de sueur quand, machinalement, son regard se porta vers le cheval.

Soudain, il laissa échapper un juron.

La pauvre bête, qui, depuis un instant, mangeait l'herbe humide du fossé, avait le ventre ballonné.

— Pourquoi ne l'as-tu pas attachée ? Tu veux donc la faire crever tout de suite ?

Et lançant un terrible coup de pied dans les reins de la sorcière, Piétro lui cria :

— As-tu compris, Sania ?

La mégère ne sourcilla pas.

Silencieusement elle se dirigea vers le bidet, dont avec la corde lui servant de longe, elle fixa cruellement la tête à une haute branche, puis, traîtreusement, lui décocha deux coups de pied dans les tibias.

— Quant à toi, Piétro, ton tour viendra, prends patience ! — murmura-t-elle.

Maintenant la tranchée était assez large.

Malgré le choc, la roue, pourtant plusieurs fois rafistolée, n'était pas brisée et l'essieu semblait toujours solide.

La roulotte pouvait encore, telle quelle, fournir de longues étapes.

Piétro rangea sa pelle, et armé du bidon à essence, se dirigea vers le cheval.

— Regarde, Sania, — cria-t-il — un remède de mon pays pour donner des jambes aux chevaux les plus fourbus !

À plusieurs reprises, le bohémien se versa de l'essence dans le creux de la main et en frotta vigoureusement les jarrets de la pauvre haridelle.

Après un quart d'heure de cet exercice, il détela le vieux bidet et l'attela dans les brancards.

Sous l'effet de l'essence dont le feu, brûlant son épiderme, lui donnait une énergie factice, le cheval, piaffant presque, — ô miracle ! — attendit Black en renâclant.

Piétro donna un coup de sifflet.

Docile, quittant Eva comme à regret, bien lesté par le ragoût des bandits, mais assuré, par avance, qu'il allait payer son larcin de solides coups de lanière, le chien s'avança auprès des brancards.

— Il a mangé, au moins ? — demanda le bohémien.

— Quand je te le dis, — répondit hypocritement Sania, ignorant encore le larcin.

— Avant de démarrer, — ordonna Piétro, — monte dans la voiture et sors la petite « chienne », ce sera toujours son poids de moins à traîner.

À cet ordre, ne pouvant, du reste, que lui être agréable, l'odieuse vieille grimpa dans la roulotte.

Devant la casserole vide et mieux lavée que par la meilleure des maritornes, Sania étouffa un cri de rage.

Ah ! certes oui, le chien avait mangé ! Non, elle ne croyait pas dire si vrai, la sorcière, en répondant par l'affirmative à la question de son complice !

Et si ce dernier s'en apercevait ! Comment faire pour éviter la raclée fatale ?

Oh ! il la paierait cher, le maudit animal !

Rageusement elle s'empara d'Eva, lui entortilla le corps dans quelques-unes des vieilles hardes du petit homme, enroulées en paquet sous le grabat, puis la jeta, plutôt qu'elle ne la déposa, pieds nus, au milieu de la boue du fossé.

Celui-ci s'était mis à la bride de sa maigre haridelle.

Sania, arc-boutée contre une roue, prête à pousser, attendait son commandement.

— Hue ! — cria-t-il.

Et les coups de fouet s'abattirent sur la croupe des deux bêtes, qui, l'échine tendue, les muscles saillants, donnèrent, à plein collier, un suprême effort.

La roulotte gémit sur ses ais vermoulus, les claquements de lanière redoublèrent, et bientôt, dans son équilibre normal, l'ornière enfin dépassée, la bagnole avançait en pleine route.

Maintenant on y voyait clair, du reste, le chemin devenait meilleur ; on pourrait gagner une trentaine de kilomètres avant la prochaine halte.

Remorquant Eva, qu'elle prit plaisir à traîner quelques instants dans la boue gluante, ou sur les graviers qui meurtrissaient ses petits pieds nus, Sania venait en arrière.

Mais comme l'équipage avait bifurqué à droite sur la route nationale, bien empierrée et simplement lavée par la trombe de la nuit, Piétro ordonna :

— En voiture, nous allons trotter !

Pendant des heures, sans repos, aux montées comme aux descentes, le vieux cheval détala d'une belle allure. L'essence, en lui corrodant la peau, accélérait son trot, un trot plongeant comme celui d'un jeune demi-sang des plaines de Normandie.

Mais, subitement, il ralentit. Son énergie factice semblait tombée. Malgré les objurgations véhémentes du bohémien qui lui lardait toujours la croupe de coups de lanière, son allure était maintenant raccourcie, heurtée ; son flanc sautait, poussif, tandis que sa grosse tête entraînant son encolure amaigrie, rasait le sol.

Black, à sa droite, tirait la langue, impuissant non seulement à tendre la bricole, mais encore à se traîner lui-même.

Depuis le dernier tournant, de grosses gouttes de sang tombaient de son poitrail, déchiré jusqu'à l'os, indiquant, de leurs taches rouges, la route suivie par les bandits.

Pressé d'arriver à l'étape, redoutant une erreur de direction causée par l'orage nocturne, Piétro avisa un cantonnier qui, la pioche sur l'épaule, se rendait à son travail.

— Quelle est la ville la plus proche, je vous prie ?

— Vous allez droit sur Puget-Théniers, dans une demi-heure vous y serez !

— Puget-Théniers ! — s'exclama Piétro bondissant. — Mais c'est du côté de l'Italie, cela !

— Vous l'avez dit, — fit l'ouvrier, — l'Italie est à trois heures d'ici.

— Et Cannes, est-ce bien loin ?

— Vous allez à Cannes ? Eh bien, mon brave, vous lui tournez le dos ! C'est en arrière, sur la gauche, à soixante kilomètres au moins !

— Ça y est ! — sacra le gitano, dans son jargon sauvage, — nous nous sommes trompés de route !

Et sans même remercier le brave casseur de pierres, le bandit, de plus belle, fouetta son cheval.

En effet, à quelques kilomètres seulement, deux tout au plus, en contre-bas, les premières maisons de la ville surgissaient.

Devant la roulotte, dans un creux, c'était une riante perspective de riches et vastes plaines, de vignes aux raisins énormes, déjà mûrs, s'étendant à l'infini, de fermes et de villages, enfouis dans la verdure, tandis que dans le lointain de grands ormeaux semblaient barrer l'horizon.

Au pied de la route coulait un clair et frais ruisseau ; perdus dans les hautes futaies, se poursuivant au sommet des grands arbres, joyeusement, les oiseaux gazouillaient.

Maintenant, le bidet avait tout à fait cessé son trot.

Il avait pris un pas raccourci qui soulevait les courroies de la dossière sur sa croupe squelettique. Son flanc ne sautait plus, mais son poitrail, comne celui du chien de la montagne, saignait, lamentable, douloureux.

Ses sabots, dont les fers étaient cependant usés, semblaient de plomb.

Ses yeux étaient devenus rouges, sa langue, desséchée, pendait entre ses mâchoires entr'ouvertes.

Piétro, de plus en plus furieux, avait abandonné le fouet à la sanglante lanière pour frapper la malheureuse bête avec le manche de sa pelle.

Les coups résonnaient sourdement sur la carcasse vide, mais le cheval, impuissant, ralentissait de plus en plus son pas heurté de bête fourbue.

Inconscient, ne voyant plus la route, il tirait sur la droite, rasant le fossé, et soudain, dans un hennissement inachevé, il s'agenouilla lourdement sur le sol.

Puis son corps pencha, brisant les brancards, culbutant la roulotte dans le fossé, et ses membres se raidirent dans un spasme.

Le vaillant serviteur essaya de relever la tête, mais il la laissa retomber sur le sol qui rendit un son mat, pendant que ses paupières se rejoignaient.

Le gitano avait sauté à terre, saisissant la malheureuse bête par la bride : la tête était inerte, froide.

Les pieds de derrière lancèrent une suprême et convulsive ruade, le corps ballonné sembla se dégonfler comme un soufflet de forge, et ce fut tout : le vieux cheval était mort.

Mort à la peine, mort à son triste champ d'honneur, dans les brancards de sa guimbarde désemparée.

A côté de lui, sinistrement, Black, dont la bricole s'était détachée, aboyait la mort.

Par instants, la pauvre bête interrompait ses hurlements, mais c'était pour lécher les naseaux de son infortuné compagnon de misère...

Chez Piétro ce fut une rage inouïe, féroce.

Pour un instant, abandonnant sa douce victime qui, sur le grabat, était en proie à une fièvre intense, Sania, ruminant de noirs projets de vengeance contre Black, voleur de son brouet, et Piétro, voleur de son magot, était descendue de la baraque roulante.

— Si ce n'est pas malheureux ! Cette carne ! — hurlait le gitano. — Deux kilomètres encore, et nous étions à la ville ! Comme s'il ne pouvait pas attendre avant de crever et de nous laisser en panne !

— Comment allons-nous faire, maintenant ? — glapissait la sorcière. — Le brigand maudit !

Alors, avec un hideux ensemble, les deux immondes créatures se mirent à frapper sur le cadavre, pendant que, tristement, Black ne cessait d'aboyer.

Cela dura pendant plus de dix minutes, jusqu'à ce que les deux misérables, fatiguées, lancèrent leurs bâtons sur le montagnard qui se sauva vers le ruisseau, en hurlant de douleur.

Le sauveur d'Eva allait-il donc abandonner sa petite amie, seule, sans défense, à la férocité des misérables ?

Après qu'il se fut désaltéré, le chien se retourna, regardant la roulotte, comme s'il partait à regret, mais bientôt, dans la plaine immense, ce ne fut plus qu'un point noir qui ne tarda pas à disparaître derrière les premières maisons de la cité.

— Au diable ! sale bête ! — glapit la bohémienne, presque heureuse d'être débarrassée du montagnard dont les crocs puissants avaient eu l'heur de la tenir en respect.

Puis un silence pesant plana sur les bandits.

Et comme Piétro, subissant la réaction de sa bestiale fureur de tout à l'heure, semblait absorbé en des réflexions qui se traduisaient par des grondements de menace, Sania, impatientée à son tour, lui demanda :

— Eh bien ! Que décides-tu, Piétro ?

— Je n'en sais rien, — grommela le bandit. — A la ville, j'aurais peut-être acheté un cheval... puisque j'ai de l'argent... ici, en rase campagne, avec une voiture en morceaux, le plus prudent serait, je crois, de franchir la montagne.

— Tu as raison, la police est peut-être sur nos traces ; nous avons de l'avance, filons sur l'Italie.

En hâte, le hideux couple ficela en un sommaire paquet quelques hardes que Sania était allée retirer de la roulotte, Piétro enveloppa la mignonne Eva dans une sordide couverture qui, en d'autres temps, servait au cheval, puis à grands pas ils se dirigèrent vers le col de Tende.

Les misérables cheminaient depuis un quart d'heure, lorsque au tournant d'un bouquet de bois, Sania qui marchait en avant s'écria :

— Psst ! Piétro ! Encore les gendarmes, là-bas.

Lestement, en un clin d'œil, Piétro franchit le fossé de la route et s'enfonça derrière le bouquet de bois où, bientôt, Sania, sa digne compagne, venait le rejoindre.

Les deux gendarmes de la brigade de Puget-Théniers passèrent tout près d'eux, au pas d'exploration, c'est-à-dire à cette allure spéciale, faite de bonds successifs des vedettes et des patrouilles, examinant attentivement à chaque tournant, derrière les talus, les fourrés, les taillis et les maisonnettes, de façon à voir sans être vus, mais trottant rapidement, en plaine ou en rase campagne.

Embusqués derrière leur cachette, les bandits, aux aguets, semblaient à l'affût des deux soldats.

C'était le gibier qui chassait le chasseur.

Pour éviter les cris, les plaintes ou les exclamations de la mignonne Eva, l'horrible Sania l'avait rapidement ligotée pendant que Piétro, lui appliquant un mouchoir sur la bouche, en nouait violemment les deux extrémités derrière les cheveux bouclés de la pauvrette.

Puis le bandit passa son couteau à virole à sa sinistre compagne, pendant que lui-même armait son revolver en murmurant :

— Qu'ils arrivent, les pandores ! s'ils en ont le culot !

Mais les gendarmes, sans doute bien persuadés par avance de l'inanité de leurs recherches, faisaient leur petite patrouille de la façon la plus philosophique du monde, car, arrivés à hauteur du fourré derrière lequel les bandits les guettaient, le brigadier s'écria :

— Et puis, dites-donc, camarade, si qu'on rentrerait tout doucement à la caserne ? M'est avis que si les collègues de Cannes les ont laissés filer, ces racailles de bohémiens, que ceux de Puget-Théniers ne sont pas précisément créés et mis au monde pour réparer leurs bévues !

— Que c'est justement expliqué, brigadier, — fit l'autre, — mais l'ordre du capitaine est formel : rechercher les gitanos, les arrêter, télégraphier à Cannes et ramener les susdits de brigade en brigade !...

— Tout cela c'est bel et bien, mais qui vous dit qu'ils se sont défilés de ce côté ? Du reste, une roulotte de bohémiens, attelée à un cheval gris, ça se voit, que diable !

— C'est mon avis, et je le partage, — répondit le soldat, convaincu.

— Et puisque nous n'avons qu'à marcher, si nous trouvons la bagnole, nous leur mettrons la main au collet, comme qui dirait !

Dans un large sourire, comme son ancêtre Pandore, l'homme au jaune baudrier approuva :

— Brigadier, vous avez dit juste !

Les gardiens de l'ordre public avaient déjà dépassé le taillis où, si près d'eux, étaient ceux qu'ils recherchaient et qu'ils croyaient dans leur guimbarde, cheminant péniblement à l'allure raccourcie d'un vieux cheval fourbu.

Quelques instants plus tard, ils retrouvaient la roulotte vide, et, au triple galop, rentraient à la caserne d'où ils expédiaient la dépêche que nous avons lue quelques pages plus loin.

Pendant ce temps, rendus encore plus prudents par les bribes de conversation qu'ils venaient de surprendre derrière leur abri, les bandits avaient accéléré leur allure.

Longtemps, ils marchèrent à travers champs, se faufilant dans le creux des sentiers, à l'ombre des couverts, explorant les routes et l'horizon avec une habileté d'Apaches sur le sentier de la guerre.

A un moment donné, ils avalèrent, tout en courant, un morceau de lard emporté par Sania, puis forcèrent Eva, débâillonnée pour un instant, à manger une ignoble croûte de pain moisi trempé par Piétro dans un ruisseau bourbeux.

Les pieds de la malheureuse enfant étaient tout ensanglantés.

Malgré la douleur lui arrachant des soupirs, — que les misérables étouffaient dans sa gorge, — la pauvrette, tout enfiévrée, traînée par le gitano, marchait encore ; mais tout à coup, sa faiblesse dominant sa terreur, sans volonté, sans souffle, elle tomba inanimée.

— La chienne des roumis ! — s'écria Sania, la roulant sur un talus — attends un peu, c'est moi qui vais te donner des jambes !

Du fond de son cabas, la mégère sortit un petit flacon contenant un élixir qu'elle plaça sous les narines de la pauvrette.

Celle-ci respira bruyamment, ouvrit de grands yeux effarés et murmura d'une voix plaintive :

— Petite mère ! Ma petite mère !

Puis sa tête aux soyeuses boucles d'or retomba inerte sur le gazon.

— Ça va bien ! — murmura Sania, — dans un ignoble rictus, elle n'en crèvera pas encore de ce coup-ci !

Rapide, brutale, à brusques poussées de sa main calleuse, elle frictionna vigoureusement le dos et les articulations de sa douce victime, à l'aide d'un onguent spécial — dont un petit pot ne la quittait jamais, — une des treize recettes que tout bon Romanichel se transmet de père en fils ; — puis, comme un paquet, Piétro jeta l'enfant sur son épaule.

Silencieux, effrayant de hideur, le sinistre couple s'enfonça à travers champs, à travers bois, plus avant vers la frontière.

Malgré le déploiement des forces mises en branle par la note du capitaine de Cannes, les bandits réussirent sans peine à passer à travers les larges mailles du filet dans lequel, seuls, des maladroits avérés se seraient laissé prendre.

Dans la soirée, après une marche forcée de trente kilomètres, les misérables, franchissant le col, s'étaient mis à l'abri des investigations de la police française.

Piétro et Sania étaient en Italie.

Le martyre de la petite Eva allait continuer avec l'assurance à peu près certaine de l'impunité sur la terre étrangère.

XXIII

PERPLEXITÉS

Revenons à Andrée de Bordère, au moment où, flagellée par le docteur Cherfils, elle prenait le chemin de la villa qu'habitait le misérable et faux comte de Montbrun.

Le banquier de la Côte, la redingote impeccable, les mains déjà gantées, la boutonnière fleurie d'un gardénia, se disposait à sortir lorsque, la mine décomposée par la honte et la fureur, Andrée de Bordère entra en coup de vent.

— Tiens ! — s'écria-t-il, stupéfait. — c'est encore vous, à cette heure ! Mais votre malade ? Serait-il mort ? L'auriez-vous guéri ?

— Il s'agit bien de cela ! — répondit l'odieuse femme, que la rage étranglait.

— Quoi ! Quoi donc ! Vous m'intriguez, ma toute belle ! — s'exclama le bel Arthur dont les yeux s'écarquillaient, curieux, inquiets, et dont subitement, la face était devenue encore plus terreuse.

— Que signifie ! — s'écria Andrée, impérieuse, quittez donc cet air effaré qui serait le plus sûr moyen de nous perdre ! Parole ! — ajouta-t-elle, sarcastique, — on croirait vraiment que vous en êtes à votre coup d'essai !

Le misérable se cabra.

— Ah ! pour vous, certes, on ne s'y tromperait pas, — riposta-t-il, les yeux sanglants, — c'est le cas où jamais, chez vous, de dire que l'habitude est devenue une seconde nature !

— Trève de compliments ! — fit la Noire, — avisons plutôt, et au plus vite. Un grand danger nous menace !

Montbrun sursauta :

— Je m'en doutais ! Avec votre audace irréfléchie, provocante, j'ai toujours pensé que vous nous feriez prendre ! Qu'y a-t-il ? Parlez !

— Le docteur Cherfils, ce fameux chirurgien de Paris, qui loge au même hôtel que Rodolphe des Charmettes, se doute de quelque chose.

— Qui vous fait supposer cela ?

— La conversation que je viens d'avoir avec lui, tout à l'heure !

— Je ne vous comprends pas ! Qu'a-t-il donc pu vous dire de si grave ? De grâce, parlez, Andrée !

En peu de mots, elle mit son complice au courant de ce qui s'était passé dans la chambre de la victime d'Alfiéro.

Montbrun s'absorba longuement, dans ses pensées, puis, calme, il déclara :

— Vous êtes nerveuse, mon amie, c'est ce qui vous perdra ! Prenez donc la peine de réfléchir, que diable ! Mais il ne sait rien, cet homme, il ne peut rien savoir !

Et pesant sur chaque mot :

— Peut-être, à la rigueur, se doute-t-il de quelque chose... une vague intuition en ce cas, tout au plus ! Du reste, s'il devenait trop curieux, il serait toujours temps d'aviser !...

Mais Andrée de Bordère ne le laissa pas terminer. Ce calme imprévu de son amant qui, la veille encore, lui conseillait la fuite, la stupéfia :

— En vérité, — s'exclama-t-elle, — vous me confondez ! Vous ne voyez donc pas qu'en ce moment tout conspire contre nous.

« Et cette bohémienne maudite qui ne donne plus signe de vie, qui vous dit qu'elle ne veuille pas me dénoncer ?

« Qui nous prouve que le sac d'or que je lui ai remis, pour prix d'un crime qu'elle n'a pas commis, ne soit pas une perpétuelle menace de chantage suspendue sur nos têtes ?

L'ancien forçat haussa les épaules :

— Je crois, chère amie, que vous feriez mieux d'aller vous reposer. Votre conversation avec le docteur a quelque peu bouleversé vos idées, d'ordinaire si lucides ! Décidément, le métier de garde-malade ne vous réussit pas ! Il a raison le morticole !

Ce sang-froid imperturbable ne faisait qu'augmenter la stupéfaction de la Noire.

— Mais enfin, si cette petite Eva était morte, — éclata-t-elle, — ne serait-ce pas un atout de plus dans notre jeu... pour arriver à la définitive possession de la fortune que nous voulons ?

— Une chance de plus aussi pour le bagne, plutôt ! Merci... je sors d'en prendre. Ne comprenez-vous pas qu'un crime, perpétré dans ces conditions remarquables de maladresse et de naïveté, aurait fait un bruit énorme dans la ville et les environs.

« La population indignée, aurait aidé la justice. La gendarmerie, la police, les gardes champêtres ruraux auraient aussitôt été mis sur pied.

tous les roulants, tous les mendiants, tous les bohémiens auraient été arrêtés, votre Sania comme les autres, et son tas d'or, à défaut de sa dénonciation, aurait tout de suite mis sur votre piste ! Mais une terreur envahissait l'esprit de sa maîtresse.

— Cependant, cette vision du mécanicien ?

— Vision vraie, à coup sûr, mais la bohémienne aura peut-être songé à la police, dont la crainte, vous le savez, est le commencement de la sagesse...

« Peut-être, encore, le chasse-pierres de la machine aura-t-il rejeté l'enfant de côté, et alors, la vieille, voyant que la fillette en réchappait, n'aura pas osé recommencer !

« En ce cas elle aurait gardé votre petite-nièce pour remplacer son Émile... sa disparition au point de vue de la fortune équivaut à sa mort, le risque est moins. »

Mais Andrée de Bordère hochait toujours la tête, incrédule.

— Écoutez, Arthur, j'ai peur ! Cette femme tient mon secret, elle peut me perdre ; elle le sait, je suis à sa merci !

— Folies ! billevesées que tout cela ! — s'écria Montbrun impatienté. — Quel intérêt cette vieille a-t-elle à vous trahir ?

« Une femme que, non seulement vous enrichissez, mais à qui vous procurez encore le plus doux plaisir qui existe au monde, celui de la vengeance !

Un instant, la Noire resta songeuse. Puis, soudain, relevant la tête :

— Vous avez raison, Arthur, je divague, Sania est trop expérimentée pour ne pas savoir que le fameux glaive de la justice est une arme à deux tranchants qui se retourne contre l'accusateur, lorsque l'accusé lui fait défaut !

— Bonne façon pour s'entretenir la main — riait Montbrun.

« Non, la bohémienne ne sera pas allée me dénoncer, mais, constamment elle me harcèlera de demandes d'argent, de menaces de chantage.

« Ah ! Montbrun, nous avons eu grand tort de mettre des tiers dans nos affaires ! Ainsi votre Alfiéro.

— Mon Alfiéro est sûr, — fit l'ancien forçat, péremptoire, — puissiez-vous être aussi sûre de votre gitane que je le suis de mon bancroche !

Puis, méprisant, retournant ses propres arguments de tout à l'heure :

— Quelle idée de mettre une bohémienne dans vos affaires ! Si encore elle exécutait les ordres donnés, aussi insensés soient-ils. Mais va te faire fiche ! Alfiéro, du moins, fait à la lettre ce que je lui commande.

— Quand il ne rate pas son coup !

— Est-ce sa faute, si le client, votre neveu, a la vie si dure ? En tout cas, pour ce qui me concerne, tout était pesé, réglé et adroitement agencé.

« On le dirait, en effet, s'il ne fallait pas qu'en improvisant garde-malade, je répare les maladresses de vos gens ?

À ces mots, un lourd silence pesa dans le cabinet du banquier de la Côte, rompu tout à coup par cette exclamation de Mlle de Bordère, en proie aux affolements qui suivent le crime :

— J'ai tort de me tourmenter, car Sania est sûre !

— C'est heureux ! — fit Montbrun.

— Oui, elle est sûre, et ma meilleure garantie de sa parfaite et silencieuse complicité, réside précisément en sa haine contre cette odieuse Germaine.

« Elle hait ma nièce plus que tout ; elle la hait avec plus de férocité que moi, si cela est possible. »

— En effet — acquiesça Montbrun.

« Mais j'y pense, — s'exclama la Noire, le visage rasséréné, — si tout à l'heure vous l'avez dit sans... gué je m'y arrête : Sania aura remplacé Émile par Éva.

« C'est encore pour nous et pour la bohémienne la meilleure des solutions, et vous aviez raison ! Allons, — ajouta-t-elle en ricanant, — tout est pour le mieux, votre Alfiéro et ma Sania peuvent se donner la main. »

— S'il n'y avait pas ce maudit docteur, — fit le bandit d'une voix sourde.

À ce moment, un violent tintement de sonnette retentit dans l'antichambre, coupant la parole à Montbrun, pendant que, mordue par un sinistre pressentiment, essayant de se cacher derrière l'épaule de son ami, Andrée de Bordère s'écriait :

— N'y allez pas, Arthur ! Je vous en prie ! Ne répondez pas ! Attendez le retour d'Alfiéro.

Mais brusquement, l'ancien forçat avait soulevé une tenture masquant le double battant d'une pièce voisine où, d'une violente poussée, il faisait pénétrer sa sinistre compagne en lui ordonnant :

— Et surtout, quoi qu'il arrive, ne bougez pas avant que je vous appelle !

Puis rapidement, en homme sûr de sa force, il se dirigea vers la porte d'entrée qu'il ouvrit résolument.

Mais soudain, il recula étonné.

Devant lui était Alfiéro, la face tuméfiée, couverte de contusions et d'ecchymoses, les vêtements déchirés, souillés de sang et de boue noirâtre.

Avant que Montbrun fût revenu de sa surprise, le monstre avait bondi au milieu du cabinet et sans plus de cérémonie, s'était installé sur un fauteuil bas où, bruyamment, il s'épongea le front.

Silencieux, le banquier de la Côte referma la porte au verrou, puis s'approchant de son homme à toucher, le regard dur, il lui demanda :

— Pourquoi rentres-tu à cette heure, lorsque je t'ai donné campo seulement pour la nuit ? D'où viens-tu, tout d'abord ?

« Où as-tu récolté ces jolies marques qui complètent si bien l'heureuse harmonie de ton visage ! Me répondras-tu, gredin bon à pendre !... »

XXIX

ALFIÉRO

Piteux, Alfiéro s'expliqua :

— J'étais sorti, tout heureux de ma liberté que je me proposais de bien employer, car, comme vous le savez, peut-être, à cette heure, outre l'argent que vous m'avez donné, je possédais les faflots dont j'avais eu le soin de délester la poche... du particulier. Alors, comme toujours lorsque je suis libre et argenté, je m'étais dirigé...

— Oui, je sais, abrège ! Tu es allé dans les maisons de nuit...

— Hélas ! — soupira le monstre. — Qui n'a pas son petit péché mignon ? Ah ! dam ! le mien me coûte cher, car vous comprenez bien qu'avec un physique comme celui qui me caractérise... c'est vous qui le dites.

« Bref, à peine arrivé... à destination, j'ai sorti de ma poche pour le remettre à la dame de mes pensées, un petit cadeau que je lui avais promis, un porte-bonheur.

« À ce moment, deux individus qui m'avaient sans doute suivi, sont entrés derrière moi, et, en un tour de main, après m'avoir roué de coups, m'ont dévalisé non seulement du porte-bonheur, mais encore de la liasse de billets subtilisée au particulier, et que j'avais soigneusement cachée dans une poche de ma chemise de flanelle.

— Et naturellement, — fit le comte, — ils t'ont mis à la porte ?

... en avoir ... que j'ai perdu connaissance, sous l'avalanche des coups et des horions, je me suis retrouvé seul au milieu de la rue.

« Mais je dénicherai les astafiers et si elle est leur complice, qu'elle prie la Madone de la bien garder, car pas plus tard que ce soir.. Voyez-vous, patron, la vengeance ça se sert tout chaud ! »

— Chaud ou froid, tu as eu tort de revenir ici à cette heure.

— Comment me serais-je arrangé autrement ? — fit le monstre qui sursauta. — Les bandits ne m'ont pas laissé un *centesimo* ! Or comme je tiens à me venger, et que sans argent on ne fait rien..

— Tu as compté sur moi pour regarnir ton escarcelle ?

— Naturellement, — ricana le misérable cynique. — Et sur qui donc compterai-je ?

— Eh bien, mon ami, tu t'es trompé — répondit Montbrun, froidement. — Tu n'auras rien !

Alfiéro releva la tête, et, de son regard aigu comme une vrille, essaya de fouiller celui du banquier.

Puis avec un rictus de bête enragée :

— Vous savez bien, patron, que vous ne m'avez donné qu'un petit acompte, pas de blagues, j'ai besoin de reste, il me le faut tout de suite, — fit-il en grondant ses mots.

— Comment ! — s'écria Montbrun, que la fureur envahissait. — Tu n'as pas assez pour le moment, de cette inqualifiable imprudence !

« Tu t'es laissé voler une liasse de billets qui, d'un moment à l'autre peut mettre la police sur la piste, et tu veux recommencer ! Pour ça non, mon ami !

— Je vous dis, — fit Alfiéro, soudain menaçant, qu'il me faut de l'argent et que vous m'en donnerez si vous ne voulez pas que cette même police, dont vous semblez avoir une telle peur..

— Qu'est-ce à dire, drôle ! — s'écria l'ancien forçat, s'élançant vers le monstre, la main levée... Des menaces ?

Mais par un habile saut de côté, le nain s'était déjà mis hors de la portée de son maître, et, bondissant vers le bureau, s'était armé d'un énorme poignard en cuivre, servant de coupe-papier.

— Un pas de plus, patron ! — glapit l'Italien, effrayant de haine, — et je vous crève !

Devant cette attitude, Montbrun changea de tactique. Refoulant sa rage, il sortit de sa poche un portefeuille bourré de billets de banque, et appelant Alfiéro :

— Viens ici, bandit ! Je vais te régler ton compte, mais tu m'entends bien, que jamais plus je ne te revois ! C'est fini. Je te chasse.

— Combien me donnez-vous ?

— Mille francs, prix convenu !

— Ce n'est pas suffisant. Vous aviez dit cinq mille en cas de séparation définitive.

— C'est bien, — répondit Montbrun, froidement, — les voici !

Et allongeant le bras, il fit signe à son ancien complice de venir prendre les billets.

— Déposer-les sur le bureau.

— Tu te défiles, Alfiéro, tu as tort, — fit l'ancien forçat. Voilà la somme. Prends-là ! Mais jure-moi que tu seras prudent !

— Vous êtes naïf, patron ! — ricana le nain s'emparant des billets et les mettant dans sa poche ainsi que le coupe-papier.

D'un bond félin, Montbrun s'était élancé sur lui.

Mais l'ancien forçat avait mal calculé son élan, et, heurtant du genou le pied du bureau, il vint retomber sur un canapé.

Alfiéro était déjà hors de sa portée, et courait au vestibule en s'écriant, sardonique :

— Ah ! ah ! patron, vous vouliez me tricher ! Dommage que votre coup soit manqué ! A mon tour, maintenant, de me venger !

Mais, aveuglé par la fureur, la rage lui emporant la face, Montbrun s'était précipité sur ses pas..

L'Italien voulut ouvrir la porte..

On le sait, le banquier l'avait verrouillée.

Acculé, Alfiéro essaya de brandir le coupe-papier, mais déjà la main de fer du bandit s'était abattue sur son poignet qu'il désarmait en le resserrant comme dans un étau, puis, brusquement, tirant le bras à lui, Montbrun étendit le nain à ses pieds.

— Ah ! misérable ! Ah ! bandit ! Tu crois me faire peur ! Nous allons voir !

— Grâce ! patron ! — gémissait le gredin qui lâche comme tous ses congénères, suppliait maintenant celui qu'il n'avait pu poignarder.

— Pour que tu recommences, macaroni du diable ! Non, mon petit, je sors d'en goûter ! Soupé de ta vilaine fiole !

Et saisissant l'infirme par les jambes, l'ancien forçat le fit tournoyer autour de lui, comme une masse, cherchant contre quel mur il allait lui écraser la tête.

Mais, soudain, Andrée de Bordère qui, de la chambre contiguë avait entendu toute la scène, fit irruption dans le cabinet dévasté, s'écriant :

— Que faites-vous, qu'alliez-vous faire ? Malheureux !

A cette apparition, brusquement, Montbrun relâcha la formidable pression de ses doigts et laissa retomber le monstre sur le tapis.

— Vous n'y pensiez plus ! Pourquoi ce crime ?

Tremblant encore de fureur, Montbrun balbutia :

— Vous avez peut-être eu tort d'arriver, Andrée, j'allais châtier un traître !

Alfiéro, déjà sur les genoux, se traînait aux pieds de la Noire.

— Belle madame ! Je vous en supplie ! faites-moi grâce ! Soyez généreuse, je ne vous oublierai pas !

Sans faire attention aux jérémiades du nain que Montbrun avait, du reste, écarté d'un violent coup de pied dans les reins, Andrée de Bordère avec véhémence s'écriait :

— C'est de la folie ! Vous vouliez donc absolument nous faire prendre ! Ah ! si je n'étais pas arrivée, vous faisiez un joli travail !

Déjà Montbrun avait repris son sang-froid. Seul, un tremblement convulsif l'agitait par tout le corps, et confus, regrettant sa fureur, il avait appelé l'Italien.

— Ici, Alfiéro ! Remercie madame !

N'attendant que cet ordre, dompté par l'épouvante de la mort qu'il avait vue de si près, le bancroche rampait, auprès de la Noire, dont, frénétiquement, il embrassait le bas de la jupe.

— Pardonnez-moi, noble signora ! Je jure d'être votre fidèle esclave, d'exécuter vos moindres désirs, sans arrière-pensée !

— Pourvu que tu aies de l'argent à gogo ! — acheva le comte.

— Non, sans argent, pour la signora ! — répondit Alfiéro, sincère. — La signora m'a sauvé la vie, ma vie lui appartient, je la mets à son service !

— Eh bien je l'accepte ! — fit Andrée de Bordère, — mais pas d'imprudences !..

— Ma vie n'est plus à moi ! — s'écria le bandit, — elle est à vous, je n'ai donc plus le droit d'en disposer pour mon propre compte. Mon maître m'avait donné de l'argent, le voici. Je le dépenserais, je me connais, et, sans le vouloir, je pourrais vous trahir.

Et ce disant, le nain tendit à la Noire, qui s'en empara, les billets de mille du banquier.

— Tiens ! — fit Andrée de Bordère, — lui remettant une pincée de louis — pour que tu ne sois pas à court, prends ceci, et à demain !

Le monstre empocha l'or, contempla la Noire avec un air de suprême dévouement, puis, arrivé auprès de la porte, lui envoya un baiser, du bout de ses doigts tordus.

Un adroit criminel, qui ne veut négliger aucune chance d'impunité, comprenant qu'il s'était fait d'Alfiéro un ennemi irréconciliable, Montbrun essaya de reconquérir les bonnes grâces du nain.

Fouillant dans sa poche, il en retira aussi quelques louis.

— Alfiéro, je ne suis ni méchant ni ingrat à l'égard de ceux qui me servent. Prends ceci !

Mais avec un regard torve, chargé d'une haine intense, l'Italien, se retournant vers Montbrun, lui cria :

— Gardez votre or, je ne veux plus rien de vous !

— À ton aise ! — fit l'ancien forçat, riant jaune, pendant qu'Alfiéro, fermant la porte, disparaissait dans la rue.

Quelques instants plus tard, les deux complices ayant définitivement arrêté leur ligne de conduite, Andrée de Bordère quittait Montbrun en lui murmurant :

— Et surtout, de la prudence ! A tout à l'heure !

La Noire, moins rassurée qu'elle ne voulait se l'affirmer à elle-même, regagnait le Pavillon Doré.

XXV

LA TACTIQUE DU DOCTEUR

Le docteur Cherfils, sorti de la gendarmerie, où, en compagnie de Me Rudeau, il venait d'apprendre la disparition des bohémiens, avait pris congé du notaire, et, rapidement, avait sauté dans l'express de Nice.

Pendant le court trajet, l'éminent praticien, l'esprit partagé entre la joie d'avoir retrouvé son cher petit enfant, et l'anxiété du terrible drame dans lequel il venait si généreusement de se mettre en tiers, avait mûri lui aussi son plan de campagne.

Il venait de se dire que la coupable, Andrée de Bordère, — cette hypothèse, désormais, ne faisait plus de doute dans son esprit et s'était changée en une certitude absolue, — qu'Andrée mise en garde par sa brusque algarade de la veille, prendrait de telles mesures de prudence et de dissimulation, qu'il deviendrait peut-être impossible de la trouver en défaut.

Or, ce que voulait le praticien, maintenant que sa conviction était faite, c'était préparer les voies à la sinistre femme, de telle façon que celle-ci, se croyant toujours assurée de l'impunité la plus absolue, n'hésitât pas à commettre le dernier crime de sa série rouge, c'est-à-dire l'assassinat du baron.

Naturellement, le docteur saurait bien empêcher la misérable d'aboutir à ses fins, mais il importait, avant toute chose, de la prendre en flagrant délit.

Et pour cela, il était nécessaire, non seulement de chasser sa défiance, mais encore d'inspirer à Mlle de Bordère une confiance absolue.

Le docteur avait sous la main les éléments de réussite.

Le père Antoine étant un fidèle garde-malade, prévenu de première main contre son ancienne maîtresse, il suffirait de lui dire qu'il était urgent de lui témoigner de la déférence et de le laisser aller et venir librement autour du malade, tout en ne la perdant pas de vue, pour qu'aussitôt il devinât ce qu'on attendait de sa perspicacité.

Précisément, la veille encore, la chambre contiguë à celle de Rodolphe des Charmettes était libre.

S'il pouvait arriver à temps pour en disposer, quel merveilleux observatoire pour examiner les faits et gestes de la criminelle, lorsque, seule auprès du malade, elle croirait le moment opportun.

Le train était arrivé en gare de Nice.

Le docteur sauta dans l'omnibus de l'hôtel, qui, en un rapide temps de trot, l'eut amené devant le perron de l'immense caravansérail.

Dans le vestibule du rez-de-chaussée, il croisa le père Antoine, qui, revenant de la pharmacie voisine, faillit, dans sa précipitation, le culbuter.

— Comment ! — s'exclama le chirurgien, pendant que le brave majordome s'excusait de sa vivacité. — vous laissez notre malade seul ?

— Rassurez-vous, docteur, le médecin de l'établissement, celui à qui vous avez donné pleins pouvoirs, est là-haut, il attend mon retour.

Le praticien respira.

— Au fait, comment va-t-il, notre blessé ?

— Mal, docteur. Très mal ! — fit le père Antoine.

— Oui ! — fit le docteur, se parlant à lui-même. — il importe pour sauver ce malheureux jeune homme qu'une surveillance constante, de jour et de nuit, soit exercée auprès de lui ! Montez, père Antoine, je vous suis !

Puis s'adressant à la caissière du Pavillon Doré :

— L'appartement contigu à celui de M. des Charmettes était libre hier, l'est-il encore aujourd'hui ?

La caissière consulta un livre, pendant qu'anxieux, le praticien attendait sa réponse.

— Le baron des Charmettes est au 44 ! Oui, docteur, le 45 est libre !

— Bien ! Je le prends. Veuillez y faire descendre mes malles et ma valise, — ordonna le chirurgien.

Avec une rapidité que l'on n'aurait pas soupçonnée chez un homme de son âge, le chirurgien monta près du malade, se concerta un instant avec son collègue, examina le pansement et l'ordonnance, puis, hochant la tête, devant la face exsangue du blessé, plus pâle que ses draps, il appela près de lui le père Antoine.

Le médecin de l'hôtel avait pris congé.

En peu de mots, le docteur Cherfils exposa son plan au vieil intendant qui, avec un fin sourire, répondit :

— C'est compris ! Nous guetterons dans notre appartement, à travers un petit trou, dissimulé derrière une tenture, et un beau jour, lorsque la Noire croira le moment venu de renouveler le coup de Jarnac de sa pauvre sœur, crac ! Pigée, ma belle !

— C'est cela, père Antoine ! Pour l'instant, ne quittez votre malade sous aucun prétexte, songez que son état est excessivement grave et qu'une demi-seconde d'inattention peut amener sa mort !

— Ne me dites pas cela ! — s'écria le brave majordome. — Le malheureux jeune homme ! J'ai passé la journée dans mon fauteuil, il en sera de même pour la nuit !

À ce moment, le blessé fit entendre un soupir étouffé et, brusquement, les yeux hagards, comme s'il chassait l'obsession d'une vision douloureuse, il se dressa sur son séant.

Dans ce mouvement imprévu, son pansement se dérangea ; sous sa chemise, un filet de sang jaillit.

Anxieux, le chirurgien s'était précipité !

L'appareil que le chirurgien avait posé sur la blessure de Rodolphe des Charmettes glissa le long de l'aisselle, tandis que la plaie, entr'ouverte par le frottement, arrachait au malade un cri déchirant.

Pendant que le père Antoine, avec des douceurs que l'on n'aurait jamais soupçonnées chez un homme à l'apparence si rude, maintenait Rodolphe immobile, le docteur Cherfils arrêtait l'épanchement du sang, replaçait le pansement, et, hochant la tête, murmurait :

— Je conservais encore un faible espoir, tout à l'heure ; maintenant, mon bon Antoine, je crains bien que le sort de notre malheureux blessé ne soit gravement compromis !

« Si, encore, il reposait ! Si la fièvre ne survenait pas plus violente que la nuit dernière !

Deux heures durant, les deux hommes veillèrent le jeune homme qui, sous l'influence d'une potion calmante et d'une piqûre, finit par s'endormir.

Puis, doucement, vers minuit, l'éminent praticien passa dans sa chambre, pendant que le père Antoine reprenait sa faction nocturne.

Le baron des Charmettes était tombé dans un état de prostration complète.

Son pouls avait peine à marquer le rythme d'une existence déjà éteinte tandis que sur ses lèvres pâles, exsangues, entièrement couvertes par la moustache tombante, une imperceptible respiration indiquait seule la présence d'un atome de vitalité.

Le père Antoine, qui n'avait pu résister à la fatigue écrasante de ses nuits de veillée, sommeillait sur une chaise-longue, lorsque, le lendemain, dès la première heure, le docteur Cherfils, en pantoufles et veston, pénétra avec précautions dans la chambre du moribond.

Il réveilla le majordome qui sursauta en se frottant les yeux, et qui, confus, honteux d'avoir été surpris en plein sommeil, balbutiait des excuses.

Mais le chirurgien l'interrompit :

— Ne vous défendez pas, père Antoine, je comprends. Les forces humaines ont des limites, et je crains bien que votre dévouement à M. des Charmettes ne vous ait fait dépasser les vôtres !

Un heurt discret à la porte de la chambrette, arrêta sur ses lèvres la réponse du père Antoine qui, indécis, attendant l'ordre du docteur, n'osait ouvrir.

De la tête, le chirurgien fit un signe d'acquiescement et le majordome, glissant sur le tapis, dégagea la targette, puis souleva la portière.

Pâlissant soudain, il recula, comme pétrifié.

Devant lui, était Andrée de Bordère, qui, toujours drapée dans ses éternels vêtements de deuil, le visage masqué par une épaisse voilette, mettant déjà en pratique les préliminaires de son programme, avait eu l'audace de venir prendre des nouvelles du « pauvre blessé ».

Quoique occupé auprès de ce dernier, le docteur Cherfils, à la dérobée, avait aperçu la Noire.

Les doigts sur les lèvres, comme pour l'inviter à faire le silence le plus complet, il s'avança vers la visiteuse qu'il salua.

— Eh bien ! docteur, — fit-elle à voix basse, — comment va notre malade ?

Sur le même ton, le chirurgien répondit :

— Mal, madame ! Très mal ! Désirez-vous le voir ? Il repose. Sa vie ne tient plus qu'à un fil ! Le malheureux ! Ah ! le coup a été bien porté par le misérable qui lui a planté le stylet.

Devant la face sans vie du moribond, Andrée de Bordère étouffa un cri de joie farouche, qu'elle essaya de déguiser en un hoquet de plainte.

— Pauvre enfant ! — murmura-t-elle — Ma pauvre Germaine !

Derrière le médecin, la complice de Montbrun, qui avait relevé sa voilette pour mieux savourer la joie de son triomphe, s'approcha tout près du blessé et chercha, dans ses yeux caves, à percer le mystère.

A voix basse, le docteur, qui ne la perdait pas de vue, expliquait :

— Hier soir, à la suite d'une crise, il s'est dressé sur son séant, son appareil s'est dérangé. Si nous n'avions pas été là pour remettre aussitôt les choses en place, c'était la mort !

« Ah ! — soupira-t-il — ce n'est, hélas ! différé que de quelques jours, j'en ai bien peur !

— Vous croyez donc qu'il n'en réchappera pas ? — interrogea la Noire, maîtrisant mal son émotion.

— Je le crains, madame. Il faudrait auprès de lui plusieurs gardes d'une fidélité éprouvée, qui ne le perdraient pas de vue, même l'espace d'une seconde. A cette seule condition...

— Mais, le père Antoine ?

— Le père Antoine ! — fit le docteur, haussant les épaules. — Il est fourbu, éreinté.

A ce moment, Rodolphe des Charmettes ouvrit les yeux, découvrant des prunelles vitreuses, atones, puis, brusquement, comme si la lumière crue du grand jour le fatiguait, il les referma.

— Si vous ne m'aviez si durement congédiée... — soupira Andrée de Bordère avec humilité.

— Écoutez ! — fit le docteur, bien en possession de son rôle — franchement, je reconnais que j'ai été brusque, grossier, peut-être. Voulez-vous me permettre de vous en offrir mes sincères excuses ?

« J'étais énervé ; la fatigue, l'ennui occasionnés par la gravité de la blessure, la subite syncope du blessé, le douloureux événement que vous veniez de m'apprendre, l'arrestation et la folie de Mlle Stuart...

A ce revirement subit d'attitude, devant cette rondeur enveloppante, la criminelle, pour rouée qu'elle fût, se laissa prendre.

Cependant, afin de mieux se convaincre de la sincérité de cette volte-face inespérée, elle minauda :

— Oh ! docteur ! vous avez été bien cruel ! Moi qui ai constamment sacrifié mon existence pour celle de ma pauvre nièce, moi qui lui avais voué le dévouement le plus absolu ! Moi qui l'adorais et qui chérissais son fiancé !

« Ah ! croyez-le — fit l'adroite comédienne — vos observations injustes m'avaient brisé le cœur !

Avec une mine d'absolue contrition, le chirurgien baissa la tête...

— J'ai tout oublié — fit Andrée de Bordère, très digne, — j'ai passé l'éponge, et j'ose croire, cette fois, docteur, que vous voudrez bien tolérer ma présence auprès de celui que j'aime comme mon propre enfant !

— Je n'osais vous en prier...

— S'il en est ainsi — fit la sinistre créature, — souffrez que je coure jusqu'à mon hôtel et que je donne mes ordres. C'est ici, sous ce toit, que je dois être ; ma place est auprès de ce malheureux !

— C'est votre droit ! Je ne suis pas autorisé à dire : C'est votre devoir ! — répondit le praticien qui s'inclina. — Et croyez bien que le père Antoine ne sera pas fâché de prendre un peu de repos !

— Ce ne sera pas de refus ! — opina le brave homme.

A ce moment, le blessé, qui, depuis quelques instants, continuait d'entr'ouvrir les paupières, demanda d'une voix éteinte :

— À boire !

Rapide, le chirurgien s'élança, devançant Andrée de Bordère qui, déjà, cherchait à se rendre indispensable.

Avidement, le malheureux aspira plusieurs gorgées d'un liquide réconfortant que le praticien lui servit dans une tasse de fine porcelaine.

— Oh ! oh ! — sourit l'illustre maître. — On dirait qu'il reprend quelques forces, notre blessé ! Tiens ! l'œil s'avive ! Quelle est cette roseur aux narines ? Allons, allons, tout espoir n'est pas perdu !

Puis, s'adressant à Andrée de Bordère :

« Vraiment, mademoiselle, cela tient du miracle !

Et, tout bas :

— Il ne faudrait cependant pas que notre malade s'avisât de se retourner et de faire tomber son appareil à nouveau ! Ce serait tenter Dieu, cette fois !

« Mais, sincèrement, cette subite amélioration m'émerveille ! Parole ! Jusqu'à présent, j'avais abandonné tout espoir !

— Grâce à vous, docteur, nous le sauverons — fit la Noire, affreusement déçue — A tout à l'heure, donc, et je vous reviendrai en garde-malade.

« Je veux avoir ma part de sa guérison ! Jusqu'au bout, je veux collaborer au bonheur de ceux à qui je tiens lieu de mère !

Puis, à mi-voix :

— Ma pauvre sœur ! Ma pauvre Germaine ! Accusée de cet horrible forfait ! Emprisonnée ! folle !

— Rassurez-vous ! — s'empressa de dire le docteur, que cette hypocrisie commençait à écœurer — Mlle Stuart, quoique fortement ébranlée par la terrible secousse morale de ces affreux événements, n'est pas si gravement atteinte. Elle est en lieu sûr et sa guérison, à elle aussi, n'est qu'affaire de temps.

— Serait-il possible ? — murmura Andrée de Bordère, que la rage fit tressauter.

Oui, Mlle Stuart est à Cannes, à la maison de santé du docteur Bompard. Mais il importe, pour que sa guérison soit rapide et absolue, qu'on lui épargne émotion qui risquerait de la tuer.

— Et moi, sa tante, me sera-t-il interdit de la voir?

Une seconde, le chirurgien hésite. Puis, résolument:

— Votre visite ne peut que lui faire du bien. Allez la voir, je vais vous donner un mot pour le docteur Bompard, et, si vous vous en sentez la force, venez ce soir veiller notre cher malade!

— Oh! docteur! — fit la Noire. — Que de reconnaissance je vais vous devoir!

Rapidement, le chirurgien écrivit quelques lignes sur sa carte qu'il remit à Andrée de Bordère, et celle-ci, le remerciant à nouveau, sortit en hâte.

Au coin de la rue, impatient, Montbrun l'attendait un portefeuille écussonné à la main.

Ne pouvant plus longtemps maîtriser la rage qui lui crevait la face, elle s'élança vers lui :

— Venez... vite! Tout est à recommencer!

. . . .

Pendant ce temps, le docteur Cherfils calmait la fureur du père Antoine :

— Hein! Docteur! Croyez-vous que nous avons affaire à une rude comédienne? A-t-elle assez bien joué la douleur et l'affection? Si ça ne serait pas mieux sur la scène d'un théâtre?..

— En attendant que nous lui fassions faire une répétition générale devant la Cour d'assises, — répondit le prince de la science. — Ah! certes, mon vieux, nous avons affaire à forte partie.

— Jouons serré, ne nous endormons pas! Sans compter que notre malade n'est pas aussi bien que je lui ai dit, afin de mieux forcer son jeu pour la mener à précipiter la solution!

— Mais vous pensez bien que nous le sauverons!

— Comme l'illustre maître Ambroise Paré, pour l'instant je ne puis que vous répondre :

« — Je le pansai! Dieu le guérira! »

Et maintenant que les hostilités sont ouvertes, achevons de dresser nos batteries.

En un clin d'œil, à l'aide d'un outil acéré de sa trousse, le docteur eut percé un trou dans la cloison derrière les rideaux du grand lit.

Puis, pénétrant dans sa chambre, il colla son œil à l'ouverture qu'il agrandit en l'évasant.

Revenant ensuite auprès du père Antoine, il dit :

— C'est parfait! De chez moi on voit tout ce qui se passe ici. Le trou est invisible. Courage donc! mon brave Antoine, et confiance! Peut-être les criminels ne sont-ils pas aussi éloignés du châtiment qu'ils le pensent!

Dix minutes plus tard, le docteur Cherfils était au télégraphe d'où il envoyait au docteur Bompard la dépêche suivante :

« La tante, munie de ma carte, va venir voir notre malade. Absolue surveillance.

« Cherfils. »

XXVI

EN PLEINE INFAMIE

De son côté, Andrée de Bordère n'avait pas perdu son temps.

En compagnie de Montbrun, à qui, en route, elle avait expliqué ce que nous venons de conter dans le chapitre précédent, elle s'était rendue à la gare, et de là, sautait dans l'express du littoral à destination de Cannes.

— Une émotion violente peut tuer ma nièce, m'a dit ce chirurgien de malheur — fit la Noire à son compagnon. — eh bien! je vais lui en servir une à ma façon! Avez-vous le portefeuille?..

— Le voilà! Tout est là! Les journaux de ce matin m'ont admirablement servi!

— Voyons! — fit la Noire, qui, ouvrant le portefeuille à fermoir d'argent, ne put retenir un cri de joie, — voilà qui est parfait! Mais, tout va mieux que nous ne pouvions le supposer!

— Vraiment, j'ai donc bien *travaillé*? — ricana l'ancien forçat. — Le difficile, maintenant, est de lui passer adroitement le poulet, à votre gracieuse Germaine! Et ma foi, pour peu qu'il y ait quelque surveillance, la chose ne me paraît pas facile!

— Nous verrons bien.

— Il faudra s'arranger ensuite de telle façon que son Rodolphe, habilement soigné par une garde-malade éprouvée, se dépêche de passer l'arme à gauche! Sans quoi...

— De ceci comme du reste, — répondit Mlle de Bordère, — je fais mon affaire. Le compte de mon neveu est bon, — ricana-t-elle. — C'est moi qui, ce soir, serai sa garde-malade! Et je vous en donne ma parole, je ferai de mon mieux pour réparer ce qu'Albéro a compromis!

— Oh! celui-là, — fit Montbrun, grinçant des dents.

— Celui-là est sous ma protection! — déclara la Noire. — Vous voudrez bien, n'est-ce pas, ne plus vous en occuper. Peut-être à la villa des Roses, pourra-t-il nous rendre quelques services.

— Si je lui en laisse le loisir, — grommela l'ancien forçat.

On était arrivé en gare de Cannes.

Pendant qu'Andrée de Bordère, hélant une voiture de louage, se faisait conduire à la maison de santé du docteur Bompard, Montbrun, ruminant de noirs projets à l'endroit de son ancien exécuteur des basses-œuvres, pénétrait dans un des cafés avoisinant la gare.

Germaine Stuart, installée comme on le sait dans une des plus belles chambres de la villa du célèbre clinicien, était maintenant en proie à une folie douce, dans le calme reposant et fleuri de ce milieu champêtre.

La malheureuse, pour qui tout était mis en œuvre dans le but d'égayer sa détresse, passait les heures dans l'immense jardin anglais, se promenant sous les frais ombrages des allées, ou parmi les massifs d'épaisse verdure.

Parfois, elle s'arrêtait, contemplait la poursuite harmonieuse des rouge-gorges, voletant joyeusement dans les branches touffues, puis elle s'asseyait sur les bancs bordant les pelouses; et là, isolée du reste des pensionnaires de la maison, elle laissait ses pensées vagabondes voler vers l'inconnu d'une vie nouvelle.

A quoi pensait-elle ainsi, la pauvre inconsciente? Qui donc a jamais pu savoir ce qui se passe réellement et ce qui germe dans le cerveau des déments?

En tout cas, le souvenir de sa petite et douce Eva avait complètement fui sa mémoire.

Rodolphe des Charmettes, lui aussi, n'avait jamais existé pour elle, pas plus qu'Andrée de Bordère, du reste.

Elle se croyait redevenue enfant, fillette, pensionnaire, jouant pendant des vacances perpétuelles, passant un congé indéfini à la campagne, chez des amis, dans l'attente de sa chère petite maman qui s'obstinait à ne pas venir.

Souvent, pour remplir le vide de cette attente toujours déçue, elle se levait brusquement, courait au travers des plates-bandes, humait le parfum des fleurs odorantes, puis, sans transition, se mettait à cueillir des violettes, son humble fleur préférée.

Ce matin-là, devançant les premiers rayons du soleil, Germaine s'était levée, sereine, avait jeté un coup d'œil de puérile surprise sur le coquet décor de sa chambre aux rideaux blancs, parfumés de lavande; puis après avoir absorbé l'ouvrage

[...] elle était descendue [...], les pieds dans l'humide rosée du matin, elle avait commencé sa silencieuse cueillette.

Sans qu'elle s'en doutât, le docteur Bompard la suivit à plusieurs reprises, pendant que le jardinier, discrètement, la surveillait de loin.

En présence de cet oubli complet des terribles catastrophes qui avaient bouleversé son intelligence, l'ancien professeur de la Salpêtrière avait déjà arrêté dans son esprit la cure à employer.

Il importait d'éviter à la pauvrette jusqu'à la vue des choses pouvant lui rappeler le passé odieux; il fallait la laisser dans cette illusion d'une nouvelle enfance, jusqu'au jour où un événement propice, faisant un coup de théâtre éclatant, permettrait l'essai d'une épreuve définitive.

Mais l'événement, un événement heureux, se produirait-il?

Le docteur Bompard en doutait, quand un télégraphiste lui apporta le petit bleu de Nice. Et Andrée de Bordère sonnait à la grille.

— Déjà! — fit-il inquiet.

Agité par un secret pressentiment, redoutant la visite de cette créature dont il ne connaissait les [intrigues?] que par le récit du chirurgien, le savant se rendit au-devant de la Noire.

Courtoisement, pour la forme, il lui demanda ce qu'elle désirait.

Avec des larmes dans la voix, après s'être fait connaître, Mlle de Bordère remit la carte du docteur Cuerfils, puis exposa le but de sa démarche.

— Puisque vous venez de la part de mon ami Cuerfils, vous êtes doublement la bienvenue, — fit le clinicien s'inclinant; — aussi, vous dirai-je sans ambages, ce qu'il en est...

— Vous m'alarmez, docteur!

— Votre nièce, madame, est dans un état qui exige les plus méticuleuses précautions.

"Sa folie, de furieuse qu'elle était avant-hier, — sous l'influence d'une odieuse vision se greffant sur les événements que vous connaissez, — est devenue douce, je vous dirais même heureuse, si l'on pouvait se permettre ce qualificatif dans d'aussi pénibles conjectures.

"Mais il importe, surtout si ce n'est là qu'un état transitoire et si nous voulons éviter une crise périlleuse, de la laisser dans le plus complet isolement."

Tout en examinant attentivement sa visiteuse, le docteur conclut:

— Souffrez donc, madame, que je ne vous la laisse apercevoir que de loin, et, par-dessus tout, promettez-moi, non seulement de ne pas chercher à lui adresser la parole, mais encore d'éviter qu'elle soupçonne votre présence ici.

Andrée de Bordère ne put dissimuler un violent désappointement.

— La pauvre petite! Mon enfant! — gémit-elle pour cacher son trouble, — quel supplice pour moi qui l'aime si passionnément?

Je la verrai, la pauvrette, et il me sera interdit de la presser sur mon cœur! Une telle situation n'est-elle pas épouvantable, docteur?

Simplement, l'ancien professeur de la Salpêtrière répondit:

— C'est ainsi. Veuillez-vous me suivre, madame?

Germaine fouillait les bois, dévalisait les plates-bandes et arrangeait délicatement, dans un panier [...] de longs rubans, les violettes qu'elle cueillait à pleines mains.

— Oh! les jolies fleurettes! — murmurait-elle, comme mère va être heureuse!

Je lui ferai de gros bouquets, je les placerai moi-même à son corsage, dans ses cheveux et dans les vases de sa chambre!

[...] elle s'interrompait lorsque, en rentrant [...] je lui donnerai des violettes!

[...] déjà remplissaient [...] le bruit des armes.

À dix pas d'elle, derrière un épais rideau d'acacias, Mlle de Bordère, que le clinicien surveillait étroitement, contemplait sa victime avec une avidité inquiète, cherchant à deviner son état, mais épiant surtout le moment où, par une habile diversion, elle pourrait mettre son plan à exécution.

Et soudain, comme si ses larmes, en houle violente, lui soulevaient le cœur, elle se mit à sangloter avec force.

À ce bruit insolite, troublant si étrangement la douceur de son inconscience, Germaine, saisie, comme la colombe qui devine le faucon, tourna la tête du côté des acacias.

— De grâce, madame, — ordonna le docteur à voix basse, — modérez votre douleur, votre nièce pourrait vous entendre!

— La pauvre enfant! Malheureuse Germaine!

Et la Noire, épongeant ses yeux où les larmes réfractaires, s'obstinaient à ne pas venir.

La démente avait cessé sa cueillette.

Elle déposa son panier sur l'herbe, s'assit sur un banc, puis, en [...], sembla chercher d'où venait le gémissement qui avait frappé son oreille.

Et tout à coup, comme si elle subissait une magnétique attraction, elle s'élança rapide, apeurée, vers le bouquet d'acacias.

Le docteur n'eut que le temps de saisir Mlle de Bordère par le bras et de l'entraîner derrière le tronc d'un énorme marronnier.

Mais celle-ci avait eu la présence d'esprit de laisser tomber bien en vue son mystérieux portefeuille "préparé" par son complice.

Le regard noyé dans le vague, frôlant le clinicien, Germaine avait écarté les branches du taillis, et telle une biche forcée dans son ultime retrait, elle courait droit devant elle.

Sans l'apercevoir, elle heurta du bout de sa fine bottine, le portefeuille de maroquin.

Ne perdant pas de vue les moindres mouvements de sa pensionnaire, le docteur Bompard venait de la voir disparaître derrière un bosquet, lorsqu'un reflet de l'écusson du portefeuille vint frapper sa vue.

D'un brusque ressaut de corps, sans que la Noire, occupée à écarter des piquants qui lui avaient égratigné le visage, s'en fût aperçu, il se baissa, étendit le bras et ramassa le carnet qu'il mit dans sa poche.

À ce moment, Andrée de Bordère se retourna.

Et soudain, elle étouffa un soupir de satisfaction en constatant que le portefeuille avait disparu.

— J'ai réussi! — pensa-t-elle — Germaine l'a ramassé, le Bompard ne s'est aperçu de rien! Ah! il ne lui faut pas d'émotions, messieurs de la Faculté! Eh bien! vous m'en donnerez des nouvelles.

Maintenant qu'elle avait semé le mal, l'odieuse créature avait hâte de partir.

De son côté, persuadé qu'il venait de mettre la main sur une preuve de ses odieuses machinations, sinon de ses crimes, le docteur Bompard, lui aussi, était pressé de voir sa visiteuse prendre congé.

Il redoutait un retour de la malheureuse folle qui, dans ses allées et venues, pouvait se rencontrer avec cette marâtre.

L'expérience avait assez duré; elle avait réussi à lui donner un résultat; le portefeuille armorié, laté à dessein ou tombé par mégarde, pouvait, dans les deux cas, lui fournir de précieuses indications.

Aussi, appelant la gardienne de Germaine, lui dit-il doucement:

— Conduisez votre malade à l'extrémité du parc; nous allons, nous, vers la sortie, il ne faut pas qu'elle nous aperçoive.

À la grille, Andrée de Bordère se confondit en remerciements, et, le cerveau agité par une joie mauvaise, elle sauta dans sa voiture.

Bientôt, elle fut auprès de Montbrun, à qui l'expression heureuse de ses traits, apprenait mieux que toute explication, la réussite complète de ses projets.

— À cette heure — fit la Noire — ma douce nièce feuillette le carnet. Dans quelques minutes, gare la grande crise ! La camisole de force ! La folie furieuse ! Toute la lyre !

Devant l'expression de joie intense, illuminant la physionomie de la machiavélique créature, le cynique Montbrun, l'ancien forçat de Nouméa, ne put s'empêcher de s'écrier, admiratif :

— C'est égal ! Vous êtes encore plus canaille que moi, chère amie !

Pendant ce temps, le docteur Bompard, dans son cabinet, avait vidé les poches du portefeuille.

Un cri de stupéfaction lui échappa :

— La misérable ! Elle l'aurait tuée ! Ah ! mon vieux Cherfils, comme vous avez eu raison de me prévenir !

Qu'y avait-il donc dans le carnet de l'odieuse Andrée de Bordère ?

Tout d'abord, trois photographies : celle de Rodolphe des Charmettes, jaunie, effacée, portant, dans le bas, cette dédicace :

A Germaine Stuart, celui qui l'adore !

Celle de la Noire, en vêtements de deuil, et enfin celle de la mignonne Eva, qui, souriante, sous l'envolement de ses cheveux bouclés, tendait ses petits bras potelés.

C'étaient ensuite trois coupures de journaux, soigneusement collées sur des petits cartons et encadrées dans une bordure au crayon bleu.

Sur le premier carton, le clinicien lut :

UN DRAME MYSTÉRIEUX

« La police de Nice s'occupe de rechercher activement, de concert avec celle de Cannes et la gendarmerie du département, une fillette de 4 ou 5 ans, Mlle Eva Stuart, fille de Mlle Germaine Stuart, dont nous parlons d'autre part.

« La pauvre enfant aurait, paraît-il, été volée par une bohémienne qui a disparu de Cannes.

« Cette gitane, répondant au nom de Santa, a déjà été condamnée à six mois de prison pour sévices graves sur un petit enfant, mis en pension depuis par Mlle Germaine Stuart.

« On comprend qu'il s'agit d'une vengeance de Romanichels.

« Nous tiendrons nos lecteurs au courant. »

La deuxième coupure portait ceci :

CRIME PASSIONNEL

« L'état du baron Rodolphe des Charmettes, assassiné d'un coup de stylet dans une rue de Nice, est absolument désespéré.

« Mlle Germaine Stuart, mère de la fillette volée par la bohémienne, jadis fiancée au jeune baron, plus tard abandonnée par ce dernier, est accusée de l'odieux forfait.

« Par ordre du procureur de la République de Nice, elle a été arrêtée à Cannes et enfermée à la prison mixte de cette ville. »

Enfin sur la troisième et dernière coupure imprimée en lettres grasses :

DERNIÈRE HEURE

« Le parquet possède, dès maintenant, des preuves irréfutables de la culpabilité de Mlle Stuart. Il s'agit bien, ainsi que nous le disions dans nos dernières nouvelles, d'une vengeance d'amoureuse délaissée.

« Ce drame, on le conçoit, cause une très vive émotion dans le monde que fréquentait Mlle Stuart, et où sa tante, Mlle Andrée de Bordère, possède les plus sincères sympathies.

« Nous croyons savoir que, malgré son vif désir de sauver sa nièce qu'elle adore, Mlle de Bordère, habilement interrogée, n'aurait pu s'empêcher de donner certaines preuves de l'absolue culpabilité de cette malheureuse, affolée par l'abandon de son amant. »

— Eh bien ! c'est complet ! — murmura le docteur Bompard, épouvanté. — La pauvre enfant ! Si elle avait lu cela, elle aurait été foudroyée ! Ah ! elle peut revenir la fameuse tante, je la recevrai !

Et pour être plus assuré que la consigne serait strictement exécutée, l'ancien chef de clinique se rendit auprès du concierge, auquel il donna cette formelle injonction :

— Ne laissez franchir la grille à personne, vous m'entendez, à personne, sans m'en avoir averti !

— Il faudra donc faire attendre les visiteurs sur la route ? — demanda l'autre, interloqué.

— Absolument ! et jusqu'à nouvel ordre. Peut-être en agissant ainsi, éviterons-nous un malheur !

Et, encore tout tremblant de la violente émotion qu'avait fait naître en lui la découverte du sinistre portefeuille, le docteur Bompard, manda par dépêche auprès de lui, son ami Cherfils.

Montbrun et Andrée de Bordère, au moment où, de retour, ils sautaient sur le quai de la gare de Nice, n'aperçurent pas l'éminent chirurgien qui déjà au guichet, prenait son billet pour Cannes.

Dans la cour de la gare, les deux complices se séparèrent.

Montbrun, sautant dans une voiture du cercle, roula vers sa villa de la Côte, tandis qu'Andrée de Bordère, pédestrement, regagnait son hôtel, songeuse....

Au tournant d'une rue déserte, elle croisa subitement Alfiéro.

Tout bas, à la dérobée, le nain murmura :

— Je vous cherchais, madame, j'ai besoin de vous parler.

Sur le même ton, la Noire, accélérant sa marche, lui répondit :

— A l'hôtel, dans une heure !

— Quel prétexte ?

— N'importe !

Déjà la criminelle était loin, tandis que l'Italien virevoltant sur les talons, s'écriait :

— Le prétexte ! J'ai trouvé ! Et maintenant, Montbrun, à nous deux !

XXVII

A BANDIT, BANDIT ET DEMI

Pendant que la noire Andrée se hâtait de rentrer, Alfiéro courait dans un sordide et louche cabaret, perdu au fond d'un étroit cul de sac.

Là, entre deux verres de tord-boyaux, — car le monstre avait, en outre des instincts féroces et des vices que nous lui connaissons, la passion de l'alcool et surtout de l'absinthe, — il confectionna un paquet de vieux papiers qu'il ficela précieusement et sur lequel, en grosses lettres, il écrivit :

« Remettre à Mlle Andrée de Bordère. »

Puis dans le bas :

« Rigoureusement personnel. »

Après quoi, le nain fit entendre un grognement de satisfaction, solda ses deux consommations, exécuta une pirouette, puis s'élança dans la rue.

Quelques instants après, il se trouvait devant le vestibule de l'hôtel d'où la maîtresse de Montbrun s'apprêtait à déménager.

Derrière un bureau vitré, pontifiait un imposant gardien en livrée.

— Mlle de Bordère réside bien ici ? — demanda l'Italien, en saluant humblement le larbin galonné.

— Que lui voulez-vous ? — fit, orgueilleusement le préposé à la porte.

Alfiéro, avec mille précautions, sortit son prétendu message :

— Lui remettre ceci.

— Laissez ça au bureau... On le remettra.

— Pardon, c'est personnel !

Et, ce disant, le nain montra au cerbère la suscription qu'il venait d'inscrire lui-même quelques minutes auparavant.

— Et puis, — ajouta le bancroche, ricanant, — vous comprenez... s'il y a un petit pourboire... ça ne serait pas de refus.

— C'est bon, — grommela le portier — Au second, chambre 12, dans le couloir, à droite.

Alfiéro grimpa les deux étages et, d'un heurt discret, annonça sa présence à sa protectrice.

Celle-ci vint ouvrir elle-même :

— Ah ! voyons ! fit la sombre créature. — Asseyez-vous là !

Sans se faire prier, Alfiéro prit un siège et pendant qu'Andrée de Bordère rangeait ses vêtements qui encombraient la pièce, il expliqua :

— J'étais avec Montbrun depuis de longues années. Nous sommes des amis d'enfance ou à peu près. Sa vie, vous devez bien le supposer, n'a pour moi aucun secret.

— Je m'en doute ! Et alors ?

— Eh bien ! aujourd'hui je viens vous dire ceci : le faux comte de Montbrun, qui est un forçat en rupture de ban, — comme vous le savez, — et à qui tous les moyens seraient bons pour posséder *seul* la fortune de Germaine Stuart, attend simplement que les obstacles qui vous gênent mutuellement soient aplanis, pour supprimer... le *dernier*, celui qui l'horripile le plus.

— Et cela signifie ? — demanda Andrée de Bordère qui, pâlissant soudain, vint s'asseoir en face du scélérat, plongeant ses yeux dans les siens.

— C'est-à-dire, madame, — reprit l'être difforme en riant hideusement, — que le noble Montbrun n'attend que la mort du baron des Charmettes, notre cher blessé, et celle de Mme Germaine, pour se débarrasser de vous !

— De moi ! — s'exclama Andrée de Bordère, qui, loin de s'attendre à ce coup droit, passa la main devant ses yeux effarés.

— Oui, madame, de vous *aussi*. C'est comme j'ai l'honneur de vous le dire !

— Et la preuve ?

— La preuve ?... Je vais vous mettre hors d'état de douter...

— Peut-être ! — fit la Noire, revenant rapidement de l'étourdissement que lui avait causé ce coup de massue : — car, n'agissez-vous pas plutôt dans un but de vengeance, trop facile à comprendre ?

Alfiéro secoua la tête.

— S'il en était ainsi, je n'avais qu'à me rendre au bureau de police, Montbrun était immédiatement pincé ; moi aussi du reste et vous-même.

— Moi, et pourquoi ?

— Bah ! entre nous, inutile de jouer au plus fin. D'ailleurs, je ne suis pas venu ici pour vous aigrir davantage avec l'histoire déjà longue de nos relatives avortées.

« Il est bien évident qu'en vous avertissant du dernier projet de Montbrun, j'agis par vengeance personnelle contre lui, mais c'est surtout par reconnaissance pour vous.

« Et je viens, de plus, vous offrir mon aide désintéressée pour mettre votre plus terrible ennemi hors d'état de vous nuire.

Quelques instants la criminelle resta songeuse.

— Me répéteriez-vous, devant Montbrun, ce que vous venez de me dire là ? — demanda-t-elle enfin.

— Oui, s'il le fallait... et j'ajouterai même que le jour où il me commanda de vous débarrasser de Rodolphe des Charmettes, en me remettant le *stylet que vous connaissez*, il me dit :

« — Fais-toi la main, mon ami, car j'aurai encore besoin de toi avant peu ! »

Andrée de Bordère l'écoutait anxieusement...

Alfiéro continuait avec un accent de vérité d'autant plus effrayant :

— Le patron ajouta à voix basse, comme pour lui-même :

« — Oui, tout cela aura une fin ! Je ne veux plus subir la domination de cette vieille de malheur. C'est un danger permanent pour moi !

« Elle me perdrait tôt ou tard, surtout si elle venait à savoir que notre pacte de haine tient seul, que celui d'amour est rompu... et que j'en aime une autre... pour laquelle je tendrais ma tête au bourreau avec joie ! »

— Et cette autre ? — interrogea sourdement Andrée de Bordère. — Son nom ?... Qui est-elle ?... Je veux savoir !

— Un peu de patience, signora, — poursuivit l'Italien ; — une autre fois, il y a de cela huit jours, mon maître rentrait du cercle complètement décavé, à une heure où je ne l'attendais plus. Je me tins coi et l'observai.

« Il s'écria rageusement :

« — J'en ai assez de cette vie-là ! Toujours à la merci de cette Andrée qui me compte les sous. Ah ! le jour où j'aurai l'héritage, ça changera !...

« Elle se figure que je vais la garder, que je vais enchaîner mon existence à elle éternellement ? Non ! Alfiéro n'est pas là pour rien !

« Et alors, je pourrai à mon tour couvrir d'or et de diamants la Margot... la jeune et divine perle de la Côte d'Azur. »

— Je suis fixée ! — fit Andrée de Bordère, se levant, horriblement pâle ; — je vous remercie Alfiéro.

— Ne me remerciez pas ; un service en vaut un autre, et au lieu d'être sa victime...

« Vous me comprenez ?

— Oui, — fit la Noire, — je saurai prendre ma revanche en temps et lieu. Pour le moment, allez à Cannes, à la villa des Roses.

« Vous vous y installerez en remplacement du père Antoine que j'ai congédié. Avez-vous de l'argent ?

Piteux, Alfiéro secoua la tête... Andrée de Bordère eut un sourire et lui remettant un billet de banque :

— Tenez, prenez ceci... C'est un acompte sur l'avenir. Bien entendu vous ne remplacez le vieil Antoine que pour la forme.

« Votre fonction consistera plutôt à garder la villa, à surveiller les gens de mon service et à me tenir fidèlement au courant de tout ce qui se passera dans le voisinage... et même ailleurs !

— Voilà un métier qui me plaît ! — s'écria l'Italien, — et quant au Montbrun, le jour qu'il vous plaira... croyez-moi... je ne le raterai pas comme l'autre !

Et muni des dernières instructions de la misérable, le bandit disparut...

Pendant longtemps, effondrée dans un fauteuil, Andrée de Bordère, songeuse, s'abîma en de noires pensées...

Enfin, elle se releva, et, ses yeux dardant des éclairs de haine sauvage, elle murmura :

— Pour la Margot de Nice... cette gueuse !

« Ah ! c'est donc ainsi, M. le forçat, que j'ai eu la faiblesse d'élever jusqu'à moi et que j'aurais peut-être épousé le jour où...

— Ah ! le traître abject ! C'est moi et seul qu'il voulait ! Moi qui croyais que, de notre mutuelle com-plicité, était né en lui un amour de fauve pour sa maîtresse !

" Ah ! Montbrun, vous jouez une partie double ! Eh bien, gare à ma griffe, maintenant !

" Gare à la " vieille " !

En proie à une violente surexcitation, l'horrible créature descendit au bureau de l'hôtel et donna des ordres pour le transfert de ses bagages au Pavillon Doré où agonisait Rodolphe.

Telle était la force de sa volonté, qu'elle put dis-simuler ses sinistres pensées à son ancien inten-dant.

— Bonjour, père Antoine ! — fit-elle à voix basse.

— Et notre cher malade ?

— Il repose, madame, et je vais même pro-fiter de cette accalmie pour essayer d'en faire au-tant.

— C'est cela, allez dormir, je vous remplace-rai, si vous voulez !

— C'est-à-dire, — fit le brave homme — que je ne puis pas disposer de moi-même avant le retour du docteur Cherfils... La consigne est la consigne.

— Il est donc parti, notre bon chirurgien ?

— Voyant que notre malade allait beaucoup mieux, il a cru pouvoir se donner quelques heures de liberté ; mais, rassurez-vous, madame, il ren-trera bientôt.

— Eh bien ! c'est cela ! — fit Andrée de Bordère qui ne voulait pas compromettre, par un excès de précipitation, le plan qu'elle avait mûri et dont l'exécution pouvait être différée de quelques heures.

" Continuer votre faction auprès du cher blessé pendant ce temps, je procéderai à mon installation ici. Par une chance inespérée, je suis arrivée juste à temps pour prendre une chambre voisine de cel-le-ci.

" L'Anglais qui l'occupait et qui ne devait partir que dans quinze jours, paraît-il, a fait ses malles ce matin même.

— Tiens ! Tiens ! — murmura le père Antoine.

— Je dînerai à la table d'hôte, puis, au retour du docteur, je lui demanderai qu'il vous accorde quelque repos.

— Vous êtes trop bonne, mademoiselle !

— C'est mon devoir de veiller sur les miens ! — fit la Noire avec une hypocrisie parfaite. — A bien-tôt donc, père Antoine !

" Et, tenez, — ajouta-t-elle afin de mieux capter sa confiance, — laissez-moi espérer que vous ne m'en voulez plus de notre algarade... J'étais si éner-vée ! Je vous récompenserai.

Le vieux majordome était sur ses gardes. Il ac-quiesça :

— J'ai bien pensé que mademoiselle, qui a tou-jours été si bonne pour moi, avait eu un moment de vivacité.

— Vous l'avez dit, un mauvais moment que je regrette ; mais rassurez-vous, votre place vous at-tend encore à la villa des Roses ; ce sera le meilleur moyen de vous témoigner ma reconnaissance pour les bons soins dont vous entourez notre blessé.

— Mademoiselle me confond, en vérité !

— Je vous rends justice, voilà tout. Allons, à tout à l'heure, mon vieil ami.

Et sur un geste protecteur, elle quitta la cham-bre de sa victime.

— La gueuse ! — fit le père Antoine, levant le poing dans sa direction.

Deux heures plus tard, l'intendant qui s'était assoupi sur sa chaise longue, fut tiré de sa som-nolence par l'arrivée du docteur Cherfils.

— Ah ! mon brave ! — s'exclama le praticien ! Vous voyez, je vous y prends encore.

Et plus bas :

— Je reviens de là-bas... Ah ! j'ai bien fait de prenant le docteur Rousseau de la main... coquine !

— Chut ! — fit le père Antoine, mettant un doigt sur ses lèvres, et courant verrouiller la porte d'en-trée. — Elle a loué l'appartement voisin.

— C'est un démon que cette femme ! — murmu-ra le docteur, sortant de sa poche le carnet que le clinicien de Cannes venait de lui remettre.

Puis, expliquant à mi-voix les incidents de la visite de la Noire à la maison de santé, le praticien que l'indignation suffoquait, demanda :

— Eh bien ! mon ami, qu'en pensez-vous ?

— Je pense, — fit le vieillard en hochant la tête, — que la gaillarde est de force... et qu'il faudra ouvrir l'œil et le bon...

" Elle va revenir bientôt, du reste ; ce sera, si vous le permettez, le moment de la laisser seule...

" Et M. Rousseau, si je ne suis pas indiscret, peut-être, qu'est-ce qu'il dit de tout cela ?

— M. Rousseau connaît sa cliente ; il n'a pas paru étonné outre mesure. Je lui ai fait part de notre projet. Il voulait venir ici par le train qui m'a ra-mené, mais des occupations pressantes l'en ont em-pêché.

" Dans la soirée, s'il est libre, il arrivera peut-être. Il prévoit qu'un coup de théâtre décisif va se pro-duire et il voudrait déjà être là... prêt à tout évé-nement !

Le blessé, à ce moment, fit entendre un soupir.

Le docteur s'avança pour lui tâter le pouls.

Puis, de la tête, il fit signe au père Antoine que l'amélioration continuait !

Rodolphe des Charmettes ouvrit les yeux et, comme s'il chassait une vision obsédante... pas-sant la main sur le front, il murmura :

— Germaine ! Germaine, tu m'as tué !

Son regard vide erra sur la muraille...

— Ah ! si je pouvais croire en elle ! Cela seul me rattacherait à la vie ! Oh ! Germaine ! Germaine ! Pourquoi faut-il que cela soit impossible !... Notre si beau rêve d'amour !

Le père Antoine, sur le visage de qui perlaient de grosses gouttes de sueur, saisit la main droite et exsangue du blessé entre ses gros doigts noueux.

— Mais ce serait douter de Dieu que de douter d'elle ! — s'écria-t-il, d'une voix que l'émotion bri-sait. — Monsieur Rodolphe, revenez à vous !

— Qui a parlé ? Qui a dit cela ? — exclama le malade, les yeux dilatés.

Attirée par le bruit des voix, sinon guidée par son infernal génie, Andrée de Bordère qui arran-geait son nouvel appartement, colla fiévreusement l'oreille à la mince cloison...

XXVIII

LA CONFESSION DE RODOLPHE

L'infortuné essayait de se dresser sur son séant, mais, doucement, les deux hommes lui firent com-prendre qu'il devait garder l'immobilité absolue.

Ses yeux s'étaient avivés d'un léger éclat, et, tout à coup, reconnaissant le père Antoine, il murmura :

— C'est vous, mon vieil ami ! Vous que l'on re-trouve toujours lorsqu'on est en danger !

L'intendant eut un loyal sourire.

— Vous me reconnaissez, monsieur Rodolphe ?

— Si je vous reconnais, brave cœur ! Mais com-ment êtes-vous là ?...

— Puisque vous avez repoussé Mlle Germaine accourue la première à votre chevet, n'était-il pas logique que son plus ancien serviteur vint prendre sa place !

— Elle était donc ici ! — fit Rodolphe, n'osant

...plus la croyance... quand il l'avait chas-
sée.

Puis, après quelques secondes de réflexion :

— Oui, mes souvenirs se fixent. Sa vue me ravissait un passé... et comme je ne me sentais que quelques minutes à vivre, j'ai eu, je crois, la force, ou plutôt la faiblesse, de lui exprimer toute mon indignation... Oh ! la malheureuse !

— Cruauté bien inutile, allez, monsieur Rodolphe ! Si vous connaissiez mieux la noble et douce créature !...

— Noble et douce créature ! — s'écria Rodolphe avec un tel emportement que le docteur Cherfils crut devoir intervenir.

— Je vous en prie, monsieur, — fit-il — parlez plus bas et soyez plus calme, si vous voulez prolonger cet entretien... et surtout si vous voulez guérir ! Ordre de la faculté.

— Guérir, moi ? Oh ! non !

Étonné, le jeune homme regardait le docteur sans bien comprendre.

Une question allait jaillir de ses lèvres décolorées, lorsque le père Antoine le prévint.

— M. le docteur Cherfils est un des plus illustres chirurgiens de Paris, qui vous soigne avec le plus sublime dévouement, et qui a promis de vous sauver !

Le praticien salua en souriant.

— C'est mon métier !

Rodolphe lui tendit la main, que le docteur serra affectueusement, ajoutant :

— Oui, mon ami, je vous sauverai si vous êtes sage, si vous vous laissez soigner, et surtout si vous chassez de votre cerveau l'obsession de ces pensées mauvaises qui l'enserrent comme dans un étau.

— Merci, docteur, merci ! Mais si vous saviez !

— Je sais tout ; je sais même beaucoup de choses que vous ignorez. J'ai l'honneur de connaître Mlle Germaine Stuart que vous calomniez.

— Oui, je dois vous dire que cette infortunée est environnée d'une atmosphère qui l'étouffe, qui l'affole, qui la tuerait !... Autour d'elle, ce n'a été que l'injustice, le crime et la terreur.

« Elle est la victime des plus épouvantables machinations, des dénis de justice les plus sanglants.

« Tout semble conspirer contre elle... qui aurait un si grand besoin d'être aimée... consolée... protégée par vous... oui... par vous surtout, monsieur !

Mais devant l'attention extraordinaire que le blessé portait à ses paroles, le docteur Cherfils comprit qu'il allait trop loin.

Devant cette question de Rodolphe :

— Serait-elle en danger ?

Il répondit évasivement :

— Je ne pense pas ; mais votre abandon... vos outrages, disons le mot, lui ont porté un coup terrible !

Derrière la légère cloison, retenant son souffle, Andrée de Barbère tendait anxieusement l'oreille... Sa partie semblait se gâter...

Le père Antoine, à son tour, prit la parole :

— Tout à l'heure, monsieur Rodolphe, vous avez murmuré quelque chose comme ceci : « Si je pouvais croire en elle, cela me sauverait ! »

— Eh bien, je viens vous dire, moi qui ai connu la sincérité de votre attachement réciproque, je viens vous dire que vous avez été coupable, que vous avez été criminel en abandonnant brutalement votre fiancée, votre amie, comme vous l'avez...

— Mais vous ne savez donc pas, père Antoine ? Vous ne savez rien !

— Je sais, je sais que Mlle Germaine a pleuré toutes les larmes de son corps. Elle ne pouvait croire à une trahison de votre part ; elle conservait l'illusion de votre amour qui lui a été si fatal, puisqu'une enfant, une adorable fillette en était née !

— L'enfant d'un autre ! — protesta amèrement le blessé, sur les joues de qui, pourtant, une légère teinte apparut.

— Monsieur !... mais cette enfant vous ressemble à tel point que vous ne pourriez la renier... Eva, comme l'appelait sa mère.

— La fille du comte Arthur de Montbrun ! — répéta Rodolphe avec un déchirement dans la voix.

Puis, tout bas :

— Et pourtant, qui sait ?... Chère petite mignonne ! Comme je l'aimerais si je la connaissais, ne serait-ce qu'en souvenir de l'adorée... de l'ingrate, de l'infidèle ?

Et, d'une voix plus assurée, mais en se parlant toujours à lui-même :

— Pourquoi me créer des chimères ? N'ai-je pas la preuve que sa mère m'a lâchement trompé ! Oh ! cela est mal... infâme... Moi qui l'ai tant aimée !...

Le père Antoine protesta :

— Mais encore une fois, monsieur le baron, je vous jure que vous êtes la victime d'une épouvantable erreur !

Un drame intime se passait tout près d'eux.

— Le misérable ! — murmurait André de Barbère, pâle de rage, derrière sa cloison. — Parle ! Parle donc ! vieux bavard imbécile ! De sera mon tour à moi, tout à l'heure !

Mais la faible voix de sa victime s'élevait de nouveau et elle se maîtrisa, écoutant ardemment.

— Laissez-moi vous édifier, père Antoine ; me le permettez-vous, docteur ?

— Je vous le permets, mais à une condition, répondit le praticien — c'est que vous serez calme et que vous écouterez, sans passion, ce qui vous sera répondu.

Rodolphe joignit ses mains tremblantes et balbutia :

— Mais je ne demanderais qu'à expirer en... fille que j'ai idolâtrée ! fille que j'aime peut-être encore ! Oui, je l'adorais, docteur... C'était divin... c'était fou... J'abrégerai.

« Un jour, après un long silence, une séparation, un homme, le comte de Montbrun, je le vois encore avec sa physionomie dure, un homme vint me dire :

« — Cessez, monsieur, vos assiduités auprès de ma fiancée, vous devriez comprendre qu'un homme d'honneur... »

« Je ne le laissai pas achever. Du geste, je lui montrai la porte. Du reste...

« Une violente altercation eut lieu...

« Enfin, je... il... de sa poche une lettre qui me brûle encore les yeux...

« — Souffrez, monsieur, — me dit-il avec un calme subit qui me déconcerta, — que je vous donne la preuve de ce que j'affirme.

« Mlle Stuart ne peut vous aimer, ni être à vous, puisqu'elle est non seulement ma fiancée, mais ma maîtresse et qu'un enfant va naître de notre liaison déjà ancienne... très ancienne... comme vous le verrez par cette lettre, dont vous me paraissez connaître trop bien l'écriture... »

Et le blessé, qui s'était à demi soulevé, retomba sans souffle sur sa couche brûlante.

— Mais c'est infâme ! — s'écria le père Antoine les bras au ciel. — Oh ! les monstres ! les bandits ! Par le Dieu vivant qui nous entend et nous jugera, ils ont menti : trois fois, cent fois menti !

— Laissez achever ! — fit le chirurgien ; — nous verrons bientôt plus clair dans cette ténébreuse affaire !

Le baron des Charmettes poursuivit avec effort :

— Ce Montbrun venait de la part de Mlle Stuart elle-même, m'enjoindre non seulement de cesser toute correspondance, mais encore de n'avoir plus à reparaître jamais devant ses yeux... si j'avais le moindre souci de son honneur... et de son bonheur !

Que disait donc cette fameuse lettre, — demanda le chirurgien. — Là me paraît être le point capital. Précisons !

— Oh ! je l'ai gravé là... dans mon cœur brisé, dans mon esprit torturé, anéanti, ce chef-d'œuvre d'infamie, d'hypocrisie et de mensonge.

« Écoutez plutôt... Elle s'exprimait ainsi... Notez que c'est à son premier amant, au comte de Montbrun, qu'elle s'adressait, puisqu'il avait la lettre :

« Mon adoré,

« Comme ma joie est grande ! Comme notre bonheur sera complet ! Plus rien ne pourra s'opposer à la réalisation de nos vœux les plus chers. Dois-je vous le dire ?

« Notre amour vient d'être béni par le ciel ! Je sens vibrer en moi une chère petite existence faite des nôtres ! Oh ! mon adoré, comme mon cœur, à cette consécration suprême de notre amour, a bondi dans ma poitrine !

« Hâtez-vous, nos minutes sont comptées. Un être qui m'est devenu odieux me harcèle sans repos. Je suis au supplice de ne pouvoir lui dire combien sa vue me donne d'écœurement, depuis que ma vie s'est fixée et que mon amour pour vous est absolu autant qu'indestructible.

« Revenez vite me dire que vous m'aimez autant que je vous aime ! Il faut désormais que nous soyons unis ! »

— Eh bien ! — reprit Rodolphe des larmes dans les yeux ; — n'était-ce pas l'œuvre d'une rouée, d'une infâme ? Ah ! n'était le nom de ma mère, je maudirais les femmes avec un mortel dégoût !

Le docteur le rappela au fait, et Rodolphe des Charmettes acheva :

« Il suffit ! — dis-je à mon rival ; — allez, monsieur, je n'ai plus à douter ; épousez donc celle qui vous aime si ardemment. Je n'ai plus que faire ici. Je partirai demain ; soyez heureux, plus heureux que moi, je vous le souhaite !

« L'homme sortit, la face illuminée par une joie que, dans mon trouble, j'analysai mal, mais dans laquelle, aujourd'hui, il me semble voir un reflet de férocité ! Ah ! la peine du rival, le triomphe définitif, barbare, le piétinement du cœur de celui qu'on hait. Car il me haïssait, cet homme ! J'aurais dû le tuer !

« Et malgré tout, je plaignais Germaine. Je ne pouvais croire qu'elle m'eût préféré cet individu brutal avec lequel, me semblait-il, elle ne pouvait qu'être infortunée. Je lui écrivis lettres sur lettres, lettres de pardon, lettres d'amour, lettres de passion. Mais rien ! Je me heurtai au mutisme le plus complet, au silence le plus méprisant ! Et cependant je ne pouvais encore admettre une telle fourberie !

« Plusieurs jours de suite, je rôdai autour du parc, silencieux et vide, j'en escaladai même les murailles, pour revoir les lieux qui furent témoins de nos premières confidences, de nos premières tendresses, dans l'espoir, également, d'apercevoir la silhouette de l'ingrate. Hélas ! elle ne revint pas, je ne la vis plus, et je pleurai notre amour perdu !

— Je comprends bien que vous ne la vîtes plus ! — fit l'intendant. — Mais patience, nous éclaircirons cela tout à l'heure !

— J'étais trahi, — continua le blessé, — et par celle en qui j'avais mis une foi aveugle et ardente ; ou plutôt non, je n'avais pas été trahi ; car ceux-là seuls qui ont été sincèrement aimés, peuvent se dire trahis, oui, lorsque l'amour qu'ils ont inspiré se meurt ! Non, moi, je ne fus jamais aimé.

« Je n'avais été qu'un caprice et qu'un jouet pour une volage jeune fille à qui la solitude pesait ou à qui un autre amour semblait parfois moins monotone. On croyait me devoir de la reconnaissance, parce que le hasard maudit avait fait de moi un sauveteur et comme on ne pouvait m'offrir de l'argent, on me paya d'un flirt et d'une nuit d'amour.

Avec de douloureux soupirs, Rodolphe râla :

— Que vous dirai-je de plus ? Amoureux déçu et désespéré, je disparus ; je jouai et me ruinai. Mais rien n'avait tué mon amour insensé.

« Sur ces entrefaites j'appris le départ pour un long voyage de celle que j'adorais toujours. Son voyage de noces, sans doute !

« Eh bien ! moi aussi je partis bien loin... Je m'exilai en Australie, chez une vieille tante, et, courageusement, dans les mines nouvellement découvertes, je rétablis, je doublai ma primitive fortune.

« Cela dura cinq ans, jusqu'au jour où, me croyant guéri de mon amour malheureux, je revins en France... et vous savez, sans doute, le reste mieux que moi.

Sur ce dernier mot, le blessé poussa un cri de mortelle souffrance.

— Vous avez fini ? — demanda le chirurgien, affectueusement.

— Je n'ai plus rien à dire, docteur, ma confession est terminée !

— Eh bien, à votre tour, père Antoine, dites ce que vous savez. Monsieur le baron des Charmettes, cette heure comptera dans votre vie... Écoutez sans interrompre !

Plus attentivement que jamais, Andrée de Bordère prêtait l'oreille, affolée de cette scène qui compromettait tout.

Le père Antoine parlait !

— Laissez-moi vous détromper, monsieur le baron, — déclara l'ancien intendant, — laissez-moi vous dire quelles larmes de sang, Mlle Germaine, se croyant abandonnée par vous, versa durant longtemps... J'en jurerai, elle vous écrivait chaque jour.

« Cet homme exécrable, ce fameux comte de Montbrun, c'était l'âme damnée de Mlle de Bordère son amant même, un bandit sans foi ni loi, ne visant qu'un seul but : la suppression de tous les obstacles pouvant l'empêcher de mettre la main sur l'immense fortune de Mlle Stuart.

— Mais la lettre ? — demanda le blessé. — La lettre, malheureux !

— La lettre ! Mais, sans nul doute, la lettre vous était adressée, à vous... oui, à vous ! Elle dut être interceptée comme les vôtres, comme les autres, et l'infâme Montbrun, fort de cette arme, vint vous voir.

« Ah ! vous avez été bien crédule et bien jeune, monsieur le baron ; permettez-moi de le déplorer ! L'être odieux, mais c'était lui !

— Se pourrait-il ! — fit le malade suffoqué. — Non, trop de circonstances confirment mon malheur !

— Mais, réfléchissez ! Comment voulez-vous que Mlle Germaine, qui vous adorait, qui vous en donna la plus grande preuve, eût pu vous préférer cet homme qu'elle haïssait d'instinct, cet écumeur dont elle connaissait l'ambition effrénée, ce gredin qu'elle soupçonnait, — c'est presque sûr ! — d'être l'amant de son abominable tante, Andrée de Bordère !

Derrière le mur, la Noire grinçait :

— Cet Antoine... quelle abominable duplicité !... Ah ! l'on peut se fier aux domestiques ! Crapule, va... vieille crapule ! Comme je te ferai saigner par Alféro !

Le brave homme continuait :

— Ah ! croyez, monsieur le baron, que c'est à juste titre que notre villa des Roses s'est appelée la villa des Pleurs... et notre jeune maîtresse la « Dame aux Violettes », en souvenir des frais bouquets que vous lui cueilliez dans le parc, — car elle est restée fidèle à la modeste fleurette qui symbolisait votre amour...

« Elle en a toujours porté le deuil... et quel deuil !

il était vrai, on l'emmena en voyage ; puis après un long séjour à l'étranger, elle revint avec la petite Eva, votre enfant, monsieur le baron, cela je le jurerai !

— Si c'était vrai ! — murmura le jeune homme avec une sorte d'effroi, mêlé d'un immense bonheur.

— Si c'était vrai ! dites-vous ! Si vous saviez le reste !

— Parlez, père Antoine, vos paroles me sont un baume divin !

Alors, brièvement le vieux majordome conta les dramatiques événements dont la villa avait été le théâtre ; il expliqua la louche attitude de Montbrun et d'Alfiero la cruauté égoïste de la Noire, puis, il termina, ne pensant pas deviner si juste :

— Votre coup de poignard ! Mais cela part encore du sinistre trio !

— Je suis sûr que le brave Antoine vous a dit la vérité — déclara le praticien.

Les traits du malade s'étaient soudain ravivés...

Une grande quiétude émue régnait maintenant dans la chambre d'hôtel.

La conviction du père Antoine, l'affirmation du docteur Cherfils, son propre désir réalisé avaient provoqué un heureux revirement dans la pensée de Rodolphe et un mieux subit dans son état.

Mais cette longue conversation l'avait beaucoup fatigué.

— Patience ! — fit le docteur, — dormez dans le calme et l'espérance ! et, je vous le jure, le bonheur auquel vous avez droit vous sera rendu ! Car vous ne savez pas encore tout — acheva-t-il.

— Oh ! la revoir ! — supplia le blessé. — Elle !... Oh, il me semble que je vais mourir de bonheur ! De grâce, dites-lui qu'elle revienne, avec notre enfant avec mon Eva ! Oh ! comme je vais les aimer ! Mais comment obtenir mon pardon !...

Ses paupières se fermèrent, un demi-évanouissement envahit son être et, tout bas, le docteur Cherfils murmura dans l'oreille du père Antoine :

— Ce n'est rien ! Il est sauvé ! Mais ne lui dites pas le sort de Germaine et d'Eva ! Vous le tueriez après son grand bonheur !

— Le bonheur des uns sera la guérison et le salut des autres ! — émit le père Antoine.

— Espérons-le, — acquiesça le docteur Cherfils.

Toujours aux écoutes derrière sa cloison, la hyène grondait :

— Comptez-y !... Je suis là !...

XXIX

LA VEILLÉE DU CRIME

Andrée de Bordère qui, de son appartement avait tout entendu ou à peu près, la Noire sortit à ce moment.

Sa décision était irrévocablement prise.

Il ne lui restait plus une minute à perdre.

Sur son visage de haine, un air de candeur et d'abnégation venait de masquer, d'une façon admirable, la férocité de son caractère et ses noirs desseins.

Le docteur Cherfils avait donné ses instructions à l'intendant.

Céder la place à la Noire dès qu'elle entrerait, puis, sans perdre de temps, courir se mettre en observation.

Lui aussi, il sortait, lorsque, en ouvrant la porte, il se trouva en face d'Andrée de Bordère...

Un soupçon traversa l'esprit du praticien.

— Cette femme nous écoutait peut-être, — pensa-t-il. — Elle se méfiera et nous ne la prendrons pas encore en flagrant délit !

— Eh bien ! docteur ? demanda-t-elle tristement.

— Courage, mademoiselle, — répondit le chirurgien, forçant son visage à sourire ; — notre blessé va aussi bien et mieux même que nous ne pouvions l'espérer. Ce n'est plus, désormais, qu'une simple question de jours.

A ces mots, Andrée de Bordère sentit sa résolution s'accroître ; aussi, inclinant le buste, très à l'aise, pénétra-t-elle dans la chambre où reposait la victime d'Alfiero.

La nuit avait embrumé la ville. Le père Antoine allumait du feu et préparait la veilleuse. Correctement, il salua son ancienne maîtresse.

— Allons, vaillant garde-malade, — fit-elle, aimablement, — allez vous reposer. Vous voyez que je tiens ma parole. C'est moi qui veillerai cette nuit, ainsi que je vous l'ai promis.

— Ma foi, ce ne sera pas de refus ! — répondit le majordome, — et puisque le docteur Cherfils veut bien m'y autoriser...

En signe d'assentiment, le chirurgien avait baissé la tête.

Légèrement, avec une pointe de coquetterie, pendant que le docteur lui donnait une brève consigne, Andrée de Bordère, ôtant son chapeau, prenait ses dispositions pour la veillée.

— Parfaitement, docteur, je comprends bien, — fit-elle : — d'ailleurs les étiquettes, ainsi que votre ordonnance, me guideront !

« Et puis, — ajouta-t-elle, montrant le blessé, — il dort si bien ! Je vais pouvoir me reposer sur cet excellent fauteuil !...

— Ma foi ! vous ne serez pas aussi bien que dans votre lit, mais, comme vous le dites, je crois que le baron des Charmettes vous laissera tranquille. La fièvre a disparu, le pansement est parfaitement en place et à moins d'un soubresaut du malade...

— Bah ! fit la Noire — À la guerre comme à la guerre ! Si je me trouvais embarrassée par une complication quelconque, je sonnerais le garçon...

— Qui accourrait me prévenir, c'est cela !

Sur ces mots, le docteur se retira.

Mais pour dépister la coquine, il rescendit d'abord jusqu'au bureau de l'hôtel...

La Noire avait refermé la porte.

Et sans la moindre émotion, elle allait perpétrer un dernier crime, sur un homme à moitié mort. *Il le fallait !*

De son côté, le père Antoine, après une subite volte-face dans l'escalier, était allé prendre sa faction dans la chambre du chirurgien.

En hâte, la sombre créature passait un minutieux examen des lieux. Rien ne lui parut anormal. Pourtant, elle flairait le piège.

Devant la face terreuse du malade, dont le sommeil paisible donnait l'image absolue du repos dans l'éternité, elle ne put empêcher un rictus d'errer sur son visage.

— A nous deux, mon cher ! — murmura-t-elle — l'occasion est pour moi trop belle ! Tes amis sont perspicaces, ils sont méfiants et assez bien informés ; mais ils n'auront pas prévu celle-là !

Toutefois, en criminelle experte autant que prudente, Mlle de Bordère ne voulait rien précipiter.

Pour mieux méditer sur le couronnement de son œuvre tragique, afin de mieux s'assurer la complicité des événements et peut-être celle du hasard, elle s'assit dans le fauteuil, et longtemps, la tête entre les mains, se prit à réfléchir.

Mais soudain, comme si elle était atteinte d'un traumatisme, tant l'anxiété de la lutte finale la talonnait, elle se leva, et, d'un pas saccadé, dont l'épaisseur du tapis amortissait le bruit, elle se dirigea vers la table de nuit de Rodolphe.

Un instant, elle contempla l'alignement des fioles, lut les prescriptions écrites sur une large feuille blanche, vers le bas de laquelle se détachait, énorme la signature du docteur Cherfils.

Tour à tour, elle saisit entre ses longs doigts les bouteilles renfermant les poisons dont les gouttes devaient être prises par gouttes individuelles ; puis, perverse, elle les reposa sur la table.

De nouveau, elle retourna à son fauteuil.

Le malade dormait toujours d'un sommeil régulier, soulevant à peine, du rythme de sa respiration, l'épaisseur douillette de ses couvertures.

Andrée de Bordère avait ouvert un réticule en soie, d'où elle retira un coupe-papier en ivoire, puis un roman à couverture imagée.

Elle essaya de lire quelques pages, mais, dès les premières lignes, incapable de suivre l'idée de l'écrivain, trop absorbée par ses pensées effroyables, elle referma son livre.

A ce moment, la petite pendule de voyage posée sur le marbre de la cheminée sonna dix heures.

Sous le tintement argentin, la criminelle dressa l'oreille. Puis, tout bas, elle murmura :

— Non, il est encore trop tôt !

Ne pouvant décidément tenir en place, elle retourna aux potions.

Soudain, la réflexion du clairvoyant docteur au père Antoine, lors de sa première entrevue, lui revint à la mémoire :

« Vous voyez cette potion... Elle est destinée à calmer les crises du malade. Vous l'administrerez par petites cuillerées, d'heure en heure, si besoin est... surtout n'allez pas lui faire avaler le flacon !... ce serait la mort ! »

A cette évocation, sa terreur passée lui revint soudain et, de nouveau, la fit flageoler.

— Non, décidément, — pensa-t-elle, — le moyen ne vaut plus rien. On me soupçonne et cela laisse des traces. Enfin, ce moyen est douteux. Celui que j'ai... est bien meilleur. Il est infaillible, il est simple, il est parfait !

A ce moment, le blessé fit entendre un soupir, puis il se retourna à demi sur le côté.

— Tiens ! fit la Noire, — c'est mieux encore que je ne pensais ! Qu'il se retourne seulement tout à fait... et je n'aurai plus qu'à me croiser les bras !

Le sommeil de Rodolphe ne s'était pas interrompu ; bien mieux, dans cette position, il semblait plus calme, plus égal.

— Oh ! oh ! — pensa alors la sinistre garde-malade, — il serait capable de ne plus bouger avant le jour ! Mais nous y remédierons, mon ami ! sois sans crainte, — ricana-t-elle.

Alors, plus tranquille, maintenant qu'elle était plus proche du moment tragique où elle allait précipiter les événements, assassiner un être cloué sur son lit de douleur, Andrée de Bordère alla écouter à la porte, puis revint à sa chaise, et, de nouveau, ouvrit son livre...

. . . .

Dans la chambre voisine, — sans qu'elle s'en doutât à son tour, — la misérable était l'objet d'une triple et minutieuse surveillance.

En effet, au moment où il arrivait devant le vestibule du rez-de-chaussée, le docteur Cherfils, étouffant un cri de joie, venant d'apercevoir M. Rudeau qui, descendant de l'omnibus de l'hôtel, se faisait indiquer un appartement.

Les deux amis eurent une cordiale étreinte.

Puis, tout bas, le chirurgien murmura :

— Retenez une chambre si vous voulez, mais je vous préviens que vous n'y coucherez pas !

— J'y compte bien ! — répondit le notaire. — Croyez-vous que je vais manquer le spectacle !

Une fois chez lui, en compagnie de M. Rudeau qu'il ramenait et du fidèle Antoine qui l'attendait, le praticien sentit renaître ses craintes.

— La scélérate, je l'ai rencontrée dans le couloir, sur la porte, peut-être a-t-elle entendu !

M. Rudeau réfléchit quelques secondes, puis :

— Non, — répondit-il, — elle n'a pu vous entendre en même temps vous écouter serait... qu'à chaque instant en songe dans son sommeil, les voyageurs, les domestiques.

— Puissiez-vous dire vrai ! — répondit le chirurgien.

L'intendant, déjà à son poste à l'ouverture invisible pratiquée par le docteur Cherfils, ne perçoit pas le plus petit mouvement de la sinistre garde-malade.

Soudain, il émit cette réflexion judicieuse :

— Comment pourrons-nous la surprendre avant qu'elle ait eu le temps de perpétrer son crime ? Elle vient de fermer sa porte à clé !

Le chirurgien se frappa la tête.

— Nous n'y avions pas pensé ! Demander le passe-partout que possède la direction de l'hôtel serait risquer trop gros jeu, éveiller des doutes.

— Bah ! — dit M. Rudeau, dont les larges épaules dénotaient une force peu commune, — d'un coup de reins, la porte sautera !

— Mauvais moyen ! — émit le vieux majordome.

— M. Rudeau, tout robuste qu'il est, pourrait rater son coup et ne réussir qu'à faire un épouvantable vacarme, dont le résultat serait de donner à mon odieuse maîtresse le loisir de dissimuler son forfait !

— Alors ?

— Eh bien ! — répondit finement l'intendant, voici : « Pendant votre absence, j'ai avisé, appendue au mur, oubliée sans doute par le prédécesseur de M. Rodolphe ou le garçon de service, la double clé de l'appartement. Je l'ai soigneusement essayée, elle fonctionne à merveille.

« Comme la serrure grinçait un peu, je l'ai huilée légèrement ; maintenant, on peut ouvrir et pénétrer à côté du blessé sans que la garde-malade elle-même s'en doute.

— Mais c'est parfait, père Antoine ! — s'écrièrent les deux hommes émerveillés.

— Eh oui, — continua le vieux majordome, toujours souriant. — Je serais si heureux si nous pouvions, comme on dit, la *pincer sur le fait* !

M. Rudeau, à son tour, avait collé son œil à la petite ouverture.

— Elle rumine son coup, — murmura-t-il.

— Voulez-vous me permettre ? — demanda le docteur au notaire, qui lui céda la place.

— Oh ! oh ! — s'écria soudain le chirurgien en pâlissant ; — notre malade qui se retourne du côté blessé ! Pourvu que cela ne donne pas une abominable inspiration à la misérable !

Ainsi que l'avait pensé le prince de la science, le mouvement de Rodolphe avait précipité la décision de celle-ci.

Le livre à couverture illustrée devait être d'une lecture bien insipide, car la demie de dix heures sonnait à peine, lorsqu'elle le referma pour la deuxième fois.

Délibérément, car, désormais, le sort en était jeté, elle se dirigea vers Rodolphe des Charmettes éclairé par la veilleuse.

Tout doucement, elle rabattit ses couvertures jusqu'à mi-corps, puis elle écarta la chemise pour mettre le pansement à nu.

Le malade n'avait pas bougé.

Une demi-seconde, Andrée de Bordère examina l'appareil, comme pour en examiner le défaut.

— Attention, — fit le chirurgien, — je crois que ça va chauffer tout à l'heure. Elle regarde le pansement. Elle en a saisi le rebord, — ajouta-t-il, haletant. — En avant, mes amis !

D'une brusque secousse, la sinistre Noire avait en effet, tiré l'appareil, et Rodolphe des Charmettes réveillé la fixait de ses yeux horriblement dilatés.

Effrayée, la criminelle eut une seconde d'hésitation. Elle allait revenir à la charge.

Mais, derrière elle, tels des spectres de vengeance, le docteur Cherfils, M. Rudeau et le père Antoine avaient surgi.

Ne pouvant plus y tenir, le docteur éclata :

— Qu'avez-vous donc fait de cette fillette, de votre petite nièce ?

L'autre se taisait toujours.

— Pourquoi l'avez-vous remise à Sania ? Où l'avez-vous envoyée, cette bohémienne maudite ?

Cette fois, sous ce coup de boutoir, Andrée de Bordère croyant pouvoir trouver une échappatoire, se décida à lâcher, dédaigneuse :

— Sania ! Une bohémienne ! Croyez, docteur, que je cherche mes relations dans un autre monde! Ma nièce, en revanche, la connaissait bien, puisque jadis elle lui fit arracher son enfant, et se mêlant de ce qui ne la regardait pas, la fit emprisonner !

« Peut-être cette femme s'est-elle vengée de la mère sur l'enfant, et, puisqu'on lui avait ravi son fils, a-t-elle ravi à son tour la fille de Mlle Stuart !

— Vous ne connaissez pas plus Sania qu'Alfiéro, dont vous nous entreteniez tout à l'heure !

— J'ai parlé ! — sursauta la mégère épouvantée.

Et s'abattant sur une chaise-longue, la misérable se mit à fondre en larmes.

— Vous avez, en effet, parlé de vos complices, — fit le commissaire, adroitement, — et maintenant, toute la vérité nous est connue. L'un d'eux, du reste, le plus important même, avait pris soin, dans la soirée, de m'éclairer personnellement.

— Montbrun m'a accusée ? — glapit la misérable.

Ce nom de Montbrun, jeté ainsi, sans qu'on s'y attendît, au milieu de l'interrogatoire, apparut au magistrat comme la clé de voûte du mystère.

Par ses fonctions particulières, ce commissaire était spécialement chargé de la surveillance de tous les escrocs, de tous les grecs, croupiers et autres banquiers véreux qui ont fait de Nice et Monaco leur caverne de bandits.

Malgré la correction apparente de ses allures, Montbrun, surveillé par le commissaire spécial des jeux, lui avait toujours semblé louche dans ses opérations, frisant plutôt l'escroquerie et l'usure.

En un mot, le comte de Montbrun était coté dans le monde policier, comme un *vautour* exploitant les *pigeons*.

Aussi, fut-ce à coup sûr que le magistrat riposta :

— Oui, madame, le comte vient de me mettre au courant. Je le quitte à l'instant même, et si ces messieurs ne m'avaient pas devancé, si le malheureux blessé confié à vos soins était mort cette nuit, j'arrivais juste à temps pour arrêter la coupable en vous mettant, comme on dit, la main au collet.

Devant cette révélation, dont elle fut complètement la dupe, la Noire sentit la colère, la rage et la jalousie lui crever le cœur.

— Ainsi, non seulement, — pensa-t-elle, — le Montbrun que j'ai tiré de la fange me trompe avec cette « Grande Margot » de Nice, mais encore il me trahit... pour s'assurer l'impunité !

Alors, en phrases hachées, la face épouvantable de haine impuissante, elle s'écria :

— Montbrun m'a dénoncée ! Eh bien ! moi aussi, à mon tour, je dénonce Montbrun ! Et d'abord, savez-vous ce qu'est le comte de Montbrun, qui se fait le pourvoyeur de la police ? Si vous ne le savez pas, je vais vous le dire.

Pour mieux l'amorcer, le commissaire haussa dédaigneusement les épaules.

La bave aux lèvres, écumante, devant les spectateurs écœurés, la Bordère n'obéissant plus qu'à la rage qui l'étouffait, commençait le récit détaillé des crimes de son amant.

Montbrun à qui, disait-elle, elle avait cédé dans un moment de folie, était un repris de justice, un forçat libéré, un dévaliseur de tombes.

Depuis qu'elle avait eu le malheur de le connaître, cet homme, devenu son mauvais génie, l'avait peu à peu entraînée sur la pente du crime.

— Il me faisait miroiter la possession à brève échéance de la fortune de ma nièce, — termina-t-elle. — C'est lui qui avait combiné l'éloignement de Rodolphe, c'est lui qui, à l'aide d'Alfiéro, son damné bossu, avait perpétré tous les forfaits dont la villa des Roses a été le théâtre.

« C'est lui qui a fait assassiner le baron des Charmettes par son Alfiéro ! Maintenant, il couronne son œuvre en m'imputant tous ses exploits et en me dénonçant ! C'est logique.

Puis, un peu calmée par le déversement de ce flot de bile, elle demanda, sarcastique :

— Combien lui avez-vous donné pour sa délation ?

Mais, lui retournant l'ironie, le commissaire répondit :

— Merci, madame, de vos renseignements *inédits* sur M. de Montbrun. Ce soir, mes hommes, guidés par Auguste Petiot, auront l'honneur de le cueillir, soit à sa villa de la Côte, soit au Cercle où il opère chaque soir ! Il en sera de même du nommé Alfiéro.

« Quant à vous, madame, au nom de la loi, je vous arrête !

Puis se tournant vers les deux agents en faction dans la pièce :

— Emparez-vous de madame ! — ordonna-t-il.

En un clin d'œil les policiers eurent mis la Noire, qui se débattait, dans l'impossibilité de bouger.

Après lui avoir passé le cabriolet au poing, ils se disposaient à l'emporter dans une voiture réquisitionnée au passage, lorsque le docteur Cherfils, s'adressant au commissaire, lui dit, en lui montrant le carnet ramassé à la maison de santé du docteur Bompard :

— Demandez donc à votre prisonnière si elle reconnaît ce portefeuille ?

Andrée de Bordère avait retourné la tête.

Devant ce nouvel écroulement de ses plans, elle lâcha dans un rictus de haine :

— Germaine n'a pas eu sa petite surprise ! Tant pis ! En tous cas, elle n'est pas encore la femme de son amant !

Puis, de ses yeux hagards, fixant le blessé qui écoutait anxieux, elle hurla :

— Elle est folle, votre bien-aimée ! Folle à lier ! Dans un cabanon ! Quant à votre fille, courez la demander à la bohémienne... puisque le train de Nice ne l'a pas écrasée !

Derrière la misérable, que les agents emportèrent, en paquet, la porte s'était brusquement refermée.

XXXI

BANDITS ET POLICIERS

D'une voix éteinte, le malade, fouetté par ces terribles révélations, murmura :

— Germaine ! Eva !

Puis, s'adressant au chirurgien :

— Pourquoi, docteur, ne m'avoir pas dit toute la vérité ?

Mais, affectueusement, le praticien s'était approché de lui.

— Ne comprenez-vous pas, mon ami, que cette ignoble créature, dont tous les plans sont déjoués, vous a lancé une flèche de Parthe empoisonnée.

« Elle espère, par la révélation d'un secret douloureux, vous causer un tel chagrin que votre guérison pourrait s'en trouver compromise. Mais elle se trompe, car vous serez raisonnable, car vous guérirez !

— Oh ! guérir !

Tout bas, à l'oreille du malade, le praticien ajouta :

— Vous guérirez pour retrouver Eva ! Vous guérirez pour sauver Germaine !

Le notaire, à son tour, avait pris place à côté
du malade.

— Ayez confiance, monsieur des Charmettes, —
fit-il, — Mlle Suart souffre, il est vrai, mais sa vie
n'est nullement en danger. Sa guérison dépend de
la vôtre.

— Ne pourrai-je pas la voir ? lui demander pardon, lui dire combien je l'aime !

— Pas encore, — répondit le docteur. — Dans
huit jours, peut-être, pourrez-vous vous lever, dans
quinze jours faire votre première sortie. Alors vous
viendrez avec nous, nous vous la montrerons, vous
vous rendrez compte, après votre injuste accusa-
tion, de la puissance de son amour !

Silencieusement, Rodolphe essuya deux grosses
larmes qui venaient de perler sous ses paupières,
puis il demanda encore :

— Et ma fille, et la petite Eva ! Pauvre chérie
que je ne connais pas, que je n'ai pas su connaître,
que je n'ai pas su aimer !

Très embarrassés par cette question, les deux
amis ne purent que balbutier :

— Nous la retrouverons, votre enfant ; croyez,
monsieur des Charmettes, que nous avons tenté
tout ce qu'il était humainement possible de tenter
pour vous la rendre. Les circonstances nous ont
desservi.

« Mais, vous le voyez, maintenant ces mêmes
circonstances se retournent contre nos adversaires.
Elles nous serviront donc désormais. Nous retrouverons la piste de cette Sania maudite, nous la
délogerons de son repaire, nous lui arracherons
sa proie !

— Une haine personnelle contre Germaine, a dit
la femme noire ?

— Oui, — fit Me Rudeau, qui expliqua l'histoire
du petit Emile, ou plutôt du jeune Robert — mais
il y a aussi la criminelle complicité de la Bordère !..

Et lorsque le notaire eut terminé, le praticien
ajouta :

— Emile, l'enfant retrouvé, était mon Robert
bien-aimé que la misérable bohémienne m'avait
ravi ! Après quatre années, à la suite de circonstances fortuites, aidé de Me Rudeau, mon petit-fils,
sur le sort de qui je désespérais, me fut enfin
rendu.

« D'après le récit de mon ami, vous savez maintenant que c'est grâce à Mlle Suart que j'ai pu le
retrouver ; aussi, croyez, monsieur des Charmettes,
que je ferai tout pour vous rendre votre mignonne.

« A la joie que j'ai ressentie en retrouvant mon
petit-fils, je devine la vôtre lorsque votre fille vous
reviendra. Espoir, confiance, donc !

« Seul, j'ai réussi avec la protection du hasard,
nous réussirons plus sûrement à l'avenir, puisque
nous serons quatre.

— Quatre ! — s'exclama le blessé.

— Dame ? Et moi ! — fit le père Antoine. —
M'oubliez-vous donc ?

— Non, brave cœur ! — balbutia le malade dont
la voix s'éteignait, — je ne vous oublie pas, et je
sais bien que partout où il faut du dévouement,
on est sûr de vous rencontrer !

Le docteur venait de s'apercevoir de l'excessive
fatigue du malade.

Il lui fit prendre une cuillerée de potion calmante,
puis, mettant un doigt sur ses lèvres, il lui fit
comprendre que le repos le plus absolu s'imposait.

Cette injonction était superflue, car déjà le blessé,
se retournant sur le côté droit, subissant l'action
bienfaisante de la potion médicale, s'était endormi
d'un sommeil qui ne devait se terminer que très
tard, le lendemain.

Du reste, maintenant, la surveillance serait aisée.
A son tour, le père Antoine pourrait prendre un
repos bien mérité, dans la pièce abandonnée si
brusquement par Mlle de Bordère...

Le commissaire avait fait placer celle-ci dans une
voiture fermée qui, au trot rapide du cheval ca-
marguais attelé dans les brancards, fila sur la
maison d'arrêt où, bientôt, la criminelle était in-
carcérée.

Sans perdre une seconde, le magistrat avait
couru au poste de police, avait emmené avec lui
quatre agents armés de leurs revolvers, puis s'était
dirigé vers le cercle comme pour une ronde.

Au tournant d'une rue, il croisa Auguste Petiot
qui semblait revenir bredouille d'une chasse au
gibier humain.

— Etes-vous des nôtres Petiot ? — demanda le
commissaire. — Un bandit de haut vol, ce soir, le
comte de Montbrun !

— Le banquier de la Côte ! — s'exclama Petiot.
— Oh ! mais j'en suis, ça me va, de travailler dans
la haute !

Brièvement, chemin faisant, le commissaire expliqua au sous-ordre, — qui n'en revenait pas, —
le drame dont l'hôtel avait été le théâtre.

Et soudain, se frappant le front, Petiot murmura :

— Je parie que j'ai fait une gaffe, l'autre jour,
à la prison de Cannes ! Moi qui me croyais si
malin !

Puis, tout bas :

— Tant pis ! c'était l'ordre du procureur !

« Alors, selon vous, — fit-il à voix basse au commissaire, — le Montbrun ne serait pas plus comte
que moi ?

— C'est tout bonnement un ancien forçat, comme
il y en a parfois dans les cercles de Nice !

— Un costaud, alors, faudra ouvrir l'œil. M'est
avis que nous ferions mieux de lui tendre une souricière à son logis !

— Mais il est au cercle, à cette heure !

— Et s'il s'évade dans la foule des habits noirs ?
S'il n'est plus dans les salons de jeu ?

— S'il n'est pas davantage à sa villa ?

— Raison de plus ; mieux vaut deux petites co-
lonnes d'exploration qu'une seule. Voulez-vous me
donner deux agents ?

— Prenez-en trois, — répondit le commissaire, —
j'en recruterai d'autres en chemin ; je réquisition-
nerai au besoin ceux qui sont de service au Cercle.

— C'est cela. Bonne chance, chef, — fit Petiot,
choisissant ses agents. — Vous permettez, Monsieur
le Commissaire ?

— Bonne chance, Petiot ! Peut-être allez-vous gagner cette nuit vos galons.

La petite troupe était déjà scindée en deux grou-
pes, et, au pas accéléré, le policier dirigea ses hommes vers la villa du bandit.

Le commissaire venait d'arriver au Cercle, bril-
lamment illuminé, et sous le vestibule duquel des
messieurs en habit noir, des dames en toilette de
gala, se croisaient, anxieux, joyeux, affairés.

Devant le poste, il avait requis deux agents de
service et donné l'ordre aux plantons de veiller.

Laissant ses hommes dans le couloir, seul, résolument, il monta dans les salles de jeu, la redingote
soigneusement boutonnée par dessus son écharpe
tricolore.

Successivement, sans mot dire, — redoutant
d'instinct la complicité tacite des garçons et des
croupiers, auxquels sa parfaite connaissance du milieu cosmopolite et malhonnête des maisons de jeu
lui faisait refuser toute confiance, — il fit le tour de
tous les salons.

Grâce au flegme avec lequel il opéra sa tournée,
infructueuse du reste, les joueurs ne s'aperçurent
même pas de sa présence dans l'établissement.

En deux bonds, il fut au vestibule, leva la consigne qu'il avait donnée un instant auparavant, et, à
voix basse, demanda à un garçon du cercle :

— Le comte de Montbrun n'est pas venu ce soir ?

— Le banquier de la côte ?

— Lui-même !

— Il sortait précisément au moment où vous entriez. Si j'avais su que vous veniez pour lui, je vous l'aurais dit tout de suite — ajouta-t-il, heureux de narguer la police.

— Merci ! — fit le magistrat, qui, d'un signe, rallia ses hommes et, au pas gymnastique, les entraîna vers le repaire du banquier, distant de quatre kilomètres.

Le renseignement du garçon était vrai.

Montbrun venait de quitter le cercle depuis quelques instants.

De plus, arrivé à la table de jeu avec la forte somme, il s'en était retiré totalement décavé.

Il regagnait son logis, en proie aux pensées les plus sinistres, lorsque soudain, derrière lui, au sortir de la ville, la ruée des agents lui fit retourner la tête.

— Tiens ! Tiens ! — fit-il — les « flics » qui coursent quelque filou !

Puis, instinctivement :

— Pourvu que ce ne soit pas moi !

Et, brusquement, il se cacha derrière un talus. Il était temps. Les policiers venaient de passer en courant, sans l'apercevoir.

Un peu plus loin, sur l'ordre de leur chef, il s'échelonnèrent et battirent l'estrade sur les sentiers déserts.

Montbrun avait repris sa route. Un instant, du regard, il suivit la course de la petite troupe, puis, comme la nuit était noire, il perdit la piste et murmura :

— Quelque amateur « arcquepincé à la poussette ! »

Puis, ramenant ses pensées sur sa complète déconfiture de la soirée, dont le souvenir cuisant l'obsédait toujours, il commença l'escalade de la côte.

Une demi-heure plus tard, sans rien apercevoir d'insolite, il grimpait les trois marches de son perron et mettait sa clef dans la serrure, lorsque, brusquement, une lourde main se posa sur son épaule.

— Au nom de la loi...

Le misérable sursauta, puis, froidement, il brandit son revolver.

Mais avant qu'il eût pu faire jouer la gâchette, deux bras vigoureux l'enserraient dans l'élan puissant de leurs muscles.

D'une secousse terrible, Montbrun, dont l'arme avait roulé à terre, se dégagea de l'étreinte.

L'agent, atteint d'un furieux coup de pied dans le ventre, venait de s'affaler en gémissant.

L'ancien forçat avait bondi en avant.

— Sabre à la main ! — cria le commissaire.

— Sabre à la main ! — répéta Petiot.

Quatre lames brillèrent aussitôt, en avant de la route, deux autres sur les côtés.

Montbrun était cerné. Il comprit qu'il était perdu. Toutefois, il voulut tenter un dernier effort.

D'un bond prodigieux, il s'élança sur la droite. Mais la main experte de Petiot avait lancé une canne entre ses jambes. Trébuchant, l'ancien forçat s'abattit sur le sol.

Déjà il s'était relevé, les yeux désorbités par la fureur de son impuissance, mais quatre paires de poignes s'étaient abattues sur lui, l'étreignant au cou, aux bras et aux jambes, et le mettaient dans l'impossibilité totale de se regimber.

— Inutile de vous débattre, Montbrun, — fit le commissaire, — votre complice, Mlle de Bordère, a pris soin de nous mettre au courant. Du reste, Alfiéro...

Le misérable étouffa un juron, ses poings se crispèrent, ses poignets saignèrent sous la tension de la cordelette qui, déjà, les emprisonnait.

— Maudit Alfiéro ! Maudite Noire ! enrageait-il.

Et pendant que les agents achevaient de le ligoter et relevaient celui de leurs camarades que le bandit avait mis hors de combat, Petiot, pénétrant dans la villa, en passait une rapide inspection.

— Tiens ! — s'écria-t-il, tout à coup, — il s'est envolé à ce qu'il paraît, votre Alfiéro !

— Alfiéro n'est plus à mon service. Je l'ai chassé avant-hier. Allez le demander à sa complice.

Et avec explosion :

— Ah ! le bandit ! — rugit-il, — j'aurais dû l'écraser contre la muraille, lorsque je le tenais !

— Retenez ceci, les amis, — fit Petiot. — Sa complice habitait Cannes, la villa des Roses, filons sur Cannes ! En route pour la gare !

Un de ses agents émit une crainte :

— Pourvu qu'il y ait encore un train !

Petiot tira sa montre et frotta une allumette.

— Je connais ma ligne, je l'ai faite assez, ces jours derniers. Il est minuit vingt, le dernier train part dans un quart d'heure. Si vous avez des jarrets, c'est le moment de le faire voir !

Enhardis par le succès de leur chasse à l'homme, les deux agents, — le troisième était celui que Montbrun avait si fort mis à mal, — filèrent au pas de course derrière Petiot, qui déboucha sur le quai de la gare juste au moment où le train sifflait.

En ouragan, les trois hommes s'engouffrèrent dans un compartiment.

Petiot, du reste, avait brandi sa carte d'agent.

Déjà, le train s'ébranlait et, avec fracas, filait sur la ligne du littoral.

Après une demi-heure de marche, par une nuit d'encre, les trois hommes arrivèrent au petit pavillon autrefois occupé par le brave père Antoine.

Petiot tira un bouton de sonnette dont le tintement vibra, argentin, dans la solitude de la villa.

Un aboiement prolongé de Fox, attaché dans sa niche, au fond du jardin, leur répondit, et Alfiéro, qui s'était installé dans le pavillon du vieil intendant, mit prudemment son museau de fouine à la fenêtre du premier étage, où était sa chambre.

Mais, aussi prudent que l'Italien, Petiot avait fait cacher ses deux agents, puis il cria :

— La villa des Roses, c'est bien ici, l'ami ?

— Qu'est-ce que cela peut vous faire ?

— Parce que, — fit le policier, — je suis commissionnaire, et Mlle de Bordère, la maîtresse de céans, m'envoie porter cette lettre à son intendant, M. Alfiéro, m'a-t-elle dit.

Et ce disant, l'agent sortit de son portefeuille une enveloppe qu'il montra au misérable, en ajoutant :

— Paraît que c'est urgent !

— C'est bien ! — répondit l'Italien, craignant que sa dénonciation, relative à la « Grande Margot » eût produit un effet trop immédiat. — C'est moi qui suis Alfiéro, l'intendant de mademoiselle. Une seconde et je descends.

Sans même prendre le temps de se vêtir, mais armé du coupe-papier en bronze dérobé sur le bureau du comte de Montbrun, le monstre vint ouvrir.

— Où est-elle cette lettre ? — demanda-t-il.

— La voilà, — fit Petiot, lui montrant l'enveloppe.

Mais avant que le misérable, qui avait tendu le bras, eût ouvert sa main aux longs doigts crochus, le policier, lui saisissant le poignet, l'attira violemment à lui.

Barrant sa retraite, un coup de vent avait fermé la porte derrière le bossu.

Avec un flair d'assassin, Alfiéro avait deviné le danger.

Déjà, de sa main libre, il avait asséné un coup de son arme massive sur le crâne de Petiot, qui tomba en criant :

— A moi, mes amis !

Soudain, les agents surgirent de leur cachette et, malgré sa défense acharnée, ligotèrent l'affreux gnome en un tour de main.

Petiot gisait inanimé.

— Pauvre vieux ! — fit un agent, — pourvu qu'il en réchappe.

— ...ronde l'autre — C'est pas toujours tout rose dans notre métier ! Lui qui rêvait de prendre du galon ! Mais aussi ce que le bosco va passer à tabac !...

— Que ça sera comme un vrai beurre !

Devant leur chef inanimé, un instant les deux policiers restèrent perplexes.

Que faire ?

S'ils emmenaient Alféro, Petiot pouvait mourir là, sur la route !

S'ils emportaient ce dernier à l'hôpital, le bandit ne se ferait pas faute de prendre la clef des champs !

— Et alors ? — fit le plus ancien.

— Alors ? — répondit l'autre en écho.

Ils en étaient là de leurs réflexions, lorsque, fort à propos, une voiture de place, revenant à vide, passa près d'eux.

La requérir fut l'affaire d'une seconde.

Petiot, inerte, fut installé sur le siège du fond, pendant que l'Italien, rageant des Per bacco à n'en plus finir, s'échouait à côté de sa victime.

— A l'hôpital ! — ordonnèrent les agents.

Vingt minutes après, le malheureux limier était installé sur un lit d'hospice, tandis que, munis de leur [illegible] capture, les policiers roulaient sur Nice par le dernier train de retour.

DEUXIÈME PARTIE

I

PIÉTRO ET SANIA

Revenons aux voleurs d'enfants, aux bourreaux de notre gentille petite héroïne.

Les deux bohémiens et leur proie pantelante avaient pris pied sur la terre italienne.

Avec une impunité encore plus grande qu'en France où, hélas ! la protection de l'enfance n'est trop souvent qu'illusoire, ils allaient continuer à supplicier la mignonne Eva, le fruit béni et adoré des amours de Rodolphe des Charmettes et de Germaine Stuart...

Black, le bon montagnard, chassé, comme on le sait, à coups de bâton, au moment où il venait lécher la tête de son compagnon d'infortune, le vieux cheval, mort à la peine, Black avait disparu à l'horizon.

Derrière le col de Tende, que les bandits venaient de franchir, s'érigeaient, sur l'escarpement d'une colline dénudée, les maisonnettes d'un misérable hameau ligurien.

— Nous ferons halte ici, — ordonna Piétro, — j'ai les jambes dans le ventre ! Je n'en puis plus !

— C'est heureux, — grommela Sania — Si tu as les jambes dans le ventre, moi j'ai l'estomac dans les talons !

D'une brusque secousse, le gitano, saisissant par un bras Eva, qu'il portait sur ses épaules, toute endormie, malgré sa souffrance, le jeta sur le gazon.

La mignonnette poussa un cri et regarda ses deux bourreaux, effarée.

— Ton maudit Black n'est plus là pour te défendre, — gronda la bohémienne.

Puis, s'adressant à son compagnon :

— Que comptes-tu faire, maintenant, Piétro ?

Le bandit frappa sa ceinture, et, dans un ricanement :

— Je vais bien boire et bien manger, tant que la bourse sera pleine !

— Et après ? — demanda Sania, les yeux mauvais.

— Après, vers les derniers écus, j'achèterai un vieux bourricot, une roulotte pas tout à fait hors d'usage, puis nous recommencerons comme devant...

— Alors, tu te figures que je te laisserai gaspiller ainsi l'argent qui m'appartient ! Ah ! mais non alors ! tu te trompes, — glapit-elle.

Mais, ses yeux dardant des étincelles, Piétro lui saisit le bras et, d'une brusque torsion du poignet, la cloua sur le sol à son tour.

La douleur arracha un rugissement à la bohémienne.

— Brigand ! — hurla-t-elle. — Voleur !

L'autre gronda, menaçant :

— Tu m'entends bien, maudite sorcière, c'est pour la dernière fois que je te le dis, si tu me parles encore de cet argent, qui est à moi, et à moi seul, je t'étrangle sur la route, là, comme une vieille chienne que tu es !

Sania connaissait son Piétro. Elle le savait capable, — comme elle, — des pires cruautés.

Obligée de se taire sous la menace du bandit, mais incapable de maîtriser l'épouvantable colère qui sourdait en elle, elle la retourna contre l'enfant de Germaine.

— Ici, Cecily ! — cria-t-elle.

Hésitante, les yeux embués par des larmes qui n'osaient jaillir, la pauvrette s'approcha.

— Viens ici, là, tout près de ta « bonne maman » !

Tout à côté de l'ogresse, Eva s'avança.

— Fais risette à ta « grand'mère » !

La fillette essaya de sourire.

Alors, la misérable gitane saisit de chaque main, entre ses doigts crochus, une poignée de ses cheveux bouclés et, brusquement, par secousses, se mit à les tirer !

Sous la douleur, les larmes trop longtemps contenues de la pauvrette jaillirent impérieuses ; mais aveuglée par la rage, Sania hurla :

— Je t'ai commandé de me faire risette, petite peste, et tu t'obstines à « chialer » ! Nous allons bien voir !

Terrorisée, la petite martyre essaya de commander à sa souffrance, mais déjà, brutale, ignoble, l'horrible mégère lui avait ouvert et tordu la bouche.

— Ça t'apprendra ! Mauvaise graine ! Et la prochaine fois que tu désobéiras à la « bonne maman » je saurai bien trouver autre chose !

Piétro, amusé, un affreux ricanement sur sa face de gorille, avait contemplé l'odieuse scène.

— C'est très bien cela, Sania ! Voilà comme j'aime à te voir ! Prends ta revanche contre la petite. Amuse-toi avec l'enfant, laisse-moi la bonne galette, c'est tout ce que je te demande !

« Chacun prend son plaisir où il le trouve, que diable ! Et tu vois, moi, je suis bon prince ; si tu es embarrassée pour une nouvelle trouvaille, pour quelque chose qui puisse te distraire, demande-moi conseil, je suis là pour te venir en aide !

Maintenant, Eva ne pleurait plus, mais de convulsifs hoquets soulevaient sa poitrine dévêtue, tandis que sur sa petite face, bleuie par les convulsions, l'épiderme gonflé outre mesure semblait prêt à éclater.

Piétro était parti aux provisions.

Pendant ce temps, sa digne compagne cherchait un fourré pour la halte, le repas et, au besoin, la nuit...

Dans un coin, elle aménagea un lit fait de branchages, de fougères et de feuilles sèches.

Une heure plus tard, le gitano revint, des bou

illes sous chaque bras, la face enluminée, titubant légèrement et portant, pliées dans des papiers graisseux, des victuailles sordides, — pain et lard, — à grand peine obtenues dans sa tournée au hameau.

En effet, pour les habitants de ces miséreuses chaumines, perdues au flanc de la montagne et où jamais aucun voyageur ne vient s'attarder, l'arrivée de tout inconnu est un événement.

A cette heure tardive de la journée, où les hommes n'étaient pas encore revenus des champs, les femmes seules, terrées près de leur huche, se signaient avec effroi devant la face hideuse du bohémien, au cuir tanné par cinquante soleils, durci par cinquante hivers, à la barbe broussailleuse, aux vêtements loqueteux, suant le crime et la misère.

Malgré son affectation à montrer une pièce d'or, jalousement arrachée de sa ceinture, ce fut, à son approche devant les portes, la sourde et unanime conspiration de cette haine latente qui poursuit partout le romanichel nomade, sournois, voleur et parfois assassin.

Et si les villageois avaient été rentrés des champs, ce silence farouche se serait certainement traduit pour lui par une sommaire conduite en d'autres lieux, avec accompagnement de fourches et de bâtons.

Cependant, dans une sorte de bouchon, avec un bouquet de genêts pour enseigne, il réussit, grâce à sa pièce d'or, méticuleusement soupesée par la cabaretière, à se faire servir une copieuse rasade d'alcool.

Après quoi, il demanda, en un mauvais jargon :

— Je suis avec ma femme et ma petite fille. Nous voudrions manger et coucher à votre auberge.

L'Italienne le regarda avec méfiance, puis, sournoise :

— Je n'ai pas de lit. Si vous voulez manger, je vous vendrai du lard et du pain noir.

Le misérable fit la grimace.

Un instant, il caressa son inséparable eustache, mais la solution était mauvaise, d'autant plus que l'homme pouvait surgir d'un moment à l'autre.

— Donnez, — répondit-il, — ajoutez deux litres de vin et un litre d'eau-de-vie.

Puis, avisant sa pièce d'or encore sur la table de l'aubergiste :

— Mon compte ! — fit-il, insolent.

Le cabaretier rentrait à ce moment.

Piétro, rapidement, empocha sa monnaie, et, muni de ses emplettes, courut rejoindre sa compagne.

A grosses bouchées gloutonnes, les deux bandits dévorèrent leur pitance, pendant qu'à côté d'eux, accroupie, tel un chien battu, la petite martyre les regardait, affamée.

— Tu en voudrais, toi aussi, — fit la vieille. — Attends un peu, s'il en reste !

Se tournant ensuite vers Piétro :

— Si je lui en donnais, dis, vieux frère ?

Le gitano haussa les épaules avec indifférence.

— Oh, rassure-toi, on va la gaver... sans nous priver de notre ration !

Découpant alors une bande de lard qu'elle fixa entre deux tranches de pain, l'horrible mégère la tendit à la pauvrette qui, avidement, avança ses deux petites mains.

Mais, dans un ricanement, Sania venait de retirer la pitance et d'appliquer un coup sec, du manche de son couteau, sur les doigts de la malheureuse affamée...

— Pas mal ! — opina le bandit, avalant une grosse bouchée de lard. — Tiens, Sania, bois un coup, pour la peine.

Et la face épanouie par le rire cruel et bestial de l'orang-outang dont il était le frère inférieur, le gitano tendit une bouteille à sa compagne.

Lui, pendant ce temps, les lèvres collées au goulot de l'autre, en vidait lentement le contenu.

Voilant l'expression haineuse de son regard, Sania, tout en buvant à petites gorgées, elle considérait son complice.

Un sinistre projet venait de se faire jour en son cerveau rancunier.

— As-tu pourvu au coucher ? — lui demanda Piétro. — Tu sais qu'au village on m'a partout refusé le logement.

— Nous reposerons ici — répondit l'ogresse, dont ce refus favorisait les plans. — J'ai fait un lit de branchages et de feuilles sèches. La nuit sera tiède et nous dormirons aussi bien qu'à l'auberge.

— Tu as raison, approuva Piétro, ce ne sera pas, du reste, la première nuit que je passerai à la belle étoile.

— Ni la dernière ! — glapit la vieille.

— Et la petite chienne ?

— Ici, sur un tas de cailloux. Je viens de la régaler avec nos couennes de lard... C'est suffisant pour elle, — fit l'ogresse, allongeant une taloche à Eva qui, mourant de faim, semblait, de ses yeux douloureux, mendier une bouchée de pain.

Lorsque les deux misérables, bien abrités sous leur taillis, eurent terminé leur repas, Piétro, à qui le vin avait donné soif, se désaltéra avec le litre d'alcool.

— C'est bon, hein ! — murmura Sania, l'encourageant à boire ; — j'en voudrais bien un peu, à mon tour !

— Ça ne vaut rien aux femmes ! — grommela le misérable, la bouche pâteuse. — Pour moi, bon !

Et, de nouveau, il se remit à boire le liquide corrodant.

Bientôt, il tomba comme assommé, pendant que sa bouteille, aux trois quarts vidé, roulait à côté de lui.

Quelques minutes après, le gitano ronflait, inerte, la face tordue par l'ivresse, qui venait enfin de le terrasser.

La nuit était complètement tombée sur la campagne endormie. Successivement, toutes les lumières du petit hameau s'étaient éteintes.

Le silence le plus absolu envahissait la plaine, troublé seulement, par instants, vers le creux du col de Tende, par les lointains aboiements d'un chien errant.

Malgré l'écrasante fatigue qui l'envahissait, Sania, elle, ne dormait pas.

Tout à coup, elle vit un animal s'avancer par bonds prodigieux, puis, s'élancer au milieu du taillis, et, un morceau de pain entre les crocs, — croûte noirâtre happée dans une cuisine déserte ou un chenil abandonné, — s'approcher d'Eva endormie.

Sania regarda la bête et reconnu Black, qui avait, de loin, suivi la piste des bandits, la piste de sa protégée, plutôt.

Mais les pensées de la bohémienne étaient, en ce moment, dirigées vers un autre objectif, car elle ne prêta même pas d'attention au manège du montagnard qui, ayant déposé la croûte à côté d'Eva, venait de saisir dans sa gueule les loques qui entortillaient l'enfant.

Puis, devant la persistance de son sommeil, il s'était couché auprès d'elle, cherchant à la réchauffer par sa propre chaleur.

Instinctivement, comme si elle se sentait sous une égide protectrice, Eva passa sa petite main sur le poil tout écorché de la pauvre bête, qui se mit à lui lécher le visage.

Cependant, Sania avait aperçu le morceau de pain. Dans sa cruauté, elle ne put résister à la joie d'en priver sa petite martyre.

Sournoisement, elle s'approcha du chien, mais celui-ci gronda, montrant ses crocs.

La bohémienne voulut rester. A l'aide d'un bâton, elle essaya d'agripper la nourriture que le chien destinait à l'enfant.

Mais Black se dressa, menaçant ; il bondit sur la croûte et l'apporta tout près de celle dont il s'était érigé le défenseur.

Sania était tenace, mais devant les plus forts, elle s'inclinait. Du reste, pour le moment, son but était autre. De plus, elle aurait bien le temps de revaloir cela à son nouveau souffre-douleurs.

Sans bruit, elle s'était approchée de Piétro. Celui-ci ronflait comme une véritable toupie d'Allemagne. Il dormait de ce sommeil pesant des ivrognes qui se réveillent trente heures après l'orgie, lorsque, toutefois, l'alcool ne les a pas foudroyés.

Mais le gitano était d'une constitution à l'épreuve. Un litre d'eau-de-vie pouvait l'assommer, mais le tuer, jamais.

Tout doucement, la bohémienne avait débouclé la ceinture renfermant les pièces d'or.

Et, soulevant Piétro, elle tira vers elle...

Mais soudain, d'un mouvement imprévu, l'ivrogne qui, sans doute, rêvait à d'autres petites fêtes intimes, en tête à tête avec de nombreux litres d'alcool, — grâce aux beaux écus de son trésor, — porta la main à sa ceinture...

Sania l'avait subtilisée.

Subitement dégrisé, comme mû par un ressort, menaçant, terrible, devant la gitane fascinée, il se retrouva debout.

II

NUIT DE CAUCHEMAR

Effarée, Sania s'était reculée sans lâcher son or, la prime de l'exécrable Andrée de Bordère.

Sa main levée, Piétro s'avança sur elle.

Sania reculait toujours.

Tout à coup, elle sentit deux crocs aigus pénétrer profondément dans ses maigres mollets.

C'était Black qui, devançant le moment où, de ses savates éculées, l'ogresse allait écraser sa petite protégée, venait de lui barrer la route.

Mais telle était la terreur qu'inspirait à la gitane la colère du bandit que, malgré sa souffrance, elle renfonça dans sa gorge le cri prêt à jaillir.

Du reste, Piétro l'avait déjà saisie par le poignet.

Epouvantée, la bouche sèche, Sania, les yeux dilatés par l'angoisse du châtiment, se laissait faire, venue, anéantie...

Sans mot dire, sous la nuit profonde, dont les brillantes étoiles éclairaient seules l'opacité, Piétro, titubant encore, d'un violent coup de poing en plein visage, étendit la bohémienne à ses pieds.

La mégère roula sur le gazon, pendant que de ses gencives édentées, dont le bandit venait de briser les derniers chicots, un flot de sang jaillissait...

Horrible, déchirant, un cri de bête forcée emplit l'espace...

Mais ce cri n'eut pas d'écho, car, enfonçant une motte de gazon dans la bouche de l'immonde créature, Piétro arrêtait sa plainte, en même temps que son hémorragie.

Là-bas, vers le hameau, quelques lumières brillèrent, indécises, inquiètes, presque aussitôt éteintes du reste, devant le silence écrasant de la vallée.

A l'aide de son mouchoir, le bandit lia solidement, par derrière, les deux poignets de la gitane, puis malgré les terribles coups de pied qu'elle lui allongeait dans le ventre et dans les jambes, il l'adossa contre un arbre où, d'un autre coup de poing en plein front, il la colla inerte, maîtrisée, râlante.

Le hurlement de l'ogresse avait réveillé l'enfant qui, apeurée, assistait, sous la protection de Black, à cette horrible scène de ménage.

En un tour de main, Piétro qui avait déroulé la longue corde lui servant de bretelles, avait attaché Sania au tronc d'arbre.

Il ramassa ensuite sa ceinture, puis devant la vieille dont les yeux luisaient d'affolement et de terreur, renouvelant pour elle le supplice de Tantale, un à un, il compta ses écus d'or.

Après cela, il les rangea par terre, en petites piles, puis en tas, et plongeant les deux mains au milieu de cet or, fruit d'un crime avorté, il se mit à faire tomber les pièces l'une sur l'autre, en une pluie chantante et joyeuse.

— Tu les vois, Sania, — fit-il menaçant, — tu les vois, les écus du magot, regarde-les bien, car tu n'en verras plus jamais la couleur !

« Ah ! tu as voulu me voler mon trésor, maudite sorcière de Belzébuth ! Tu te croyais bien près de la fortune, mais tu avais compté sans ton hôte !

« Attends, laisse-moi compter mes richesses, donne-moi le temps de boucler ma ceinture et, dans une minute la vraie fête commencera.

Après avoir garni les poches de cuir de la courroie, qu'il serra contre son épiderme, le romanichel continua :

— Tu le sais, Sania, j'étais adroit, jadis, pour lancer le couteau ! Te rappelles-tu ? Je n'avais pas mon pareil dans la tribu pour crever le ventre à qui me gênait, à quinze pas, à vingt pas même.

« Tu vas voir que malgré l'ivresse dont tu voulais sournoisement profiter tout à l'heure, pour dévaliser ton compagnon de misères, la main est encore solide, le coup d'œil juste !

Puis contemplant la mégère, clouée, immobile comme à un poteau de torture :

— Mais toi, je ne te crèverai pas. Je t'encadrerai seulement dans ma lame. J'aviserai plus tard au moyen de purger la terre de ta hideuse carcasse !

Se reculant alors de quelques mètres, Piétro s'écria :

— Attention, vieille Camarde, je commence ! Le couteau en arrêt, la lame bien en mains, le manche saillant... Ça colle !

Il mesura son coup, le bras tendu en arrière.

Mais soudain, comme s'il changeait de résolution, il s'avança de quelques pas :

— Décidément, il fait trop noir. Ou je te détériorerais le cuir, ou je te crèverais du coup. Dans les deux cas, mauvaise opération ! Je me gâterais mon plaisir.

« A cinq mètres seulement et ce sera déjà bien beau ! Surtout pour un homme qui a bu un litron d'eau-de-vie et qui opère au milieu de la *sorgue*.

La voleuse d'enfants, les yeux de plus en plus dilatés, attendait le coup, dans une épouvante qui convulsait tous les muscles de son être.

— Hop ! — cria Piétro, allongeant brusquement le bras.

La lame siffla et vint s'enfoncer, vibrante, à quelques centimètres au-dessus du crâne de Sania.

— Pas mal, pour un début dans la nuit ! — fit le gitano satisfait. — A droite maintenant. Il s'agit de friser l'oreille sans la toucher !

Et, retirant le couteau profondément enfoncé dans le tronc d'arbre, il se remit à la même distance et, de nouveau, visa l'ogresse.

Cette fois, le coup avait été mal calculé, car la lame, rasant la joue, transperça l'oreille de la sorcière, dépassant le but et s'en allant tomber bien loin, en arrière, dans l'épaisseur du fourré.

— Malheur ! — vociféra le bandit, — je n'aurai plus rien pour m'amuser !

Et pendant près de dix minutes, s'éclairant à l'aide de quelques allumettes égarées dans l'une de ses poches, il chercha vainement le couteau.

— Bah ! — murmura-t-il, — demain il fera jour ! J'y perdrais inutilement toutes mes allumettes ! Du reste, je n'en ai plus qu'une, mieux vaut la garder en prévision du hasard. On ne sait jamais ce qui peut arriver ! Et maintenant, trouvons autre chose !

Déroulant alors les lanières dont ses guêtres étaient entortillées, il les assujettit en nœud dans son poing fermé puis, les faisant tournoyer ainsi qu'un knout, il zébra de coups furieux les épaules et les jambes de la bohémienne.

Celle-ci, — dont chaque fois le œil, cependant, terne de façon comme éclatait, se teignait de rouge.

La misérable faisait des contorsions désespérées, essayant, mais en vain, par des soubresauts terribles, de dégager ses poignets des liens qui les meurtrissaient impitoyablement.

Mais elle ne réussissait qu'à se les enfoncer dans les chairs qui se gonflaient, douloureuses, amenant sous la cavité de ses paupières, des larmes de fureur.

— Tu gigotes, hein ! ça t'amuse aussi ! — ricana alors la brute alcoolique. — Attends, mon oncle ! Tu n'as pas encore fini ! Tout à l'heure tu verras le bouquet !

Et se frappant le front :

— Mon allumette ! C'est cela ! Mon allumette !

Alors, avec une abominable patience, devant le chien enroué autour d'Eva, le gitane transporta aux pieds de Sania, les branches sèches de son lit.

Bientôt, un bûcher s'éleva, encerclant jusqu'aux genoux la bohémienne, dont tout le corps, zébré de rales violâtres, était maintenant agité de tremblements nerveux.

Posément, Piétro sortit son allumette, en chauffa le bout soufré par de petites frictions, puis d'un coup sec l'enflamma sur sa cuisse.

Un éclair jaillit, mais le phosphore, trop violemment décollé, vola sur le sol où subitement il s'éteignit.

— Ça n'y fait rien, — mâchonna Piétro, — j'ai mon briquet !

Puis se tournant vers la gitane, il ajouta :

— Courage, va, ma vieille ! Ce sera un peu plus long, mais tant pis ! A la guerre comme à la guerre ! N'aie donc pas peur !

Et en cadence, comme un homme dont la conscience est absolument à l'abri de tout remords, le bandit se mit à battre la pierre à feu contre un morceau d'acier. L'amadou rougit. Piétro souffla dessus, essayant d'obtenir une flamme.

Soudain, son regard tomba sur la mignonnette qui, tremblante, avait caché sa tête derrière le cou du bon montagnard.

— Tiens, Sania, — fit-il, — suis-je bête ! Je ne pensais pas à la petite roumie ! J'allais la laisser-là te contempler !

« Pauvre enfant ! — ricana-t-il, — elle aime tant sa grand'mère ! Si étroitement unies dans la vie, ce serait un crime que de les séparer dans la mort !

Abandonnant alors le briquet, le misérable s'avança vers l'enfant.

— Je vais t'attacher avec ta bonne maman. Allons, hop ! Cécily, par ici !

— Non ! non ! — supplia la pauvrette, les mains jointes ! — De grâce, mon papa ! Je vous embrasserai bien fort !

— De quoi ! de quoi ! des manières à cette heure ! — ricana le bohémien. — Allons, puisque tu ne veux pas y aller de bon gré, il faudra bien que tu y viennes de force !

S'avançant encore d'un pas, le bandit allongea le bras vers l'enfant pour la saisir, mais déjà Black s'était dressé, menaçant, ses énormes crocs luisant dans l'ombre...

— Ah ! toi aussi, tu veux être de la fête ! Attends un peu, sale bête !

Bien campé sur son arrière-train onduleux, le molosse l'attendait, prêt à bondir.

Piétro avait assujetti dans sa main les courroies dont il venait de cingler Sania.

Elles sifflèrent de nouveau et vinrent s'abattre sur l'échine du chien.

Celui-ci fit entendre un aboi terrible, mais il ne bougea pas.

Enhardi, le misérable s'écria :

— Tu t'obstines ! Allons, mon brave, je vais recommencer !

De nouveau, il leva le bras.

— Bon papa ! Bon papa ! — gémit Eva.

Mais le bras ne s'abaissa pas.

D'un bond prodigieux, Black avait sauté à la gorge du bohémien qui, surpris par l'imprévu du choc, roula en arrière, glissant sur une branche morte, tomba sur le dos au milieu du gazon.

Alors, comme s'il cherchait à venger sur Piétro tous les coups de fouet de jadis, — les siens et ceux du pauvre cheval mort, — toutes les cruautés dont sa douce protégée avait déjà été victime, le molosse vengeur lui planta ses terribles crocs dans le cou.

Le gitano eut un râle d'agonie.

De ses deux mains nerveuses, dont l'imminence du danger décuplait les forces, il saisit le chien par la nuque et chercha à lui briser les vertèbres.

Mais Black tenait bon.

Le morceau lui resterait plutôt dans la gueule !

Dans une convulsion suprême, Piétro, dont les membres se raidissaient, pendant qu'à son arbre Sania savourait cette vengeance inespérée, Piétro entoura de ses dix doigts le cou du montagnard.

Et soudain, ce dernier, à demi étranglé, lâcha prise, puis, la langue pendante, les yeux mi-clos, alla rouler auprès de la pauvrette, son amie...

Mais, de la blessure de Piétro, le sang jaillissait en flots noirâtres et, bientôt, sous l'hémorragie le misérable perdit connaissance.

C'était un spectacle d'une épouvante horrible que celui qu'offrait en ce moment le campement des bohémiens.

Sous la fraîcheur bienfaisante de la nuit, Black, lentement, renaissait à la vie. D'une allure encore incertaine, mais guidé par un sûr instinct, il se dirigea vers un clair et frais ruisseau qui serpentait en chantonnant à quelques pas du taillis.

Longuement il s'y désaltéra, sentit que sous le courant de l'eau froide sa gorge desséchée se détendait, puis il remonta vers l'enfant qui, seule entre les deux bandits, et se croyant abandonnée de tous, — pleurait tristement sur sa croûte de pain noir...

Le jour, maintenant, s'était levé. Deux paysans, habitués au travail matinal, passèrent près de l'arbre où Sania était attachée.

Black, qui les avait sentis, fit entendre des aboiements prolongés.

Étonnés par la persistance de cette plainte, les villageois s'approchèrent, et devant l'affreux spectacle, reculèrent épouvantés.

— Des bohémiens, pour sûr ! — fit l'un d'eux, — qu'ils s'arrangent entre eux, les monstres !

— Mais c'est celui qui a passé hier par le village et à qui ma femme a vendu du vin, de l'eau-de-vie et un morceau de lard !

— Tu le connais donc ?

— Je l'ai aperçu au moment où je rentrais des champs ; tiens, regarde les bouteilles sur le gazon !

— C'est ma foi vrai !

— Comme ma femme a eu le nez creux de ne pas les loger à la nuit ! Hein ! quel flair, ma femme !

Mais devant la détresse poignante de l'innocente Eva, devant le chien qui, près d'elle, aboyait joyeusement, un éclair de pitié surgit en leur esprit.

Sans s'expliquer de quelle façon le gitano gisait à terre inanimé, baignant dans une mare de sang, alors que sa compagne, horriblement grimaçante, était attachée, la bouche encore remplie d'herbe, à un tronc d'arbre, la joue saignante, l'oreille trouée, ils la délivrèrent rapidement, lavèrent la blessure de Piétro et donnèrent à manger à la fillette.

Les jambes molles, les reins brisés, les poignets inertes, Sania roula sur le sol, pendant que Piétro, sous l'effet bienfaisant de l'eau fraîche, faisait entendre un sourd grognement.

— Merci ! — fit la vieille gitane aux deux Liguriens, — Nous sommes de pauvres voyageurs, nous avons été dévalisés par des gueux qui nous ont mis dans le triste état où vous nous trouvez.

— A cette heure, ils ont franchi la frontière, les misérables ! — ajouta-t-elle le poing serré.

Les paysans hochèrent la tête.

— Je ne puis vous récompenser, — continua Sania, — ils nous ont tout volé. Mais reprenez votre route ; maintenant que je suis d'aplomb, je vais m'occuper de soigner mon homme !

Un peu interloqués, les villageois se retirèrent. Et, méfiants, ils coururent au hameau.

Lorsqu'ils revinrent, une heure plus tard, escortés de voisins, de l'instituteur et du garde champêtre auxquels, avec force détails, ils avaient conté l'aventure, ils ne trouvèrent plus que Piétro râlant, les yeux atrocement crevés !

Sania, emmenant la petite martyre, avait disparu. De loin, Black les avait suivis...

Pétrifiés d'horreur, les Liguriens reculèrent...

Que s'était-il donc passé ?...

Aussitôt après le départ des deux villageois, Sania, jetant un regard féroce sur Piétro, à demi égorgé par le chien, s'était vigoureusement frotté les articulations à l'aide du fameux baume dont on a vu, dans un précédent chapitre, les miraculeux effets sur la petite Eva.

En quelques minutes, la voleuse d'enfants eut retrouvé la primitive souplesse de ses jarrets d'acier.

Malgré l'abominable nuit d'angoisses passée au poteau de torture, — c'est bien là le mot — où les multiples lacets de la corde lui étaient entrés profondément dans les chairs, sa robuste constitution avait déjà repris le dessus.

Sania, comme le bohémien du reste, était un de ces êtres spécialement conformés pour et par la vie en plein air.

Par atavisme, par essence gitane, elle possédait au suprême degré cette élasticité musculaire des chats sauvages, cette résistance à la vie qui déconcerte, cette vigueur merveilleuse qui barre la porte à toutes les maladies dont notre humanité est affligée, qui résiste aux pires souffrances, qui se rit des blessures les plus graves, des plaies les plus profondes, des jeûnes les plus cruels, des fatigues les plus effrayantes.

Pendant qu'elle s'enduisait les articulations à l'aide du merveilleux onguent, — une des treize recettes du Codex Romanichel, — à quelques pas dans la brousse, un brillant reflet métallique vint lui frapper la vue.

— Tiens ! — fit-elle ; — le couteau de Piétro !

Et portant la main à sa joue, où la blessure saignait encore, elle murmura :

— A moi, maintenant.

La misérable avait ramassé l'arme. Quelques points de rouille en tachaient la lame. La rosée matinale avait mouillé le manche.

Soigneusement, la mégère l'essuya sur son caraco loqueteux, puis, lentement, de cette souple allure du félin qui va bondir sur sa proie, elle s'approcha de Piétro.

Le bandit venait d'ouvrir les yeux.

— A boire ! — demanda-t-il d'une voix éteinte.

Sous l'effort, un filet de sang avait jailli, contournant le caillot coagulé qui bouchait l'orifice de sa plaie.

— Attends ! — fit Sania, dans une effrayante expression de haine, — je vais te servir un rafraîchissement dont tu me remercieras !

Le couteau à la main, elle en introduisit la lame entre les dents du blessé, comme pour lui ouvrir la bouche, puis, brusquement, faisant basculer le poignet qu'elle ramena vers elle d'un coup sec, elle trancha, net, la langue du bandit.

Piétro eut une convulsion. Ses yeux, dilatés à l'excès, semblèrent jaillir de leurs orbites.

— Tu me regardes ! — glapit la vieille. — Eh bien ! regarde-moi bien, grave mes traits dans ta mémoire ! C'est pour la dernière fois !

Brandissant alors le terrible eustache, l'ogresse s'écria encore :

— A moi la belle, Piétro ! Tu ne peux plus parler, tu ne pourras plus voir ! Ta vie sera le silence, la nuit perpétuelle ! Sania sera bien vengée !

Deux fois de suite, dans chaque œil, la lame revenait s'enfoncer.

Le gitano n'eut même pas un râle.

Il semblait que, de tout son être, d'où par quatre plaies béantes le sang coulait, la vie se fût totalement retirée.

En toute hâte, Sania arracha la ceinture aux pièces d'or et s'en entoura la taille, puis saisissant par la main Eva, qui, le dos tourné, caressait le brave chien, elle dételà sur une sente, à grandes enjambées.

Lorsque les paysans arrivèrent, la misérable était déjà loin.

Elle avait bifurqué sur la grand'route et, maintenant, elle filait droit sur le littoral.

Après une longue discussion, le garde champêtre, dont l'avis prévalut, envoya quérir une voiture au village et fit conduire le mutilé à l'hôpital de la ville voisine, pendant que les paysans, se dispersant à travers champs, se mettaient à la poursuite de la bohémienne.

III

LA FUITE

Abandonnons pour un instant Piétro à son malheureux sort et suivons Sania, dans sa fuite rapide à travers la campagne ligurienne.

L'ogresse marchait depuis une demi-heure, traînant la mignonne Eva dont les pieds saignaient sur les cailloux de la route, lorsque derrière elle les grelots d'un cheval attelé à un léger corricolo, lancé au grand trot, lui fit dresser l'oreille.

La misérable eut un instinctif mouvement de frayeur.

Nul doute, on l'avait aperçue ! Il était donc inutile de se dérober.

Aussi, le plus naturellement du monde, continua-t-elle sa marche en ralentissant l'allure.

Lorsque le corricolo ne fut plus qu'à quelques pas d'elle, elle prit Eva par la taille et la porta dans ses bras.

Le voyageur ne pensait du reste pas à s'arrêter.

Sania, que sa présence d'esprit n'abandonnait jamais, paya d'audace.

— Mon bon monsieur ! — supplia-t-elle.

Brusquement, le voyageur, un jeune homme de douce et loyale physionomie, tendit ses guides.

Le cheval, en s'ébrouant, se tassa sur les jarrets.

— Que me voulez-vous ?

La bohémienne avait fixé sur son masque, habituellement si féroce, cet air malheureux qui caractérise les vieilles pauvresses abreuvées de chagrins et de misères.

— Mon bon monsieur ! C'est une malheureuse grand'mère qui demande la charité ! Je vous en prie ! Ayez pitié de moi et de ma petite fille malade ! Depuis le lever du soleil nous marchons !

« Depuis huit jours nous fuyons l'adversité ! Je n'en puis plus ! De grâce, daignez nous accorder une toute petite place dans votre voiture !

Pendant cette longue supplique le voyageur considéra la physionomie de la mégère.

Devant les nombreuses contusions qui achevaient de donner à son visage un cachet spécial de pitoyable laideur, il répondit :

— En effet, vous n'avez pas l'air bien heureuse ! Je vais à Toronto. Si vous allez de ce côté, je vous emmène. Mais faites vites, car je suis pressé !

— Comme cela se trouve ! — exclama l'ogresse qui connaissait bien le pays pour y avoir rôdé jadis.

— C'est mon chemin pour aller à Gênes... chez ma sœur !

Le cheval, un superbe isabelle napolitain, piaffant, impatient, les naseaux bien ouverts, l'œil brillant, les oreilles pointées, les jarrets frémissants.

Sania s'était déjà installée sur la banquette d'arrière du « corricolo ». Avec des câlineries de véritable bonne-maman, elle dorlotait Eva, afin de mieux donner le change à son charitable conducteur, lorsque celui-ci avisa le montagnard.

— Il est à vous ce chien ?

— Black ! Mon Black ! — fit Eva dans un murmure.

La mégère qui allait nier, heureuse de se débarrasser du molosse, rattrapa son mensonge.

— Hélas ! la pauvre bête ! Elle aussi tombe de fatigue. Comme nous, elle ne mange pas tous les jours à sa faim.

— Hop ! Black ! par ici ! — fit le jeune homme. Tu te reposeras dans le caisson.

En un bond, l'intelligent animal fut dans la voiture.

Le voyageur avait rendu la bride et déjà l'isabelle filait, dévorant l'interminable ruban de la route blanche.

Pendant ce temps, les paysans du hameau que la bohémienne venait de quitter battaient inutilement les environs à sa poursuite.

Vers midi, le corricolo arrivait à un petit village, le Reggio, distant de trente kilomètres de la ville.

Le voyageur offrit :

— Arrêtons-nous ici, le cheval mangera une bonne avoine, pendant que nous casserons la croûte et que la fillette avalera une copieuse « polenta ».

Sania eut un geste de dénégation qui signifiait :

— Mangez seul, nous sommes trop pauvres pour vous tenir compagnie ! Je craindrais de vous gêner !

Pendant ce temps, elle embrassait, avec les transports d'une tendresse débordante, la mignonne Eva à qui la faim, tenaillant les entrailles, arracha une plainte.

— Mais elle meurt de faim, cette petite ! — fit le jeune homme. — Donnez-lui à manger, que diable ! Allons, — ajouta-t-il en souriant, — c'est moi qui paye !

— Vous êtes bon ! — gémit l'ogresse, les yeux mouillés de larmes. — C'est bien pour ma pauvre petite-fille que j'accepte, croyez-le !

Une heure après, solidement lestée, n'ayant pu, malgré son vif désir, empêcher Eva de manger à sa faim, la mégère remonta dans la voiture qui fila rapidement à Toronto où elle fut avant la tombée de la nuit.

Avant de la quitter, le généreux voyageur sortit de son gousset un écu d'argent et, le remettant à la mégère :

— Prenez ceci, ce sera pour la petite. Elle est si gentille, la mignonnette ! Vous lui achèterez quelques douceurs ! Elle en a besoin, car elle m'a paru bien malade !

— Allons, Cécily, dis merci au bon monsieur ! — fit l'ogresse, empochant prestement la pièce.

— Merci, monsieur ! — murmura l'enfant dont les yeux s'étaient soudainement emplis de larmes.

Quelques instants plus tard, Sania disparaissait dans les rues tortueuses de la petite ville italienne, tandis que l'aimable jeune homme, navré, constatait la disparition de son portefeuille.

— Malheur de malheur ! — s'écria-t-il ; je l'aurai perdu en route. Un portefeuille qui contenait précisément les papiers pour lesquels je venais ici, toute affaire cessante !

Son portefeuille, il pouvait le chercher ! C'était Sania qui, le supposant garni de beaux billets de banque, l'avait adroitement subtilisé pendant la deuxième partie du trajet.

Sania n'aurait pas été Sania si elle n'avait pas payé le service rendu par une ingratitude ou une noirceur !

La mégère passa la nuit dans un cabinet d'auberge...

En constatant que le portefeuille ne contenait que des papiers, pour elle sans valeur, elle étouffa un juron de rage, le lança sur le plancher, puis, profitant de ce qu'elle était sans témoins, elle se vengea de sa déconvenue sur la petite Eva.

— J'ai passé la nuit attachée à un arbre, — fit-elle, hideuse de cruauté, — tu devais rire, petite chienne, dans les pattes de ton sale cabot ! à ton tour maintenant !

Alors, à l'aide de mouchoirs et de courroies, ligotant la pauvrette par les poignets et par les chevilles, elle l'attacha, pour toute la nuit, à une des colonnettes du grand baldaquin.

— Demain matin, je te frictionnerai avec mon baume, — ricana-t-elle. — En dix minutes, il n'y paraîtra plus !

Puis, l'âme en repos, la sorcière, heureuse, s'étendit dans les draps de sa couche, et, avant de s'endormir, compta les écus d'or de la ceinture.

Sur les louis remis par Andrée de Bordère, un seulement manquait à l'appel.

Se carrant ensuite dans le lit aux matelas moelleux, elle soliloqua :

— C'est égal, ça me change avec la nuit dernière !

Évoquant alors le souvenir de Piétro aux yeux crevés, à la langue arrachée, silencieusement la criminelle savoura la joie de son épouvantable vengeance.

Le lendemain matin, elle détacha son souffre-douleur aux pieds de qui Black s'était couché, et pendant qu'elle frictionnait la pauvrette inanimée, une maritorne ayant entr'ouvert la porte pour servir la traditionnelle polenta, le montagnard flaira, puis happa le portefeuille et galopa à travers la ville, à la recherche du volé.

Celui-ci, furieux de sa malchance, avait fait atteler son napolitain. Il allait repartir lorsque Black, essoufflé, le carnet entre les dents, vint bouler entre ses jambes.

— Brave bête ! — s'exclama-t-il, joyeux, — Tu as perdu ta maîtresse, sans doute ! Viens, va, je t'adopte !

Et le caressant sur son poil rugueux, il lui fit servir une pâtée.

Black avala la pitance, lui lécha la main, puis brusquement, au triple galop, fuyant le bonheur, il détala où son devoir l'appelait.

Guidé par son instinct, il retourna vers l'auberge. Depuis une demi-heure, Sania l'avait quittée.

Un instant, le brave toutou flaira le sol, puis, la tête basse, il repartit, filant comme une flèche.

Il arriva au milieu de la grande place, d'où une diligence, attelée de quatre robustes chevaux de montagne, venait de partir dans un grand bruit de ferrailles et de grelots, emportant l'ogresse et sa proie.

Quelque peu désorienté, le molosse huma l'air, puis, sur la route qu'avait prise la patache, il fila ventre à terre.

Vingt minutes après il l'avait rejointe et, joyeux, — car il venait d'apercevoir à l'impériale, bondée de voyageurs, Eva que, tendrement, la mégère tenait accroupie sur ses genoux, — il galopa en avant des chevaux.

A sa vue, Sania, qui s'en croyait débarrassée à tout jamais et qui gardait toujours le souvenir cuisant de ses crocs dans les mollets, étouffa un juron de colère.

Vers midi, la diligence arrivait à Savone. Décidément, la gitane jouait de bonheur car à deux heures un bateau faisant le service régulier du littoral partait pour Marseille.

L'ogresse courut au port, retenir sa place, puis après un solide repas, copieusement arrosé, — mais réduit à une mauvaise croûte de pain et à un morceau de viande nerveuse pour la fillette, — elle s'installa sur l'entrepont.

Black, son cauchemar, avait sauté derrière elle.

— C'est à vous, ce chien ! — demanda le capitaine. — C'est vingt francs de plus !

— Ma foi non ! répondit la mégère, heureuse de pouvoir enfin se débarrasser du molosse ; — c'est quelque cabot égaré qui ne vaut certes pas l'argent du voyage ! Chassez-moi cela à coups de balai !

L'intelligente bête s'était déjà blottie entre les jambes de l'officier, qui, connaisseur, admirait sa grosse et intelligente tête.

— Bigre ! — s'exclama-t-il, — vous êtes difficile, la mère ! Eh bien, puisqu'il n'est à personne, je le prends, moi !

« Hein, Coco ! Tu veux bien ? — ajouta-t-il, en souriant au montagnard.

Pour toute réponse, le molosse lécha la main qui le caressait et gaiement, gambada autour des bastingages.

Pendant la traversée qui dura trente heures, Sania ne pouvant trop ouvertement martyriser la pauvrette, la laissa également manger à sa faim ; mais, hélas ! ainsi que le disait la bohémienne : toute chose viendrait en son temps !

Dès l'arrivée à Marseille, la sorcière courut à la gare, se renseigner.

L'express de Paris partait le matin à cinq heures.

Le lendemain, dès quatre heures et demie, Sania était à la gare et, la fillette entre les bras, prenait un billet de troisième classe pour Paris.

Cette fois, l'ogresse était définitivement heureuse! Black, son terrible cauchemar n'était plus avec elle.

À la sortie du bateau, au départ de sa petite protégée, le montagnard, solidement attaché à la cabine du capitaine, avait fait entendre des hurlements de détresse qui avaient empli de joie le cœur de la gitane.

Arrivée assez tôt sur le quai, la bohémienne eut le loisir de chercher un compartiment où elle serait complètement isolée.

Dans un coin, elle rangea quelques menus objets qu'elle avait achetés la veille et empilés dans un sac de cuir, jeta la petite martyre, tel un paquet, sur la banquette, et après avoir refermé la portière, ouvrit la vitre dans l'encadrement de laquelle elle embusqua son masque hideux.

De cette façon, pensait l'horrible créature, — jouant ainsi de sa laideur, en virtuose pour qui tous les moyens sont bons, s'ils réussissent à produire l'effet et à obtenir le résultat, — les voyageurs hésiteraient devant la perspective de plusieurs heures à passer en sa compagnie.

— Je serai mieux toute seule, pour soigner ma pauvre petite fille ! — fit-elle avec un rire sinistre.

Sania avait calculé juste.

Déjà les voyageurs, affairés, se pressaient sur le quai, se ruaient aux portières, envahissaient les compartiments, mais à sa vue, devant ses cheveux gris aux longues mèches plates, devant son visage parcheminé, osseux, ses yeux caves et glauques, sa bouche aux lèvres minces et tordues, à la vue de sa face tuméfiée par les coups de Piétro, tous, subitement, reculaient, pétrifiés de dégoût et d'effroi... puis couraient s'installer plus loin.

Le chef de train venait de souffler dans sa corne.

Le convoi démarrait en patinant sur les rails.

Sania, heureuse, allait refermer la vitre, lorsque, brusquement, la portière s'ouvrit et, comme un ouragan, un homme, au visage glabre et de mise correcte — comédien ou valet de chambre — s'engouffra, une valise à la main, dans le compartiment.

— Ouf ! — fit-il en s'épongeant le front où la sueur perlait, abondante ; — il n'était que temps !

Tassée dans son coin, la gitane, silencieuse, étouffa un juron de colère.

Elle qui se proposait si bien de rattraper le temps perdu sur le bateau et dans la diligence, en martyrisant à nouveau la fille de Germaine Stuart !

Mais le voyageur, l'intrus, un homme de quarante ans, n'avait pas l'allure d'un trouble-fête, car, à peine fut-il installé sur la banquette opposée à celle occupée par Sania, qu'il se coiffa d'une casquette de toile, tira le coussin dont il releva le bord pour s'en faire un oreiller, puis s'étendant de tout son long sur le lit improvisé, ne tarda pas à paraître plongé dans un profond sommeil.

De son côté, la bohémienne, méfiante, examina le dormeur, puis, après avoir solidement calé la fillette entre ses jambes cagneuses, elle se mit en mesure de l'imiter.

À Clermont, vers midi, le chef de train annonça un arrêt de trente minutes.

La vieille en profita pour se dégourdir les jambes et se lester l'estomac.

Prudemment, après un minutieux examen du dormeur, elle plongea sa main sous ses loques, dans sa ceinture, et en retira un louis.

Après quoi, laissant Eva sur la banquette, elle se dirigea vers la buvette, où elle se commanda quelques victuailles.

Lorsqu'elle revint, munie de pain, de saucisson et de vin, son voisin dormait encore.

Mais il ne dormait que d'un œil, car aucun des mouvements de la bohémienne ne lui avait échappé.

Les yeux embusqués sous la visière de sa casquette, il l'avait vue fouiller dans sa sacoche.

Il avait entendu le bruissement métallique des pièces d'or, et cette richesse qui détonnait d'une si singulière façon avec l'accoutrement sordide de la mégère, avait amené dans son esprit un monde de réflexions.

Puis il s'étira longuement, et comme s'il se réveillait d'un profond sommeil, il demanda, l'air hébété :

— Où sommes-nous donc ici, madame ?

Mais, toujours sur ses gardes, Sania fit la sourde oreille, et, dépliant sur ses genoux le journal qui lui servait de couvert, elle se mit en mesure de dévorer à belles dents.

À côté d'elle, avec une mine de chien battu, Eva, à qui, de temps à autre, elle passait une rondelle de saucisson et un croûton de pain, mangeait d'un vif appétit, avec l'insouciance de son âge.

À plusieurs reprises, l'inconnu essaya d'engager la conversation, mais, butée dans son silence obstiné, la mégère refusa de desserrer les lèvres autrement que pour manger.

Elle lui en voulait à cet homme qu'elle ne connaissait cependant pas, de lui avoir gâté son plaisir — le plaisir de torturer la mignonne — par son importune irruption dans son compartiment.

Du reste, d'autres voyageurs étaient montés et maintenant accoudé dans son coin, l'individu à la casquette se laissait aller aux douceurs dodelinantes d'un second sommeil.

Le soir, vers huit heures, l'express entrait en gare de Paris.

Rapidement, Sania sauta sur le quai, descendit la rampe devant laquelle les fiacres, en grand nombre stationnaient, puis droit devant elle, traînant la malheureuse Eva, elle s'enfonça dans les rues grouillantes de la capitale.

IV

SANIA SE FAIT LA MAIN

Vers la place de la Bastille elle tourna sur la gauche et gagna la rue Saint-Antoine.

À l'entrée de la rue de Rivoli, elle pénétra dans le quartier populeux, autant que misérable, qui,

tion, servit de ghetto aux gens prêteurs et
au sordide hôtel de la rue des Rosiers où
avait d'abord, guidée par ce sûr instinct
qui lui fait la force des errants cosmopolites,
demandé un cabinet, au mois.

— J'ai une chambre au sixième, sous les toits,
mais sur la rue, fit l'hôtesse. La voulez-vous ?

— Quel prix ?

— Vingt-cinq francs payables d'avance. Cela fait-
il votre affaire ?

L'ogresse gémit, puis, plongeant la main dans
sa ceinture, elle en retira un louis d'or, auquel elle
joint un écu de cinq francs, qu'elle soutira des
profondeurs de son jupon.

— Quel nom ? — demanda la tenancière.

— Madame veuve Duval. L'enfant est ma petite
fille, Cécily.

— Et vous venez ?

— D'Orléans.

— Excusez-moi si je vous demande tous ces renseignements, mais c'est la police qui l'exige. Il y
a tellement de romanis en ce moment !

— C'est bon, — fit Sania, payant d'audace, — je
suis en règle. Voulez-vous voir mes papiers ?

— Oh ! inutile ! J'ai confiance.

Pendant que l'hôtelière inscrivait les fausses indications que venait de lui donner la bohémienne,
un individu vêtu en ouvrier maçon, à barbe noire,
à l'accent, pénétrait dans le bureau et demandait :

— Vous n'auriez pas l'une chambre par hasard ?

— Il ne m'en reste qu'une, 25 francs au sixième,
sur la cour, à côté de madame ; la voulez-vous ?

— Puisque y a pas à choisir !

D'un œil terne, Sania examina le nouvel arrivant, puis montrant son argent à l'hôtesse :

— Mon reçu, je vous prie !

— Tiens ! Tiens ! — pensa le maçon — là vieille
marseillaise, qui se dit d'Orléans, aboule encore
des jaunets ! Elle doit en avoir pas mal de cette
couleur dans sa ceinture !

« Oh ! oh ! faudra voir ça, ma voisine ! »

S'adressant alors à la patronne :

— Je m'appelle Filoche, maçon, voichi ma gamelle !

Et, en *aparté* :

— Décidément, j'ai bien fait de monter en fiacre
et de m'y grimer en limousin !

L'installation de la mère Duval fut rapide autant
que sommaire. Sa chambre, un cabinet dont un lit
vermoulu occupait presque tout l'espace, était pa-
vée de carreaux inégaux, meublée d'une commode,
d'une caisse à charbons et d'un petit placard.

Après avoir couché Eva, terrassée par la fatigue,
dans la caisse à charbons qu'elle dissimula au fond
du placard, la gitane se vautra dans le lit aux
draps douteux…

Dès le lendemain matin, comme si la beauté des
longues et soyeuses boucles blondes de la chevelure
d'Eva l'offusquait, Sania s'arma d'une paire de ci-
seaux et brutalement, rasa la tête de la pauvrette…

Pour lui donner le physique de l'emploi qu'elle
lui destinait, point n'était besoin d'un grand ma-
quillage.

En effet, la bohémienne voulait faire de la pauvrette cette monstrueuse amorce à la charité
— enfants loués ou volés — que la plupart des men-
diantes, stationnant sous les porches des églises,
tiennent sur les bras, au cœur de l'hiver, miséra-
blement enveloppés dans une couverture trouée où
se jouent tous les vents coulis, pendant que sur
les chairs boursouflées de ces petits martyrs, l'em-
preinte de la misère et de la souffrance, écœurant
le passant, l'oblige presque toujours à mettre la
main à la poche.

Depuis que Sania avait volé la malheureuse Eva,
les joues de la pauvrette si roses et si fermes et

qui provoquaient
Sania, par morbides, ses joues
creuses et pâles, ses yeux
s'étaient enfoncés sous l'orbite ; les ailes de son
nez s'étaient tendues, traversées pour ainsi dire par
le cartilage blanchâtre, tandis que ses lèvres exsangues semblaient présager l'envolement prochain
d'une existence déjà fort compromise.

Mais Sania savait, par expérience, que l'enfant,
aussi chétif soit-il, ne vaut rien pendant la bonne
saison, pour amorcer le passant.

En hiver, c'était parfait : les riches charitables,
chaudement emmitouflés sous leurs fourrures, se
laissent naturellement émouvoir à la vue des pauvres petits êtres qui, outre les affres de la faim,
souffrent encore de celles du froid.

Aussi, pendant les deux mois qui la séparaient
de la mauvaise saison, l'ogresse se proposait-elle
de ne rien négliger pour l'obtention d'un résultat
aussi rapide qu'absolu.

Et tout d'abord, sans parler de la privation de
nourriture, elle astreignit la pauvrette à rester,
toute la journée, recroquevillée dans sa caisse,
sans vêtements, vautrée au milieu de ses ordures,
la repoussant durement lorsqu'elle lui tendait ses
petits bras pour implorer sa pitié.

Quand la petite serait trop bas, vite elle adminis-
trait un de ces fameux baumes romanichels qui ré-
veilleraient un mort.

Du reste, Cécily était robustement constituée : en
réglementant sagement son martyre, Sania pourrait la faire traîner de longues années.

Toute réflexion faite, la féroce créature conclut
qu'il y avait encore de beaux jours à passer sur
terre, lorsqu'on savait s'arranger.

Depuis huit jours, l'ogresse, seule, à l'aise dans
son taudis, dont elle sortait rarement, pouvait donner libre cours à ses instincts haineux, en martyrisant chaque jour d'une façon nouvelle et dans
l'impunité la plus absolue, la pauvrette qui n'avait
plus la force de gémir, lorsqu'un matin, ayant
trouvé un moyen inédit de la faire souffrir, elle
se réveilla toute joyeuse.

La malheureuse enfant dormait d'un sommeil
que d'épouvantables cauchemars ne cessaient d'a-
giter.

Plusieurs fois, au milieu de la nuit, la bohémienne l'avait entendue murmurer :

— Petite mère ! bonne petite mère !

— Attends un peu, — murmura-t-elle, — je vais
t'en servir une douce surprise, ma chère enfant !
Nous allons bien rire dans quelques minutes !

Dans sa chambre, encore couché, le voyageur de
Marseille, le maçon Filoche, de plus en plus intrigué par l'existence de la pseudo-mère Duval, dont
il ne pouvait réussir à percer le mystère, était décidé à entrer en scène.

Qu'était-ce donc que ce Filoche, aussi peu maçon
que limousin ?

Un policier sans doute.

V

FILOCHE

Filoche était, en effet, un ancien sous-brigadier
des brigades de sûreté, révoqué pour un excès de
zèle intempestif dans le service.

Il était, au reste, d'une honnêteté relative, et
comme beaucoup des bas auxiliaires de la justice,
il s'était plus d'une fois servi de ses délicates fonctions pour faire chanter les gens dont l'existence
n'était pas à l'abri de tout reproche.

Depuis sa révocation, Filoche qui avait la nos-
talgie du métier, était entré dans une de ces a-

... Cités Agences de Recherches dans ... familles ... dont ... les inspirations ... et leurs procédés ..., elles provoquent le plus souvent la ruine et le déshonneur.

Grâce à son flair spécial, à son activité et à son ... dans la ..., le mouchard Filoche, qui avait gardé de nombreuses relations à la Préfecture, — où il ne désespérait pas de se faire réintégrer, — avait réussi à capter la pleine et entière confiance du sieur Capulet, directeur de l'agence.

Aussi, était-ce à lui que l'on confiait la mise au net des cas les plus embrouillés, les déplacements de longue haleine, les enquêtes intimes, les coups de main adroits.

Il travaillait comme il l'entendait : M. Capulet lui laissant ses coudées franches ; il jouissait d'une liberté relative, limitée à ses besoins d'argent, qui lui permettait, parfois, d'entreprendre des opérations pour son propre compte.

Le jour où nous l'avons vu se précipiter dans l'express de Marseille, il revenait d'une expédition infructueuse pour l'agence, mais qui lui avait bien rapporté à lui dans les vingt ou trente louis.

— Avec cela, — pensait-il, — je pourrai me reposer et la mener joyeuse pendant quelque temps... et même pendant le petit congé que je vais m'octroyer, si je ne trouve pas des éléments d'une nouvelle opération !

De prime abord, l'attitude de Sania, dans son coin, avec sa figure encore toute meurtrie des terribles coups de Piétro, lui avait semblé louche.

Son flair de policier éprouvé, aidé par un raisonnement sûr, procédant par inductions et déductions, l'amena ensuite à se demander d'où venaient les bleus, les rouges et les noirs qui coloriaient le masque déjà hideux de la vieille.

La répulsion que la petite Eva semblait éprouver pour elle, la façon dont la mégère traitait l'enfant, lui faisaient penser que celle-ci pourrait fort bien ne pas être une petite fille voyageant avec sa bonne grand'mère.

Du reste, une femme âgée, si elle n'avait rien à se reprocher, chercherait-elle à être seule pour un aussi long voyage ?

Aussi, tout en feignant un profond sommeil, les yeux embusqués sous la visière de sa casquette, se mit-il à guetter sa proie.

Nous savons qu'aucun des mouvements de Sania ne lui avait échappé.

Il l'avait vue fouiller dans sa ceinture, il avait entendu le bruissement des pièces d'or, à coup sûr, cet or provenant d'un vol... comme l'enfant à mine de chien battu.

Il l'aurait juré Donc, il pouvait marcher carrément sur cette piste, la route, pour lui était belle !

Pendant tout le trajet, Filoche réfléchit sur le plan qu'il allait adopter. Car, dans son esprit, une bifurcation se dessinait, bien nette.

Ou il mettrait la main sur le magot, en opérant adroitement par menaces ou par surprise, après une étude minutieuse du fort et du faible de la vieille.

Ou, tout en l'épiant en conscience, il arriverait peut-être à percer le mystère de sa vie, à la livrer à la police et à obtenir sa réintégration dans les cadres de la Sûreté... ce qui ne l'empêcherait pas de continuer, pour son propre compte, ses filatures spéciales « dans l'intérêt des familles ».

En homme subtil qui ne s'embarrasse pas de ... préjugés, tout au plus bons pour les honnêtes gens, Filoche conclut, à part lui :

— Le plus épatant serait encore de m'emparer du magot, et de reprendre ma place à la « Préfecture » par-dessus le marché.

Filoche était l'homme des promptes résolutions. On l'a vu filer Sania et, déguisé en ouvrier, retenir la chambre voisine de la sienne.

Mais là commençait la grosse difficulté.

Depuis qu'il était installé à l'hôtel de la rue des Rosiers, séparé de la ... par une ... cloison de briques, il n'avait pu trouver le moyen non-seulement de pénétrer dans son logis, mais encore de lui adresser la parole.

Il la voyait rarement sortir. Si elle descendait, c'était pour cinq minutes, le temps d'aller faire ses provisions.

L'enfant, Cécily, comme la mère Duval l'appelait, il ne l'entendait pas. Parfois, la vieille l'emmenait dans ses courses, histoire de lui faire prendre l'air.

Alors, quoi ? Attendre ! Facile à dire, mais d'autant moins facile à exécuter que l'agence où il était allé la veille, — toujours déguisé en maçon pour ne pas éveiller les soupçons de la mère Duval et des gens de l'hôtel, — lui avait ordonné de se tenir prêt pour une opération importante.

Filoche, on le conçoit, était perplexe.

Peut-être allait-il se décider à brusquer les événements lorsque, ce matin-là, un cri déchirant lui fit dresser l'oreille.

Prestement il sauta à bas de son lit, et, s'affublant de sa barbe, après avoir enfilé un sommaire pantalon, il s'élança dans le corridor.

VI

SANIA S'AMUSAIT

Que s'était-il donc passé ?

Dans sa caisse remplie de chiffons, la malheureuse petite Eva, troublée par un de ses habituels cauchemars, venait de murmurer :

— Petite mère, ma bonne petite mémère !

Sania, qui cherchait un supplice pour la pauvrette, avait trouvé du nouveau.

D'un bond, elle s'était levée, avait resserré d'un cran la courroie de sa ceinture qu'elle dénouait pendant la nuit afin de mieux reposer, puis, s'habillant à la hâte, avait allumé son petit poêle.

Elle y plaça une casserole remplie d'eau.

De temps à autre, pendant que la casserole chauffait, la sinistre créature lançait un regard de haine vers la pauvrette endormie.

Bientôt, sur le poêle rougi, l'eau se mit à chantonner et les globules d'air indiquant l'ébullition vinrent se crever à la surface du liquide.

Quelques instants, l'ogresse laissa bouillir l'eau, puis retirant la casserole elle la plaça sur le carreau.

Après quoi, elle se dirigea vers la caisse à charbon et saisissant la fillette, dont quelques loques cachaient la nudité, elle la mit tout près du feu.

La mignonne ouvrit des yeux, effarée. Son cauchemar se réalisait-il ?

Brusquement, à la vue de l'horrible Sania, dont les yeux brillaient comme des escarboucles, elle essaya de se raidir en arrière, mais la gueuse avait fait pénétrer ses doigts crochus dans ses chairs, et, avec un horrible rictus :

— Viens, ma petite Cécily, — dit-elle, — viens prendre un bain! Tu verras comme on est bien dans ma petite baignoire! Rien qu'une trempette!

— Non, non ! — s'écria la pauvrette, redoutant par habitude, une nouvelle cruauté.

Mais déjà, d'un mouvement rapide, la mégère l'avait plongée avec une telle force dans la casserole, que l'eau lui gicla dans les yeux.

L'ogresse poussa un cri de douleur, — le cri entendu par Filoche, — et, entr'ouvrant les doigts, laissa la petite martyre retomber sur le carreau.

La malheureuse Eva n'eut pas la force de pleurer.

Elle gisait à terre, au milieu de la mare d'eau que le carreau avait refroidie, lorsque la porte vermoulue vola en éclats.

C'était Filoche qui, Deus ex machina d'occasion, était entré chez la sorcière.

Devant le spectacle lamentable qui s'offrait à sa vue, il recula soudain pétrifié d'indignation.

Car il avait beau être policier, voire même policier dégommé, la cruauté envers les enfants, ces petits êtres faits pour les caresses, la joie et les ris, le mettait hors de lui.

— Je vous y pige, la mère Duval! Ah! ah! nous allons rire, vieille canaille!

Surprise, Sania, le visage boursouflé par l'eau bouillante qui avait corrodé son cuir, cependant éprouvé, gémissait pour lui donner le change.

— Ah! mon pauvre monsieur! quel malheur! J'allais faire le déjeuner lorsque ma pauvre enfant, en jouant, a fait tomber sur nous la casserole d'eau bouillante! Et voyez donc comme je suis arrangée!

Filoche avait relevé la petite Eva dont le corps n'était plus qu'une plaie.

— Où la couchez-vous? — demanda-t-il.

— Là, dans mon lit, parbleu! Mettez-la vite dans les draps, la pauvre mignonne!

— Dites-donc, mère Duval, — demanda Filoche, reprenant son accent, — ch'est à vous, chette petite qui m'a l'air en chi-mauvais j'état?

Quelque peu démontée par ce coup droit, Sania s'épongea les yeux pour se donner une contenance:

— A qui voulez-vous donc qu'elle soit? C'est ma petite fille, l'enfant de ma pauvre Judith!

— Et naturellement, vous la choigniez, comme une bonne grand'mère, en la trempant de temps à autre dans l'eau bouillante, et en la faisant coucher là, dans chette cage à ordures! — fit le policier qui, après un rapide inventaire du taudis, venait de découvrir la caisse à charbon.

Puis, résolument, s'approchant de la mégère dont la chemise entrebaillée laissait apercevoir, sur son cuir tanné et ridé, une des poches de la ceinture:

— Et que tenez-vous donc chi préchieusement sur votre poitrine, dans chette chacoche à courroies? Hein! est-che l'héritage de Judith?

Pour le coup, Sania pâlit, si toutefois son visage pouvait pâlir.

En tous cas, ses yeux dardèrent une lueur de haine.

D'un souple mouvement qui n'avait pas échappé à l'argousin, elle avait saisi l'eustache de Piétro.

Elle allait peut-être bondir sur Filoche lorsque celui-ci, prudent à l'excès lorsqu'il voyait la partie compromise, jugea opportun de battre en retraite.

Il venait de comprendre que, par sa précipitation et son étude par trop sommaire du « cas » de la mère Duval, il avait plutôt gâté les choses.

— Bigre! — pensa-t-il, — c'est une gaillarde qui ne se laisse pas facilement démonter! Une bohémienne, à coup sûr, qui ne se ferait pas le moindre scrupule d'essayer son surin sur ma peau!

Aussi, par un double pas en arrière, tira-t-il sa révérence à l'ogresse en lui disant, aimable:

— Au revoir, madame Duval! Che suis bien heureux de constater que vous ayez eu plus de peur que de mal! Choignez-vous bien, et la petite aussi!

Puis, rapidement il passa dans sa chambre, acheva de se vêtir du complet limousin et, tout en ruminant un autre plan d'attaque contre l'ogresse, il se rendit à son agence.

VII

FILOCHE ET CAPULET

Le siège de l'agence était installé dans un sordide entresol de la vieille rue d'Aboukir.

C'était, dans une maison lézardée, au fond d'une cour puante, un appartement de trois pièces en enfilade, dans lesquelles quatre ou cinq employés, courbés sur des registres maculés, éclairés en plein jour par des lampes à pétrole, compilaient des notes, inscrivaient des séries de fiches.

Dans des casiers, des amas de livres commerciaux à reliure verte, à coins de cuivre; sur des portes-placards des plaques émaillées, trompe-l'œil pour les badauds, portant ces ronflantes inscriptions:

CONTENTIEUX, CAISSE, AFFAIRES DIVERSES, RECOUVREMENTS, ENQUÊTES, etc., etc.

Dans un cabinet voisin, hermétiquement clos, portant sur la plaque de la porte:

BUREAU DU DIRECTEUR

se tenait le père Capulet, petit vieillard au museau de fouine, au regard embusqué derrière de grosses lunettes bleues, le fondateur de la maison.

C'était un huissier de banlieue, condamné pour malversations et autres « exploits ».

Filoche frappa trois coups inégalement espacés sur l'huis directorial.

Le vieux vautour, absorbé dans l'étude d'une affaire de chantage, reconnaissant le heurt d'un affilié, vint ouvrir au premier rôle de sa troupe.

— Je vous ai annoncé hier une affaire splendide, — lui dit-il, — j'en ai aujourd'hui une meilleure à vous offrir. Etes-vous disposé à vous mettre en campagne tout de suite?

— Je suis toujours prêt, patron, surtout s'il y a gros à gagner. Contez-moi la chose.

— Asseyez-vous, Filoche; en deux mots voici de quoi il retourne. L'affaire de Marseille a raté, malgré votre zèle et votre habileté, je le reconnais.

— Le patron me pelote, — pensa l'argousin, c'est le moment de se tenir ferme sur les arçons; le morceau doit être agréable à digérer!

— Peut-être, — continua l'ancien huissier, — aurons-nous plus de chance pour celle-ci.

— Je l'espère!

— C'est un notaire de Cannes, Me Rudeau, qui vient de m'écrire au sujet d'une fillette qui aurait été volée par une bohémienne nommée Sania.

« L'enfant s'appelle Eva Stuart, elle a quatre ans, la vieille, cinquante à peu près.

« Tenez voici la photographie de la petite, — fit Capulet, tendant à son sous-ordre une épreuve épinglée à une fiche de renseignements; elle vous sera nécessaire, gardez-la.

Pendant que l'argousin, secoué par une violente surprise, examinait l'image, l'ancien recors continuait:

— La petite Eva, fille de Germaine Stuart, a été dérobée à la villa des Roses. On nous prie de localiser nos recherches dans Paris, car d'autres agences de la province sont informées, de même que la préfecture de Police et le service de la Sûreté.

« Il faut croire que l'affaire en vaut la peine car, outre un premier envoi de fonds, destiné à nous servir de couverture, on nous prévient qu'il importe de faire diligence avec prime.

— Où est-elle, cette villa des Roses?

— A Cannes, le pays du notaire!

— Ça y est, — soliloqua l'argousin, — c'est ma vieille sorcière de mère Duval! J'en mettrais ma main au feu!

— A quoi pensez-vous donc, Filoche? — demanda Capulet, intrigué par un geste de son agent.

— A rien, patron, je pense seulement que ça me paraît aussi clair que bouteille à l'encre! Car, comment voulez-vous partir en campagne sur des indices pareils? Une vioque et une môme, même avec la photographie de la petite!

— Il vaudrait mieux, évidemment, posséder celle de la vieille!

sont parties de Cannes, c'est possible — reprit le cousin, — mais de quel côté sont-ils passés ?
Et qu'est-ce qui nous prouve qu'ils sont à Paris,
où l'on nous oblige à localiser nos recherches ?

— Dame ! — fit le vieux ! — voilà le hic ! C'est
pour cela qu'il faudrait vous montrer à la hauteur !
C'est le cas ou jamais de prouver que la maison Capulet est digne de sa brillante et universelle réputation !

« Êtes-vous toujours mon homme, Filoche ? Vous
savez que si vous refusez, les collègues sont là pour
amorcer la chose ! Mais ils ne vous valent pas.

Pour la forme, l'ancien policier hésita !

— Vous venez de le dire vous-même patron, ce
sera dur, mais enfin, puisqu'il y a des fonds...

— Il y a des fonds, c'est vrai, mais, vous le
pensez bien, tous nos frais payés, le bénéfice ne
se sera pas lourd !...

— Puisque le crédit est illimité ?

— Des mots ! Filoche. Enfin, il faut, autant que
possible, marcher à l'économie, nous devons tout
prévoir.

— Enfin, combien y a-t-il et combien me donnez-
vous ? Cent mille ?...

— Écoutez, Filoche, je serai franc avec vous,
car j'ai pour vous une très grande estime et une
profonde sympathie ; vous êtes l'homme qu'il me
faut pour réussir cette opération.

« Le notaire m'envoie mille francs de provision et
m'en promet cinquante mille en cas de réussite.
Si ça marche, et rondement, il y a là moitié du
magot pour vous !

« Est-ce parlé en ami, Filoche ?

Ce disant, le vieux coquin ne mentait qu'à moitié,
car M. Rudeau, ne négligeant rien pour obtenir un
rapide résultat, avait promis cent mille francs à
l'agence si elle réussissait à retrouver la petite
Éva et son bourreau.

La même promesse avait du reste été faite à
toutes les agences qui, mues par le ressort de cette
prime magnifique, avaient aussitôt mis leurs meil-
leurs limiers en campagne.

Capulet réitéra :

— Est-ce parlé en vrai camarade, Filoche ?

L'ancien policier eut un hochement de tête.

— Assurément, patron, vous me traitez en frère,
mais c'est rudement scabreux ! Il serait peut-être
bon de le voir, ce notaire, de partir d'où la bohémienne est elle-même partie, car, voyons, franchement, puisque cette petite a été volée à Cannes,
pourquoi voulez-vous que la vieille soit venue à
Paris plutôt qu'à Lyon, qu'à Rome ou à Quimper-
Corentin ?

— Allez à Cannes si vous voulez, — fit Capulet
à qui cette proposition de son sous-ordre ne plaisait
que tout juste, — quoique je ne voie pas l'utilité
d'un tel déplacement. Car, enfin, que voulez-vous
qu'il vous dise de plus, de vive voix que sur sa
lettre, ce tabellion de province ? J'ai là, pour vous,
tous les détails...

— Ce n'est assurément pas pour le notaire que
j'entreprendrai le voyage, c'est pour étudier les
lieux, suivre la piste depuis le point de départ.

Le vieux hocha la tête.

— Enfin, voyez, faites pour le mieux. Combien
vous faut-il pour votre mise en route ?

— Je partirai pour Cannes aujourd'hui même,
il n'y a pas une minute à perdre. Cinq cents francs
ne seront pas de trop ! Hein ?

L'ex-recors eut une grimace.

Mais dans les grandes occasions, il comprenait
qu'une lésinerie exagérée, surtout avec l'indispensable Filoche, serait une maladresse.

Ouvrant une coffre-fort, il en retira une liasse de
billets de banque et compta la somme à son argousin.

Lorsque celui-ci eut empoché les papiers bleus,
il rapprocha sa chaise de celle du père Capulet, puis
posément, ses yeux cherchant ceux de son chef de
file qui se dérobaient obstinément derrière les
verres de ses lunettes :

— Maintenant, patron, il s'agit de parler sérieusement. Vous venez de me dire que le notaire de
Cannes vous avait promis cinquante mille francs
en cas de réussite.

« Vous pensez bien que je ne coupe pas dans
ce pont et que je vous connais assez pour deviner
qu'il vous en a promis le double !

« Mais, entre honnêtes gens comme nous, il ne
faut pas chicaner sur les chiffres...

— Filoche ! — fit le vieux, jouant l'indignation.

— Puisque je vous crois, patron ! Vous m'avez
dit qu'il y avait vingt-cinq mille balles pour moi,
je ne vous en demande pas davantage, mais signez-
moi un petit papier et je marche.

Le vieux eut un haut-le-corps. Il ne s'attendait
pas à celle-là.

— Voyons ! Filoche, et ma parole !

— Chantez-moi une autre antienne, patron, celle-
ci je la connais. Vous pouvez mourir, car nous
sommes tous mortels, vos idées peuvent changer,
les miennes également, notez bien !

« Tandis qu'avec un petit papier, un engagement
en bonne et due forme, nous sommes garantis tous
les deux et avant huit jours, stimulé par un pourboire assez généreux, j'aurai retrouvé la piste.

L'assurance du policier éveilla un soupçon chez
l'ancien recors.

— Vous êtes donc assuré du succès, Filoche ?

— C'est-à-dire, — répondit l'argousin, — que si
j'en crois ma vieille expérience, j'ai quatre-vingt-
dix-neuf chances sur cent de rater mon coup, car
l'affaire repose sur une pointe d'épingle, mais enfin,
il faut supposer que je tombe sur la centième...

« Ça m'est déjà arrivé, monsieur Capulet, rendez-moi cette justice ?

— Bien sûr ! Bien sûr ! Et tenez, puisque vous
l'exigez, je vais vous signer le papier...

— Sur feuille timbrée.

— À votre aise, Filoche ! !

Et riant jaune :

— C'est la meilleure garantie de votre zèle.

— Vous l'avez dit ! — opina l'agent relisant soigneusement l'engagement « fait en double et de
bonne foi » que M. Capulet venait de rédiger avec
toutes les périphrases de son ancien formulaire
d'officier ministériel.

Filoche signa les deux papiers, en mit un dans
sa poche, puis, très digne :

— C'est entendu, au revoir patron, dès aujour-
d'hui, je pars en campagne ! Passez-moi seulement
tous les documents de la cause.

Ce qui fut fait séance tenante.

Serrant la main de son ancien directeur, le limier se disposait à partir lorsque Capulet ajouta :

— N'oubliez pas qu'il nous faut la gosse en bon
état !

— On fera son possible pour vous satisfaire !

Et plus bas, riant en dedans :

— Tu ne te doutes pas, vieux grigou, que je sais
où perche notre gibier !

VIII

LA CAMPAGNE DE FILOCHE

Dans la rue, Filoche héla un fiacre.

— Rue des Rosiers, au grand trot !

En route, cette idée que sa voisine, la mère
Duval, était la Sania qu'il devait rechercher, s'était
d'autant plus ancrée dans son cerveau que la
vieille revenait de Marseille.

À Marseille, Gandon, la ville des roses, sent... La vieille, tout simplement, avait fait un petit crochet pour égarer la police.

Accordant l'ensemble des observations qu'il avait faites depuis le voyage jusqu'à la scène du matin, l'ex-policier, bien convaincu qu'il avait la mégère sous la main, n'avait plus qu'un but tout en montant son escalier.

Essayer, par tous les moyens, d'endormir la confiance de la mère Duval, tout en opérant assez vite pour l'empêcher d'achever l'enfant, puis filer dare-dare à Cannes, chez Mᵉ Rudeau, qu'il essaye-rait de faire « casquer » dans les grands prix.

Précisément, Sania descendait l'escalier.

À la vue du Limousin, elle eut un mouvement de recul haineux.

Mais, très aimable, Filoche la salua :

— Eh ! bonjour donc, madame Duval ! Les brûlures de ce matin ? La fillette ?

La mégère prit un air de suprême douleur.

— Moi, ça va encore, mais ma pauvre Cécily a... Je vous... Vous me voyez courant chez le médecin !

— Et vous avez bien raison, — fit l'autre, d'un air de naïveté parfaitement joué, — car elle a l'air bien faible, la petiote !

— Si encore j'avais quelques sous !

— Tenez, voilà cinq francs, — fit l'ex-policier lui remettant un écu — achetez-lui ce que le médecin ordonnera.

Puis, Sania ayant disparu, Filoche se frotta les mains en murmurant :

— Ça y est, elle ne se doute de rien ! Voilà cent sous qui me rapporteront gros ! Un vrai placement de père de famille, comme dirait le patron ! Et maintenant, leste !

Vingt minutes plus tard, sans être vu des gens de l'hôtel, l'ancien brigadier, revêtu du complet bourgeois qu'il avait lors de son retour de Marseille, filait sur la gare de Lyon et sautait dans le rapide à destination de Cannes.

— Le notaire raquera, c'est sûr, — pensait-il — sans compter que, de ce coup-là, je pourrais obtenir ma réintégration à la Préfecture !

Le lendemain matin, il débarquait dans la petite ville et, tout de suite, se faisait indiquer la demeure de Mᵉ Rudeau.

Le policier fit passer sa carte au notaire qui, bientôt, donna l'ordre de l'introduire.

— Vous êtes M. Filoche, de l'agence Capulet, rue d'Aboukir ?

— C'est moi-même ! Ancien brigadier de la Sûreté, si je dégomme, saluant jusqu'à terre. — Mon maître, M. Capulet, ayant bien voulu me confier l'affaire au sujet de laquelle vous lui avez écrit, j'ai cru devoir venir jusqu'ici pour étudier la piste d'une façon plus normale. Un véritable policier doit toujours...

— J'entends ! comme la police et la gendarmerie départementale n'a pu réussir, il est possible que vous ayez plus de chance dans vos recherches.

— Je dois même vous déclarer, afin de stimuler votre zèle, que si vous réussissez, vous recevrez directement, de moi, la somme de dix mille francs.

— Vous me comblez ! — fit l'argousin, étonné lui-même d'un aussi prompt résultat — aussi ne veux-je pas perdre une minute.

En peu de mots, Mᵉ Rudeau raconta l'odyssée de la roulotte et la déconvenue de la gendarmerie. À son avis, les bandits ne tarderaient pas à se diriger, si ce n'était déjà fait, sur un grand centre, comme Paris, où, dans le grouillement de la foule, ils passeraient inaperçus.

Pendant l'explication de Mᵉ Rudeau, Filoche avait passé.

— La somme en or, c'est la galette que la mère Duval cache dans sa ceinture, mais le Piétro, par exemple, par où a-t-il passé ?

Comment est-elle, la petite ?... Et il... la fillette ?

— Elle est blonde, ses cheveux sont longs et bouclés, ses yeux sont bleus, ses oreilles... — Mais vous avez dû en juger par la photographie...

— En effet, — fit l'agent, sortant l'épreuve de son portefeuille, — seulement, comme disait Mᵉ Capulet, celle de la vieille nous serait autrement utile !

— Si je l'avais, vous comprenez que je vous la donnerais... Cependant, je sais par le petit Robert, une de ses anciennes victimes, que la bohémienne est grande, osseuse, la peau parcheminée, les yeux et les cheveux gris, le nez en lame de couteau...

— C'est bien ma mère Duval, — pensa Filoche. — Attends un peu à mon retour, vieille sorcière !

— Voyez à Puget-Théniers où l'on a perdu sa piste ! Votre patron vous a-t-il remis assez de viatique ?

— C'est plutôt médiocre ! — répondit l'argousin... mais enfin...

— Voici cinq cents francs, un limier ne doit jamais être à court d'argent !

— Je vous remercie, monsieur le notaire. Avant huit jours, — parole de Filoche, ex-brigadier de la Sûreté, j'aurai l'honneur et le plaisir de toucher la prime !

— Vous êtes donc bien sûr de vous ?

— On connaît son métier !

Et de nouveau, saluant très bas, il sortit du bureau en comptant, joyeux :

— Cinq cents balles de Capulet, autant de Mᵉ Rudeau, ci : mille balles reçues. À recevoir : 25.000 du vieux, 10.000 du notaire, ci : 35.000 à toucher !

« Ah ! ah, ma vieille mère Duval, tu ne te doutes pas de ce coup-là, dans ta turne de la rue des Rosiers !

« Sans parler de ma réintégration à la boîte ! »

Le lendemain, Filoche était à Paris et, dans sa tenue de bourgeois fraîchement rasé, mettait le cap sur le petit hôtel meublé.

Hélas, sans laisser son adresse, Sania, alias Mme Duval, avait déserté son logis...

IX

ON RETROUVE PÉTIOT

Le policier étouffa un cri de rage. Ah ! comme il la maudissait cette ambitieuse inspiration qui, pour un gain immédiat de cinq cents francs, venait de lui en laisser échapper vingt-cinq mille !

Mais coûte que coûte il la retrouverait, la vieille scélérate !

Soudain, le choc d'une crainte affreuse heurta son cerveau déprimé.

— Pourvu que la gamine soit encore vivante !

Puis, secouant la tête, fataliste, il conclut :

— Seul, je ne ferai plus rien de bon. J'ai manqué la pie au nid ! Si je pouvais « dégotter » un collègue de là-bas, un malin de l'ancienne école, tant pis, je partagerais le magot avec lui !

« Si Pétiot, l'ancien bleu de ma brigade est encore en fonctions, parole ! je lui propose l'affaire !

Le « roussin » dégommé avait ses entrées dans les bureaux de la préfecture où, parfois, il était précieux comme indicateur.

Aussi, pénétrant sous le porche, devant lequel des agents montent une vigilante autant qu'indispensable faction, s'engagea-t-il, à coup sûr, dans le dédale des couloirs.

Sur son chemin il croisa des individus de tren...

[...] connaissance, qui [...] soucieux.

[...] Ils entrèrent dans une salle où deux [...] secrets étaient occupés à se « faire une [...] » en termes du métier : à se *camoufler* !

— Tiens ! — s'écrièrent-ils. — Filoche ! notre ancien « cabot » ! Quoi de neuf ? Qu'est-ce qui [...] ?

— Petiot n'est pas ici ? Le petit Auguste de mon ancienne brigade ?

— Que lui veux-tu, à Petiot ? Tu sais qu'il n'est pas trop d'aplomb en ce moment !

— Est-ce qu'il se serait fait moucher ?

— C'est-à-dire qu'il est « rappliqué » hier d'une « tournée pastorale » du côté du midi, après une station d'hôpital.

À ce moment, la tête entortillée de linges, Petiot pâle, fatigué, pénétra dans la salle de camouflage.

— Tiens le voilà — firent les deux agents.

Puis, s'adressant au nouvel arrivant :

— Petiot, c'est Filoche qui te demande !

Les deux hommes se tendirent la main.

— Qu'est-ce que tu me veux, Filoche ? Serais-tu [...] à la « boîte » ?

— Non, pas encore, — répondit l'autre, — mais [...] pourrait bien venir, surtout si tu veux m'y [...]

— S'il y a un moyen ! fit aigrement Petiot.

— C'est à discuter. Mais dis-moi, quel est donc celui qui t'a si bien arrangé, vieux frère ?

— Rassure-toi ; son compte est bon à celui-là !

— Et sans indiscrétion, ça te vient de quel pâté [...] ?

— C'est un souvenir d'une campagne sur le littoral ; ça me vient de Cannes, si tu veux le savoir.

— Conte-moi l'affaire, je te dirai pourquoi.

— C'est un peu long, attends-moi, deux minutes [...] en rapport.

[...] tournant vers les deux huissiers qui, curieux, l'oreille tendue, achevaient leur déguisement :

— Au revoir, vous autres !

— Au revoir, Filoche, et bonne chance !

Dans le couloir, l'ex-argousin se pencha à l'oreille de Petiot et, tout bas :

— J'ai une affaire pour toi. Cinq mille balles à [...], Filoche.

[...] par cet appel, Petiot « bâcla » son rapport [...] selon son expression — et [...] alerte qu'il aurait pu le faire supposer [...] de tout à l'heure, il rejoignit Filoche qui l'attendait devant le corps de garde.

Dans la rue, les deux hommes s'expliquèrent :

— Voilà l'affaire, — fit le détective, — moi, je rentre de Cannes ce matin.

Cette fois ce fut Petiot qui sursauta :

— Ça c'est épatant, par exemple !

— Je cherche une bohémienne et une petite fille, dont voici le portrait. Gros drame sur la Côte d'Azur !

— Tu parles ! Et voilà le portrait, — fit Petiot, sortant une photographie d'Eva, qu'à son départ de l'hôpital, Me Rudeau lui avait remise.

— Le notaire de la maman m'a promis dix mille francs si je réussissais !

— C'est comme à moi ! Et je tiens d'autant plus à réussir que j'ai là-bas une affaire personnelle à [...]

— Avec celui qui t'a si bien arrangé le cabo [...] ?

— Tu l'as dit. Écoute bien !

En [...] de mots, Petiot mit Filoche au courant [...] auxquels il avait été mêlé et que [...] exposa en détail, puis il conclut :

— [...] comprends bien que je tienne à réparer [...] aussi à moitié, en aidant à l'arrestation de Meissmann et de l'Albéro, mais je veux [...] aller jusqu'au bout.

— Et naturellement, [...] c'est [...] que [...] qui te fait défaut !

— Tu l'as deviné.

— Et si je t'annonçais que j'en ai une [...] une sérieuse de piste, marcherais-tu avec moi ?

— Ce ne serait peut-être pas déjà si bête !

— Je connais la bohémienne, je l'ai eue [...] jours sous la main sans m'en douter. Avant [...] le père Capulet me communiquât les instru[...] du notaire, je l'avais surprise en train d'éc[...] la « gosse ».

— La « gosse » du portrait ?

— Oh ! pour ce qu'il nous servira, le portrait [...] Méconnaissable, la pauvre petite, et pourtant [...] y a encore un peu de sel !

Et, brièvement, l'ancien limier raconta [...] de la mère Duval, sa voisine, envolée depuis [...] retour de Cannes.

— À ma place, que ferais-tu ? conclut-il.

— J'irais fouiller la chambre de la vieille, peut-être y trouverions-nous quelque chose.

— On peut toujours essayer. En route !

Dans le vestibule de l'hôtel, la servante occupée à un travail de nettoyage, ne reconnut pas l'une [...]

— Eh bien quoi, Marie, vous ne me « remettez » pas ?

— Ma foi non, monsieur !

— Le limousin du 5ᵉ, M. Filoche, le voisin de la mère Duval !

Quelques secondes, la brave fille, interloquée, dévisagea le policier, puis, tout à coup, les mains au ciel :

— Bonne Vierge ! C'est bien vous, tout de même ! Vrai, ça m'a ça vous change, d'avoir fait couper votre barbe et d'avoir une jaquette de monsieur ! Auriez-vous fait un héritage et, comme la vieille, nous quitteriez-vous à votre tour ?

— Peut-être bien, mais en tout cas, ce ne serait pas sans vous regretter !

Ce compliment flatta la maritorne, qui répondit sur le même ton :

— C'est comme moi, monsieur Filoche, mais je n'en dirai pas autant de cette vieille canaille de mère Duval ! En voilà une crapule, qui n'aurait jamais donné un sou de pourboire !

— En effet, elle me paraissait assez avare de galette !

— Et si vous aviez vu sa pauvre petite, ce matin, quand elle l'a emmenée ! C'était une vraie pitié ! Dès le premier jour, ses allures m'avaient semblé louches.

« Aussi, je la suivis de loin ; mais, vers le [...] des Blancs-Manteaux, elle monta dans un fiacre qui disparut au coin de la rue du Temple.

— Bigre ! fit Petiot, que le renseignement intéressait. Savez-vous que cette mère Duval a l'air qu'une affreuse bohémienne, une voleuse d'enfants ?

— Je l'aurais parié ! — exclama la servante. Mais je pourrais peut-être vous aider à la retrouver, si vous la recherchez.

— Et comment cela ! demanda Filoche, — puisqu'elle est partie en fiacre ! Quel fiacre ? Si vous en connaissiez le numéro ?

— J'ai oublié ce détail, mais le cocher ressemblait comme une goutte d'eau à un homme de mon pays qui, après avoir fait son congé dans la cavalerie, est venu à Paris. Voyez-vous, ce serait lui que ça ne m'étonnerait pas !

— Malheureusement, ce n'est qu'une supposition.

— Je mettrais presque ma main au feu que c'est lui !

— Comment s'appelle-t-il ?

— Il s'appelle Jean Virot. Le fiacre était jaune avec des quadrilles à la caisse.

— Une Urbaine ? — fit Petiot.

— Je ne sais pas, mais son chapeau était blanc.

— C'est bien cela, — approuva Filoche, — une Urbaine, allons au dépôt de cette compagnie !.

Et remettant cent sous à la servante :

— Si nous trouvons la mère Duval, il y en aura encore autant pour vous.

— Voulez-vous monter dans sa chambre ? Tenez, voici la clef, — fit la servante, — mais je dois vous prévenir que je l'ai nettoyée à fond ce matin, et que j'ai vidé tous les placards.

— Vous n'y avez rien trouvé ?

— Rien dans les tiroirs, mais des cheveux d'enfant sous le lit, des ordures dans la caisse à charbon, et une ou deux fioles vides dans un placard.

Filoche interrogea Petiot.

— Qu'en penses-tu, montons-nous ?

— Courons plutôt après Jean Virot !

. . . .

Une heure plus tard, ils étaient rue Laffitte, au siège principal de l'Urbaine où, derrière un guichet, pontifiait un imposant et gras employé.

— Nous désirerions savoir si vous n'avez pas à la compagnie un employé nommé Jean Virot ? — demanda Filoche.

— Pour qui, ces renseignements ?

Petiot sortit sa carte.

Ronchonnant, l'employé sortit un répertoire, puis, comme un dogue à qui on retire un os, il lâcha :

— Dépôt de Vaugirard.

Les deux hommes sautèrent en fiacre, et à une vive allure se firent conduire au dépôt de la rue des Fourneaux.

— M. Jean Virot n'est pas ici ?

— Tenez, le voici qui rentre, — fit un palefrenier.

— Ça, c'est de la veine, par exemple, il est parti depuis une demi-heure à peine.

La face rouge de colère, le cocher, un homme de trente ans environ, venait en effet, après un bris de brancard, demander une autre voiture.

— Eh ! l'ami ! cria Filoche, — auriez-vous le temps de venir boire un verre sur le zinc du coin ?

Le cocher regarda les deux hommes.

— Pour quel motif, c'te politesse ?

— Pour le motif que nous vous ferons peut-être rattraper le temps perdu !

— Je marche pas. Quand j'aurai attelé, je vous prendrai, si vous voulez, à l'heure ou à la course, c'est tout ce que je pourrai faire pour vous.

Petiot s'était approché et, dans le creux de sa main, avait montré sa carte de policier.

Subitement, Jean Virot changea d'attitude.

— Voyons, qu'est-ce qu'il y a pour votre service ?

— Vous avez chargé une vieille femme, hier matin, vers le marché des Blancs-Manteaux.

— Oui, je me rappelle, une salle bobine, entre nous soit dit ! Une figure toute jaune, toute noire, toute bleue ! Un vrai carnaval, quoi ! Même qu'elle avait une petite fille toute tondue dans ses bras.

— C'est parfait. Où l'avez-vous conduite ?

— Ça, c'était une vraie course. Je l'ai trimballée à Montrouge, pour commencer, puis, de là, elle m'a fait revenir vers le Panthéon.

« Finalement, elle est descendue rue Lhomond sans me donner un radis de pourboire ! Ce que je l'ai sortie, la vieille sorcière !

— Après ?

— Après, je l'ai vue se faufiler par la rue Mouffetard, puis j'ai fait demi-tour et j'ai chargé ailleurs. Vous comprenez, des clientes comme ça, on ne se marie pas avec !

Le palefrenier avait attelé le cheval du cocher.

— Ça y est, tu peux rouler !

Jean Virot sauta sur son siège.

— Maintenant que je suis équipé, — fit-il, — si vous voulez monter en sapin, je suis à vos ordres.

— Merci, nous avons une voiture, mais voici quarante sous pour vous. — fit l'ancien brigadier.

— C'est pas de refus, — répondit le cocher, empochant la pièce. — Je crois bien qu'elle aura bifurqué sur le bas de la rue, ajouta-t-il. — Si vous la cherchez, voyez donc un peu de ce côté-là.

Une heure plus tard, les deux limiers arrivaient rue Mouffetard...

Avec son habituelle perspicacité, sans précisément discerner à quel titre, — amateur, honnête homme ou policier, — la bohémienne avait deviné dans Filoche un ennemi.

L'importune curiosité du Limousin ne lui inspirait qu'une médiocre confiance.

Aussi, son parti fut-il rapidement pris. Emportant dans ses bras l'enfant volée, elle avait pris la poudre d'escampette, montant finalement dans la voiture du cocher Jean Virot, auquel elle avait fait faire plusieurs détours...

Dans le bas de la rue Lhomond, elle était descendue vers la rue Mouffetard, puis avait obliqué sur la droite, cherchant la maison la plus misérable de ce triste quartier.

Longtemps elle rôda, inquiète, fureteuse, mais jugeant le voisinage trop bruyant, trop populeux, elle franchit la rue Monge et la rue Censier.

Vers le milieu de cette voie sordide, véritable cité de brocanteurs et de malempoints, elle avisa un hôtel borgne, où un écriteau déchiré, se balançant au-dessus d'une porte basse, aux ais grinçants et vermoulus, indiquait, pour des prix d'une extraordinaire modicité, le logement quotidien, hebdomadaire ou mensuel.

Au fond d'un corridor, dont un chiffonnier avait fait son dépôt, adossé à une tannerie aux émanations fortes et astringentes, un bâtiment tassé sur des murs lézardés, strié de crevasses, une masure suant la pauvreté, la misère et le vice crapuleux, érigeait ses trois étages.

Une vieille femme, concierge ou logeuse, conduisit la pseudo-mère Duval dans un des taudis de la cité.

L'état de la petite était alarmant.

Une fièvre d'une extraordinaire violence venait de se déclarer.

— Ne t'avise pas de crever, petite chienne ! murmura Sania, rageuse. — J'ai encore besoin de toi. Je ne t'ai pas amenée de si loin pour que tu me claques dans la main, au moment où tu vas me servir de gagne-pain !

— Elle est bien malade, votre bambine, — fit la logeuse, au moment où l'ogresse lui donnait les arrhes traditionnelles — Nous avons un médecin dans le voisinage, qui ne prend que trente sous par visite ; si vous voulez...

— Ne vous dérangez pas, — répondit la bohémienne, avec des larmes dans la voix, — J'ai l'ordonnance du docteur de mon ancien quartier. J'ai là, dans mon cabas, tous les remèdes...

« Si vous saviez ce qu'elle me coûte cher, la pauvre chérie ! Si encore elle guérissait ! Mais que de tourments, que d'angoisses !

Aussitôt installée dans le cabinet, la gitane, à l'aide d'un de ses puissants réactifs, réussit à calmer la fièvre de l'enfant.

Mais, lorsque la malheureuse se fut assoupie, pendant que la logeuse descendait à son appentis, Sania, crevant de rage, alluma un réchaud sur lequel elle mit à chauffer une tige de fer.

— Attends quelques minutes, maudite chienne ! C'est Astaroth, le démon des Roumis, qui te travaille le corps ! Tu vas voir de quelle façon je vais l'expulser !

Puis ricanant, la main caressant le manche de son « eustache » :

— Espérons que, cette fois, aucun gêneur ne viendra se mêler de mes petites affaires et que je vais pouvoir me revenger sur la *loupiote* de sa gueuse de mère, de la prison, de la perte du môme Émile de ma *bagnole* et de tout !

LE CONVALESCENT

Une dizaine de jours se sont écoulés depuis la tragique arrestation du trio : Andrée de Bordère, Montbrun et Alfiéro.

L'instruction a été menée avec rapidité. Chose facile, du reste, puisque, interrogés séparément d'après les anciennes méthodes de la justice, on a fait croire à chacun des trois misérables que ses complices avaient avoué.

On sait maintenant, puisque la Noire a eu le cynisme de s'en vanter, que Sania a reçu mille écus d'or pour faire périr la douce Eva ; elle-même s'étonne que, sur la voie du littoral, on n'ait trouvé aucune trace du crime, ce qu'elle appelle sa vengeance !

Comme elle, les magistrats ont pensé que la bande a dû se raviser et qu'elle a fui avec sa proie.

Mais laissons pour l'instant ces peu intéressants personnages qui, solidement verrouillés dans leurs cellules de la maison d'arrêt de Nice, sont guettés par un châtiment prochain, et revenons à la victime d'Alfiéro, au malheureux Rodolphe des Charmettes.

Comme toujours, le père Antoine passait ses journées dans sa chambre. Il égayait la monotonie des interminables journées du convalescent par le récit toujours nouveau et intéressant des événements dont la villa des Roses avait été le théâtre.

Toujours, Rodolphe ramenait la conversation sur sa douce Germaine, sur la mignonne et douce Eva, le trésor perdu.

Oh ! comme il se reprochait amèrement sa crédulité !

Il s'accusait de la disparition d'Eva et pleurait souvent sur des fatalités qu'un peu plus de confiance en son amie aurait pu éviter.

Mais au moment où nous le retrouvons, un éclair de résolution brillait dans ses yeux.

— Je veux guérir, — s'écria-t-il, — guérir bien vite pour sauver Germaine !... Guérir pour retrouver Eva !

Tout bas, le vieux majordome murmura :

— Pour châtier les coupables aussi !

Le docteur Cherfils venait d'arriver.

Les mains tendues, un reflet joyeux sur son visage, où ne se lisait que la bonté, il s'avança vers le malade.

— Bonne nouvelle, mon cher baron ! Mon ami Bompard me dit que l'état de Mlle Stuart lui donne de grandes satisfactions.

« Il constate, par des observations que sa grande expérience de spécialiste lui permet de faire, une amélioration sensible, autant que rapide.

— Vrai, docteur ! — fit le malade, dont le regard s'aviva.

— Qu'un événement heureux surgisse brusquement, et la raison, en même temps que la santé, seront enfin rendues à votre bien aimée !

— Ah ! si seulement nous retrouvions l'enfant !

— Nous la retrouverons, mon Eva ! Il faut que nous la retrouvions ! Du jour où vous me permettrez de quitter la chambre...

— Ce jour-là est plus proche que vous ne pensez... si vous êtes prudent !

— Je le serai, docteur. Ne faut-il pas que je le sois pour les miens !

— Je viens de voir M° Rudeau. Selon vos ordres, il a fait diligence ; il a écrit à toutes les agences, il a promis une forte prime à qui découvrirait les bohémiens et ramènerait votre fille...

— Prime que je doublerai, triplerai au besoin !

— L'agent Petiot a dû se remettre en campagne. Avant-hier encore, un limier parisien est venu me voir et lui a parlé avec une telle conviction que je crois bien le succès au bout de ses recherches !

— Si c'était vrai ! — sursauta Rodolphe. — Dites-moi cela je vous en prie !...

— Patience, mon ami ; M° Rudeau va venir aujourd'hui même, il vous expliquera l'affaire en détail.

— Oh ! comme il me tarde ! Comme je voudrais savoir !

— Ardente jeunesse ! — sourit le chirurgien. Tenez, pour vous faire trouver le temps moins long, le père Antoine va vous habiller d'une chaude robe de chambre.

— Quel bonheur ! — s'écria le convalescent qui, dans l'excès de sa joie, battit des mains.

Le père Antoine s'était précipité.

Le jeune homme avait sorti des draps ses jambes amaigries, puis, avec une vivacité que l'on n'aurait jamais soupçonnée chez un blessé qui avait été si près de la mort, sans aide, il passa son pantalon et, coquettement, devant la glace, il releva ses moustaches.

— Vous allez bien ! — sourit le chirurgien. Ma foi, le temps est beau, et je vous permettrai bientôt une toute petite promenade.

— Une très longue, docteur !

— On ne peut rien vous refuser !

— Si vous m'emmeniez à Cannes ? Je serais si heureux de revoir ma Germaine !

Mais un pli soucieux venait de barrer le front du docteur. Un combat rapide se livra dans son esprit.

Il allait répondre, lorsque M° Rudeau, après avoir heurté deux coups à la porte, entra dans la chambre.

Joyeusement ahuri de retrouver le malade debout, alerte, les pommettes rosées, le notaire s'écria :

— C'est le jour aux agréables surprises !

— Nous en apporteriez-vous une nouvelle, maître ? — demanda Rodolphe, la main tendue.

— Oh ! c'est toute une histoire.

Alors, M° Rudeau raconta la visite de Filoche, et l'assurance avec laquelle le limier avait dit en partant :

« Avant huit jours, j'aurai l'honneur de venir toucher la prime ! »

— Tenez, — termina-t-il, — il semble mettre sa promesse à exécution, voici la dépêche que je viens de recevoir.

Et sortant de sa poche un petit papier bleu, le notaire lut :

« Sommes sur piste, avec agent Petiot.

« Bohémienne avec enfant a filé rue Mouffetard ; organisons souricière de ce côté.

« FILOCHE »

— Les braves gens ! — exclama Rodolphe, confiant. — Vous m'obligerez, maître, en leur adressant à chacun un billet de mille francs de ma part !

En signe d'acquiescement, le notaire s'inclina.

— A titre d'encouragement ! — sourit le jeune homme. — Puisqu'ils sont sur une bonne piste !

— Les misérables gitanos seraient à Paris, — fit le docteur, — je m'en doutais.

Puis, après quelques instants de réflexion :

— Demain, je roulerai, moi aussi, vers la capitale. Robert m'accompagnera. Pour son malheur, le cher enfant a connu les bandits et il nous sera un précieux auxiliaire dans nos recherches, car je me lance à leurs trousses... en policier amateur.

— Et moi, docteur ! — bondit Rodolphe.

— Et votre blessé ? — insista M° Rudeau.

— Voyez comme il se porte ! — répondit le chirurgien. — C'est un malade comme je n'en ai jamais rencontré dans ma longue carrière.

« L'amour, plus que mes soins, l'a guéri. Tout à l'heure il me demandait de le conduire à la villa Bompard. J'hésitais avant de répondre ; maintenant j'accepte. Nous partirons tout à l'heure !

— Mlle Stuart irait-elle plus mal ?

— Au contraire, cher ami : Bompard me dit que tout est pour le mieux ; sa guérison ne dépend plus que d'un événement fortuit.

— En route donc pour Cannes. Me permettez-vous d'être des vôtres ?

— Parbleu !

Deux heures plus tard, les quatre hommes, car le Dr Antoine était de la partie, descendaient à la gare de Cannes et montaient dans un landelet...

L'air de la campagne avait mis des couleurs sur le visage du convalescent. L'espérance illuminait ses grands yeux baignés de douceur ; son sang, coulant plus librement, lui transfusait une vigueur nouvelle. Ses poumons se dilataient, aspirant la vie à pleines gorgées ; il sentait le jeu de ses muscles plus souple.

Par instants, la beauté des sites lui arrachait des cris de joyeuse surprise que, seuls, ceux qui ont vu la mort de près peuvent comprendre...

Bientôt, on fut à la villa du docteur Bompard.

Le Dr Cherfils présenta Rodolphe des Charmettes.

Le Dr Bompard s'inclina, puis, sur un ton de profond respect, pour le malheur qui frappait le jeune homme :

— Mlle Stuart va mieux, monsieur le baron ; je suis heureux de voir que, vous aussi, vous marchez à grands pas vers la complète guérison.

— Merci, docteur. Je sais de quels soins vous entourez ma chère malade, aussi, confiant en votre bonté, viens-je vous adresser une prière : me permettrez-vous de la voir ?

— Ne compromettons pas par une trop grande précipitation une cure qui s'annonce bien, — déclina l'aliéniste. — Songez que si Mlle Stuart vous revoyait, son esprit, trop violemment frappé et pas encore assez calme pour ce choc imprévu, pourrait ressentir un douloureux ébranlement !

Rodolphe eut un imperceptible geste d'impatience.

— Mais, rassurez-vous, — continua le docteur, souriant. — Je vous permettrai aujourd'hui de l'apercevoir. Veuillez monter dans mon cabinet, d'où l'on domine tout le parc, vous la verrez sans qu'elle s'en doute et vous partirez avec, dans les yeux et dans le cœur, un souvenir qui vous donnera du courage et du bonheur.

Les quatre hommes venaient de pénétrer dans le bureau du clinicien, dont rapidement, ce dernier courut fermer les fenêtres.

Derrière les vitres aux fins rideaux, tamisant le jour aveuglant de cette délicieuse et chaude journée, le ravissant spectacle que nous avons essayé de décrire dans un précédent chapitre, se déroulait panoramique, enchanteur, aux yeux des visiteurs émerveillés...

Tout à coup, Rodolphe, que l'on avait installé dans un fauteuil bas, étouffa un cri de surprise.

Au fond d'une allée ombreuse, une délicieuse apparition venait d'éblouir ses yeux chercheurs et inquiets... Dans une robe de mousseline légère, des violettes à son corsage, des violettes dans les mains, des violettes, toujours, partout, épinglées jusque dans les épaisses nattes de sa chevelure ondulée, Germaine marchait comme dans une apothéose de rêve. Parfois, elle s'arrêtait, écoutant le pépiement des oiseaux dans les grands arbres, puis, elle s'élançait par bonds enfantins pour, de nouveau, s'arrêter, écouter la chanson des fauvettes, les trilles des gais rossignols ou se baisser pour cueillir une violette encore !

Une grâce captivante, une élégance adorable enveloppait les moindres mouvements de la jeune femme, que le soleil inondait dans les flots de sa lumière dorée, illuminant son visage aux lignes pures et harmonieuses...

Dans cette liberté absolue, vivant seule, les pensées envolées dans la fumée de l'oubli, anéanties par la terrible catastrophe où sa raison avait sombré, elle semblait une délicate apparition.

Devant ce spectacle de douceur et de tristesse, discrètement, Rodolphe essuya de grosses larmes qui venaient de perler sous ses cils et de rouler sur ses joues amaigries, pendant que, vivement impressionnés, Me Rudeau et le docteur Cherfils se laissaient envahir par le charme du spectacle trop émouvant.

— La pauvre enfant ! Oh ! lui rendre la santé, lui rendre le bonheur auquel mon ingratitude passée, les malheurs présents lui donnent tant de droits !

Dans une sente de traverse, la jeune femme venait de disparaître.

— Parlons, — fit le Dr Cherfils, s'adressant au convalescent, — un plus long séjour dans la villa vous fatiguerait outre mesure.

« Vous emportez du bonheur pour quelques jours ; lorsque cette provision sera épuisée mon ami vous permettra de la renouveler, n'est-ce pas, Bompard ?

— Accordé !

Rodolphe s'était levé, il avait étreint dans ses deux mains décharnées, les paumes robustes du maître de la villa.

— Comment vous remercier, docteur, des soins, de l'affection, du dévouement dont vous entourez ma chère malade ?

Mais doucement, celui-ci s'était dégagé et un doigt sur ses lèvres, il avait répondu :

— En vous guérissant vous à sauver votre bien-aimée !

XI

A L'HÔPITAL DE NICE

Pendant que Rodolphe et le père Antoine rentraient à Nice, Me Rudeau et le docteur faisaient, en cabriolet, à Vairas.

Ce jour-là, un jeudi, Robert, en vacances, jouait derrière le jardinet de la maisonnette ; la paysanne, toujours sur le qui-vive d'un imminent départ, mettait en ordre les vêtements de l'enfant.

Reconnaissant le trot du cheval, elle courut ouvrir aux deux amis.

— Comment vous portez-vous, nourrice ? — s'enquit le chirurgien. Et Robert, comment va-t-il ?

Devançant la réponse de la brave femme, d'un bond, l'enfant abandonnant ses jeux, s'était précipité vers le docteur, qu'il embrassait tendrement.

— Je m'amusais, grand-père, en pensant à vous, car quelque chose me disait que vous viendriez aujourd'hui.

— C'est donc pour ce soir ? — demanda la paysanne à Me Rudeau, qui, sautant à terre, tendait la main au chirurgien.

— Mais avant que le notaire eût répondu, le docteur Cherfils, rendant l'étreinte de son petit Robert, s'écriait, joyeux :

— Eh bien ! nourrice, vos malles sont-elles prêtes ? La voiture nous attend, l'express roulera pour nous cette nuit !

— Bravo ! — s'exclama l'enfant, battant des mains. — C'est à Nice que nous allons ?

— Beaucoup plus loin, mon chéri, à Paris, dans ce bel appartement d'autrefois, vide aujourd'hui dont ta présence, désormais, égaiera la solitude.

Dans la soirée, le docteur Cherfils, conduisant Robert par la main et suivi de la nourrice, montait dans un compartiment de première, à destination de Paris.

Les employés refermèrent les portières, et dans un panache de fumée, le convoi disparut à l'horizon.

. . . .

Pendant que le train roulait dans la nuit, un événement qui allait avoir une importance capitale se passait à la prison de Nice, où Andrée de Bordes avait été conduite.

[...] en traiter les diverses péripéties, [...]
[...] la Noire, sombre horreur, encore sous le coup
[...] de son arrestation.

A peine entrée dans sa cellule, dont la porte se referma sur elle avec un bruit sourd, la criminelle qui, jusqu'à ce moment, avait gardé un extraordinaire sang-froid, laissa son naturel reprendre le dessus. Les yeux hagards, la face tordue, les épaules secouées par le rythme d'une fureur intense, elle hurla en désespérée.

La bave coulait de sa bouche crispée, tandis que sa longue chevelure noire, aux reflets bleus, se dénouait, semblable aux mèches sifflantes des gorgones en furie.

Toute la nuit, elle hurla, presque folle, elle hurla jusqu'à ce que le jour se levant, terrassée par la fatigue et la réaction nerveuse, elle roula inanimée sur les dalles de sa prison.

Le lendemain matin, la gardienne la trouva raide, sans vie, et, anxieuse, redoutant un blâme, elle courut informer le directeur.

C'était précisément jour de visite médicale. Le médecin arrivait.

La Noire, installée sur un lit de sangle, n'avait pas encore repris connaissance.

Le docteur hocha la tête. A l'aide d'un réactif, il fit revenir la malade à elle, et tout de suite, celle-ci roula des yeux étonnés, hagards, inconscients... Mais déjà la sinistre créature avait repris ses sens.

La froide raison lui était revenue et, subitement, elle avait songé à tirer parti de la situation :

Amélioration de sa situation de prévenue, peut-être admission à l'hôpital... et, de là, perspective d'une fuite facile à exécuter.

— Où suis-je ? Que me veut-on ? — murmura-t-elle. — O mon Dieu ! Ma pauvre nièce ! La bohémienne ! La damnée !

Puis, se dressant tout à coup, comme mue par un ressort, elle marcha droit devant elle, en poussant des cris inarticulés, dont les murs de la cellule retentirent lugubrement.

Relevant les longues tresses de ses cheveux de jais, la misérable les tordit violemment, et battant l'air de ses deux bras, de son front elle alla heurter la muraille, puis, raide, elle roula sur le sol...

— Santa ! Maudite ! Suppôt de l'enfer ! — hurla-t-elle. — Au secours, à moi !

Elle eut encore un spasme et, de nouveau, un silence pesa sur la cellule, glaçant d'effroi les spectateurs.

— C'est étrange, — fit le docteur, hochant la tête.

« On dirait décidément que toute cette famille est vouée à la folie.

« Je vais comme pour l'autre signer un billet d'hôpital.

A ce mot tant désiré, Andrée de Bordère eut un imperceptible tressaillement, mais, absolument maîtresse d'elle-même, elle continua à rester inerte.

Bientôt après, elle revenait à elle, et les yeux vitreux, renversés sous l'orbite, les mouvements saccadés, la bouche remplie d'imprécations hoquetantes, on l'installait, dans une voiture spécialement réquisitionnée par le service pénitentiaire.

A l'hôpital, elle fut placée dans une chambre isolée, donnant sur le carré du laboratoire de chimie et de pharmacie.

Là, elle fut — tout d'abord — l'objet d'une minutieuse surveillance, tant sous le rapport médical qu'au point de vue criminel.

Secondée par une énergique et tenace volonté, elle ne se départit pas un seul instant de sa simulation de folie, qu'elle se borna simplement à transformer en douce monomanie de la persécution, avec de très rares ressauts de délire furieux.

L'instruction, en ce qui la concernait, fut faite discrètement, à l'hôpital, où le juge enquêteur se rendit à plusieurs reprises.

Avec une lucidité parfaite, car la Noire avait rendu des points au psychologue le plus subtil, elle avouait, entre deux crises de larmes, sa complicité dans les crimes abominables dont l'horreur, disait-elle, l'épouvantait, puis, lorsque l'interrogatoire touchait à sa fin, elle se mettait à divaguer, à chanter ou à éclater de rire.

Malgré la constante et minutieuse surveillance dont elle était l'objet, la misérable n'avait pas tardé à s'apercevoir que les infirmières sortaient à toute heure de la journée, et que, soir et matin, elles se relayaient par équipes de jour et de nuit.

Leur service terminé, elles passaient rapidement devant la grille du portier qui, les connaissant toutes, leur adressait un amical signe de tête, sans plus se soucier du règlement, qui exigeait une inspection plus sévère.

A cette constatation, l'idée d'une évasion qui, dès le premier jour, avait germé dans l'esprit de la Noire, s'imposa tenace, impérieuse.

Les infirmières ! Ah ! si elle pouvait s'affubler d'un costume d'infirmière !

Oui, mais, de quelle façon y réussirait-elle ? Tout d'abord, elle essaya de se concilier l'amitié de ses deux gardes-malades.

Celle de nuit, la plus ancienne, proposée pour le grade supérieur, était dure, revêche, méfiante à l'excès, insociable.

Rien à faire de ce côté.

L'autre, au contraire, nouvelle venue dans l'établissement, veuve, mère de famille, de situation pitoyable avec ses dérisoires appointements de cinquante francs par mois pour nourrir ses enfants en bas âge, parut à la misérable plus facile à corrompre.

Aussi, par insinuations graduelles, par questions insidieuses et habilement posées, arriva-t-elle à connaître ses misères, ses chagrins et ses désirs.

Il y avait huit jours qu'Andrée de Bordère était à l'hôpital lorsque, quelques instants avant le repas du soir, l'infirmière arriva les yeux rouges par les pleurs.

— Qu'y a-t-il donc, ma brave femme ? — demanda la Noire, compatissante.

— Il y a, — fit la malheureuse, entre deux hoquets, — que je vais être saisie, mes meubles vont être vendus, si je ne paye pas cent francs que je dois depuis six mois à mon propriétaire !

— Quelle misère ! — s'exclama la Noire.

Et sortant de sa poche une liasse qu'elle avait réussi à dissimuler le jour de son arrestation, elle en retira un billet de cinq cents francs.

— Prenez, n'en dites rien à personne !

La surveillante, confuse, hésita. Elle connaissait l'horrible inculpation qui pesait sur sa malade ; aussi, avec un naïf bon sens, répondit-elle, en repoussant le présent :

— Non, merci, madame, je serais liée envers vous ; j'arriverais peut-être à violer la consigne, pour vous témoigner ma reconnaissance...

Puis, prise d'un fugitif soupçon :

— Pourquoi, du reste, me donnez-vous une aussi grosse somme, à moi que vous ne connaissez pas ?

Quoique surprise, la Noire eut la présence d'esprit de répondre :

— Parce que vous êtes malheureuse, et que, moi que l'on accuse d'abominables forfaits, je suis aussi une victime de la fatalité, innocente, oh ! oui, je vous le jure !

Et, mettant le billet dans la burette de l'infirmière, elle ajouta avec un sourire forcé :

— Gardez, vous me ferez plaisir ! Rassurez-vous, je ne vous demanderai rien en échange !

Une cloche venait de sonner. L'infirmière embrassa les mains de l'hypocrite, puis, ouvrant la porte, elle sortit au moment où sa remplaçante rentrait.

La Noire étouffa une imprécation de rage :

— L'imbécile !

Toute la nuit, elle réfléchit longuement. Au jour levant, sa décision était prise :

— Je réussirai par un autre moyen !

Le lendemain, elle fut servie à souhait par la rapidité avec laquelle le médecin-chef fit sa visite.

Comme toujours, elle simula la folie ; puis, pendant que le docteur sortait et que l'infirmière l'accompagnait, rapidement elle s'élança vers la pharmacie voisine, en ce moment déserte et subtilisa un flacon étiqueté à son gré...

Au même instant, la surveillante revenait sans s'apercevoir du larcin commis par sa pensionnaire.

Andrée de Bordière savoura ce succès, pour elle de bon augure.

Elle attendit impatiemment l'arrivée de l'autre infirmière, son obligée de la veille.

Grâce à son billet, elle avait pu éviter la saisie, désintéresser son propriétaire et solder quelques dettes criardes.

Aussi, très émue, s'étant approchée de la Noire, elle s'agenouilla.

— Si vous saviez combien, madame...

Mais elle ne put achever.

Perfidement, Andrée de Bordière avait débouché le flacon qu'elle renversa dans sa main, sous les narines de la trop confiante infirmière.

Celle-ci ferma les yeux et tomba suffoquée.

Rapidement, la Noire lui retira sa coiffe, sa bavette, sa robe et son tablier dont elle se vêtit, puis, sans hâte, d'une allure calme et paisible, elle sortit de la salle et descendit l'escalier.

Le portier était devant sa grille, culottant sa pipe. Le cerveau vide, il contemplait les spirales bleuâtres de la fumée qu'il lançait en petits jets odorants.

Il ne vit pas le visage de la misérable qui se détourna.

Une minute plus tard, celle-ci sautait dans un fiacre de louage.

A la tombée de la nuit, elle était déjà en Italie.

— Et maintenant, — grondait-elle avec un geste de haine terrible, — débrouille-toi, Montbrun ; moi je vais où mon destin m'appelle !

« Seule contre tous, je me sens encore assez de force pour lutter et pour vaincre !

Puis, le poing tendu du côté de Nice :

— Ah ! mon beau Rodolphe, tu ne la tiens pas encore la Germaine, pas plus que toi, Germaine, tu ne tiens ton Eva !

XII

A PARIS

Bien persuadée que le parquet de Nice la croirait pour longtemps en Italie, la Noire ne s'attarda pas longtemps dans le pays des « pifferari » où son signalement avait été adressé télégraphiquement.

Le lendemain de son évasion, elle était à Coni.

Dans l'hôtel où elle s'installa pour une nuit, elle se teignit les cheveux et les sourcils au henné, puis échangea ses éternels vêtements noirs pour d'autres de coupe fantaisiste et de couleurs claires.

C'était plus qu'il n'en fallait pour dépister les limiers.

D'un minutieux examen de son pécule, il résultait qu'elle possédait encore une dizaine de mille francs en billets de banque. C'était, on le voit, un magot respectable comme en cas pour une aventurière de cette trempe.

— Avec cela, — fit-elle, — j'aurai le temps de me retourner et de voir venir ! L'essentiel, c'est d'avoir sauvé ma peau !

Car l'excès de joie rendait l'aristocratique « demoiselle » quelque peu triviale dans ses expressions.

— Et maintenant, ajouta-t-elle, — où pourrais-je être mieux cachée qu'à Paris ? Je joue suffisamment du piano, je chante d'assez agréable façon, et je parle l'italien aussi bien que ma langue maternelle !

« Je troque mon nom d'Andrée de Bordère, assez gênant à porter en ce moment, pour celui de marquise de Santelli.

« J'arrive d'Italie où mon mari s'est ruiné au jeu. Ecœurée par sa conduite je l'ai quitté sans bruit et je suis venue m'installer dans la capitale des Français comme maîtresse de musique.

« Faubourg Saint-Germain, ça prendra très bien !

« Une femme de l'aristocratie, réduite, par les vices de son époux à travailler pour vivre, ce sera touchant, ce sera parfait.

« Ils sont si gobeurs, dans ce fameux faubourg que l'Europe nous envie ! Mon petit roman y fera fureur ! Avant un mois j'y serai adulée, cajolée, comme une petite sainte. En route donc pour Paris !

A la gare de Coni, deux argousins, informés par télégramme du procureur de Nice — et qui cherchaient obstinément parmi les voyageurs une femme brune, vêtue de noir ou déguisée en infirmière, — n'aperçurent pas la belle évaporée qui, à leur barbe, monta dans un compartiment de première.

A la gare de Turin, où elle dut changer de train et attendre l'express de Lyon, la surveillance était encore plus illusoire.

Le lendemain soir elle était à Paris.

Conformément à son programme, elle loua un petit appartement meublé dans la silencieuse rue de Lille. Au milieu du salon trônait un piano sur lequel, pendant quelques jours, autant pour se distraire que pour se préparer à son nouveau métier, elle se mit à égrener des arpèges et à plaquer des accords.

Chez tous les fournisseurs du quartier, boulanger, boucher, épicier, rôtisseur, elle fit coller une petite affiche :

LEÇONS DE PIANO ET DE CHANT
PAR UNE DAME DU MONDE
PRIX MODÉRÉS

et fit visser, à droite de la porte cochère, une plaque de cuivre portant une inscription identique.

Huit jours plus tard, la *dame du monde* avait deux élèves.

Rapidement son petit roman fut colporté et défraya la chronique mondaine des élégantes oisives quinze jours durant, des douairières se lamentèrent sur l'inconstance de ce volage époux, et, de tous côtés, on s'occupa de la malheureuse marquise de Santelli.

Il y avait à peine un mois que la Noire était à Paris, et déjà elle refusait des élèves, imposait ses prix, s'installait dans un appartement plus luxueux.

Ne parlons ni de ses amants ni de ses vices : elle avait trouvé son châtiment ou son plaisir si l'on veut — dans ces poisons, alors peu répandus : la cocaïne et l'éther...

C'était vraiment trop beau pour durer. Une ombre ne devait pas tarder à obscurcir ce riant tableau.

Cette ombre maudite, c'était Sania la bohémienne !

XIII

UNE CURE DE GITANI

Nous avons laissé l'atroce vieille accroupie devant le réchaud sur lequel chauffait son tisonnier pendant qu'Eva, terrassée par la fièvre, gisait, inerte, sur le grabat du nouveau taudis.

Lorsque sa tige de fer fut « à point », l'ogresse s'empara de la petite martyre qui, sans mouve-

sans vie, semblait attendre le coup suprême pour rendre enfin sa petite âme.

— Rassure-toi, — ricana la mégère, — c'est pour ton bien que je vais travailler aujourd'hui ! Tu souffriras peut-être un peu, mais notre vie n'est-elle pas faite de misères !

« Crois-tu que je m'amusais tous les jours, moi avec ce Piétro de malheur, que le diable doit rôtir aujourd'hui ?

« Or, pour gagner ma vie, il me faut une petite infirme. Ce sera toi, puisque ta bonne mère m'a pris mon Émile ! »

D'un brusque mouvement, la bohémienne enleva le chiffon troué qui couvrait la nudité de l'enfant, puis la couchant sur ses genoux, elle prit le tisonnier qu'elle promena lentement tout près de la plante de ses petits pieds.

Mais à peine si, par instants, un tressaillement fébrile agitait la martyre.

Maintenant, une crainte agitait l'ogresse. Malgré le remède qu'elle tenait de ses ancêtres, — remède souverain pour faire revenir à la vie les êtres à demi-morts, — la bohémienne, devant le corps déjà froid de l'enfant, désespérait du succès de son œuvre infâme.

Mais un soupir s'échappa de la poitrine de la pauvrette...

Ses yeux s'ouvrirent faiblement, et d'une voix éteinte, à peine perceptible, même pour l'oreille affinée de l'ogresse, elle murmura :

— À boire ! Petite mère !

Cette fois, la face de Sania s'illumina.

— Je le pensais bien ! toutes les cures des romanis sont excellentes. Si celle-là n'avait pas réussi, c'aurait été parce que la chienne ne l'aurait pas voulu !

— À boire ! — répéta la petite.

— Tu as soif ! Attends ma mignonne, ta bonne grand'mère a besoin de toi, elle ne veut pas te laisser « flancher » au moment où tu vas lui rapporter des rentes !

Se dressant alors sur ses longues jambes osseuses, la gitane se dirigea vers son cabas d'où elle retira une petite fiole contenant une sorte de vinaigre.

Collant alors le goulot aux lèvres violacées de sa victime, elle versa le contenu du flacon dans sa bouche.

Un éclair de contentement, l'apaisement de la soif brûlante, se refléta presque aussitôt sur le visage sans chairs de la malheureuse enfant.

— Merci ! bonne maman !

Puis, de nouveau, ses yeux se fermèrent.

— Ça va ! Ça va ! — fit Sania se frottant les mains. — Tiens, je suis si bonne que je ne veux pas de demi-guérison.

— Encore un peu de patience et tu seras hors de danger ! Tu résistes assez bien, du reste — ricana-t-elle. — Fais dodo, à présent !

La jetant sur le grabat :

— Dans huit ou dix jours, il n'y paraîtra plus ; tu te porteras aussi bien que ta bonne grand'mère.

Pendant une dizaine de jours, en effet, l'affreuse créature coucha l'enfant à côté d'elle, épiant attentivement les progrès de sa « cure ».

Chose étonnante, la fièvre était tombée, et, malgré l'atroce douleur que l'enfant devait ressentir de ses pieds, il semblait que la vie ne voulait pas déserter son petit corps.

Et cependant, on sait si son organisme avait déjà passé par de terribles épreuves !

Du reste, Sania, experte en l'art de soigner les petits romanichels, et surtout virtuose en celui, non moins difficile, de torturer les faibles et les innocents, la soumettait à un régime spécial de nourriture.

Elle constatait toutefois qu'elle avait été un peu trop loin dans ses excès.

Elle serait bien avancée le jour où la petite viendrait à lui passer entre les mains ! Elle ne l'avait pas amenée de si loin pour la laisser naïvement filer aux anges !

Un matin, l'ogresse encore se frotta joyeusement les mains.

Elle venait de trouver un moyen qui, tout en martyrisant Cécily, concilierait toutes ses utilitaires considérations.

À l'aide de bandelettes de toile, elle lui ligota les jambes à partir du genou et lui enferma les pieds dans un appareil en bois qu'elle serra de plus en plus.

La face convulsée, les reins cloués sur le grabat de la misérable, Eva épouvantée, torturée, n'osait plus fixer son regard ni exhaler la moindre plainte.

Sania avait pour elle des câlineries effrayantes.

— Pauvre petite, tu souffres ! Embrasse ta bonne grand'mère, ça te calmera !

Et serrant l'enfant contre elle, elle forçait son visage — où ne se lisait plus que la terreur et l'effroi, — à subir l'odieux contact de sa peau rugueuse et parcheminée.

— N'est-ce pas que ta bonne maman est gentille ?

Et jusqu'à ce que la pauvrette eût répondu, la gitane, la pinçant entre ses doigts crochus, lui arrachait la chair, dans le dos, sur la poitrine...

Et lorsque Eva, vaincue par la douleur, s'ajoutant aux tortures de l'appareil, répondait :

— Oui, bonne maman, je vous aime bien !

Sania ricanait :

— À la bonne heure ! Moi aussi je t'aime, vois-tu, mais je t'aime à ma façon, je t'aime pour moi, je t'aime parce que tu me distrais !

« Je t'aime tellement qu'un beau jour je te sortirai, je te ferai voir la ville, les boulevards, les belles maisons, les jolis magasins !

« Il faut de l'hygiène, vois-tu, Cécily ! une bonne promenade au grand air, c'est souverain contre toutes les maladies. »

Redoutant d'instinct quelque nouvelle férocité, la petite Eva ne répondait pas.

Un soir, après avoir serré l'appareil, un peu plus que de coutume, la gitane l'enveloppa dans un châle de laine et, la prenant dans ses bras, descendit de son taudis.

Bientôt elle fut dans la rue Monge qu'elle remonta.

Au croisement du boulevard Saint-Germain, vers la place Maubert, elle n'aperçut pas un aveugle installé sous une porte cochère qui, un gobelet à la main, implorait par cris inarticulés la charité des passants.

Indifférente et hostile aux misères d'autrui, elle passa...

Devant la vitrine d'un grand bazar, à Saint-Germain-des-Prés, la bohémienne s'était arrêtée, faisant hypocritement admirer les poupées, les voiturettes, les petits ménages et autres joujoux à Eva, qui, se rappelant le passé, les jolis jouets de la villa des Roses, eut dans le regard un reflet de pitoyable envie.

— Pauvre mignonne, pourquoi sommes-nous si pauvres ! — murmura la vieille misérable. — Ah ! mon doux Jésus !

En face de l'étalage, examinant un objet, une dame aux cheveux acajou, un rouleau à musique sous le bras, s'était arrêtée.

Elle avait entendu l'exclamation de la bohémienne et le son de cette voix l'avait frappée...

Quelques instants, avec persistance, elle tourna autour de la gitane qui, devinant ce manège, s'obstinait, au contraire, à cacher son masque hideux.

Mais, tout à coup, l'ayant dévisagée, un cri de stupeur échappa à l'inconnue :

— Sania !

Surprise, la mégère planta son regard aigu, inquisiteur, dans celui de la belle dame.

Elle allait lui répondre sèchement :

— Vous vous trompez, madame !

— Mademoiselle de Bordère ! Pas possible !

XIV

LES DEUX COMPLICES

Un instant, les deux femmes restèrent simplement en face l'une de l'autre.

Puis, tout bas, Andrée de Bordère demanda, regardant la fillette :

— C'est la petite Eva ?

De la tête, Sania fit signe que oui.

— Faites voir !

— Éloignons-nous, — dit Sania, — il y a trop de monde ici...

Rompant alors le cercle des curieux, la bohémienne et la Noire s'enfoncèrent dans une rue tortueuse, et, sous le saillant d'un vieil auvent, elles s'arrêtèrent.

— Pourquoi ne m'avez-vous pas obéi ? — demanda Mlle de Bordère, — pourquoi n'avez-vous pas fait comme c'était entendu ?

L'ogresse haussa les épaules.

— Si vous saviez, au lieu de me blâmer, vous me féliciteriez, vous doubleriez ma récompense...

— Vous deviez vous borner à exécuter mes ordres et non pas les interpréter.

— Vous ne direz pas cela tout à l'heure ! Tenez, regardez plutôt. Franchement, si elle était morte sous la locomotive, aurait-elle autant souffert, hein ?

Écartant alors les haillons sordides qui couvraient l'enfant, Sania eut un rictus infernal.

— Contemplez votre petite nièce, mademoiselle, admirez mon ouvrage !

On sait quel lamentable squelette était devenue la martyre, si jolie, si pimpante, si gracieuse, naguère encore.

À la vue de la dame aux cheveux roux, au regard froid et dur, elle fit mine de mettre ses petits poings ridés sur son visage.

Ce mouvement découvrit sa poitrine, qu'aucun linge ne protégeait.

Devant l'épouvantable maigreur de la pauvrette, Mlle de Bordère eut tout de même un mouvement d'instinctif recul.

Eva, dont les quatre ans étaient bien sonnés, en paraissait deux ou trois à peine, malgré son pauvre visage ridé et tuméfié.

Ses yeux si grands, d'un bleu si pur et si doux, dans lesquels semblait se refléter l'infini du ciel, enfoncés, dans un triple cerne d'ombre, étaient meurtris par les souffrances et les pleurs.

Sa petite bouche, aux lèvres d'un si beau rose, avait pris cette inflexion douloureuse des coins rapetissant la fatalité d'une misère sans espoir.

Dans le châle troué qui l'enveloppait, sans rien pour adoucir le frottement rugueux de la laine sur son frêle épiderme, les points saillants de ses os aggravaient encore sa maigreur déjà trop réelle.

Devant les deux mégères, l'une en haillons, l'autre en falbalas, un tremblement craintif l'avait envahie. Qu'allait-on lui faire ?

La misérable tante se taisait, pétrifiée d'horreur.

L'étincelle de compassion que tout être humain porte en soi allait-elle se raviver ?...

Les supplices atroces que sa malheureuse nièce avait subis, entraîneraient-ils un miracle ?

Un revirement allait-il s'opérer dans l'âme fangeuse du bourreau femelle ?

Mais, plus que jamais, une terreur muette envahissait le visage de la mignonnette.

Elle se faisait, se faisait de plus en plus petite, se recroquevillait contre la hideuse bohémienne qui, silencieusement, dévisageait l'étrange Mlle de Bordère.

— Croyez-vous que cela vaut mieux que si vous en aviez commandé ? Elle souffre davantage, votre vengeance n'en est que plus complète, hein ?... Et cet appareil de mon invention ?

Puis, ironique :

— J'espère que mademoiselle Andrée est satisfaite ?

La Noire ne répondit pas...

Sur son visage ordinairement si dur, un monde de pensées contradictoires se reflétait.

Dans son cœur, raborni, desséché par la haine, un violent combat se livrait.

Certes elle avait voulu, — peut-être voulait-elle encore, — la mort de la petite Eva ; mais à la vue des souffrances inouïes que la bohémienne avait pris plaisir à lui faire endurer, une sorte d'effroi montait en elle.

Sania réitéra sa question, mendiant son approbation :

— J'espère que, *mademoiselle* est satisfaite ? Je n'ai pas volé son argent !

D'une voix sourde, comme voilée par d'angoisse, Andrée de Bordère ordonna :

— Venez chez moi, tout de suite.

Intimidée, l'ogresse n'osa refuser.

Un fiacre passait vide dans la ruelle. La Noire héla le cocher et donna son adresse.

Les deux complices s'engouffrèrent à l'intérieur.

Quelques instants plus tard, la pseudo-marquise de Santelli introduisait la bohémienne dans son luxueux appartement dont, soigneusement, elle ferma la porte d'entrée.

Quelque peu démontée, ne comprenant pas ce revirement subit dans l'attitude de la Noire, Sania qui, rapidement, avait repris son aplomb, s'écria :

— Regardez si c'est travaillé !

Retirant alors le châle qui entortillait l'enfant, elle mit à nu ses jambes, ligotées comme on sait.

Cette fois, Andrée de Bordère se sentit presque défaillir.

Cette femme au cœur de roc, cette créature de mal dont la vie n'était qu'un tissu de crimes, cette misérable qui, quelques jours auparavant, avait sans remords, joué son évasion contre la vie d'une infortunée, d'une mère de famille, ce monstre enfin, sentait maintenant la houle du remords, à l'épouvante de Dieu ou du destin, la saisir à la gorge et l'étrangler.

Telle est la force invincible de cette pauvre toute petite chose : un enfant !

Mais, feignant de ne rien voir, jouissant de son épouvante, Sania s'étendant avec volubilité sur les plus monstrueuses péripéties, raconta en effet la fuite dans la roulotte, les deux alertes de la gendarmerie, la querelle avec Pétra, sa cruelle vengeance, et enfin l'arrivée à Paris, puis l'étape de l'hôtel des Rosiers.

Avec une joie de hyène, la gitane narra, rehaussée par le menu ses raffinements de son « traitement » sur la fillette.

Atrocement pâle, la criminelle l'écoutait sans plus l'entendre.

Devant ses yeux, que l'épouvante dilatait, d'horribles visions passaient, vengeresses, agitant son être d'un indicible effroi.

— Maintenant, — termina la gitane, — serais indiscrète en vous demandant ce qui s'est passé votre villa, et par quel hasard nous nous trouvons si loin de là-bas ?

— J'ai voulu voyager, — éluda la Noire.

— Vous avez peut-être eu du malheur ? — ricana la sorcière. — Vous avez peur aussi que je vous dénonce ! Ah ! ah ! ah !...

Piquée au vif, et comme si elle se réveillait d'un mauvais rêve, peuplé de cauchemars, Andrée de Bordère conta son aventure.

... une fois ressaisir par le démon de la haine et de l'envie.

Elle eut des imprécations contre Rodolphe et Germaine. Puis sa rage fit place à une fureur intense lorsqu'elle expliqua la trahison de Montbrun pour la grande Margot, son arrestation au moment où elle allait, enfin, toucher au triomphe définitif.

— Ils m'ont emprisonnée, — s'écria-t-elle, — mais ils ne m'ont pas gardée longtemps !

Et, avec joie, cette fois, la joie du triomphe, elle dit son audacieuse évasion, puis son arrivée à Paris où le noble faubourg était ouvert à la marquise de Santelli, musicienne.

— Tiens, vous avez fait comme nous ! Moi, c'est la mère Duval que je m'appelle ; votre petite Eva, je l'ai baptisée Cécily !

Ce nom, lancé à la fin de son récit, tomba sur la Noire comme une douche glacée.

Orgueilleuse, impérative, elle demanda :

— Qu'allez-vous faire de Cécily, puisque c'est ainsi que vous l'appelez ?

— Mais c'est bien simple ! Je continuerai à m'en amuser et à en vivre. En ce moment, je l'estropie pour que, l'hiver, elle soit d'un meilleur rapport lorsque j'irai mendier.

— Car je montrerai ses pieds déformés, et rien de tel pour émouvoir les bonnes âmes sensibles !

— Vous n'avez donc plus d'argent ?

— Pensez-vous que ce que vous m'avez donné puisse éternellement durer en voyage ! Sans compter ce que Piétro m'a volé !

La Noire sembla faire un effort sur elle-même, puis soudain :

— Rendez-moi Cécily, je m'en arrangerai.

L'œil de Sania brilla sinistrement !

— Vous êtes donc bien riche ?

— Que vous importe ? Je veux l'enfant !

— Vous auriez donc le cœur, maintenant que j'ai dressé la petite, de m'enlever mon gagne-pain ?

— Je vous l'achète ! Je vous donnerai plus qu'elle ne vous rapporte.

— Mais je l'aime ! — fit l'ogresse. — Elle est à moi, vous me l'aviez donnée pour la tuer ; je ne l'ai pas fait, mais elle est morte pour vous, elle m'appartient, je la garde, je veux pouvoir en jouir à mon aise.

— Ses souffrances sont ma joie et ma revanche ! Elle me manquerait trop ! Je n'ai que elle pour égayer mes vieux jours. Non, en vérité, demandez-moi autre chose.

— Cinq mille francs !

— Ni cinq, ni dix, ni vingt ! Ce serait pour vous la sécurité, la fortune et l'impunité. J'y perdrais, sans parler de ma fortune ! Non, non et non... la petite chienne vaut mieux que ça !

Mlle de Bordère comprit qu'elle n'obtiendrait rien de la rapace créature ; aussi jugea-t-elle prudent d'endormir sa méfiance.

— Bah ! conclut-elle. — Si je vous l'achetais, ce serait pour la faire souffrir aussi ; mais je crois que vous vous en acquitterez mieux que moi !

— Si vous voulez me payer pour cela, — ricana la bohémienne, — ne vous privez pas de ce plaisir.

« Dans quelque temps je vous inviterai à une petite séance, et vous verrez, encore un coup, que je ne vole pas l'argent !

La Noire eut un geste de dégoût ; puis, ouvrant son portefeuille, elle en retira un billet que, du bout des doigts, elle tendit à l'ogresse.

Celle-ci l'enfouit dans son corsage, et tandis qu'elle remerciait son ancienne complice, elle pensait :

— Tu en as beaucoup de cette couleur ! C'est bon à savoir !

De son côté, Andrée de Bordère songeait aux moyens de lui reprendre sa petite nièce ; remords, peur ou pitié ? Qui sait !

Sania enveloppa la [illegible] dans sa [illegible] et prit congé de la Noire.

Celle-ci, bouleversée, songeait :

— Oh ! si pourtant il y avait un Dieu !... Mais non, il n'y a rien !

« Elle a raison ; cette enfant que j'ai vouée à la mort serait, au besoin, ma sauvegarde, un otage précieux entre mes mains... Et puis... et puis... et puis... Voilà que j'ai peur, moi, Andrée !

Une heure durant, la sinistre créature fut en proie à une crise affreuse, d'épouvante et de doute !

Lorsqu'elle se ressaisit enfin, grâce à une piqûre de morphine, sa résolution était prise.

Coûte que coûte, elle reprendrait Eva, elle arracherait la petite martyre à son bourreau. La vieille lui avait donné son adresse de la rue Censier.

XV

L'AVEUGLE

Par le boulevard Saint-Germain, Sania regagnait son taudis.

La nuit était tombée sur la ville, et, de tous côtés, les réverbères allumés l'inondaient d'une lueur crue.

Aux devantures des magasins, les rampes flamboyaient ; sur les trottoirs, une foule se pressait.

C'était la montée rapide des ouvriers quittant l'atelier et regagnant le logis ; c'était, la journée de labeur terminée, la course des employés vers le repos bien gagné.

En revanche, dans des coupés de maître, sillonnant la chaussée, au trot élégant de leurs coursiers de race, c'étaient des hommes en frac et des dames en toilette ; des oisifs commençaient leur nuit de plaisir à l'heure où les travailleurs cessent leur journée de labeur.

Maintenant la bohémienne était arrivée à hauteur de la place Maubert...

Se guidant péniblement à l'aide d'un bâton ferré, marchant de cette allure hésitante des aveugles, tâtant l'espace, rasant les murs, un homme de haute taille était devant elle.

— Oh ! oh ! — s'exclama l'ogresse, — voilà un type qui me revient ! La [illegible] qui le couvre est également de ma connaissance ! Ce serait fort, par exemple !

Dépassant alors l'aveugle, car c'était bien un aveugle qui la précédait, — celui que nous avons vu, quelques heures auparavant, sous le porche d'une maison du boulevard, — Sania le dévisagea.

Une secrète joie rida soudain son épiderme jauni.

— Ce brave Piétro ! Il a la vie dure, tout de même ! A Paris ! Comme moi ! Comme la noble dame de la villa des Roses ! Mais cela tient du miracle ! S'il voulait ! Quel joli trio avec la gosse, pour mendier devant les églises !

Puis, changeant brusquement d'idée :

— Mais au fait, si je vendais Cécily, c'est lui qui me distrairait, lorsque j'aurais des idées noires ! Il n'aurait pas plus de défense que la petite, et, comme il a bien plus de résistance, ce serait autrement drôle !

Et ricanant :

— C'est entendu, je vais le pister, pour savoir où il perche ; puis, s'il veut venir avec moi, je passe Cécily à sa tante... le plus cher possible, bien entendu !

— C'est égal, — conclut-elle, — la vie me réserve encore de beaux jours de joie et de vengeance !

. . . .

Piétro — c'était bien lui — avait été soigné à l'hôpital italien.

Son état était lamentable, vingt fois désespéré

pour un homme ordinaire, — car il perdait le sang
par quatre plaies à la fois !

Les deux yeux crevés par l'eustache !

La bouche dont la langue coupée était restée entre ses dents !

Et la gorge, dans laquelle les terribles crocs du
terre-neuve avaient fait de profondes incisions !

N'importe !.. Le bandit romanichel, dont la vie
circulait vivace, ardente, impétueuse, sous la peau
durcie, triompha du mal, dompta la douleur...

Avec stoïcisme, — car, rendons-lui cette justice,
il fit preuve, pendant son séjour à l'hôpital, d'un
extraordinaire courage, — il supporta les sondages,
les sutures et les incisions.

Chose étonnante, malgré l'abondante perte de
sang, malgré tout, Piétro n'eut, pour ainsi dire,
pas de fièvre..

Un mois après, il était debout, aveugle, muet,
mais solide comme devant, altéré d'une soif de vengeance qui, peut-être, avait merveilleusement accéléré sa guérison.

Il avait voulu vivre, — et il y avait réussi, — vivre pour se venger.

Dans son aberration, le misérable ne voyait pas
que les terribles représailles de Sania provenaient
des mauvais traitements qu'il lui avait infligés, du
vol initial du magot, des supplices qu'il lui avait si
férocement préparés pendant la nuit terrible.

De ces représailles, il ne comprenait que la finale,
le triomphe de la gitane !

Par instants, lorsque sa fureur était trop intense,
elle s'échappait de sa gorge en glouglous inarticulés, en cris hoquetants et douloureux, amenant
d'épouvantables contractions de tout son être..

Et sans même penser à témoigner d'une façon
quelconque sa reconnaissance au chirurgien et aux
infirmiers qui l'avaient soigné, bien persuadé que
Sania avait déjoué les pièges et les embûches de la
police, un beau matin, le mutilé s'était mis en
route.

Sans hésitation, dès qu'il avait repris ses sens,
aussitôt qu'il avait pu penser, cette idée fixe s'était
enfoncée dans son cerveau :

Sania avait dû filer sur Paris !

Car, souvent, au cours de leurs conversations,
pendant la fuite commune, les deux bandits avaient
vu Paris en rêve.

Or, maintenant qu'elle était riche, maintenant
qu'elle était seule, Sania, plus que jamais, devait
avoir filé vers la ville immense, vers ce gouffre attirant.

Alors, mendiant son pain sur la route, il était arrivé jusqu'à la frontière.

Sans autre guide que son bâton ferré, grâce à l'é-
pouvante indicible qu'inspirait son aspect particulièrement effroyable; par le contraste de sa face énergique dont les yeux n'étaient plus marqués que par
une taie blanchâtre, saillant étrangement en dehors
des paupières ; par son épaisse moustache obs-
truant des lèvres d'où ne s'échappaient plus que
des borborygmes, ressemblant plutôt à des aboiements de chien en fureur qu'aux plaintes d'un muet
impuissant ; par la pitié et l'horreur enfin, il glana
un petit pécule qui, lorsqu'il fut en France, lui per-
mit de prendre un billet de chemin de fer, à destination de Paris.

Ce fut dans la capitale un spectacle poignant, que
celui de cet homme à carrure herculéenne, aux muscles puissants, cheminant maintenant les yeux vides, dans une nuit perpétuelle.

Lui, qui, autrefois, terrorisait l'ogresse, lui dont
la force colossale faisait trembler les plus forts, il
était désormais à la merci d'un enfant.

Lui qui avait terrassé Black, le redoutable montagnard, il devenait l'esclave du premier caniche qui
voudrait bien guider ses pas.

O rage ! Mais il la retrouverait, la maudite Sania ; il la retrouverait pour se venger. Et la vengeance serait aussi terrible que les représailles de
l'ogresse.

Maintenant qu'il avait repris pied sur l'asphalte
parisien, maintenant qu'il s'était installé dans un
taudis de la rue des Bernardins, une mystérieuse
et secrète intuition lui disait qu'il respirait la même atmosphère que Sania.

Certes, il ne la verrait pas ; plus qu'à tout autre,
il lui serait difficile, aveugle et muet, de la déni-
cher, mais ses instincts de fauve y suppléeraient ;
il la flairerait, il la devinerait.

Et lorsqu'il la tiendrait, malheur à elle !

Le misérable était à Paris depuis quelques jours
à peine, lorsque nous avons vu Sania le rencontrer
et le reconnaître...

Marchant sur ses talons, elle le suivit jusqu'à
l'entrée de la vieille masure où il logeait, à l'extrémité de la rue des Bernardins, du côté du quai.

— Bon ! — murmura la mégère — maintenant
que je sais où tu perches la nuit, vieux hibou dé-
plumé, je te tiens ! Quand je voudrai, je saurai où
te prendre !

Mais, soudain, Piétro se retourna. De ses yeux
blancs, il sembla regarder la sorcière, puis, comme
s'il la sentait, un cri rauque, à peine articulé, sortit de sa bouche mutilée.

— Aya !

Cela ressemblait à l'aboiement d'une bête qu'on
étrangle.

Le contraste de cette impuissance avec la force
musculaire du colosse, devenu aveugle, était étrange, était tragique.

— Aya ! — répéta-t-il, tandis que son visage se
ridait dans un rire grotesque.

Chose qui paraîtra invraisemblable, inventée
mais chose véridique cependant, — comme les phé-
nomènes magnétiques — Piétro avait senti, Piétro
avait reconnu Sania !

L'instinct des bêtes leur tient lieu d'intelligence,
c'est l'âme des êtres inférieurs; c'était l'âme du
gitano.

Par la perte d'un organe, les autres organes re-
doublent d'acuité. Chez Piétro, tous les sens s'é-
taient concentrés en un seul qui le rapprochait du
chien, qui l'assimilait, plus étroitement encore, au
gorille, son frère.

Son flair, cependant remarquable, avait centuplé
de finesse et de subtilité.

Pour la troisième fois, il répéta, articulant mieux :

— Aya ! Aya !

Étonnée, la bohémienne recula.

Puis, de sa bouche édentée, fendue jusqu'aux
oreilles par un large rictus, s'échappa cette exclamation :

— Mais oui, mon vieux Piétro, tu as raison, c'est
bien ta bonne Sania des temps passés! Hein! Comme on se retrouve!

Ainsi le sort favorisait le gitano. Il n'avait plus
besoin de courir à la vengeance, spontanément, la
vengeance était venue à lui.

Sania était là, à sa portée.

Et tandis que l'ogresse pensait :

— Piétro est à moi, je vais pouvoir m'en servir
à mon aise.

Le bohémien, lui, pensait :

— Ne l'épouvantons pas, laissons-la faire, endormons sa défiance ; attendons le moment propice !

Timidement, l'infirme agita son bâton, tâtant le
trottoir, auscultant le vide, cherchant sa porte.

— Tu demeures ici ? — demanda la gitane.

De la tête, Piétro fit signe que oui..

La ruelle était déserte. A prudente distance, Sania
murmura, assez haut pour que l'aveugle pût l'entendre.

— Veux-tu revenir avec moi ? J'oublierai tout, je
te pardonnerai ! Je me suis vengée un peu cruellement, peut-être, mais ne m'avais-tu pas provoquée?

« J'ai l'argent, nous vivrons heureux, car je ne

[...] restée toujours avec moi — elle nous amusera, ses cris, ses gémissements distrairont ton oreille ; dis, veux-tu ?

De nouveau, le mutilé baissa la tête, en signe d'assentiment.

Vraiment, les choses tournaient encore mieux qu'il ne pouvait l'espérer. A coup sûr, l'ogresse devait méditer quelque chose ! En tout cas, il se tiendrait sur ses gardes.

Une vague houle roula dans la bouche du bandit, tandis que s'approchant plus près, Sania lui tendait la main.

— Allons, viens, va, vieux camarade ! Et, tu sais, sans rancune !

Piétro saisit les doigts crochus de la sorcière, et doucement, timidement, se laissa conduire.

Un omnibus passait sur le quai, ébranlant les vitres des maisons voisines, se dirigeant du côté du Jardin des Plantes.

— Montons dans cette voiture, ça reposera tes pauvres jambes !

Du doigt, la gitane fit signe au cocher. Le lourd véhicule s'arrêta, les deux bandits montèrent à l'intérieur ; et, au grand trot, l'antique omnibus partit dans un bruit de ferrailles.

XVI

LUEUR D'ESPOIR

Pendant que les deux misérables rentraient dans le taudis de la rue Censier, pendant que Sania savourait par avance le doux plaisir de torturer l'aveugle et de céder, moyennant finances, la petite martyre à Mlle de Bordère, pendant que Piétro, jouant la peur et la timidité mûrissait un plan d'infernale vengeance, une scène d'un autre genre se déroulait à quelques pas de l'endroit que les bohémiens venaient de quitter.

Depuis le jour où nous les avons vus courir à l'angle de la rue Lhomond et de la rue Mouffetard, les deux policiers, Filoche et Petiot, — après avoir touché les deux mille francs de Rodolphe des Charmettes, — avaient absolument perdu la piste de l'ogresse.

En vain, ils avaient battu l'estrade dans les environs, toujours Sania et l'enfant restaient introuvables.

La crainte, maintenant, les talonnait ; non pas par pure humanité, mais parce qu'ils sentaient le succès de l'entreprise bien aléatoire, et la prime, annoncée par Me Rudeau, extrêmement compromise.

Plus que jamais, ils n'avaient qu'à s'en rapporter au hasard, et le hasard, hélas ! s'obstinait à les laisser « bredouilles ».

En vain, Petiot avait consulté le registre des garnis à la Préfecture ; nulle part, la moindre trace de la mère Duval.

Evidemment, la mégère avait changé d'état-civil, à moins, — ce qui était encore possible, — que sa nouvelle logeuse, peu à cheval sur les règlements, n'eût totalement omis de l'inscrire sur son livre.

Le docteur Cherfils, — à Paris lui aussi, — avait repris possession de son luxueux appartement de la rue Saint-Honoré, dont la turbulente gentillesse de Robert égayait la quasi-solitude...

La nourrice de Valréas, transmuée en gouvernante, passait toutes ses journées en contemplative admiration devant les vitrines du savant, les tableaux du salon, les merveilles du cabinet, et les incomparables bibelots dont les guéridons, les meubles de Boule et les crédences étaient garnis.

Lorsqu'elle sortait, c'était, pour la brave villageoise, un éblouissement toujours nouveau, toujours jours croissant, devant la foule affairée, les équipages roulant en silence sur les chaussées, les magasins flamboyants, les monuments s'érigeant à chaque place, à chaque carrefour.

Le docteur Cherfils n'avait pas perdu de temps. Dès le premier jour, il s'était mis en campagne.

Autant pour promener Robert et l'instruire en lui faisant visiter la ville et les environs, que pour rechercher la bohémienne, il explorait, à pied ou dans sa victoria tous les quartiers excentriques de la grande ville.

Mais hélas, ses recherches, comme celles des deux policiers avec qui, depuis quelques jours il opérait, restaient infructueuses.

Ah ! comme l'argousin en rupture de « boîte » maudissait sa malencontreuse démarche chez Me Rudeau !

Un jour, cependant, Petiot ayant aperçu, sous le porche de l'église Saint-Étienne-du-Mont, une vieille mégère toute ridée, tenant dans ses bras un enfant qui grelottait la fièvre, il courut chercher son collègue.

— Viens vite, je crois que c'est elle.

Hélas ! ce n'était pas la mère Duval ! Filoche en aurait pleuré ! Pour un rien, les deux limiers auraient taraudé la pauvresse !

— Jamais nous ne la retrouverons, la gueuse ! Tu verras, Auguste, que nous pourrons nous tôler pour la prime !

— Alors, qu'en penses-tu ? Faut-il lâcher ça et reprendre autre chose ?

— Attendons quelques jours ; nous avons reçu la galette, il faut la gagner... Peut-être, à la fin, décrocherons-nous la fameuse timbale !

— Possible, mais si on tarde encore, la bohémienne aura vingt fois le temps de faire mourir l'enfant, sans compter que les collègues peuvent nous la dégotter...

— C'est égal, attendons une quinzaine, — fit le consciencieux Filoche, — nous donnerons alors notre démission au médecin, nous trouverons un biais ! On y crèverait à la fin !

Le jour où les deux argousins échangeaient ces édifiants propos, le jour même où Sania retrouvait Piétro, le docteur Cherfils et Robert rentraient, en voiture découverte, d'une vespérale promenade du côté de Vincennes.

Tout le long de la route, l'enfant, que la vue des riants paysages suburbains avait émerveillé, faisait part de son étonnement et de sa joie à l'heureux grand-père qui, amusé par son babil, lui donnait de patientes et instructives explications.

Mais, malgré cela, l'obsession de la bohémienne hantait le cerveau du savant.

Précisément, à cause de sa joie d'avoir son petit-fils, arraché par Mlle Stuart à la férocité de Sania, il redoublait d'activité et d'énergie dans ses recherches.

Tout en répondant à Robert, il examinait attentivement les rues, les passants, les vieilles femmes surtout, les miséreuses dont, depuis plusieurs jours, avec une patience inlassable, il avait visité les bouges et les cités.

Surmontant ses répugnances, il s'était même abouché avec la plupart des mendiants et faux estropiés installés sous les portes cochères, sur les ponts, aux carrefours, sous les porches ; il était devenu leur plus fidèle client, leur plus généreux « abonné. »

Mais vainement il les avait questionnés ; aucun d'eux n'avait vu celle qu'il leur avait décrite, sous les traits et l'accoutrement de Sania.

La victoria était arrivée à la fourche du pont de Sully.

Le chirurgien avait donné l'ordre au cocher de prendre le pas et de longer les quais.

A l'angle de la rue de Pontoise, tout en répondant à une question de l'enfant, avide de s'instruire, il venait d'apercevoir une vieille pauvresse.

enfant dans ses bras, et donnant la main à un aveugle.

Sur son ordre, le cocher arrêta.

Il allait descendre et interroger les deux misé-reux, lorsque, soudain, Robert battant l'air de ses deux bras, les yeux dilatés par l'épouvante, se ren-versa en arrière, perdant connaissance.

— Mon enfant ! mon Robert ! — s'écria le chirur-gien inquiet, — qu'as-tu, mon chéri ? Je t'en prie, reviens à toi !

À côté d'eux, sur la droite, les globes d'un phar-macien projetaient leurs lueurs polychromes.

Aidé du cocher, le praticien transporta son petit-fils chez le pharmacien.

Ce dernier connaissait le docteur Cherfils. C'était même un de ses vieux camarades d'internat.

Pendant qu'il accourait lui serrer la main, son premier aide, armé d'un flacon d'éther, faisait re-venir à lui l'enfant que l'on avait installé sur une chaise basse.

Quelques minutes plus tard, Robert ouvrait de grands yeux effarés, puis, se blottissant dans les bras de son grand-père, tout bas, il murmurait :

— Oh ! bon papa ! Comme j'ai eu peur !

— Et pourquoi donc, mon chéri ? — demanda le praticien, dont le visage s'était rasséréné.

— Sania ! la bohémienne !

— Que veux-tu dire ? — demanda le docteur, an-xieux. — Parle, Robert, parle donc vite !

— Tout à l'heure, à côté de nous, quand vous avez fait arrêter la voiture...

— C'était donc eux ! Ah ! malheur !

Se tournant alors vers le pharmacien :

— De grâce, cher ami, gardez mon petit-fils ! Si je rentre trop tard, soyez assez bon de le recon-duire rue Saint-Honoré.

Et déposant deux baisers sur les joues de son enfant, le chirurgien s'élança dans la rue.

Les misérables avaient disparu.

On sait que l'omnibus, les emmenant du côté du boulevard Saint-Marcel, filait au grand trot sur la chaussée.

Là-bas, vers le Jardin des Plantes, ses lanternes rouges d'arrière brûlaient faiblement dans la nuit.

Le chirurgien sauta dans sa victoria.

— Demi-tour ! — ordonna-t-il. — au trot !

Le docteur Cherfils courait à la poursuite des deux misérables. Il n'avait qu'un seul indice : les bohémiens venaient de passer dans la rue, l'hom-me était aveugle, sa compagne portait un enfant, Ève sans doute, — dans ses bras.

Deux sergents de ville montaient leur faction à l'angle de la rue de Poissy.

Le chirurgien fit arrêter sa victoria, déjà lancée au grand trot.

— N'auriez-vous pas aperçu un aveugle, con-duit par une vieille femme ?

Devant la rosette rouge de leur interlocuteur, les agents portèrent la main au képi et prirent une position militaire.

Le plus ancien répondit :

— Nous n'avons absolument vu personne de ce signalement, et depuis une heure nous battons no-tre quart le long du quai ! Peut-être n'ont-ils pas passé par là.

Le chirurgien remercia et continua sa route. Un peu plus loin, il demanda le même renseignement à un passant.

Le passant n'avait rien vu.

À l'angle de la Halle aux Vins, un gabelou in-terrogé répondit :

— Voilà plus de trente minutes que je suis assis sur ma chaise, à fumer ma pipe et à regarder pas-ser les promeneurs. Un aveugle, remorqué par une vieille, ça se voit. Eh bien, je regrette de vous le dire, mais je n'ai rien vu de pareil !

Le docteur Cherfils commençait à s'impatienter.

— Ils ne se sont pas envolés, cependant ! Ils qui a dû passer devant vous, depuis cinq mi-nutes tout au plus !

— Que voulez-vous que je vous dise, — fit le préposé à l'octroi, retirant sa pipe, — puisque je n'ai rien vu !

Soudain, le modeste fonctionnaire se gratta la tête.

— Mais, au fait, s'ils étaient montés dans l'om-nibus ! L'omnibus du boulevard Saint-Marcel, une voiture à caisse verte, est passée par ici tout à l'heure !

« Tenez, voyez-vous sa lanterne, une lanterne rouge, là-bas, dans le fond, à la station du pont d'Austerlitz !

— C'est une idée ! — s'écria le docteur. — Merci ! Voilà un louis pour la peine !

Et à part lui :

— Pourquoi n'y ai-je pas pensé plus tôt ?

S'adressant alors au cocher :

— Derrière l'omnibus ! au triple galop !

Les deux normands firent feu des quatre fers et partirent à fond de train, rasant le trottoir du Jar-din des Plantes.

L'omnibus, un instant arrêté au rond-point de la station, vers le renfoncement de la grille du Mu-séum minéralogique, venait de repartir, après avoir déposé quelques voyageurs devant le kiosque ser-vant de bureau.

Avec une adresse consommée, évitant les moyeux, se faufilant au milieu des encombrements, le cocher du docteur qui, maintenant, avait grand peine à refréner l'ardeur de ses trotteurs, s'arrêta près de la station.

Les demi-sang s'ébrouèrent en piaffant et en mâ-chant leur mors couvert d'écume.

Le chirurgien sauta sur le trottoir et courut au bureau.

Le contrôleur vérifiait des numéros ou pointait des correspondances.

— Un aveugle accompagné d'une vieille femme n'est-il pas descendu de l'omnibus qui vient de passer ?

— Je ne saurais vous renseigner, monsieur — fit l'employé à casquette galonnée — c'est moi qui ai fait cette voiture, un Square Montholon Boule-vard de l'Hôpital, et je me suis tout simplement borné à pointer la feuille du conducteur !

— Peut-être vont-ils jusqu'à la tête de ligne ?

— C'est bien possible ! Tout ce que je puis vous dire, c'est qu'il restait six places en bas et quatre « en l'air » ! Vous pourriez toujours demander au conducteur !

— Merci ! — fit le praticien, sautant dans sa vic-toria, — j'y cours !

Les trotteurs repartirent à fond de train. En deux minutes, ils eurent rattrapé le lourd véhicule à lan-terne rouge qui, au pas de ses deux percherons, montait la côte du boulevard de l'Hôpital.

Assis sur le tabouret pliant de la plate-forme, le conducteur semblait absorbé dans l'attentive étude de sa feuille chiffrée.

Arrivé à sa hauteur, le cocher du docteur Cher-fils mit ses steppeurs au pas.

— N'avez-vous pas dans votre voiture, un aveu-gle accompagné d'une...

— Pardon, monsieur, — interrompit l'employé, j'avais un aveugle et une vieille, même que la vieille tenait un enfant dans ses bras ! Un bébé qui n'avait pour ainsi dire plus de souffle ! C'était une pitié, une vraie figure de cire !

— Vous rappelez-vous à quel endroit ils sont des-cendus ?

— Si je me rappelle ! Puisque c'est moi qui ai tendu la main à l'infirme ! Un rude gars, par exem-ple !

« C'est malheureux qu'un homme, bâti comme celui-là, ait la vue perdue ! Un ancien mineur, un coup de grisou, sans doute !

Le chirurgien bouillait d'impatience.

rue Cuvier, qui faisait la séparation entre le Jardin des Plantes et la Halle aux Vins.

Le docteur Charilis tourna la tête. Une inquiétude venait d'assombrir son front.

— Pourvu que j'arrive à temps ! Pourvu seulement que je les retrouve !

— Ils marchaient assez vite, — continua le brave homme, — je me suis même amusé à les regarder tourner le trottoir ! Je crois qu'en courant derrière eux vous pourrez les rattraper, car la rue Cuvier est longue.

Le grand-père du petit Robert tendit une pièce d'or au conducteur qui se confondit en remerciements.

Mais déjà les trotteurs avaient fait demi-tour sur place et filaient à toute allure sur le quai Saint-Bernard.

Bientôt, ils tournaient la rue Cuvier, absolument déserte à cette heure.

Vers la rue de Jussieu, le docteur hésita une demi-seconde.

Bifurquerait-il dans cette direction ?

Et si les misérables avaient, au contraire, continué par la rue Geoffroy-Saint-Hilaire !

A la réflexion, il pensa que si les bohémiens avaient dû remonter la rue de Jussieu, ils seraient descendus à la station Cardinal-Lemoine.

— Droit devant vous, ordonna-t-il au cocher, — remontez la rue jusqu'au bout ! Vite ! allongez l'allure ?

Les chevaux brûlaient le pavé.

Rue Lacépède, un carrefour força la halte.

Perplexe, le docteur explora l'horizon.

Par quelle voie les misérables avaient-ils disparu ? Et lui, quelle rue prendrait-il parmi toutes celles qui se croisaient dans ce quartier grouillant !

S'il avait aperçu un agent de service, il lui aurait demandé le renseignement, mais, hélas ! aucune tunique noire ne montrait à l'horizon les reflets de ses boutons blancs.

Du reste, le ciel s'était complètement obscurci.

A l'accablante chaleur de la journée avait succédé une fraîcheur subite. Peu à peu, les étoiles avaient disparu du firmament, cachées par le voile des nuages épais.

Tout à coup, ses nuages crevèrent en gouttes larges et drues, faisant hâter les flâneurs, courir les ... presser les gens affairés.

Le docteur releva la capote de sa victoria, qui, précédemment, à une allure ralentie, s'était engagée dans la rue Geoffroy-Saint-Hilaire.

D'un pas rapide, un jeune homme à physionomie ouverte et intelligente, venant en sens inverse, passait sur le trottoir que longeait la voiture.

A tout hasard, le savant lui demanda le renseignement que, tant de loin déjà, il avait ressassé au cours de la poursuite :

— Un aveugle ! — fit le jeune homme, — mais je l'ai aperçu tout à l'heure, il était avec une vieille femme qui portait un paquet dans ses bras.

« Vous leur tournez le dos. Lorsque je les ai vus, ils étaient à l'angle de la rue Quatrefages.

— De quel côté se dirigeaient-ils ?

— Voilà ce que je n'ai pas regardé ! Courez, peut-être sera-t-il encore temps !

— Merci, monsieur, — fit le chirurgien qui, tout bas, murmura : Il est donc écrit que la chance favorisera toujours les bandits !

La pluie avait redoublé de violence. Encore une fois, mais sans grand espoir, le docteur ordonna un demi-tour à son cocher, qui — tout en commençant à trouver le manège d'autant plus désagréable, que la pluie d'orage s'était transformée en averse diluvienne, — s'engagea dans la rue Lacépède.

Là, rien encore, pas le moindre indice !

A l'angle de la rue de la Clef, au moment où, comprenant que sa chasse resterait vaine, le praticien revenait vers la pharmacie du quai Saint-Honoré, en passant par la pharmacie où Robert était peut-être encore, il aperçut deux hommes qui, sortant d'un café, — où ils se tenaient en embuscade — coururent à lui.

A leur vue, le chirurgien ne put retenir un cri de surprise.

— Petiot ! Filoche ! Que faites-vous donc ici ? Seriez-vous enfin sur la bonne piste ?

C'étaient, en effet, les deux agents qui, gagnant consciencieusement leur argent, montaient la faction, à leur manière, dans le quartier où ils supposaient Sanje réfugiée.

Avec des mines de parfaite contrition, les deux limiers levèrent les bras vers le ciel.

— Rien ! — firent-ils — hélas ! rien !

— Eh bien ! moi, je sais quelque chose. La môme mienne est avec son compagnon, Piétro, devenu aveugle. La petite Eva vit encore ; on l'a vue ce soir même dans les bras de la bohémienne.

— Vrai ! — sursautèrent les policiers à qui, de nouveau, la vision de la prime était apparue.

— Ils sont descendus de l'omnibus à l'entrée de la rue Cuvier. Un jeune homme les a vus au retour de la rue Lacépède. Nul doute, ils sont rentrés dans leur tandis !

— C'est aussi mon avis, — dit Petiot.

— Et je le partage, — approuva Filoche.

— Ne perdez pas un instant, visitez toutes les maisons, fouillez partout, agissez vite, mais discrètement ; nous brûlons.

Et pour mieux encourager les angousins à faire leur métier en conscience, le généreux praticien leur remit, à chacun, un billet de banque.

— Nous partons tout de suite, — déclara Petiot enthousiasmé par la prime-aubaine.

— Cette fois, — renchérit Filoche, — avant trois jours, mon vieux Petiot, nous leur aurons mis le grappin dessus !

Puis, se tournant vers le docteur Charilis :

— Je le disais bien, qu'elle perchait dans ce quartier, la vieille sorcière !

Et pendant que le praticien, non sans espoir, regagnait en toute hâte la pharmacie du quai Saint-Bernard, les deux limiers se remettaient en chasse.

XVII

DANS LE PRÉAU

Après les aveux de la Noire et de ses deux complices, le juge instructeur, forcé par l'évidence, avait rendu une ordonnance de non-lieu en faveur de la malheureuse Germaine Stuart, que, maintenant, Rodolphe des Charmettes voyait tous les jours.

De fraîches couleurs empourpraient les joues de la malade. Tout en elle, ses yeux clairs et gais, son allure souple et gracieuse, ses gestes élégants et vifs, respirait la joie, la santé, le bonheur.

Sous les ombrages des bosquets, elle donnait la complète illusion d'une bergère de Trianon, et n'eût été le cadre lui-même, l'enseigne de la villa, on eût pu croire que la pauvrette était la plus heureuse des femmes.

Chaque jour, après les encouragements persistants du clinicien, Rodolphe repartait plus heureux.

Un soir, au retour de la villa, il reçut cette dépêche :

« Sommes sur la piste. Robert a reconnu les misérables. Si vous pouvez, venez nous aider à les cerner et à retrouver votre enfant.

« CHARILIS. »

Deux heures plus tard, Rodolphe et le père Antoine sautaient dans l'express de Paris.

Laissons le baron des Charmettes et son serviteur rouler vers la capitale abandonnée pour un
instant Santa et Piètro, ainsi que leur victime, et
pendant que Filoche et Peltiot enveloppent les deux
misérables dans le cercle de leur filature, prions
nos lectrices et lecteurs de nous accompagner à la
prison de Nice, où un tragique événement va singulièrement faciliter l'œuvre de la justice.

Enfermés chacun dans une cellule du même
quartier, les deux misérables, Montbrun, le banquier de la Côte, et Alfiéro, le bossu, son complice,
— son exécuteur de basses-œuvres, plutôt, — ne se
rencontraient qu'aux très courtes heures du préau.

Mûs par le même sentiment de haine et de méfiance, ils se redoutaient mutuellement, et autant
Montbrun mettait d'obstination à rejoindre Alfiéro,
dans un angle de la cour, autant le malin bossu,
déjà échaudé par l'ancien forçat, en mettait à l'éviter, comme un bon chat averti.

Ils pensaient bien que l'échafaud, qu'ils avaient
tant de fois mérité, se dresserait enfin pour eux;
mais avec cette ténacité du noyé qui raccroche son
espoir à toutes les branches, Montbrun, pour son
compte, ayant pleine et entière confiance en son
étoile, comptait sur un événement, qu'au besoin il
provoquerait.

D'autre part, même au risque de tout compromettre, il ne voulait pas laisser à la justice le soin
de châtier Alfiéro.

Et en pensant à l'atroce vengeance dont il mûrissait le plan, comme le tigre qui va déchiqueter sa
proie, il se mordait férocement les lèvres.

De son côté, Alfiéro se promettant bien de mettre
tous les crimes de la villa, ainsi que l'assassinat
avorté du baron des Charmettes sur le compte de
son ancien maître, ne désespérait pas d'apitoyer les
juges et de bénéficier de la clémence du jury...

Quel est le misérable qui, même à la veille du
châtiment, ne conserve pas, au cœur, malgré toute
vraisemblance, quelques parcelles d'espérance ?

Le banquier de la Côte, en sa qualité de « cheval
de retour », rompu comme pas un aux ficelles de la
vie en commun dans la tourbe des prisons, n'avait
pas tardé à prendre une domination absolue sur les
misérables, que son passé, ainsi que sa force herculéenne, transportaient d'admiration.

Il avait organisé contre l'Italien une « quaran-
taine » terrible, qui se traduisait pour le bancroche
par d'incessantes et lâches bourrades de ses voisins
immédiats, dans les promenades en rond, autour de
la fosse du préau, enclose de murs élevés.

Dans leur inaction, les misérables avaient enfin
trouvé une occupation, un dérivatif à leur désœu-
vrement. Alfiéro était devenu leur jouet, leur
souffre-douleurs.

C'était, pour le bossu, le commencement, en détail, de l'expiation.

Du reste, Montbrun avait été singulièrement aidé,
dans ce résultat.

Quelques jours après son arrestation, un redoutable malfaiteur, dont on ne connaissait guère que
le sobriquet : « Le Mâle », était incarcéré dans la
prison de Nice.

C'était un ancien forçat, condamné jadis à dix
ans de travaux forcés pour tentative de meurtre, et
qui, depuis son retour, avait rôdé sur le littoral, en
quête d'un coup à faire.

Deux jours de suite, des joueurs de Monaco
avaient été retrouvés assassinés à quelques pas du
cercle d'où ils étaient sortis, le premier décavé, un
second, nanti de la forte somme.

Pour le décavé, on crut à un suicide, mais pour
l'autre, la police se mit en branle.

Le coupable était le Mâle qui, affolé par les
beaux yeux de la Grande Margot, — aperçue dans
la rue éblouissante de fard et de pierreries — avait
juré de la posséder.

Or, pour arriver à ses fins, il n'avait rien trouvé
de mieux, lui, sans le sou et pour un atavisme
plutôt bestial, que de « suriner des pantes » for-
tunés.

Il allait revêtir la « pelure » d'un homme du
monde et mettre la fortune de sa dernière victime
aux pieds de l'hétaïre en renom, lorsque, subitement, il tomba dans une souricière.

Pour cette fois, la police s'était montrée clair-
voyante.

Tout de suite, Montbrun, sorti du bagne depuis
bien des années, reconnut le Mâle.

L'uniforme infamant supprimait le recul du
temps passé. L'ancien forçat lui apparaissait de
nouveau, tel qu'il l'avait laissé là-bas.

Les deux compères échangèrent des signes d'intelligence, parlèrent leur argot familier.

Tout d'abord, ils ruminèrent un projet d'évasion
commune, mais, devant l'étroite surveillance dont
ils étaient l'objet depuis le récent « truc » de la
Noire, ils jugèrent, pour l'instant, du moins, toute
fuite impossible.

Par gestes plutôt que par paroles, car il était dé-
fendu aux détenus de causer entre eux, Montbrun
indiqua le bossu et fit comprendre qu'il y avait un
traître, un faux-frère à châtier.

Se doutant de quelque chose, Alfiéro, dans son
isolement, mûrissait, lui aussi, le projet, sinon de
devancer les desseins de Montbrun en le poignar-
dant, du moins de prévenir son attaque.

Mais comment faire ? Il n'avait pas d'arme, le
fameux coupe-papier en bronze ayant été versé au
greffe pour servir de pièce à conviction !..

Peu à peu, du reste, ses dernières bribes d'espoir
s'étaient envolées. Sa destinée s'accomplirait et, sa
destinée, il le sentait bien, c'était les travaux forcés
à perpétuité !

Aussi, maintenant, un crime de plus lui impor-
tait-il fort peu. Condamnation pour condamnation,
il ne risquait pas davantage !

Dans la prison, son existence n'était plus tenable.

Un matin, il avisa, enfoncée dans un des murs du
tambour grillé par où sa cellule prenait jour, l'extrémité d'une tige de fer servant à river les bar-
reaux.

La tige était solidement enfoncée, fixée elle-même
par une forte soudure de ciment dans l'épaisseur de
la pierre.

Avec une patience surhumaine, simplement armé
de la fourchette et de la cuiller en fer battu qu'on
lui laissait, déchaussant un ou deux centimètres
par jour, il parvint peu à peu à entamer la pierre...

Maintenant la tige remuait dans son alvéole.

Une huitaine encore, et grâce à ses deux outils
admirablement secondé par sa ténacité, il serait
armé, sinon pour l'attaque par devant, face à face,
du moins pour un bon coup de traîtrise par derrière.

Les huit jours écoulés, la tige ne vint pas encore.
Elle formait crochet vers l'autre extrémité de la
pierre; mais elle jouait davantage dans le trou,
à l'aide d'une pression violente, peut-être !..

Le bossu essaya, mais rien ! La tige restait toujours rivée dans le fond. Et la fourchette, plus assez
longue, maintenant, aux pointes entièrement bri-
sées ou tordues, la cuiller, brisée par le milieu, ne
pouvaient plus lui servir !

Dans le préau, excités par le Mâle et Montbrun,
les misérables détenus s'acharnaient sur son infir-
mité, se jouaient de son impuissance, et sous l'œil
indifférent des gardiens, continuaient de lui rendre
la vie impossible...

Aussi, tous les jours, lorsqu'il remontait dans sa
cellule se cramponnait-il à la tige, et, avec une rage
nouvelle, s'efforçait-il de la desceller ou d'en rompre le crochet.

Un matin, l'Italien poussa un cri de joie. Sous ses
efforts, le morceau de fer venait enfin de céder.
Alfiéro le tira vers lui.

À moi le tour !...

C'était une tige longue de vingt centimètres, ronde, grosse comme le doigt.

Après avoir bouché le trou de la muraille à l'aide de mie de pain, patiemment, sur le rebord de granit le bandit aiguisa son arme.

Dans la soirée, le morceau de fer était devenu entre ses mains un poinçon terrible avec lequel, hardiment, à la première occasion, il tenterait sur Montbrun le coup à moitié réussi sur le baron des Charmettes...

Toute la nuit, il l'employa à polir et à aiguiser la tige rouillée, puis, au jour levant, il déchira un lambeau de sa chemise et l'entortilla autour du talon de son arme qu'il assujettit dans sa main.

A plusieurs reprises, sur la sordide paillasse de sa couchette il essaya la solidité du manche improvisé.

Chaque fois, il dirigea l'arme avec une terrible précision et une force que l'on n'aurait jamais soupçonnées chez un infirme aussi piètrement musclé. Chaque fois, le poinçon traversa la paillasse et s'enfonça dans les planches du châlit...

— Et maintenant, — murmura-t-il, joyeux, — je t'attends, mon maître !

A l'heure de la « récréation », dissimulant soigneusement le poignard improvisé dans la poche de son pantalon, Alfiéro, comme toujours, se tint à l'écart et dut subir les sarcasmes et les sournoises gouailles de ses compagnons...

C'était du reste, le jour choisi par Montbrun pour ce qu'il appelait le « châtiment du traître ».

Depuis dix minutes, les détenus tournaient en cercle autour des quatre murs du préau.

Intrigué par les attitudes étranges, les signes et les marmonnements incessants des misérables confiés à sa surveillance, le gardien, sabre au côté, revolver dans l'étui, montait une vigilante faction.

Il était décidé à sévir dès le premier mouvement de la sourde révolte qu'il pressentait.

Du reste, sur l'ordre du directeur, que l'évasion de la Noire avait rendu circonspect, un deuxième gardien, dissimulé dans le couloir, était prêt à lui prêter main-forte en cas de besoin.

Montbrun, le *Mâle* et Alfiéro, avaient été mis dans l'impossibilité absolue de communiquer ; leurs cellules étaient aux extrémités opposées du bâtiment et pendant les heures de préau, on les plaçait dans la « file indienne », le plus loin possible les uns des autres.

Tout à coup, sur un signe de Montbrun, le *Mâle* tomba sur le sol, se roulant dans d'effroyables convulsions.

— Tonnerre ! — hurla-t-il, — voilà encore mes fièvres qui me reprennent !

Et, la face tordue, les yeux convulsés, l'ancien forçat se mit à lancer de terribles ruades, forçant la file indienne à décrire un crochet.

Les prisonniers, impassibles en apparence, au milieu des vociférations et des soubresauts du bandit, guettant l'arrivée du gardien, continuaient à tourner l'un derrière l'autre, lorsque soudain ce dernier s'avança.

Montbrun n'attendait que ce moment. Il pensait que le geôlier allait enlever le malade.

Aussi, prêt à profiter de sa courte absence à l'infirmerie, se disposait-il à bondir sur Alfiéro, lorsque, froidement, le revolver braqué, le gardien ordonna :

— Numéro trois, numéro huit, saisissez votre camarade, vous l'emporterez à l'infirmerie !

Montbrun étouffa un cri de rage. Le projet si laborieusement combiné avec le *Mâle* et les autres détenus, échouait piteusement.

Le faux-malade se relevant bientôt, passa la main sur son ventre, en murmurant :

— Non, merci, ça va mieux !

Pendant ce temps, évitant un croc-en-jambes du cheveux qui se redressait, Alfiéro assujettissait le poinçon dans sa main.

Le coup était raté, le gardien n'avait pas été la dupe des forcés ; aussi, plus que jamais le directeur, informé par son sous-ordre, recommanda-t-il la prudence et l'énergie.

Mais le surlendemain, le *Mâle* et Montbrun avaient trouvé autre chose.

Deux détenus, voisins de promenade, simuleraient une rixe et forceraient l'intervention du geôlier ; pendant ce temps, le *Mâle*, plus près du bossu que son camarade, le lancerait entre ses jambes.

Et il n'y avait pas de temps à perdre, si on voulait se payer ce petit spectacle avant l'ouverture imminente de la session des Assises.

Le soir même, à peine les détenus étaient-ils arrivés, dans le préau, que le dernier de la file marcha sur les talons de celui qui le précédait.

Celui-ci, ainsi que la chose était convenue, sauta au collet de son camarade.

Tous deux, en poussant des cris de rage, roulèrent sur le sol.

Cette fois, perplexes, les gardiens hésitèrent.

Séparer les combattants, il ne fallait pas y songer ; aussi, prenant subitement son parti, celui qui était de faction s'avança-t-il, sabre au clair, au milieu du préau, pendant que son camarade, le remplaçant, à la porte, armait son revolver.

Les deux compères se colletaient toujours, en jurant et en sacrant.

— Lâchez-vous ! — ordonna le gardien.

Mais, de plus belle, les combattants se roulaient, tout en guettant du coin de l'œil les moindres mouvements du « gâfe », dont ils étaient peu soucieux, somme toute, d'expérimenter le sabre-baïonnette.

La promenade, indifférente en apparence, continuait dans le préau ; l'un derrière l'autre, les détenus tournaient autour des deux lutteurs...

Montbrun, qui était en tête, avait ralenti.

Tout à coup, à l'instant où il tournait le dos au geôlier qui, le sabre levé, objurgait vainement les deux batailleurs, Alfiéro se sentit saisir sous les bras et soulever en l'air.

C'était le *Mâle* qui, de ses poings noueux, le serrant à l'étouffer, se disposait à le lancer entre les jambes de Montbrun.

Mais soudain le misérable fit entendre un rugissement de douleur.

— Ah ! le traître ! Il avait un surin !

Alfiéro, en effet, par un sursaut de félin, venait de ressauter à terre, et la bouche encore tordue par la terrible étreinte dont il venait de se dégager, avait plongé son arme dans l'épaule du colosse.

Le poinçon, acéré, glissa sur l'omoplate et s'enfonça entre deux côtes.

Le *Mâle* n'eut que le temps de s'appuyer au mur, mais, brusquement, sa large main s'était abattue sur les flancs de l'Italien, qu'elle serra dans une crispation convulsive.

A demi étouffé, Alfiéro à son tour, étreignit le *Mâle* au collet, puis visage contre visage, comme s'il voulait lui donner une suprême embrassade, d'un terrible coup de dents il lui trancha le nez...

Le sang qui jaillit brusquement, l'aveugla.

La scène avait été si rapide que le gardien, usant de patience avec les deux « compères » de la rixe, n'avait rien vu...

— Retourne-toi ! — lui cria son collègue, — attention par derrière !

Brusquement le geôlier fit demi-tour.

D'un bond les deux lutteurs s'étaient redressés et, comme les camarades, contemplaient le spectacle et jugeaient les coups mortels.

Le gardien allait frapper au hasard sur les forcenés lorsqu'un corps tournoya dans l'espace.

Un son mat retentit... La cervelle d'Alfiéro écla-

débris sanguinolents le gardien et les enthousiasmés.

En même temps, hideux, le nez arraché, un trou au milieu du visage, l'ancien forçat, le...

— Tu es vengé, Montbrun, je lui ai fait son affaire!

Redoutant une rixe générale, le second gardien était entré dans le préau.

Mais, le Mâle poussa un rugissement qui ressemblait à un râle; puis, la tête en avant, il roula sur le sol, baignant dans une mare sanglante.

Le poinçon d'Alfiero avait supprimé le couperet du bourreau!

Pendant ce temps, fonçant dans le corridor dont il referma la porte derrière lui, emprisonnant les deux gardiens dans le préau, Montbrun prenait follement la fuite.

Mais il n'était pas allé bien loin.

Attiré par les cris et les vociférations des combattants, le gardien-chef, lourd et obèse personnage, suivi d'un surveillant en armes, courait au préau, lorsque, soudain, au tournant d'un corridor, le bandit surgit devant lui.

En face des deux hommes, l'ancien forçat n'eut pas l'ombre d'une hésitation.

Suivant sa tactique ordinaire, il bondit en avant, les poings serrés.

Surpris par le terrible choc, le gardien-chef roula sur les dalles, à demi assommé.

— À la porte! — cria-t-il à son aide. — Alerte!

Mais l'ex-banquier de la Côte, sans se retourner, disparaissait à un coude du corridor, arrivait à la sortie.

Prévenue par le cri du geôlier, sa femme avait couru tirer les verroux de la porte massive.

Montbrun étouffa un cri de rage.

Il saisit la vaillante créature par les épaules et, d'une brusque secousse, tenta de lui faire lâcher prise.

— Au secours! à l'assassin! — râla la malheureuse, que déjà, le misérable étranglait.

Soudain deux détonations retentirent, répercutées par les échos de la voûte sonore.

C'était le surveillant qui, courant derrière Montbrun et ne lui donnait pas le temps de consommer son dernier crime, venait de lui fracasser la tête.

L'ancien forçat roula sur les dalles. Les doigts se rouvrirent, rendant la liberté à la bonne femme, à demi congestionnée.

Par deux petits trous, presque invisibles, son sang, empoissant ses cheveux, coulait, noirâtre, le baignant dans une mare sinistre.

Le banquier de la Côte eut un spasme.

Sa face blêmit, ses yeux, horriblement dilatés, se vitrifièrent; puis, dans un dernier souffle, tout son corps se raidit pour la convulsion suprême...

XVIII

LES PLAISIRS DE SANIA

— Hein! mon vieux! Comme on se retrouve, tout de même! Attends que je dépose la petite sur le lit, laisse-moi allumer la camoufle, car tu ne le doutes pas, veinard, qu'il fait noir dans la piaule!

Comme un paquet, brusquement, après avoir adroitement calculé son coup, Sania lança la petite martyre sur le grabat, alluma une chandelle, puis s'approcha de Piétro.

— Alors, mon vieux camarade, tu as trouvé moyen d'en réchapper! Comme tu as bien fait, tout de même! Tu verras comme je t'aimerai, comme je te dorloterai!

Les doigts en avant, l'aveugle sondait l'espace.

— Bon! Je sais ce que c'est, voyou... Prends cette chaise, installe-toi dessus, tu es un peu abusé! Là, doucement! Attention, elle n'est pas moelleuse!

Ce disant, la bohémienne poussa un escabeau vers l'infirme, qui, par habitude, le tâta de ses deux mains.

— Tu n'as pas confiance! Comme c'est mal! ricana Sania. — Et moi qui me promets d'être si bonne, si prévenante, pour mon ancien compagnon de chaîne!

Les genoux, ployés, l'aveugle se disposait à s'asseoir, lorsque, d'un perfide allongement du bras, la gitane recula le siège.

Lourdement, Piétro tomba sur le carreau. Dans sa chute, sa tête heurta l'angle du lit.

Un filet de sang coula.

Un grondement de haine et de colère s'échappa de sa bouche mutilée.

Sania se tordait de rire. La vue du sang venait de l'inspirer.

— Non, tu es trop farce, tout de même! Par le diable! Jamais je ne t'ai connu aussi rigolo! Même la nuit où on s'est « disputé ».

Le bandit s'était relevé, non sans se cogner à la muraille; de ses deux mains inquiètes, il essaya de s'orienter.

À la fin, il retrouva le tabouret qu'il soupesa machinalement d'un geste las.

Mais, jugeant sans doute le moment inopportun, il le cala sur ses quatre pieds, puis s'assit dessus.

— Tu ne m'en veux pas! — fit l'ogresse, éclatant pour une seconde les hoquets de son rire inextinguible; — c'est une petite farce, histoire de fêter ta bienvenue.

Impassible en apparence, mais agité au fond par le bouillonnement d'une fureur croissante, qu'il s'efforçait de comprimer, Piétro, pour mieux duper la gitane, esquissa un ricanement qui, sur sa face hideuse, ne ressembla qu'à une grimace.

— Allons, bon! — continua la sorcière, — je vois que ton accident de là-bas t'a rendu un peu moins hargneux.

« Tu sais bien, du reste, qu'il faut que je m'amuse! Tout à l'heure, tu le verras, ce sera le tour de la petite et quoi qu'il te soit interdit d'admirer ses grimaces, tu rigoleras de bon cœur, car tu pourras toujours l'entendre chanter!

« Oh! sa chanson est drôle! Ça vaut l'argent! comme on dit chez les roumis!

Tassée, recroquevillée sur elle-même, Eva, sur le grabat, n'osait regarder le bandit, dont les yeux blancs l'épouvantaient plus encore que les prunelles démoniaques de la vieille.

— Tu as faim, Piétro? Attends un peu, mon brave, nous allons dîner! J'ai là, dans un plat, un restant de ce matin, c'est du ragoût de mouton, tu t'en régaleras!

En hâte, tout en se maintenant hors de la portée de l'aveugle, Sania, sur une planche raboteuse lui servant de table, mit le couvert: une assiette ébréchée, deux tasses en fer battu, un broc fiché au milieu d'un plat fêlé, un morceau de pain et un broc d'eau.

— Allons, Piétro, — dit-elle, versant au mufle une rasade, — bois, c'est du nanan de derrière les fagots! Faut bien fêter le retour de son petit homme!

L'aveugle saisit le quart, huma le liquide dans lequel il trempa ses lèvres, puis grogna.

Pendant ce temps, débouchant une bouteille de vin cacheté, Sania remplit son gobelet.

— N'est-ce pas qu'il est bon mon petit bourgogne? Le vin des roumis vaut mieux qu'eux. Encore un coup, vieux frère!

« Mange le ragoût, je vais chercher le rôti!

Ouvrant alors son fameux cabas, elle en retira une fiole qui avait servi à calmer ses brûlures, lors de l'ébouillantement de la petite martyre.

... toi, Piétro ? Ah ! ... la taille en pente ! Encore une rasade de ... Château-la-Pompe !

À pleins bords, elle emplit son quart du re... secret.

Mais Piétro ne buvait pas. Il avait faim. Par ... en rauque, inarticulé, il essaya de se faire comprendre...

— Bien sûr, tu as faim ! Moi aussi, j'ai l'estomac dans les talons. Un peu de patience, voyons !

Passant alors le brouet à l'aveugle, elle ajouta :

— Tiens, mange, vieux gourmand !

Comme un affamé, l'aveugle se jeta sur la sor... nourriture, à laquelle, par endroits, sa compa... avait mélangé de grosses pincées de poivre et de sel.

À un moment donné, avalant, en guise de sauce, une pleine cuillerée d'épices, Piétro fit une signifi-cative grimace, et pendant que Sania ricanait si... baissée, il saisit son quart et but évidemment.

... soudain il poussa un rauque rugissement ... le liquide, lança son quart au milieu du taudis, puis se mit à bondir comme un forcené...

Prudente, Sania qui s'était reculée, avait évité le quart dont le contenu était allé gicler sur la loque ... tortillait Eva, de plus en plus apeurée...

Ricanant, la sorcière s'exclamait, les bras au ... :

— Mon pauvre ami ! Mon brave Piétro ! Parole ! que tu es donc rigolo ! Ah ! comme tu as bien fait d'en réchapper ! Vrai ! si tu te voyais en ce mo-ment, tu serais le premier à te tordre ! Tu te réveil-lerais la nuit pour en rire.

Le misérable emplissait le taudis de ses hurle-ments douloureux.

Tout à coup, la plainte s'étrangla dans son go-sier.

Adroitement, Sania lui avait lancé un nœud cou-lant autour du cou, et, tirant de toutes ses forces, ... étranglait littéralement l'infirme, dont la face ... était congestionnée.

— C'est pour ton bien ! — cria-t-elle, — c'est pour empêcher l'acide de descendre dans ton estomac ! Encore une fière chandelle que tu me devras là !

Piétro, que l'asphyxie commençait à envahir, ... roulé sur le carreau, inerte, les jambes rai-dies...

... le moment qu'attendait la bohémienne.

... aussitôt, elle lui ligota solidement les ... à l'aide d'une fine cordelette ; puis, lui ... les pieds à deux courroies de son ce... elle le riva derrière la porte, contre le battant, ... épaisse poutre servant de soutien à la toi-ture.

Détachant ensuite le nœud coulant qui l'étran-glait, elle lui lança plusieurs potées d'eau en plein ... age.

Peu à peu, le bandit reprit connaissance ; mais, lorsqu'il se sentit étroitement ligoté, entièrement à la merci de la gitane, ses yeux s'emplirent de lar-mes tragiques, et, en désespéré qui se sent voué aux pires supplices, il fit de nouveau, retentir le taudis de ses sinistres hurlements.

— Voyons, mon petit Piétro — fit l'ogresse, — un peu de patience, mon ami ! Tu ameuterais tout ... voisinage, si je te laissais faire ! Je n'ai pas ... comme ça, moi ; souviens-toi.

Et roulant en tampon une poignée de chiffons, ... ses deux mains, adroitement, elle l'enfonça ... la bouche ouverte, hideuse, du malheureux ...

... présent, l'infortuné se taisait !

... et un silence affreux régna dans le taudis.

Piétro, complètement immobilisé, muet, aveu... ligoté des quatre membres, était absolument à ... merci de sa féroce compagne.

Elle nargua...

— Et maintenant, mon ami, il faut bien que je te ... que de pénibles circonstances m'obligent à me séparer de nous ... laisse-moi ... commencer ton apprentissage...

« Car, tu t'en doutais bien, n'est-ce pas, c'est ... qui vas la remplacer.

« Si je la vends à sa tante, la dame aux éc... d'or, — que tu m'as volés, — il me faudra bien ... qu'un pour faire joujou !

« Or, comme je n'ai que toi...

Le vieux bandit tentait de terribles efforts...

Il était si solidement garrotté à la poutre, que ... poignets se gonflaient inutilement sous la coupan... tension des cordelettes.

Dans l'excès de sa douleur, sa bouche se tordait hideuse, sa face se convulsait, repoussante...

Pendant ce temps, horrifiée, mais incapable de bouger, Eva, les yeux dilatés par l'épouvante s'ef-forçait de ne pas voir l'écœurant spectacle.

Sania s'était retournée vers elle :

— Ça t'amuse, hein ! petite ! Chacun son tour ... ai-je dit ! Le tien viendra demain ! Et puis, ... toute, pourquoi pas ce soir !

« Puisque ta tante veut te reprendre, il te ... drai à la famille ; mais il est inutile que le reste de vieux os !

« Je suis en train, aujourd'hui, tu y passeras comme Piétro !

La petite Eva fit entendre un soupir.

Tout bas, elle murmurait :

— Petite mère ! Viens, ma petite mémère !

— De quoi ! Tu te plains, maudite gueuse ! Pen-ses-tu que je te nourrisse pour tes beaux yeux ! Tout doux, ma belle ! Tu vas faire pendant à mon homme ; il s'embêtera moins en ta compagnie !...

Attachant alors la pauvrette, la misérable la sus-pendait à l'autre poutre de la mansarde, en face de Piétro.

— Eh ! eh ! souvenez-vous de certaine nuit sur la Côte d'Azur, mes agneaux ! Œil pour œil, dent pour dent : c'est notre loi !

Après quoi, retirant d'un placard de copieuses victuailles, satisfaite enfin d'elle-même, Sania se mit à souper et à s'enivrer.

Filoche et Patto exploraient, une par une, toutes les maisons de la rue de la Clef...

Au jour levant, éreintés, fourbus, ils commen-çaient à fouiller la rue Censier.

Vers six heures, l'ogresse étendue sur son gra-bat, était plongée dans un profond sommeil, lors-qu'elle fut réveillée en sursaut par deux coups frappés à sa porte.

— Qui va là ? — cria-t-elle, subitement effrayée.

Avant qu'il lui fût répondu, d'un bond elle sauta à terre, coupa la courroie qui attachait la malheu-reuse Eva, puis jeta la fillette inanimée sur le grabat...

Et de nouveau, la voix plus assurée, la bohé-mienne répéta :

— Qui va là ?

XIX

FAUX COMPROMIS

Sania s'était approchée de la porte, épiant :

— C'est moi, votre logeuse, Dieu ! que vous avez le sommeil dur.

Rassurée, la gitane entrebâilla sa porte, puis ... très rêche, elle demanda :

— Qu'y a-t-il ?.. Pourquoi venez-vous me déran-ger d'aussi bonne heure ?

— Je viens vous dire qu'un individu de la police est venu tout à l'heure.

À ce mot de police, Sania sursauta.

Mais, très maîtresse d'elle-même, elle répondit :

— Que voulez-vous que cela me fasse ? Ce n'est pas pour moi qu'il venait, je présume !

— C'est-à-dire qu'il m'a demandé le nom de tous les locataires de la maison ; et, comme je ne vous ai pas inscrite sur mon livre, — qu'il s'est empressé d'aller consulter, — je ne lui ai pas donné le vôtre, et cependant c'est bien vous qu'il cherche !

— Moi ! fit la bohémienne, dardant son regard aigu sur la logeuse. — Et qui vous autorise à faire cette supposition ?

— Oui, c'est vous, et pas une autre, même qu'il m'a dit ceci :

« — Je cherche une vieille femme qui habite dans le quartier ; elle est avec une petite fille. Il doit y avoir un aveugle avec elle ! »

— Tout cela ne prouve rien. Il n'y a pas que moi qui aie une petite fille et dont le mari soit aveugle !

— Possible ! — répondit la logeuse, mais il a ajouté :

« — La petite est bien malade ; elle s'appelle Cécily, la vieille se donne le nom de Mme Duval ».

— Cécily ! Mme Duval ! — grommela Sania. — Et que lui avez-vous répondu ? — interrogea-t-elle.

— Je lui ai répondu que je n'avais pas « cela » dans la maison. Il a encore insisté, puis, pour achever, il a ajouté :

« — C'est heureux pour vous, car cette mère Duval n'est autre qu'une nommée Sania, bohémienne et voleuse d'enfants ! »

« — Comme je n'étais pas en règle, je n'ai pas bronché. Voilà ! »

Sania haussa les épaules.

L'autre continuait :

« — Et dans le voisinage ? » — m'a-t-il encore demandé.

« — Dans le voisinage, — lui ai-je fait, — je ne connais rien de semblable ! Attrape ! »

L'ogresse avait repris son sang-froid.

— Elle est bien bonne, celle-là, ricana-t-elle. — Ah ! c'est complet ! Bohémienne et voleuse d'enfants ! Toute la lyre ! Vous avez eu tort de ne pas lui indiquer ma porte ! Il serait monté, il aurait vu qu'on lui avait monté un bateau !

La logeuse, dont la conviction était faite, hocha la tête :

— C'est-à-dire...

Mais la bohémienne ne lui laissa pas le temps de terminer :

— Je ne vous offre pas d'entrer ici, car le local n'est guère confortable, surtout à cette heure ; vous me prenez au saut du lit ! Excusez-moi, le temps de passer une jupe !

Brusquement la bohémienne ferma sa porte au nez de la logeuse, qui, stupéfaite, resta bouche close sur le carré.

L'instant, l'endroit, devenaient périlleux pour Sania.

Sans perdre une seconde, elle devait y mettre ordre et parer aux éventualités d'une arrestation probable sinon tout à fait certaine.

Paris est grand, elle chercherait ailleurs ; elle se donnerait un faux état-civil, tout simplement ! Et puisque Mlle de Bordère lui avait fait une offre la veille, elle n'attendrait pas que la petite eût passé de vie à trépas, avant de conclure le marché.

Brutalement, elle secoua la fillette, enleva l'appareil de torture dans lequel ses pieds étaient pris, déligota les longues bandes de toile qui emprisonnaient ses petits mollets et mit à nu ses jambes amaigries.

Puis, comme un paquet, Sania l'entortilla dans sa couverture, la prit dans ses bras et se disposa à sortir.

Mais avant de mettre la main sur le verrou, son regard tomba sur Piétro.

L'aveugle, toujours vissé à son poteau, semblait inanimé. Son corps de colosse n'était plus qu'une chose informe sur laquelle les loques semblaient jetées.

Ses pieds, chaussés de souliers éculés, reposaient sur le carreau, mais semblaient incapables de supporter le poids de son énorme structure.

Les chevilles, immobilisées par les courroies, étaient distendues ; sous le tassement douloureux de tout son être, ses genoux étaient ployés, sa poitrine s'était voûtée, et sa grosse tête hirsute, pendait inerte, morte, sur son cou d'athlète.

Les cordelettes qui, par derrière, attachaient ses poignets à la poutre, avaient glissé le long du bois, de telle sorte que le corps, presque debout, la veille, au commencement du supplice, s'était recroquevillé sur lui-même pendant la nuit.

Toutefois, Sania avait la preuve que la vie n'avait pas déserté ce corps atrophié, par les sifflements qui s'échappaient de sa gorge.

Mais ces soupirs ressemblaient plutôt à des râles entrecoupés, gonflant sa poitrine qui se soulevait comme un énorme soufflet de forge.

— Ça va ! Ça va ! — ricana l'ogresse. — Dors encore toute la grasse matinée ; je te reprendrai tantôt, mon vieux Piétro !

Prudente, elle tourna autour du misérable, examina attentivement l'état des cordes qui le ligotaient.

A part le glissement le long de la poutre, rien n'avait bougé.

— Si je mouillais ça, — pensa l'atroce bohémienne, — les ficelles se resserreraient un peu, et consolideraient mon pauvre homme ; il serait mieux pour dormir à son aise.

S'emparant alors du pichet, elle arrosa les bras et les jambes du malheureux.

— Et le bâillon ! Voyons le bâillon ! Car faut pas qu'il gueule en mon absence ; il ameuterait toute la boîte !

Et saisissant les cheveux du bandit, brusquement, Sania lui renversa la tête en arrière.

Les muscles du cou craquèrent, comme si quelque chose s'y brisait, mais les dents du misérable se tenaient soudées, convulsivement.

Entre les lèvres, un morceau de chiffon apparaissait.

— Bon ! Ça tient ! C'est tout ce que je voulais savoir, mon vieux camarade ! Au revoir, à tout à l'heure et que ça te serve de leçon !

Puis elle sortit, fermant prudemment la porte à double tour...

Embusquée derrière le vasistas de sa cuisine, la logeuse l'attendait en bas.

— Vous savez, — fit-elle à voix basse, — le roussin de ce matin m'a mis la puce à l'oreille ; il faut que vous quittiez la maison !

« Vous me feriez arriver des histoires avec la police ! Vous payez régulièrement votre semaine, c'est possible ; mais enfin... chacun son dû... et un service en vaut un autre, n'est-ce pas ?

— C'est bon, — interrompit la bohémienne, — puisque vous m'y obligez, je vous débarrasserai... à la fin de la semaine !

Elle ajouta, ironique :

— Tout ce que j'ai là-haut sera pour vous !

Puis, sans attendre davantage, Sania franchit la porte de la cité pouilleuse.

Attentivement, elle explora les environs. La rue était silencieuse et déserte...

En face, c'était la rue de la Clef ; rapide, elle s'y dirigea.

Au moment où elle en tournait l'angle, un homme surgit d'un porche voisin.

Cet homme c'était Filoche, qui avait interrogé la logeuse et qui, continuant son exploration, voulait terminer son côté de la rue Censier avant de rejoindre Pétiot, occupé à la même enquête du côté opposé.

De ses yeux de lynx, la gitane avait reconnu l'agent, dont elle n'avait cependant vu que le dos...

— Ah ! ça !... — enragea Lélé... — c'est ma...[illegible] de l'hôtel des Rosiers ! S'il se figure que je [illegible] dans ses déguisements ! Cherché, mon [illegible] ! moi je me « barre » !

Un instant, cependant, elle l'examina encore, cachée derrière l'angle de la rue de la Clef...

Elle put alors apercevoir un autre individu qui rejoignait Filoche, et qui, après un échange de quelques paroles, alla continuer, de l'autre côté de la rue, l'exploration et l'enquête chez les concierges, et les logeurs.

La coquine dut s'avouer :

— Tout cela me paraît plus grave que je ne croyais ! S'ils me cherchent si minutieusement dans cette rue, c'est qu'ils sont sur ma piste...

— Décidément, la logeuse avait raison, il faut que je déguerpisse tout de suite ! Ça se gâte !

Un fiacre passait.

— Voilà mon affaire, — pensa l'ogresse. — Je saute dedans et je file.

À son signe, le cocher s'était arrêté :

— Rue de Lille, au trot !

Un coup de fouet claqua, et, d'une belle allure, le véhicule s'éloigna, mettant ainsi l'horrible créature hors de la portée des policiers...

Décidément, la récompense de Filoche et de Pe[illegible] semblait encore une fois bien compromise.

XX

LE SUPPLICIÉ

Dès que Sania fut sortie, Piétro fit entendre un sourd rugissement de fureur. Il semblait que sa colère, trop longtemps contenue, eût un immense besoin de s'épancher.

À plusieurs reprises, il redressa la tête, tendit son torse, essayant de rompre, par une suprême traction des biceps, les cordelettes qui le soudaient au terrible poteau ; mais, comme la veille, tous ses efforts furent vains.

Il ne réussit qu'à ébranler la vieille mansarde et à s'incruster plus profondément dans ses chairs, les nombreux et coupants lacets que l'eau, perfidement versée par l'ogresse, resserraient encore.

De nouveau, devant cette poignante constatation de son impuissance, le misérable laissa retomber sa tête sur sa poitrine ; puis il cracha bruyamment le bâillon apparaissant entre ses lèvres.

Maintenant, dans sa gorge délivrée, l'air circulait mieux ; la tête, moins alourdie par la congestion, semblait plus solide, avec des idées plus lucides.

Tassé sur ses jambes que la flexion de la nuit avait ankylosées, l'infirme essaya de se redresser. Mais ses poignets restaient rivés à la poutre, au-dessus des courroies des chevilles.

Peu à peu, il finit par les remonter le long du poteau...

Après un quart d'heure de douloureux efforts, le colosse avait pu se remettre debout.

Et subitement, il ressentit un grand bien-être, aspirant à pleins poumons, et plus que jamais, la [illegible] avec la vengeance...

Quel eût été son immobilité forcée, le misérable se fût trouvé relativement à l'aise, après son affreux supplice ; mais ses chevilles tuméfiées, arrêtant la circulation du sang, refusaient de le porter.

Il serrait les dents pour refouler les souffrances qui le lancinaient et, lentement, obéissant au tassement irrésistible, il se laissa couler à nouveau sur lui-même.

Soudain, dans son cerveau, une idée jaillit. Idée [illegible] sans plus tarder, malgré la recrudescence de douleur qui allait en être la conséquence, il mit à exécution.

Péniblement, il se releva, s'accroupit pour se relever à nouveau et s'accroupir encore...

Peu à peu, ce qui redoubla son énergie, il sentit moins forte la tension des cordelettes, dont plusieurs tours s'étaient usés au frottement contre les aspérités de la poutre.

Il fit entendre un rauque rugissement de joie.

Le dernier tour venant de se couper, liberté complète était rendue à ses bras !

Il lui était facile, maintenant, de retirer les courroies de ses chevilles. Aussi, quelques instants plus tard, définitivement libéré de sa poutre, essaya-t-il de s'orienter...

Tout d'abord, il voulut faire un pas en avant, mais ses pieds furent incapables de le soutenir...

Comme un bloc, il roula sur le parquet.

Dans sa chute, ses mains heurtèrent un seau rempli d'eau.

Avidement, il s'en empara, y trempa son visage, s'y désaltéra longuement, puis y plongea ses bras.

Pendant plus d'une heure, envahi par un soudain bien-être, il laissa ses poignets endoloris se reposer au contact de l'eau bienfaisante, ramenant chez lui la force avec la haine ; puis, s'arc-boutant péniblement à la muraille, il réussit à se remettre debout.

Bientôt, de ses doigts étendus en avant, il eut reconnu les lieux.

Sur la planche, restaient les reliefs du festin de l'ogresse : une bouteille presque pleine, un énorme chanteau de pain et un morceau de charcuterie.

S'asseyant sur l'escabeau, l'aveugle se mit à table et mangea d'un solide appétit.

Puis il se dirigea vers la porte qu'il essaya d'ouvrir...

On sait que Sania en partant l'avait fermée à double tour.

— Elle n'y perd rien, — pensa le mutilé, — elle reviendra toujours, la surprise n'en sera que plus agréable ! Maintenant que j'ai l'estomac lesté, je puis attendre ! Du reste, j'ai besoin de sommeil !

Et sur le grabat, avec délices, Piétro s'étendit.

Vaincu par la fatigue, il ne tardait pas à s'endormir profondément.

XXI

MARCHÉ TRAGIQUE

Sania arrivait chez Andrée de Bordère.

Celle-ci, malgré l'heure matinale, était partie à ses leçons. Il fallait bien vivre, car son maigre trésor filerait vite !

Elle ne devait rentrer qu'à midi.

— Si vous voulez attendre, madame ? — fit la soubrette.

— Volontiers ! — répondit la gitane, — car la petite est fatiguée !

— Dites donc, elle n'a pas trop bonne mine, la « gosseline » !

— Toujours malade ! — soupira l'ogresse.

— Faites voir, que je vous en débarrasse !

Et, affectueusement, prenant Eva dans ses bras, la servante l'embrassa à plusieurs reprises.

— Elle doit avoir faim ! Si je lui donnais quelque chose.

— Bonne grand'mère, l'ogresse sourit !

— Si vous voulez ! Ces enfants ont toujours un boyau de vide ! Je ne sais pas où elle met tout ce qu'elle mange ; elle ne grossit pas, c'est une vraie désolation !

Mais, déjà, la bonne était partie à l'office et offrait à l'enfant étonnée, inquiète par habitude, une copieuse tasse d'odorant chocolat...

Pendant ce temps, Sania, dans le salon, exami[...]

... les précieux tapis, le piano de palis-
andre orné de tapisseries, les vitrines laquées, les
... de jeux, les bronzes jetés çà et là, au milieu
de la pièce, dans un élégant et artistique désordre,
... tableaux symétriquement appendus aux murailles, les potiches adornant les coins et les crédences sculptées, saillant des renfoncements...

Dans un coin, près d'une fenêtre, était un meuble de style Boule à grosse panse, en bois de rose,
dont les riches incrustations de cuivre doré reflé-
taient dans un enchevêtrement d'un art ex-
... et d'un bonheur parfait, un des plus ravis-
sants chefs-d'œuvre du maître.

C'était dans ce meuble, aux serrures secrètes,
que la Noire renfermait sa petite fortune, valeurs,
actions, billets de banque et titres divers...

Avec son regard de lynx, comme si elle en de-
vinait le contenu, Sania, par une irrésistible force
hypnotique, se sentait attirée vers le meuble in-
...

Négligemment, elle contempla un à un tous les
bibelots, tous les objets d'art du salon, puis, soudain, elle s'approcha du Boule comme pour scru-
ter le mystère de son renflement.

— Hein ! que c'est beau, ça ! — exclama la domestique, qui revenait de l'office avec la petite
Eva sur les bras. — Ah ! si j'avais seulement ce
qu'il y a dedans, ce que je lâcherais la patronne !

— Cela ne me fait pas envie ! — murmura la
gitane dans un hypocrite sourire. — Et puis,
croyez-vous qu'il y en ait tant que ça ?

— Mais vous n'y pensez pas ! Si vous saviez ce
qu'elle gagne, Mme la marquise ! Il faut l'entendre sur son piano ! Il faut être là quand elle
chante !

A ce moment, la tenture de l'antichambre se souleva, et Andrée de Bordère, dans une élégante toilette de ville, s'avança au milieu du salon.

L'ogresse s'était approchée, pendant que, doucement, la soubrette déposait la petite Eva sur
un ...

Devant la gitane, Mlle de Bordère eut une seconde de ...; mais se ressaisissant bientôt, prête à supporter, de pied ferme, le choc, elle
appela sa servante !

— Comme j'aurai probablement à sortir avec
madame, pendant toute la journée, je vous donne
congé. Allez, ma fille ! Soyez rentrée à dix heures,
au plus tard !

Joyeuse, la jeune bonne disparut dans le vestibule, songeant à ses amours.

Quelques minutes plus tard, un chapeau sur la
tête, elle descendait l'escalier en chantonnant.

Seule à seule, maintenant, avec la bohémienne,
la Noire se sentit plus à l'aise.

— Que me voulez-vous, Sania ?

— Ce que je veux, c'est facile à dire ! Vous
m'aviez proposé un arrangement hier, relativement à la petite ; j'avais refusé, mais un peu à la
légère, puisque, la nuit m'ayant porté conseil, je
reviens aujourd'hui sur ma décision ! Voilà ! l'enfant, là-bas, sur le canapé puisque vous y tenez !..

— Soit, cinq mille ?

Sania se gratta la tête.

— Mais où voulez-vous que j'aille avec cela ?
Surtout avec la nouvelle charge qui vient de me
tomber inopinément !

— Quelle nouvelle charge ?

— Piétro, madame ! Piétro qui est revenu !

— Vous voulez rire ! — fit Mlle de Bordère. —
Hier encore vous me disiez que vous lui aviez crevé
les yeux, coupé la langue, et qu'à cette heure, il
devait être mort !

— Hélas ! le diable n'a pas voulu de lui ! Il a pu
se traîner jusqu'à Paris. Je l'ai retrouvé hier soir,
en sortant de chez vous, et, ma foi ! à la vue de
sa misère, mon cœur, — car, enfin, on n'a pas vécu
vingt ans et plus en compagnie d'un homme, sans

qu'il en reste quelque chose... Mme ...
senti... comment dirai-je ?...

Andrée de Bordère dit nettement à Sania :

— Je vous donne six mille francs ! C'est [mon]
dernier prix !

Les yeux de la gitane brillèrent.

— Puisque madame le veut, je n'ai qu'à m'incliner...

— Une minute, je vous paye !

Se dirigeant alors vers le meuble à panse ren-
flée, la pseudo-marquise de Santelli sortit de sa
poche un élégant trousseau de clefs nickelées et
fit jouer le ressort d'une serrure secrète, dissimulée dans les arabesques dorées du chef-d'œuvre
de Boule.

Aussitôt, un tiroir jaillit du meuble, un couvercle
en thuya se rabattit, découvrant les profondeurs,
triplement garnies, du coffre-fort, renforcées à l'intérieur d'une armature métallique.

Dans le luxueux secrétaire, méticuleusement
rangées, s'érigeaient des piles de louis d'or et
d'écus d'argent ; dans un coffret mi-ouvert, des
billets de banque. Au fond, dans un portefeuille
de cuir, quelques titres au porteur aux découpures
zigzaguées.

On le voit, Andrée de Bordère, depuis son arrivée
à Paris, n'avait pas perdu son temps !

Derrière elle, à distance, comme hypnotisée à la
vue de cette fortune, la bohémienne, les yeux dar-
dés à l'intérieur du meuble, regardait, jalousement.

Si elle voulait, toute cette fortune pourrait lui
appartenir... Et cela, tout en gardant Eva pour son
profit à elle ou pour le plaisir de la torturer comme
par le passé...

Et, inconsciemment, comme si elle obéissait à
l'instinct de sa nature, la main de la gitane plongea dans la poche où était l'eustache.

Andrée de Bordère, hésitant entre les billets de
banque et les pièces d'or, se retourna soudain :

— De l'or ou des billets ?

— A votre aise ! — répondit la bohémienne,
essayant de convertir sa grimace en un sourire.

Pour plus de commodité, la Noire s'empara d'une
liasse qu'elle compta un à un, jusqu'au total de
la somme convenue.

— Madame est riche, elle pourrait bien la
risqua la gitane, qui, l'arme bien en main, allait
lever le bras.

— Vous êtes trop exigeante ! Cette fillette est
demi-morte... Vous n'en feriez rien.

— Vous aurez encore le temps de vous en las-
ser, allez !... ou de la revendre pour quelques millions !

La main à hauteur du visage, Sania allait enfoncer sa lame dans le dos de son ancienne complice lorsque, tout à coup, Eva qui avait ...
le projet de la misérable, fit entendre un gémissement.

— Madame ! Tante Andrée !...

Brusquement, la Noire se retourna, abandonnant
ses billets sur la tablette du coffre-fort.

— Laissez ! Laissez donc ! — tonna la bohémienne qui, subtile, avait déjà dissimulé l'eustache
dans sa manche.

Andrée de Bordère s'empara des billets :

— Voilà, — fit-elle — la somme...

Mais elle n'eut pas le temps de continuer ;
une extraordinaire vigueur, l'ogresse venait de
planter la lame entre les deux épaules.

L'acier disparut jusqu'au manche, tranchant
tement les vertèbres.

Sans un cri, sans une plainte, sans un ...
comme une masse, le bourreau de Germaine
tomba en avant, sur le tapis.

Eva, épouvantée par le tragique mystère de ...
mort, criait en désespérée :

— Ma petite mère ! Ma petite mère, je ...
verrai plus !

Son nouveau forfait accompli, la bohémienne ne s'attarda pas longtemps.

Froidement, elle essuya son eustache, qu'elle referma et remit dans sa poche; puis, ramassant hâtivement les richesses du coffre-fort, elle les enfouit dans ses poches, dans son corsage, au fond de son cabas.

Le coffret à bijoux dans un angle du meuble était entr'ouvert. Il contenait quelques bagues, un bracelet et deux boucles d'oreilles ornées de bril-lants.

La main de l'ogresse se referma sur les bijoux qu'elle dissimula dans le cabas avec le reste.

Après quoi, se ménageant, elle rabattit le couvercle du coffre dont elle fit jouer la serrure, jetant les clés sous le tapis.

Retournant ensuite le cadavre, elle fouilla toutes les poches, dans lesquelles elle supposait encore trouver quelque monnaie.

L'odieuse créature ne s'était pas trompée. Dans un petit porte-cartes se trouvait un billet de cent francs, montant des dernières leçons... ou de quel-que rendez-vous, car, — on l'a deviné, — Andrée devait plutôt sa rapide fortune à des intrigues...

Pour plus de sécurité, dans le seul but d'égarer les recherches, pour quelques heures encore, la meur-trière poussa le cadavre sous le canapé dont la housse retombait jusque sur le parquet.

Songeusement, elle répara le désordre de la pièce et, s'emparant de la petite martyre qui se dé-battait en vain, elle sortit du salon.

Elle allait franchir la porte de l'antichambre lorsqu'une réflexion l'arrêta soudain.

Si elle fermait à double tour de clef la première porte de l'appartement?

La bonne ne pourrait entrer; elle gagnerait ainsi toute la nuit avant que son forfait ne fût dé-couvert!

Pendant vingt-quatre heures, elle aurait le temps de dépister la police, et au besoin de filer, car, dé-cidément, depuis l'aventure du matin, l'atmosphère de Paris lui devenait malsaine!

Revenant donc dans le salon, elle ramassa les clés, fit jouer la serrure et le verrou de sûreté; puis, serrant Cécily à l'étouffer, elle descendit dans la rue.

Santa n'était pas à deux francs près. Une voiture passait en maraude; elle l'arrêta et donna au co-cher une adresse lointaine.

Mais, soudain, l'ogresse pâlit.

Pour mieux dissimuler les rouleaux d'or dérobés dans le secrétaire de la Noire, elle venait de porter la main à sa poitrine, à la place qu'y occupait or-dinairement la ceinture énorme de Piétro.

La ceinture n'y était plus.

Elle se souvint alors que le matin, dans sa hâte de se sauver, elle n'avait pas bouclé la courroie et que la poche, mal retenue, avait dû glisser, ou dans la voiture ou sur le carreau du taudis.

À moins qu'elle ne l'eût perdue dans l'escalier de la maison déchante.

À la vérité, Santa était encore riche, inespéré-ment riche, même; mais la pensée que la fortune contenue dans la ceinture pourrait lui échapper, la fit bondir.

Évidemment, il ne fallait pas songer, pour l'ins-tant du moins, à courir à la rue Censier, que les po-liciers devaient cerner; mais à la nuit, au cré-puscule même, elle aviserait au moyen de réin-tégrer la maison, sans se faire voir.

Et pour cela, afin de passer inaperçue, — puisque Cécily la gênerait horriblement — sans plus de scrupules, elle s'en débarrasserait.

Il le fallait!

Tout d'abord, elle eut la pensée de déposer l'en-fant dans un corridor, au fond d'un passage, où un promeneur pourrait le trouver, le recueillir, le sauver! Cela, la bohémienne ne le voulait pas!

Elle voulait se débarrasser de Cécily en la mar-tyrisant encore, en la faisant elle-même, de ses propres mains, passer de vie à trépas.

La nuit, maintenant, était tombée sur la capitale.

Dans la rue, des points lumineux trouaient l'om-bre naissante.

XXIII

LE CANAL

Devant elle, maintenant, dormaient les eaux du canal dont les écluses, de loin en loin, se dressaient noirâtres, gigantesques, telles de monstrueuses guillotines.

Cette vue avait inspiré l'ogresse!

— C'est cela! Allons, ma petite Cécily, prépare-toi à quitter ta bonne grand'mère! J'ai trouvé ce qu'il te faut!...

Découvrant le visage déjà convulsé de la petite martyre, Santa la contempla une dernière fois avec, dans le regard, la férocité d'un regret, celui de ne pas pouvoir la torturer davantage.

Quelques passants longeaient le quai. La gitane alla plus loin, du côté de l'Arsenal.

Là, c'était la solitude complète, le silence le plus absolu.

— Allons, adieu! ma pauvre Cécily, la fatalité veut que nous nous séparions ici. Embrassons-nous une dernière fois!

Aucun passant ne montrait sa silhouette sur la chaussée déserte. Seuls, dans le lointain, les pas pesants de deux sergents de ville, battant leur quart, troublaient, de leur cadence, le mystère de l'endroit.

Sur le pont, quelques voitures revenant de la gare de Lyon, plus rapides que les piétons, com-mençaient à refluer vers le centre de la capitale pour y déverser le flot des voyageurs que l'express venait de débarquer...

— Cette fois, il est temps! — murmura Santa qui, descendant les marches du quai, dissimulant avec soin sa victime dans les plis de la couverture, arrivait sur la berge.

Au bas de l'escalier était un bec de gaz tranquille qu'elle dépassa.

Aucun endroit ne pouvait être mieux choisi pour l'exécution de ce dernier forfait. Devant la crimi-nelle était un escalier par où elle remonterait le plus naturellement du monde.

— Tiens, petite, tu dois avoir soif? bois un coup!

Et la laissant glisser le long de la berge, afin de ne pas faire un trop bruyant clapotis, la mé-gère lâcha l'enfant dans les eaux lourdes du canal.

Quelques cercles se formèrent à la surface, in-diquant seuls, pour une seconde, l'endroit où la petite martyre allait cesser de souffrir.

Mais soudain un cri d'alerte partit du parapet et retentit, clairement, dans le silence de la nuit.

L'ogresse avait levé la tête.

— C'est elle! la gueuse! la misérable!

Pendant ce temps, un formidable clapotis trou-blait l'eau derrière elle.

Quelque chose de noir, un corps humain sans doute, venait de plonger dans les eaux mortes du canal.

Cette fois, Santa se sentit perdue!

Deux hommes descendaient rapidement l'esca-lier dont elle montait déjà les marches pour fuir.

Brusquement elle fit demi-tour. Affolée, elle ga-lopa le long de la berge, cherchant à remonter du côté où elle était descendue; mais là, également, un homme s'élançait pour lui barrer la route.

L'ogresse fouilla dans sa poche. Coûte que coûte, elle passerait. Son fidèle eustache, qui ne la quittait jamais, était là, prêt, au besoin, à lui ouvrir le passage.

Froidement, elle le sortit, ouvrit la lame, et assura le manche dans sa main.

Derrière elle, un nouveau clapotis se fit entendre, et soudain la masse noirâtre qui était tombée dans le canal au moment où le cri d'alerte avait retenti, émergea des eaux silencieuses.

Sania se retourna. Et ce qu'elle vit, la glaça de terreur.

Black, le terrible montagnard, Black qu'elle avait perdu, était devant elle, prêt à franchir la berge.

Entre ses dents, par la loque trouée, il tenait la petite Eva qui, la tête pendante, ne donnait plus signe de vie.

— C'est Black, — murmura la sorcière ; — ô mon étoile maudite ! Cette fois Astaroth m'abandonne !

Mais la vaillante bête se consumait en efforts inutiles ; la berge était trop élevée.

Près d'un mètre séparait le niveau de l'eau du quai, et malgré ses bonds prodigieux, le molosse, empêché par son fardeau, ne pouvait, de ses pattes déchirées, s'accrocher à la pierre.

— Il la tient ! il la sauve ! courons !

Et bondissant aussitôt, les deux hommes qui descendaient les marches auxquelles Sania tournait le dos, s'élancèrent vers le montagnard.

L'œil aux aguets, l'ogresse n'avait perdu aucun de leurs mouvements.

D'un ressaut elle venait de s'enfoncer dans un creux de la muraille, attendant que les inconnus l'eussent dépassée pour remonter les marches.

— Prenez garde, monsieur Rodolphe ! — cria une voix ; — Guettez-là bien ! Elle doit filer de votre côté ! Ne la laissez pas passer !

— Soyez tranquille, docteur, je veille.

— Méfiez-vous, elle doit être armée !

— J'ai mon revolver !

— C'est bon à savoir, — murmura la gitane, que l'ombre du renfoncement rendait invisible. Nous allons bien voir !

Les deux hommes, — nommons-les tout de suite, on les a sans doute reconnus, — le docteur Cherfils et le père Antoine, pressés qu'ils étaient de sauver l'enfant de Germaine, couraient sur la berge sans plus s'occuper de l'ogresse.

Ils avaient passé à côté d'elle sans l'apercevoir ; aussi, en trois bonds agiles autant que silencieux, fut-elle bientôt vers le bas de la rampe.

Un moment après, elle franchissait l'escalier, gagnait le quai toujours désert, puis disparaissait parmi la foule d'une rue grouillante et animée.

Pendant ce temps, pour être sûr qu'elle ne lui échapperait pas, Rodolphe descendait les marches opposées, mais n'apercevant aucune ombre sur la berge, bientôt persuadé que la mégère avait réussi à s'esquiver, il courut prêter main-forte à ses amis.

Épuisé par ses efforts infructueux, le vaillant montagnard, l'enfant toujours entre ses dents, semblait avoir peine à maintenir son bon gros mufle au-dessus de l'eau.

Maintenant, le corps tout entier de la fillette, ployé en deux, était plongé dans le liquide noirâtre.

— Hardi ! Black ! Hardi ! — cria le docteur, tendant la main au bon chien qui, les yeux injectés, tentait vainement de redresser le poitrail.

Mais, soudain, le père Antoine étouffa un cri de douloureuse angoisse.

— Ô mon Dieu ! elle est perdue !

Le lange troué dans lequel la mignonnette était enveloppée, venait en effet de céder sous les crocs acérés du molosse, et l'infortunée, le corps raidi, s'était enfoncée à nouveau dans le canal.

N'écoutant que son courage, le vieux majordome avait déjà mis habit bas ! Il allait plonger dans le liquide, lorsque le bruit d'un corps tombant dans la nappe liquide, laissant de grands ronds à la place où, déjà, Black, lui aussi, avait disparu une deuxième fois.

C'était Rodolphe des Charmettes qui, habile nageur, sans prendre le temps de quitter son pardessus, sans souci de sa récente blessure à peine fermée, venait de risquer sa vie pour sauver celle, déjà bien compromise, de sa pauvre enfant.

Plusieurs secondes, des siècles pour le docteur Cherfils et le père Antoine, il lutta sous l'eau, invisible à leurs yeux.

Le canal allait-il faire deux victimes au lieu d'une ? Le chirurgien n'aurait-il arraché le jeune homme à une fin affreuse que pour le voir mourir d'une autre mort, plus affreuse encore ?

Mais bientôt, un immense soupir de soulagement s'échappa de leurs poitrines lorsque, au milieu d'un remous, ils le virent apparaître.

Hélas ! le courageux Rodolphe revenait seul !

Son dévouement avait-il donc été inutile ?

Découragés, jugeant maintenant tout espoir perdu, les deux amis allaient concentrer tous leurs efforts pour aider le jeune homme à remonter sur la berge lorsque, à nouveau, la tête du molosse émergea.

Entre ses dents encore une fois le chien tenait Eva.

Rapide, Rodolphe saisit son enfant et l'éleva au-dessus de l'eau.

Accroupi sur le rebord du canal, le docteur Cherfils la saisit, pendant que le père Antoine aidait son nouveau maître à sortir du canal.

Black, en revanche, s'en allait à la dérive le long de la muraille.

Comprenant que, pour lui, toute lutte était désormais vaine, persuadé que son existence devait s'arrêter là, puisqu'il avait sauvé une dernière fois celle à qui il s'était voué, il allait se laisser couler quand, tout à coup, une main agrippa son collier.

C'était, encore Rodolphe qui, retenu par Antoine, venait de se laisser glisser le long du mur et de happer le molosse.

XXIV

L'ODYSSÉE DU BON CHIEN

Nous n'allongerons pas inutilement ce récit par une histoire détaillée des aventures du brave montagnard qui, véritable *Deus ex machina*, est tombé dans le précédent chapitre, comme il est tombé au milieu du canal, brusquement, sans crier gare, guidé par son seul instinct de dévouement et de reconnaissance.

Black, on le sait, avait été acheté par le capitaine du bateau faisant le service entre Savone et Marseille.

Arrivé à Marseille, le vieux marsouin, méridional pur sang, puisque né natif de la radieuse Provence, se trouva en possession d'un congé régulier d'un mois, qu'il se proposait de passer en joyeuses bordées tout le long du littoral où l'on s'amuse.

Et comme il avait la forte somme, il pousserait jusqu'à la reine des plages, où, ma foi, coquin de bon sort ! les « piquettes terriennes ! »... en prendraient à leur aise.

Et comme il se l'était promis, le capitaine fit... Il prit le train pour Nice la Jolie, et emmena son chien avec lui.

Mais un matin, au cours d'une promenade à Cannes, le molosse fidèle pendant trois semaines, lui fit subitement faux-bond !

Et cela, au lendemain d'une nuit où, sortant du cercle, le vieux brave, attaqué par deux malandrins, avait été sur le point de se faire assassiner.

... le montagnard, qui avait à demi étranglé le
plus acharné des deux misérables, c'en était fait
du marinier !

Aussi, cette brusque disparition de son sauveur,
l'affligea-t-elle considérablement. Il jurait par tous
les diables de la Provence, que les mal-en-point
avaient dû lui estourbir son toutou, mais s'il les
trouvait, miladioux ! ils verraient bien, comment il
les accommoderait, les satanés galapiats !

Hélas ! le bon capitaine n'eut pas le loisir de
faire aboutir ses recherches, car, affligé le soir
même de la forte « culotte », tout à fait décavé, il
ne gardait en portefeuille que juste le prix de son
billet de retour pour Marseille.

Et il avait encore huit jours de congé à tirer !
Aussi fallait-il l'entendre sacrer des mille milliards
de milliasses, de miladioux et de coquinasses !

Black, heureusement, n'avait été victime, lui,
ni d'un guet-apens, ni de l'infâme roulette.

Tout simplement, ayant reconnu Cannes et le
paysage, il avait couru à la villa des Roses, encore
remplie, pour lui, de la mignonne Eva, et flairé la
niche de Fox où jadis il avait lampé une si bonne
pâtée...

Envahi par une joie soudaine, le montagnard
avait galopé sans but, follement, dans les lieux où
nous l'avons rencontré au commencement de ce
récit.

Tout d'abord, il était retourné au campement des
bohémiens, puis sur la voie du littoral, à l'endroit
précis où il avait sauvé sa petite amie ; de là il était
remonté vers la halte où Piétro attendait Sania
avant de fouetter sa rosse pour fuir dans la roulotte ; mais soudain, il huma l'air et partit comme
une flèche, filant droit devant lui...

Où allait-il donc ainsi, l'intelligent molosse ?

A l'endroit où il avait reniflé le sol, une voiture
venait de partir au grand trot.

Dans cette voiture étaient Rodolphe et le père
Antoine, se rendant à la villa du docteur Bompard.
C'était derrière eux que le brave chien courait.

Le père Antoine, qu'il avait remarqué autrefois
dans la villa des Roses, lui rappelait sa petite amie ;
il ne serait plus aussi dépaysé avec cet homme,
l'ancien maître de ce Fox qui lampait de si bonnes
gamelles !

A tout hasard il le suivit.

C'était un trait d'union qui le reliait d'instinct
avec l'inoubliée petite Eva.

Ce fut Rodolphe qui le remarqua et qui, intéressé
par son manège, le fit monter dans la voiture.

A la villa, le montagnard gambada, sauta comme
un fou. Il sentait Germaine, et dans Germaine plus
encore que dans le majordome, il retrouvait Eva.

Mais le portier, fidèle esclave de la consigne,
l'avait solidement attaché à la grille pendant que,
religieusement, amoureusement, Rodolphe des
Charmettes allait contempler son adorée.

Et le soir où fut décidé le départ précipité pour
Paris, Black, ainsi baptisé par le père Antoine, à
cause de son fin pelage noir, fut tout naturellement
de la partie.

Le docteur Cherfils, prévenu par dépêche, avait
fait atteler sa voiture pour aller attendre son malade.

Fatigué par sa longue excursion à la campagne,
Robert s'était couché, confié aux bons soins de la
maman de Valréas.

— Oh ! si vous retrouviez Eva ! grand-père ! —
avait-il dit au vieillard qui l'embrassait tendrement. — Je ne sais pas, mais quelque chose me dit
que cette nuit vous aurez de bonnes nouvelles !

Très troublé, le chirurgien était monté dans sa
victoria, qui arriva dans la cour de la gare au moment où les voyageurs de l'express se ruaient vers
la sortie.

Rapidement, après les premières étreintes, les
trois amis étaient montés dans la voiture, qui filait
au grand trot par le boulevard Bourdon, pendant
que sur le siège, à côté du cocher, bien assis sur
son arrière-train, comme un honnête valet de pied,
l'intelligent Black humait l'atmosphère parisienne.

Soudain, à l'entrée du pont, le chien bondit sur
la chaussée.

Le docteur, qui avait mis les deux hommes au
courant de ses infructueuses recherches, très intrigué par les allures du montagnard, venait de faire
arrêter ses trotteurs.

N'avait-il pas aperçu, en bas vers la berge, une
ombre suspecte cherchant à se faufiler, en dissimulant un étrange paquet et cela précisément à l'instant où le chien sautait à terre ?

— Vite, mes amis, suivez-moi ! Il se passe
quelque chose d'anormal ! Robert m'aurait-il pré-
dit la vérité ?

Et tout à coup, éclairée en plein par le réverbère
sous lequel elle venait de passer, l'horrible Sania,
dans toute sa hideur, apparut au chirurgien !

— La vieille fée ! C'est elle ! Nous la tenons !

— Qui, elle ?

— Sania, la bohémienne, la voleuse d'enfants !
Votre fille, monsieur Rodolphe, est dans ses bras !
Je le jurerais ! C'est bien son signalement, c'est
bien elle que j'ai manqué d'empoigner avec son
aveugle.

Déjà, s'élançant au parapet, les trois hommes
guettaient la sorcière.

— Oh, mon Dieu ! — soupira le père Antoine. —
La misérable !

— Vite, à la berge ! Aux escaliers ! — criait le
docteur. — Elle ne peut nous échapper.

C'est à ce moment que Black, les devançant, sautait à l'eau sans une hésitation.

Il savait bien, lui... et nos lecteurs aussi savent
le reste.

XXV

APRÈS LE SAUVETAGE

Maintenant que, pour la gentille et infortunée
Eva tout danger immédiat semblait conjuré, le docteur Cherfils proposa :

— Il faut absolument retrouver la bohémienne.
A tout prix, je tiens à remettre entre les mains de
la justice l'horrible vieille qui a si abominablement
martyrisé nos enfants.

« A défaut de Robert qui la connaît bien, vous avez
Black qui la connaît plus sûrement encore. L'instinct du chien vous servira mieux que les souvenirs
de mon petit-fils !

Tendrement, Rodolphe posa ses lèvres sur le
front décoloré de sa fillette, dont le fidèle molosse
léchait la main pendante ; puis, se levant, il déclara, avec, dans le visage, un air de ferme résolution :

— C'est cela, docteur, gardez ce que j'ai de plus
cher au monde, gardez mon Eva, puisque vous
seul pouvez la sauver ; le père Antoine et moi nous
allons courir à la poursuite de son bourreau femelle.

— En tout cas, — ajouta le praticien, — allez
droit rue Lacépède, entrez au café qui fait l'angle
de la rue Quatrefages, vous demanderez Pellot et
Filoche qui ont établi leur permanence à cet endroit. Allez, mes amis, et bonne chance !

En quelques foulées, le montagnard s'était précipité vers les marches du quai, par où Sania avait
pris la fuite.

Longuement il huma la pierre comme pour bien
saturer son subtil organe de l'odeur maudite, puis,
redressant la tête, il galopa en avant par les rues
tortueuses du vieux quartier de l'Arsenal.

Déjà les deux hommes avaient sauté dans un

é au cocher, qui fouettait son cheval
ur de bras, l'ordre de suivre le molosse.
là bientôt vers le pont Sully, où le chien avait
uit le fiacre, Rodolphe avait eu une minute
hésitation.

Black, en effet, semblait en défaut.

Sur la Seine, un vent violent soufflait, ridant en amont la surface de l'eau courante, tandis que, sur les trottoirs, les chapeaux voltigeaient, les jupes se retroussaient.

Quelques instants, le chien tourna sur lui-même et flaira le sol avec insistance, puis, confus, tête basse, il revint auprès du cocher qui, intrigué, avait arrêté son cheval.

Le père Antoine était perplexe aussi ; respectueux, il demanda :

— Monsieur le baron veut-il me permettre une observation ?

— Parlez donc, père Antoine ! Parlez vite !

— Eh bien ! la misérable, à mon humble avis, a dû passer la rivière. Si la rue Lacépède dont nous a parlé le docteur Cherfils se trouve dans cette direction, il y a cent contre un à parier que la sorcière est chez elle !

Rodolphe connaissait son Paris sur le bout des doigts.

— Vous avez raison ! — s'écria-t-il. — La rue Lacépède est en face, derrière la Halle aux Vins, que vous voyez à l'autre extrémité du pont.

Se penchant alors à la portière, il ordonna :

— Rue Lacépède ! Au coin de la rue Quatrefages ! Allongez l'allure !

L'automédon enveloppa son cheval d'un cinglant coup de mèche. L'équipage roula avec fracas, rasant le trottoir, sous le galop endiablé du vieux dadet.

Petiot et Filoche, harassés par une filature infructueuse, achevaient leur dîner.

Ils échangeaient des aperçus d'une philosophie désabusée sur la perception de la fameuse prime, lorsque, soudain, le bruit d'un fiacre s'arrêtant devant l'établissement leur fit lever la tête.

Le baron des Charmettes et le père Antoine descendirent de voiture et pendant que Rodolphe payait le cocher, l'intendant pénétrait dans la salle.

Tout de suite il reconnut Petiot.

Celui-ci, du reste, s'était levé et, piteusement, s'avançait vers lui, la main tendue.

— Je suis avec monsieur le baron, — fit le père Antoine.

A ces mots, Filoche, comme mû par un ressort, quittait la table et saluait respectueusement.

— Mon collègue ! — fit Petiot désignant Filoche.

Le baron des Charmettes entrait à cet instant.

Tout bas, à cause des autres consommateurs, le père Antoine présenta les deux policiers et pendant que ceux-ci s'inclinaient, sans plus de façons, Rodolphe les pria de s'asseoir et de terminer leur repas au plus vite.

— Nous avons fini, — déclara Filoche — Nous sommes à vos ordres, monsieur le baron !

— En ce cas, sortons, nous serons mieux dans la rue pour causer.

En peu de mots, le père Antoine eut mis les deux limiers au courant de ce qui venait de se passer : le sauvetage d'Eva et la fuite de la bohémienne, qui, selon toute probabilité, devait être retournée à son logis dans le quartier.

— Dans le quartier, j'en doute ! — interrompit Petiot. — Nous avons battu les maisons toute la journée et, nulle part, nous n'avons eu le moindre indice !

— Pardon, — intervint Filoche, — on nous a dit qu'une vieille tenant un enfant dans ses bras avait été vue, ces jours derniers, dans la rue Censier et la rue de la Clef ; mais c'est tout, on n'avait remarqué ni d'où elle venait, ni où elle allait !

— Peut-être — fit le père Antoine, — les personnes à qui vous avez demandé les renseignements, les concierges et les logeuses, par exemple, avaient-elles intérêt à vous dépister !

— En ce cas, il faudrait tabler sur un coup de hasard, et vous savez, le hasard ! — opina Petiot, faut pas y compter dans la police.

— Jamais ! — renchérit Filoche ; — dans une filature, tout est raisonné, tout s'enchaîne logiquement...

Depuis un instant, Black donnait des signes d'une étrange agitation, il tournait sur lui-même, reniflait les pavés, humait l'air puis, soudain, s'approchant du père Antoine, il se frotta dans ses jambes comme pour appeler son attention.

— Tout beau ! Tout beau ! — fit le majordome.

— Allons, Black, un peu de patience !

Mais le chien insistait. Tout à coup il fit entendre un aboiement aux modulations tristes et prolongées.

— Eh bien, voyons, mon brave ! Que me veux-tu ? Ah ! je comprends, tu as faim !

De nouveau, Black fit entendre un aboiement.

Et soudain Rodolphe se frappa le front.

— Que n'y avons-nous songé plus tôt, père Antoine, le chien a peut-être retrouvé la piste !

— Si c'était possible ! — s'exclama le brave serviteur.

Petiot crut pouvoir se permettre un haussement d'épaules.

— Vous savez, monsieur le baron, nous autres à la Préfecture, nous n'y coupons guère, dans le soi-disant flair des *clebs* ! Pardon ! des chiens ! — se reprit-il, un peu confus. — Les chiens policiers, hum, hum !

— Tout au plus bon pour les journalistes qui nous débinent, — approuva Filoche, — histoire de nous faire dégommer quand nous ne réussissons pas !

— Essayons quand même, — ordonna le baron des Charmettes, — libre à vous de ne pas nous suivre.

— Si, si ! — fit Petiot, — nous vous suivons.

— Tout simplement, — renchérit Filoche.

Guidés par le chien, qui déjà tournait la rue de la Clef, les quatre hommes s'étaient mis en route.

Pendant que le père Antoine s'essoufflait aux côtés de Rodolphe, les deux policiers, de leur pas léger, bien égal, suivaient à courte, mais respectueuse distance.

— Tu comprends bien, maintenant, — disait Petiot, — que puisque la fillette est retrouvée, et retrouvée par eux, c'est tout ce qu'ils voulaient ! La prime nous passera devant le *blair* carrément !

— C'est égal, — répondit Filoche, — si on dégotait la vieille, comme le baron est au sac, peut-être se laisserait-il faire ! Tu comprends, il doit être content, cet homme, puisque sa fille est vivante !

— En tout cas, si nous mettons le grappin sur la bohémienne et son vieux, ce qu'on va les « passer à tabac ! »

— Ce sera comme un vrai beurre ! Il y a longtemps que j'ai besoin de me dégourdir les abatis ! Elle s'est trop payé notre poire, cette mère Duval !

— Et dire que tu la tenais si bien, dans la boîte de la rue des Rosiers !

— C'est bien ce qui m'enrage le plus !

— Dis donc, si le cabot nous faisait la pige ?

Mais, tout à coup, Petiot s'interrompit, comme frappé de stupeur.

Les quatre hommes venaient de contourner la rue de la Clef et, devant le galetas abandonné précédemment par Sania, Black s'était arrêté.

Il était entré dans la cour en poussant de terribles et furieux aboiements.

— Voilà qui serait rigolo, — murmura Petiot, c'est moi qui ai fait cette boîte, vers les cinq heures du matin.

Armée d'un balai, la logeuse était sortie de sa

elle avait essayé de chasser le chien
... la rue, lorsque la vue des quatre hommes
... une subite irruption sous son porche, la
prostra immobile, le balai dans les bras.
Dans l'un d'eux, elle venait de reconnaître Petiot, le policier du matin.

Cinq minutes auparavant, la bohémienne, *alias*
la mère Duval, était audacieusement remontée
dans son taudis.

La portière l'avait même arrêtée au passage
pour lui signifier un énergique et dernier congé.

— J'ai oublié quelque chose, — avait objecté la
gitane, — accordez-moi cinq minutes, le temps de
monter et de redescendre avec mon mari.

Et en ce moment, la logeuse pensait :

— S'ils allaient la rencontrer dans l'escalier !
Moi qui ai dit ce matin au roussin, que je ne la
connaissais pas !

— C'est ici qu'elle demeure, — fit le père Antoine à l'oreille du baron, — nos policiers ont fait
leur métier en amateurs ! Je conçois maintenant
leur insistance à refuser l'aide de Black !

— Vous avez visité la rue Censier ? — demanda
Rodolphe aux deux argousins.

— Sur l'honneur, — répondit Filoche, — et consciencieusement. Moi, j'ai fait l'autre côté...

— Moi, ce côté-ci, — interrompit Petiot — J'ai
même interrogé la logeuse avec persistance. Nous
allons bien voir si elle aura le toupet de me dé-
mentir !

Et, tout droit, l'agent se dirigea vers la portière
qui, de plus en plus inquiète du conciliabule, tenu
à voix basse, restait pétrifiée au milieu de sa cour,
tandis, qu'aboyant toujours, Black montait l'escalier vermoulu, conduisant au galetas des bohémiens.

— La mère Duval loge donc ici. Pourquoi m'a-
vez-vous menti, ce matin ?

Tremblante, la tenancière répondit :

— J'ai eu peur... Je n'ai pas osé !

— Vous le voyez, monsieur le baron, — s'écria
Petiot qui, triomphant, se tournait du côté de Rodolphe des Charmettes.

— J'ai cependant insisté, — continua-t-il, — je
vous ai même demandé votre livre, je vous ai dit
comment était la personne, je vous ai appris que
c'était une bohémienne, nommée Sania, je vous ai
dit que c'était une voleuse d'enfants, qu'elle martyrisait la petite fille qui était avec elle...

— Pardonnez-moi, monsieur l'agent, j'aurais dû
vous répondre, en effet ? A un moment donné, j'ai
fait le faire, mais comme je ne l'avais pas inscrite
sur mon livre, j'ai eu peur d'une contravention..

— A laquelle vous ne couperez pas, — déclara
Petiot, — et qu'elle sera pommée ! C'est moi qui
vous le dis !

La logeuse tremblait de plus belle.

— Mais je lui ai donné congé ! Elle rentre à l'instant chercher quelque chose qu'elle a oublié, paraît-il, et puis son mari, l'aveugle qu'elle a ramené
depuis deux jours. Elle va descendre. Elle est montée seule, elle a dû laisser la petite dans son nouveau logement.

— Tout cela, c'est du « chiquet » ! — dit Petiot,
sèchement. — Ah ! vous croyez qu'il suffit d'in-
venter des balivernes pour berner la police ! Nous
allons bien voir !

Mais Rodolphe interrompit le limier :

— Savez-vous, malheureuse, que votre silence a
pu causer la mort de... l'enfant qui était avec
la bohémienne, et que, peut-être notre intervention sera trop tardive !

La logeuse pleurait à chaudes larmes.

— Si j'avais su, monsieur ! Si j'avais su !

— Vous le saviez, — déclara Petiot, — je vous
avais tout dit, je vous avais même dit plus encore.

— C'est vrai, monsieur l'agent, mais je ne sup-
posais pas que c'était la vérité, je croyais que
vous vouliez me tendre un piège, pour me mettre
en contravention ! La police est si dure au pauvre
monde !

XXVI

LA JUSTICE IMMANENTE

Il semblait écrit que tous les tristes héros de
ce drame devaient se faire successivement justice
les uns les autres !

Nous en demandons grâce à nos lecteurs, mais
qu'ils veuillent bien nous accorder quelques lignes
encore pour le récit d'une dernière scène de cruauté vengeresse.

Piètro s'était enfin réveillé.

Dans tout son corps, il ressentait d'intolérables
douleurs ; ses jambes gonflées par le repos de cette
journée, refusaient absolument de le porter ; ses
bras, tuméfiés, se ployaient avec des difficultés
inouïes ; ses mains, devenues énormes, toutes rouges sous l'afflux du sang, ne pouvaient se refermer.

A cette constatation, une sueur d'angoisse lui
glaça l'épiderme.

Resterait-il impuissant ? Ses forces allaient-elles
le trahir, au moment où il croyait enfin tenir sa
vengeance ?

Par tout son être, des souffrances de damné le
lancinaient, activant encore le violent désir de vengeance qui bouillonnait en son cerveau.

Aussi, patiemment, plusieurs heures durant, il
trempa ses mains dans le seau d'eau fraîche,
frictionna ses jarrets, s'étira les bras et se massa
les poignets, jusqu'à ce qu'un semblant de souplesse et de vigueur eût réapparu sous sa peau.

Cela dura jusqu'à neuf heures, heure à laquelle
le bandit, pressentant le retour de la gitane, pré-
para son embuscade.

Soudain, il étouffa un cri de surprise.

En tâtonnant l'espace, il venait de trouver la
ceinture de cuir, cause initiale de sa terrible infortune.

Il la soupesa. Elle était pleine d'or !

Avec une joie indicible, il l'assujettit à nouveau
autour de sa poitrine, puis, assis sur l'escabeau, se
frottant encore les poignets, il attendit.

Bientôt, un bruit de pas pressés retentit dans
l'escalier.

Une clef grinça dans la serrure.

— C'est elle ! — pensa l'aveugle, qui, déjà à sa
poutre, venait de reprendre la douloureuse pos-
ture du matin.

La tête sur la poitrine, les bras en arrière, il
semblait une tragique statue de la souffrance,
rivée à un poteau d'agonie.

Sania venait de pénétrer dans le galetas.

Derrière elle, poussée par le vent, la porte s'é-
tait refermée.

L'ogresse frotta une allumette.

A la fugitive lueur du phosphore incandescent,
elle aperçut le misérable.

— Ah ! Piètro, — ricana-t-elle, — En as-tu de
la chance ! A peine commencées, voilà que tes
misères vont se terminer ! Car, tu ne t'en doutes
pas, vieux frère, je te quitte ! Je vais vivre des
rentes que j'ai péniblement gagnées !

« A un moment donné, il y a une heure, j'ai cru
qu'Astaroth m'abandonnait pour protéger cette petite chienne que j'ai jetée à l'eau, mais faut croire
qu'il m'aime toujours, car j'ai pu échapper à un
terrible danger !

L'allumette s'était éteinte.

Interrompant son récit, Sania en alluma une
autre.

Je ne suis pas venue pour le voir, — continua-t-elle, — ne te leurre pas, mon ami, je suis venue chercher une certaine ceinture que tu connais bien, mais qui t'embarrasserait !

« Quant à toi, reste là, à la même place, tu feras richement peur à la logeuse, lorsqu'elle arrivera. Ce sera sa petite récompense : chose promise, chose due !

Immobile, le mutilé semblait ne pas respirer.

— Et à part ça, comment ça va-t-il ? — reprit l'horrible vieille qui, cherchant une chandelle, venait de butter dans l'escabeau. Voyons un peu !

S'approchant alors du bandit, elle lui mit l'allumette enflammée sous le visage.

Quelques poils du menton grésillèrent.

Et soudain, les yeux dilatés par une horrible épouvante, l'ogresse se sentit défaillir.

Devant elle, l'aveugle s'était dressé, terrible, menaçant, vengeur...

Sur l'épaule de Sania, qu'elle resserra comme dans un étau, sa main s'était abattue.

Mais, agile, l'ogresse se baissa d'un mouvement si brusque que les doigts du mutilé s'étant desserrés, lui rendirent la liberté.

La gitane voulut fuir, mais, trébuchant sur l'escabeau, elle roula sur le carreau...

Piétro avait entendu sa chute, et avant que Sania pût se dépêtrer, le bandit, qui s'était allongé sur le ventre, l'avait saisie par les deux chevilles...

D'un effort il la souleva.

Ce qui se passa ensuite fut atroce.

A son tour, insensible aux coups de pied de l'ogresse, Piétro la tenait par le cou, collée au mur... Des menaces s'échappaient de sa gorge, ses lèvres remuaient, claquantes, et semblaient dire :

— Tu m'as crevé les yeux ! Je vais t'arracher les tiens !...

Sania aveuglée voulut crier. Mais Piétro étouffait ses plaintes.

De nouveau ses lèvres remuèrent.

— Tu m'as rendu muet, — voulait-il dire, — je t'arracherai la langue !

Introduisant alors ses doigts dans la bouche de la maudite, il essaya de mettre son cruel projet à exécution, mais, de sa mâchoire violemment contractée, Sania lui broya les os...

Le misérable fit entendre un effroyable rugissement.

Malgré ses horribles souffrances, décuplées par la résistance de la virago, malgré la mutilation de ses doigts déchiquetés, Piétro avait retourné sa main dans la bouche de sa victime ! C'en était fait !

Sania n'avait plus la force de hurler. Le bandit l'avait étendue à terre, il lui piétinait le visage, lui martelait la poitrine à coups de talons, lui brisait les côtes avec l'escabeau qu'il brandissait comme une massue, lui faisait sonner la tête aux angles de la muraille.

Et cela faisait un bruit sourd, comme le choc d'un marteau sur une enclume, comme le ronflement d'un volant tournant à une vitesse désordonnée...

Et chaque fois une poignée de cheveux gris restait collée à la pierre, empoissée par des caillots de sang qui giclaient, souillant les meubles du taudis, inondant l'aveugle d'une rosée sinistre.

Tout à coup, Piétro trébucha. Il était à bout de force. Ses jambes avaient dépassé l'effort dont elles étaient capables. Ses doigts meurtris, tailladés, ne pouvaient plus se resserrer.

Il glissa dans la mare tragique et tomba à côté de sa victime, dont le corps n'était plus qu'un horrible mélange de chairs saignantes et d'os brisés parmi lesquels surnageaient de sordides vêtements.

Pendant ce temps, Black, sur le palier, hurlait à la mort...

La porte venait de céder. Le premier, Rodolphe pénétra dans le taudis.

Derrière lui, venait le père Antoine, suivi des deux policiers.

En présence du tragique spectacle, les quatre hommes eurent un instinctif mouvement de recul.

— Ils ont devancé le châtiment suprême, murmura le père Antoine, pendant qu'à voix basse Filoche disait à Petiot :

— Il a bien fait, le vieux, de lui régler son compte, sans ça ! mince ! ce qu'elle passait à tabac la maudite sorcière !

— C'est rien de le dire ! — fit Petiot, clignant de l'œil. — Mais le travail a été fignolé !

Ils s'étaient rués sur le mutilé.

Malgré ses efforts, ils l'eurent bientôt ligoté et réduit à l'impuissance.

Du reste, après quelques derniers ressauts de fureur, dont, à chaque fois, tout son épiderme éclatait, le misérable retomba dans une complète prostration.

Prostration dont il ne devait jamais guérir, frappé qu'il était par la folie irrémédiable !

La folie dans la nuit éternelle, avec le cauchemar des remords et des terreurs vengeresses ! car tout se paie ici-bas !

Ce fut presque un cadavre que les policiers descendirent dans la voiture qui, au grand trot, l'emporta vers l'hôpital voisin.

Un quart d'heure plus tard, ils revenaient rue Censier pour emporter à la Morgue le cadavre de celle qui s'était si férocement acharnée sur la petite Eva.

Ayant repris son service, après son congé qu'elle avait un peu prolongé, la soubrette de la fausse marquise de Santelli montait l'escalier, conduisant à l'appartement de sa maîtresse.

Devant la porte obstinément fermée, malgré ses coups de sonnette réitérés, la jeune femme, agitée par un pressentiment, courut prévenir la concierge.

Celle-ci avait vu sortir Sania récemment, et l'absence de la pseudo-marquise l'avait fort étonnée, habituée qu'elle était à ses allées et venues.

Tout de suite, l'idée d'un crime hanta le cerveau des deux femmes.

Le commissaire de police fut informé.

Avec force détails, les incidents de la journée, la visite de la vieille femme, se disant l'ex-nourrice de la marquise, l'état pitoyable de la petite Eva, les lamentations nocturnes de la maîtresse de piano lui furent contés.

Séance tenante, il requit un serrurier, et se fit ouvrir l'appartement.

On visita, on fouilla toutes les pièces ; on ne trouva rien.

Le commissaire allait se retirer lorsque, soudain, la concierge poussa un grand cri.

D'un brusque mouvement, dans son zèle à examiner les recoins du salon, elle venait de faire tomber sur le tapis un bibelot japonais qui avait roulé sous le canapé.

Elle s'était baissée pour le ramasser et, la main sous la housse rabattue jusque sur le parquet, elle avait touché une jambe froide et rigide...

— La marquise ! Morte ! Assassinée !...

Des agents s'étaient précipités.

Ils avaient retiré le canapé, et mis à découvert le cadavre d'Andrée de Bordère.

Elle allait prendre à son tour le lugubre chemin de la Morgue où son identité fut bien vite rétablie.

Pleine et complète justice était faite de tous les bourreaux d'enfants, de tous les abjects bandits.

Une ère de bonheur, d'amour et de repos allait-elle enfin commencer pour nos héros, pour nos chères héroïnes ?

RENOUVEAU

Six semaines se sont écoulées depuis les tragiques événements que nous venons de raconter.

A Cannes aussi bien qu'à Paris, chez le docteur Cherfils, comme chez le docteur Bompard, le temps, les soins, le dévouement, l'affection ont fait leur œuvre.

L'état de Germaine Stuart s'est amélioré au point que le clinicien s'est décidé à conduire lui-même sa pensionnaire à Paris, chez son ami Cherfils, — avant de l'installer dans le coquet hôtel que Rodolphe des Charmettes a fait aménager, aux Champs-Elysées, — et la mignonne Eva que le chirurgien, Rodolphe, le père Antoine et la maman de Valréas veillent jour et nuit, est absolument hors de danger.

Le petit Robert est son inséparable camarade de jeu... son petit mari !

C'est le soir, Germaine vient d'arriver. Elle est accompagnée du docteur Bompard, que M. Rudeau, débarqué par le même train, a précédés.

A dessein, l'appartement du chirurgien est désert, en apparence du moins, car il importe, pour frapper un grand coup, de laisser, jusqu'au dernier moment, l'âme innocente dans le vague de ses pensées.

— Nous allons dîner, — fit l'aliéniste ; — vous avez faim n'est-ce pas, Germaine ?

Elle répond gaiement :

— Oh ! mais oui ! j'ai faim ! le voyage m'a creusée ! Je ferai honneur au repas, je vous assure ! et puis je dormirai à poings fermés pour avoir la mine bien reposée avant de rentrer au couvent !...

— C'est cela, à table ; le dîner est prêt.

On leur servit le repas en tête à tête ; puis la gouvernante du petit Robert conduisit la malade à sa chambre...

Le lendemain matin, vers huit heures, Germaine qui avait dormi en conscience, comme elle se l'était promis, se réveilla plus enjouée encore qu'à l'ordinaire.

En cinq minutes elle fut habillée...

Le docteur Bompard accourait auprès d'elle.

— Etes-vous prête, Germaine ? Nous allons partir !

— Oui, je suis prête ! C'est-à-dire non, donnez-moi encore deux minutes, le temps d'ajuster mon chapeau, car je veux être belle !

— Ne voulez-vous pas dire bonjour à vos amis avant de partir ?

— Quels amis ? — demanda l'innocente, subitement songeuse. — J'en avais autrefois, il y a longtemps, bien longtemps, mais ne sont-ils donc pas morts, aujourd'hui ?

— Il en reste encore... Vous allez voir, entre autres, un camarade d'enfance, celui avec qui vous jouiez quand vous étiez petite. Il est grand aujourd'hui, et a une petite fille bien gentille, qui vous ressemble...

— Une petite fille ! J'en connaissais une jadis qui était bien jolie, plus jolie que moi, mais qui s'est sauvée sans rien me dire...

« Comment s'appelait-elle donc ? Elle avait de grands yeux bleus, des cheveux longs et bouclés ! Ah ! si je la revoyais, son nom me reviendrait tout de suite à la mémoire !

« Mais j'ai beau chercher !...

— Ne vous fatiguez pas, je vais vous la faire voir, car elle est revenue !

— Vrai ! — s'exclama Germaine, sur le front de qui un pli de réflexion se fixe.

Dans le salon où le docteur Bompard allait conduire la malheureuse, le docteur Cherfils, d'accord avec le clinicien, M. Rudeau, le baron des Charmettes et le brave majordome, avaient préparé une savante mise en scène...

La vaste pièce avait été meublée avec les meubles de la villa de Cannes que M. Rudeau avait fait expédier...

Les moindres détails dans la disposition avaient été fidèlement, scrupuleusement copiés.

Tout, jusqu'aux tentures des croisées, jusqu'au tapis du parquet, jusqu'aux bibelots des crédences, jusqu'au piano de Germaine, orné de peluche verte et ouvert sur sa partition favorite, tout rappelait son coquet appartement de la villa des Roses.

A côté d'un guéridon de milieu, le baron des Charmettes avec des vêtements semblables à ceux qu'il portait, lors de la dernière entrevue avec l'aimée, donnait la main à sa fille, à la mignonne Eva.

Pour compléter l'illusion, on avait recouvert la tête de la fillette — dont l'odieuse Sania avait coupé la fine chevelure — d'une blonde toison, rappelant à s'y méprendre les boucles dorées d'autrefois.

Elle aussi était vêtue d'une robe qu'elle avait le jour où sa malheureuse mère la vit pour la dernière fois.

Derrière eux, M. Rudeau donnait la main au petit Robert, à côté de qui était assise la maman de Valréas.

Dans un coin, Black, les oreilles pointées, semblait flairer l'approche d'une amie et vouloir lui aussi, le bon chien, tenir sa partie.

Rodolphe des Charmettes était oppressé par une violente émotion qu'il cherchait à faire dériver en caressant son enfant.

— Tu vas voir ta petite mère, ma chérie, elle va venir ; il faudra courir l'embrasser... mais tu attendras qu'elle t'ait reconnue !

— Pourquoi attendre ? J'irai tout de suite ! Je suis bien trop impatiente de la consoler, ma pauvre petite mère ! Elle était si bonne, si gentille !

— Moi aussi, je l'embrasserai, la belle dame qui venait me voir si souvent à Valréas, — fit Robert, — car moi aussi je l'aime, et je serai bien heureux de le lui dire !

A ce moment, dans la chambre voisine, le docteur Bompard, qui avait passé son bras sous celui de sa malade, lui disait :

— Ils sont là, vos amis, vous allez les voir, entrons !

Et, brusquement, il ouvrit la porte.

A la vue des êtres qui lui étaient chers à des titres divers, Germaine eut comme un éblouissement.

D'un mouvement instinctif, elle posa la main sur son cœur, et soudain, elle défaillit dans les bras du clinicien.

— Oh ! mon Dieu ! — murmura-t-elle — Rodolphe, Eva ! ma fille ! *Lui !*...

Mais déjà l'enfant s'était élancée vers elle, anxieuse :

— Oui, petite mère, c'est bien moi, c'est bien ta petite Eva ! Laisse-moi t'embrasser, il y a si longtemps !

Le cœur battant à se rompre, Rodolphe, lui aussi, s'était avancé... à genoux !

Le docteur Bompard venait de faire asseoir la malade dans un fauteuil.

Sa respiration était bien égale, mais son teint avait subitement pâli.

Le docteur Cherfils, qui, jusque-là s'était tenu à l'écart, accourut auprès de son confrère.

Une seconde, les deux hommes se consultèrent, mais déjà la malade revenait à elle.

Peu à peu, ses yeux s'ouvrirent, brillants et purs, tandis que, de sa poitrine, comme débarrassée d'un immense fardeau, un long soupir s'exhalait.

A genoux auprès d'elle, Rodolphe des Charmettes

... de baisers, tandis qu'Eva caressait...

— Petite mère, regarde donc, c'est nous ! c'est ton petit père, c'est la fille !

— Mon Eva ? Rodolphe ? Et toi aussi Robert ! maman de Valréas ! Maître Rudeau, vous... Si ce n'était qu'un beau rêve !

— Maman nous reconnaît ! Non, tu ne rêves pas, petite maman chérie !

Et bondissant, Eva s'élançait dans ses bras.

— Regarde donc, mignonne maman, petit père revenu ! Il t'aime bien, sais-tu ! Vois donc comme il est gentil, comme il embrasse tes jolis doigts !

De grosses larmes coulaient sur les joues du père et de l'amant !

— Me pardonnez-vous, Germaine ?

— Embrasse-le, petite maman ! Il est si mignon, mon petit papa !

Et brusquement, sans savoir comment cela s'était fait, Rodolphe pressait sur sa poitrine Germaine qui, heureuse, ressuscitée lui rendait son étreinte.

Une fois de plus, l'amour ou la science avait fait un miracle !

La minute était d'une douceur infinie, radieuse !...

Le soleil du matin, tamisé par les rideaux des mille fenêtres, éclairait le groupe délicieux des amants et de l'enfant enlacés, pendant que discrètement, Me Rudeau et les deux savants emmenaient Robert ainsi que la maman de Valréas...

Sur leurs joues également, des larmes coulaient. Robert allait sortir le dernier. Comme à regret, il tourna la tête du côté d'Eva.

— Tu sais, petite mère, — fit la gracieuse fillette, — Robert, lui aussi, voudrait t'embrasser ! Tu veux bien, dis ?

Déjà l'enfant s'était avancé vers elle.

— Moi aussi, j'ai retrouvé bon papa ! Grâce à vous !

— Et Black ! on ne lui dit rien ! — murmura Eva, caressant le fin pelage du montagnard couché à ses pieds et battant de la queue. — Mon bon toutou !

— Oh !... oh !...

Germaine renaissait à un monde de bonheur ! Sauvée, elle aussi, enfin !

ÉPILOGUE

Rodolphe des Charmettes et Germaine Sau... sont mariés.

Le docteur Cherfils, Antoine, Me Rudeau et docteur Bompard leur ont servi de témoins.

Ils viennent de partir en voyage de noces.

Eva, pendant la route, les égaye de son joyeux babil.

Black qui n'a pas voulu quitter sa petite amie se pourlèche d'avance les babouines à la perspective des copieuses gamelles de Fox...

Le cœur débordant d'une joie que rien ne saurait désormais entamer, les jeunes époux s'adorent comme jamais époux heureux ne se sont adorés.

Ajoutons qu'Eva, par sa gentillesse et son intarissable gaieté rend leur bonheur bien plus complet encore.

— Et moi aussi, petite mère, — déclare-t-elle, quand je serai grande comme toi et que Robert sera grand comme petit père, j'en aurai un, de mari, et moi je serai sa petite femme !

— Mais tu ne sais pas s'il voudrait de toi, Robert !

— Puisque c'est promis depuis plus de quinze jours, petite mère !... C'est lui qui m'a demandée le premier !

— Oh ! alors... ma mignonne... nous verrons cela un peu plus tard !

Et c'est ainsi par l'AMOUR, que le monde continue et que notre récit s'achève sur un respectueux « AU REVOIR » de l'auteur à ses amis lecteurs et fidèles lectrices.

Le 15 Avril paraîtra :

CHAINE MORTELLE

par

Georges MALDAGUE

Le roman complet : 30 centimes

Pour copie conforme des Imp. Wallmann et Roche, 16-18, rue Notre-Dame-des-Victoires, Paris. — Tél. : Louvre 16-.. — Argenx, Directeur.

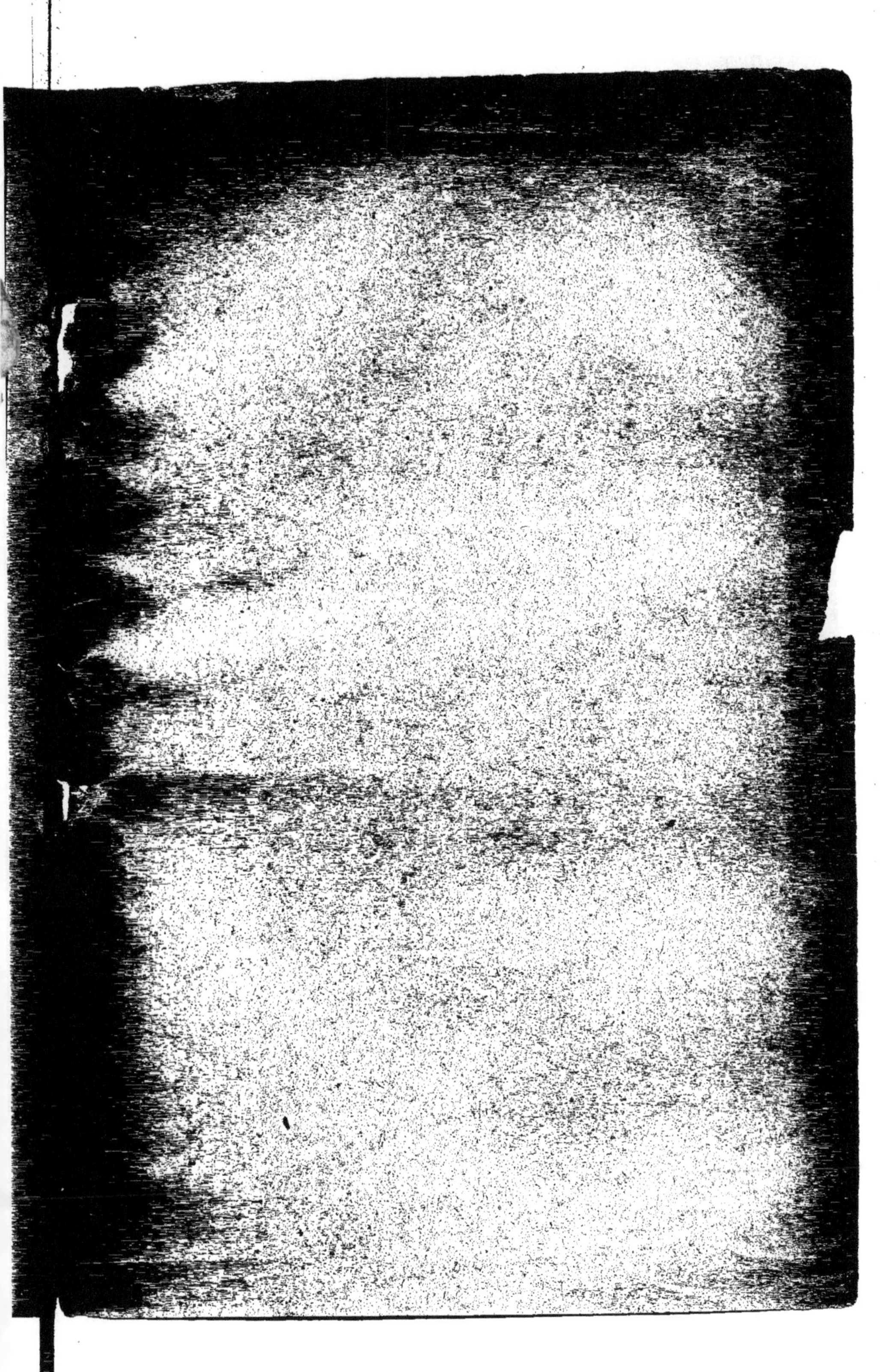